DROEMER

Über die Autorin:
Preethi Nair wurde 1971 in Kerala in Südindien geboren. Sie ist in London aufgewachsen, wo sie heute noch lebt und an der Fakultät der Financial Times / IE Business School Kreatives Schreiben lehrt. Sie hat viele Jahre als Unternehmensberaterin gearbeitet, gab diesen Beruf aber auf, um ihren Traum zu verwirklichen und Bücher zu schreiben. Ihre Romane *Koriandergrün und Safranrot* sowie *Der Duft der Farben* haben in Deutschland viele Leser*innen begeistert. *Die Freischwimmerin* war zunächst als Theaterstück und One-Woman-Show konzipiert. Jetzt wird der Roman als TV-Serie vom Produzenten von *The Crown* für die BBC adaptiert. Mehr Informationen unter: www.preethinair.com

PREETHI NAIR

Die Freischwimmerin

Roman

Aus dem Englischen
von Karin Dufner

Besuchen Sie uns im Internet:
www.droemer.de

Eigenlizenz Februar 2024
© Preethi Nair 2022
© 2022 der deutschsprachigen Ausgabe Droemer Verlag
Ein Imprint der Verlagsgruppe
Droemer Knaur GmbH & Co. KG, München
Alle Rechte vorbehalten. Das Werk darf – auch teilweise – nur
mit Genehmigung des Verlags wiedergegeben werden.
Die Nutzung unserer Werke für Text- und Data-Mining
im Sinne von § 44b UrhG behalten wir uns explizit vor.
Die Übersetzung »Sie wandelt in Schönheit« des Gedichts
»She Walks in Beauty« von Lord Byron auf Seite 103 verwendet
mit freundlicher Genehmigung von © Bertram Kottmann 2013
Redaktion: Ilse Wagner
Covergestaltung: ZeroMedia, München
Coverabbildung: FinePic®, München
Satz: Adobe InDesign im Verlag
Printed in Germany
ISBN 978-3-426-30850-9

2 4 5 3

*Liebe Leserin, finde den Mut,
der Ausweglosigkeit zu trotzen und aufzublühen.*

Der Sari für meinen vierzigsten Hochzeitstag wurde während einer unserer kürzlichen Reisen in Mumbai gekauft. Obwohl der Ladenbesitzer Stein und Bein schwor, es seien der Schweiß von zwanzig Frauen und über einen Monat Handarbeit in diesen Stoff geflossen, nahm ich ihm das nicht ganz ab. Inzwischen wittere ich eine Lüge meilenweit. Insbesondere dann, wenn sie von einem Mann mit einem dicken Augenbrauenbalken kommt, denn die durch mangelnde Wahrhaftigkeit erzeugte Anspannung staut sich zumeist unmittelbar darüber.

»An Ihrem vierzigsten Hochzeitstag müssen Sie sich etwas ganz Besonderes gönnen, Madam. Die Farbe steht Ihnen ausgezeichnet«, verkündete er und drapierte einen weiteren Sari auf mir. »Fühlen Sie: Seide aus Benares, nur das Allerbeste für Ihren hohen Festtag.«

Es war ein wunderschön bestickter, himmelblauer Sari. Dennoch schüttelte ich den Kopf.

»Zehn Frauen haben ihn von Hand bestickt. Schauen Sie.« Geschickt entfaltete er den Sari-Zipfel, sodass eine Kolonne kunstvoll gearbeiteter Elefanten in Sicht kam.

»Kein Brokat bitte. Und auch kein Blau.«

»Aber die Farbe passt so gut zu Ihrem Teint, Madam.«

An diesem Punkt ist eine Erklärung angebracht: Nach den Maßstäben der aufsteigend sortierten indischen Hautfarbentafel, ein lebenswichtiges Kriterium in der Themenwelt der Eheanbahnung, würde man meinen Teint als »weizenfarben« bezeichnen. Dieser Begriff umfasst sämtliche Personen, die nicht unter »hellhäutig« eingruppiert werden können, steht jedoch für eine höhere Qualitätsklasse als »dunkel«. Ein weiterer Hinweis an alle, denen das Konzept einer arrangierten Ehe fremd ist: In Indien wird die Tragfähigkeit einer potenziellen Verbindung anhand einer Farbskala ermittelt. Sie müssen sich das wie die Dulux-Farbpalette vorstellen – die Wohlhabenderen unter Ihnen, wie meine Tochter zum Beispiel, können sich ja an der Skala von Farrow and Ball orientieren. Je heller der Hautton, desto besser die Heiratschancen. »Hell« bringt sogar mehr Punkte ein als ein Hochschulstudium. Wenn in den Biodaten (sprich, dem Lebenslauf der zu verheiratenden Person) »dunkel, aber Akademikerin« steht, kann man sicher sein, dass die Bedauernswerte ganz unten im Stapel landet.

Doch obwohl ich eine »weizenfarbene« Haut habe, wäre ich auf dem traditionellen Heiratsmarkt wohl ebenso in diesem Stapel versauert oder gleich als Ladenhüter geendet wie ein Sack abgelaufenes Chapati-Mehl, denn familiärer Hintergrund und gesellschaftliche Stellung spielen bei der Partnersuche eine nicht minder tragende Rolle. Ein gefälliges Horoskop gehört selbstverständlich auch dazu, eine weitere Hürde, an der ich wohl gescheitert wäre. Ich leide nämlich am sogenannten Marsdefekt, dessen nahezu zwangsläufige Folgen der frühe Tod des Ehemannes und der Untergang der gesamten Familie sind. Allerdings habe ich mich am System »arrangierte Hochzeit« vorbeigemogelt und bin stattdessen im kalten, klammen Büro eines Standesamts eine hastige »Liebesehe« eingegangen.

»Nein, dieser Sari nicht«, beharrte ich.

Hastig griff der Verkäufer nach dem nächsten. »Ein prachtvolles Grün, Madam, gegen Unfruchtbarkeit.«

»Sehe ich etwa aus, als wolle ich in meinem Alter noch einmal schwanger werden?«

Ich bin neunundfünfzig. Ich sehe aus wie neunundfünfzig.

Ich bin keine vom Zahn der Zeit unbenagte Promi-Tussi, die gerade Zwillinge erwartet.

Mein Mann lachte. Ich lachte ebenfalls und grinste ihn an. Gerade wollte ich noch einen witzigen Spruch vom Stapel lassen, als der Verkäufer in olympiaverdächtiger Geschwindigkeit zur Glasvitrine und wieder zurück sprintete.

»Das ist genau der Richtige für Sie«, verkündete er, ein Keuchen unterdrückend, und streckte mir den Sari hin.

Ich wusste auf Anhieb, dass er ins Schwarze getroffen hatte. »Das, was du suchst, sucht dich ebenfalls«, lautet ein Aphorismus des Dichters Rumi. Und als ich diesen Sari sah, erkannten wir einander sofort.

»Georgette«, erklärte der Verkäufer und legte ihn mir um. »Für Sie und nur für Sie allein geschaffen von den Händen von zwanzig Frauen.« Gekonnt entrollte er den Stoff. »Schauen Sie – wie die aufgehende Sonne. Sie sind eine aufgehende Sonne, Madam.«

Unter gewöhnlichen Umständen hätte mir die Sache mit der aufgehenden Sonne eine lästerliche Bemerkung entlockt, aber der Sari war einfach atemberaubend. Er war mit Pailletten aus Kristall besetzt, in denen sich das Licht fing. Doch noch schöner war die Erinnerung, die diese aufgehende Sonne für einen Moment in mir wachrief.

Meine Großmutter und ich saßen auf dem roten Fliesenboden in ihrem Schlafzimmer, wo sie vorsichtig ihren Hochzeitssari auspackte, um ihn mir zu zeigen. Es war ihr zweiter Hochzeitssari, denn sie war Witwe gewesen und hätte sich deshalb eigentlich nicht wiederverheiraten dürfen. Aber sie pfiff auf die Konventionen und heiratete trotzdem.

»Ich hab mich aus Trotz für Rot entschieden, weil die Sonne immer wieder aufgeht. Immer, mein Kind, ganz gleich, wie dunkel die Nächte auch sein mögen. Vergiss das nie.«

Kurz vor ihrem Tod schenkte sie mir diesen Hochzeitssari und bat mich, ihn bei meiner eigenen Hochzeit zu tragen. Damals dachte ich noch, dass das der Tag sein würde, an dem ich Deepak, meine erste Liebe, heiratete. Doch das Schicksal hatte andere Pläne. Nun, eigentlich war es nicht das Schicksal, sondern meine Schwester. Andere Menschen haben leider die Macht, dein Leben auf den Kopf zu stellen, wenn du es zulässt. Also wurde der rote Hochzeitssari ordentlich weggepackt und diente später meiner Tochter als dekoratives Tischtuch anlässlich der Feier ihres einundzwanzigsten Geburtstags.

Ja, dieser orangefarbene »Sonnenaufgangssari« war eindeutig der Richtige. Ich griff mit den Händen in den Stoff und schnupperte daran. Fast rechnete ich damit, dass er nach meiner Großmutter riechen würde, doch er roch nur muffig, als hätte er zu lange in einem Schrank gelegen. Er roch, als wollte er, dass man ihn nach Harrow on the Hill brachte und ihm neues Leben einhauchte.

Der Verkäufer zog eine Seite seiner pelzigen Augenbraue hoch und wandte den Kopf geschmeidig in Richtung meines Mannes Hiten.

»Dieser Sari passt Ihrer Frau wie eine zweite Haut, Sir, und bei einem Anlass wie diesem sollte Geld keine Rolle spielen.«

Noch ehe ich Gelegenheit zu einer Antwort hatte, zückte Hiten die Brieftasche. Schnell wie der Blitz schnappte sich der Verkäufer das Geld aus seiner Hand. »Vielen Dank. Ich wünsche Ihnen noch weitere gemeinsame vierzig Jahre, Sir.«

Dann wäre ich ja fast hundert. Ich will aber nicht hundert werden. Und ich will nicht, dass sich diese Falten noch tiefer in mein Gesicht eingraben. Meine linke Gesichtshälfte ist bereits schief wie nach einem Schlaganfall. Nein, ich hatte keinen. Allerdings haben die vielen mit einem leicht verkniffenen Lächeln verbrachten Jahre ihren Tribut gefordert. Laut meiner Freundin Pushpa liegt es daran, dass ich hauptsächlich links kaue. Sie hat mir sogar einen Link zu einem Video über Gesichtsyoga auf YouTube geschickt, damit ich etwas dagegen unternehme. Ich habe den Link noch nicht einmal geöffnet. Pushpa reibt sich außerdem das Gesicht mit Crème de Mer ein. Die kostet etwa zweihundert Pfund pro Tiegel, eine ziemliche Geldverschwendung, wenn man sich Pushpas Gesicht ansieht. Guter alter Kurkuma wirkt genauso. Aber selbst der wird inzwischen zu winzigen Portiönchen verpackt und ist ein Vermögen wert. Diese Vertriebsleute finden einfach immer einen Weg, ihren Mitmenschen in die Tasche zu greifen. Allerdings brauche ich mir ums Altern keine allzu großen Sorgen zu machen. In meiner Familie wird niemand sehr alt. Mit fünfundsechzig kriegen alle ihr One-Way-Ticket ins Jenseits.

In Hitens Familie sieht es anders aus. Meine Schwiegermutter ist achtzig, und nichts weist darauf hin, dass sie sich so bald im Transitbereich einfinden könnte. Ich will wirklich nicht hundert werden. Gebt mir einfach noch zehn oder vielleicht fünfzehn schöne Jahre.

Langsam legte ich meinen Sonnenaufgangssari an, um mich für die »Überraschungsparty« zu Ehren meines vierzigsten Hochzeitstags und der Bekräftigung meines Eheversprechens in Schale zu werfen. Der Sari war wirklich eine Pracht – nur, dass ich mich alles andere als prächtig fühlte. Wieder starrte ich in den Spiegel, ohne die Frau zu erkennen, die meinen Blick erwiderte. Ich sah eher aus wie ein Sonnenuntergang. War mein Dutt möglicherweise zu groß und wirkte deshalb lächerlich? Gerade wollte ich ihn lösen, als Hiten ins Schlafzimmer marschiert kam und mir eine Diamanthalskette überreichte. Sie war nicht aus einem seiner eigenen Juwelierläden, sondern von Tiffany.

»Du bist wunderschön, Bhanu. Noch immer wunderschön.«

Nein, das stimmt nicht. Ich sehe aus wie eine alternde Tunte, hätte ich am liebsten protestiert. *Außerdem ... bin ich über die Hochzeitszeremonie und die Party im Bilde. Können wir es nicht einfach lassen? Ich glaube, das stehe ich nicht durch.*

Stattdessen lächelte ich. »Ist die wirklich für mich?«

»Für wen denn sonst?«, erwiderte er und öffnete routiniert die Schließe. Nachdem er mir die Kette umgelegt hatte, standen wir vor dem Spiegel.

»Sie ist wunderschön. Danke«, sagte ich und berührte seine Hand. Die Kette war tatsächlich ein Gedicht.

»Wie du«, beharrte er. »Du bist noch immer eine heiße Braut.«

»Und das nicht nur wegen der Hitzewallungen«, meinte ich in dem Versuch, die Stimmung aufzulockern.

Hiten lachte laut. Gerne hätte ich noch den Satz »Und findest du nicht auch, dass die Kette von meinem dicken Hintern ablenkt?« hinterhergeschickt. Aber er hätte den Zusammenhang nicht verstanden, und der Scherz wäre ins Leere gelaufen. Ich kenne die Grenzen meines Mannes.

»Vierzig Jahre! Weißt du noch, damals? Und jetzt schau uns an. Nicht schlecht, oder, Bhanu?« Er lachte noch immer.

Damals. 1978 auf der Party zu Pushpas einundzwanzigstem Geburtstag. Sie hatte einige ihrer Freunde zum Bowling eingeladen. Ich kam zu spät und trug einen orangefarben und grün geblümten Minirock. Da ich mir außerdem die Haare abgeschnitten hatte, drehten sich alle nach mir um und starrten. Einige der Mädchen schnappten nach Luft. Stolz stellte mich Pushpa als »die asiatische Twiggy. Leute, das ist Bhanu. Meine Freundin aus dem College« vor.

Ich lächelte verlegen.

Einige ihrer männlichen Freunde scharten sich um mich, um mir eine Bowlingkugel zu reichen und mir ihre Technik vorzuführen. Eines der Mädchen, Manju, bot mir netterweise den langen Schal ihres Salwar Kameez an, damit ich ihn mir über den Rock wickeln konnte.

Ich spürte seine Anwesenheit. Er beobachtete mich aus der Entfernung. Und dann sah ich ihn aus dem Augenwinkel. Mit seinem pechschwarzen Haar und dem frisch gestärkten weißen Kragen – geformt wie die Flügel einer Concorde – war er John Travolta wie aus dem Gesicht geschnitten. Eindeutig ein Mann von Welt. Er stand auf, rollte die Kugel, warf alle Kegel um und blickte mich an.

»Drei Treffer in Folge bezeichnet man als ›Turkey‹«, verkündete er.

Ohne auf ihn zu achten, nahm ich mir eine kleinere Kugel. Mir war bewusst, dass seine Augen auf mir ruhten. Da ich mich in meinen Klamotten nicht tief bücken konnte, traf ich keinen einzigen Kegel.

Selbstbewusst marschierte er an mir vorbei und räumte erneut ab.

»Ich stehe zu meinem Wort. Wenn ich also sage, dass ich dich heiraten werde, werde ich dich heiraten.«

»Greased Lightning« setzte ein, und er fing an mitzusingen. Ihm war es egal, was die anderen dachten, und als die Textstelle mit der »Power« kam, die angeblich von mir ausging, vollführte er wippende Hüftbewegungen in meine Richtung.

»Los, Bhanu, tu etwas«, feuerte Pushpa mich an.

Ich hatte keine Ahnung, ob sie von mir erwartete, dass ich die Rolle von Olivia Newton-John sang. Jedenfalls hielt ich es für an der Zeit, mich zu verabschieden.

Ich holte meine Jacke und ging die Schuhe wechseln. Er folgte mir. Nachdem er sich für seine seltsamen Bewegungen entschuldigt hatte, wies er auf die Lücke zwischen uns. »Du musst zugeben, dass es da knistert«, meinte er.

Ich zog schweigend weiter meine Schuhe an.

»Darf ich dich wenigstens nach Hause bringen? Es ist spät.«

»Nein danke.« Ich kramte meinen Schlüsselbund aus der Handtasche. Ich hatte nicht vor, ihn damit anzugreifen. Mit den Schlüsseln in der Hand fühlte ich mich einfach besser vorbereitet und sicherer, wenn ich allein unterwegs war.

»Ich begleite dich zum Bahnhof.« Er ließ einfach nicht locker.

Da mir gefiel, dass er das Wort »begleiten« benutzte, nickte ich.

»Ich hab's gewusst, ich hab diesen Blick gesehen. Also besteht noch Hoffnung!«, rief er aufgeregt aus.

»Da war kein Blick.«

»Klar war da einer.« Er lächelte.

Hiten haben die Jahre weniger anhaben können als dem echten John Travolta, und das sogar ohne Schönheitsoperationen. Er ist eben von Natur aus attraktiv: grau meliertes Haar und noch immer ein spitzbübisches Funkeln in den Augen. Er und meine Tochter Anita haben die Hindu-Überraschungs-Hochzeitszeremonie und die Party im *The Grove* in Herfordshire organisiert. Obwohl wir offiziell nie eine Hindu-Hochzeit hatten. Deshalb handelt es sich genau genommen nicht um eine Bekräftigung unseres Eheversprechens, sondern um unsere Hindu-Hochzeit an sich. Das *The Grove* war ein Hochzeitslokal, das ich eigentlich für Anita entdeckt hatte. Doch da sie nicht dort geheiratet hat, habe ich es mir für die Hochzeit meines Sohnes vorgemerkt.

Obwohl Anita »hell« ist, studiert hat und als Investmentbankerin arbeitet, war sie im traditionellen Eheanbahnungszirkus nicht sehr erfolgreich. Nicht, dass da jemand etwas missversteht: Es liegt nicht daran, dass ich mir keine Mühe gegeben hätte. Ich arrangierte jede Woche Dates für sie wie eine Reinkarnation von Cilla Black. Die Heiratswilligen standen Schlange. Aber Anita schickte sie samt und sonders in die Wüste und heiratete Hugh, einen Weißen. Uneingeweihte könnten jetzt *Jackpot!* denken. *»Weiß« ist auf der Farbskala doch noch besser als »hell«.* Aber weit gefehlt. Einen weißen Angelsachsen (oder eine Angelsächsin) zu ehelichen ist für viele Mitglieder der indischen Gemeinde eine noch größere Sünde, als einen dunkelhäutigen Partner zu erwählen.

Jedenfalls habe ich das *The Grove* gegenüber Pushpa erwähnt und hinzugefügt, dass ich dort gern die Hochzeit meines Sohnes Hari mit der wundervollen Sarah (ebenfalls weiß) veranstalten würde. Und dann, man sehe und staune, hat Pushpa im letzten Sommer die Hochzeit ihres Sohnes dort ausgerichtet. Es war eine arrangierte Ehe in dem Sinne, dass Pushpa die beiden durch das Netzwerk unserer Gemeinde zusammengebracht hat. Dieses besteht aus indischen Frauen mit flinken Fingern, die innerhalb eines Sekundenbruchteils nach links oder nach rechts wischen und sich die Biodaten jedes unserer Landsleute ins Gedächtnis rufen können, einschließlich sämtlicher Marotten, und zwar schneller, als das jemals mithilfe künstlicher Intelligenz möglich wäre. Es ärgert mich, dass Pushpa mir nichts davon erzählt hat, sodass ich es erst durch die Einladung erfuhr.

»Was spielt das für eine Rolle, Bhanu?«, fragte sie mich. »Dein Hari ist so tiefenentspannt, der heiratet sicher frühestens in fünf Jahren. Außerdem regeln Engländer die Dinge lieber selbst und wollen nicht, dass wir uns einmischen. Das hast du ja bei Anita gemerkt.«

Ich verriet ihr nicht, dass Sarah sich eine Hindu-Zeremonie gewünscht hatte. Man muss ja nicht alles gleich an die große Glocke hängen.

Man hätte meinen können, dass es Pushpas eigene Hochzeit war. Als es Zeit zum Fotografieren wurde, hastete sie hinter dem Fotografen und dem glücklichen Paar her. Später gesellten sich Anita und unsere Enkelin Leyla zu uns. Wir saßen da, lauschten dem Streichquartett, das Melodien aus Bollywood-Filmen spielte, und bewunderten den Zierbrunnen. »Ich dachte, wir würden hier unsere Hochzeit feiern.« Ich seufzte. Damit meinte ich, dass ich gehofft hatte, Anita würde ihre Hochzeitsfeier im *Grove* abhalten, und ich hätte mich deshalb umgehend verbessern müssen. Allerdings wurde ich von Leyla abgelenkt, die versuchte, sich ins Wasser zu stürzen. Anita verstand mich natürlich falsch und glaubte, ich spräche davon, dass meinem Mann und mir eine traditionelle

Hindu-Hochzeit verwehrt geblieben war, weshalb ich sie hier nachholen wollte.

Und ehe ich michs versah, verbündete sich Anita heimlich mit meinem Mann und reservierte die Lokalität, bestellte einen Partyservice und heuerte ein Bollywood-Orchester an. Außerdem kümmerte sie sich um einen Priester und um die Gästeliste. Typisch meine Tochter: Stelle ihr eine Aufgabe, und sie wird prompt erledigt.

Zufällig hörte ich auf dem Raumlautsprecher mit, als sie mit meinem Mann Pläne schmiedete.

»Daddy, Daddy, ich hab mir überlegt, ob ich die Tische nach den Reisezielen benennen soll, wo du und Mummy in den letzten Jahren gewesen seid: Costa Rica, Mauritius, Hawaii.«

»Aber lass bloß die Karibikkreuzfahrt weg«, erwiderte er.

Ich stellte mein Schälchen mit Ballaststoffflocken auf den Tisch. Normalerweise belausche ich keine Telefonate, aber ich musste mich vergewissern, dass ich mich nicht verhört hatte.

»Na klar, Daddy.«

Auf besagter Karibikkreuzfahrt hatte es ihm nämlich gar nicht gefallen.

»Hari hat versprochen, für die Musik zu sorgen.«

Mein Sohn Hari ist ein begabter Rapper und DJ und überhaupt ein Unterhaltungskünstler. Hinzu kommt sein Händchen für IT und PowerPoint.

»Den Priester hab ich schon, und für das Feuer haben wir auch die Erlaubnis«, fügte sie hinzu.

Ich erstickte fast an meinen Frühstücksflocken. Ein Priester? *Ein gottverdammter Priester?* Man möge mir die Ausdrucksweise verzeihen.

»Mum wird total überrascht sein! Sie wird vor Freude Luftsprünge machen. Schließlich hat sie vierzig Jahre darauf gewartet.«

Tja, offen gestanden liegt sie da völlig falsch. Ich empfand es sogar als ziemlich erleichternd, dass wir unsere Ehe nie in einer Zeremonie besiegelt haben, denn so sind mein Mann und ich in den Augen Gottes oder der Götter gar nicht offiziell verheiratet. Eine Hindu-Ehe gilt nur dann als geschlossen, wenn man bei der Trauung bestimmte Riten wie das Saptapadi, die sieben Schritte, ausführt. Das heißt, Braut und Bräutigam müssen sieben Schritte um das heilige Feuer (Agni) gehen und sieben Eide ablegen, die grob lauten:

1. Einander körperlich, geistig und spirituell Kraft zu geben.
2. Aneinander zu wachsen und dem Partner treu zu sein.
3. Wohlstand und Vermögen zu mehren.
4. Freud und Leid zu teilen.
5. Kinder und Eltern zu versorgen.
6. Für immer zusammenzubleiben.
7. Ein Leben lang Freunde zu sein.

Erstens bin ich mir absolut sicher, dass ich mich nicht auf Nummer fünf festnageln lassen will. Ich weigere mich, seine Mutter zu versorgen. Sie tut, als hätte sie Alzheimer, und hat angeblich die vor dreißig Jahren getroffene Abmachung zwischen uns vergessen: Nämlich, dass ich sie nie werde pflegen müssen. Allerdings bin ich sicher, dass das nur ein fauler Trick ist, denn sie lässt überall in meinem Haus ausgefüllte Sudokos herumliegen – Rätsel, an denen sich selbst Carol Vorderman mit ihrer Mathe-Quizshow die Zähne ausbeißen würde.

Wie schon gesagt, sind die Eheversprechen sehr frei übersetzt. Die wörtliche Übersetzung von Punkt drei würde beispielsweise »das Vieh und den landwirtschaftlichen Betrieb schützen« lauten. Apropos Vieh: Bei einigen dieser Gelöbnisse (insbesondere Nummer zwei) kann man mit Fug und Recht behaupten, dass der Esel inzwischen mitten auf dem Eis steht. Damit meine ich die Seitensprünge meines Mannes.

Nicht, dass ich frei von Tadel wäre. Die meiste Zeit meiner Ehe habe ich mir ein Paralleluniversum mit Deepak, meiner ersten Liebe, zusammenfantasiert. Nur so habe ich es überhaupt geschafft, das Verheiratetsein zu überleben. Ich habe Gespräche mit Deep geführt, als sei ich mit *ihm* verheiratet. Wenn es schwiwig wurde, habe ich mir vorstellt, er wäre an meiner Seite.

Und gestern bin ich ihm zufällig über den Weg gelaufen. Obwohl ich mir unsere Begegnung sooft ausgemalt habe, habe ich nie wirklich geglaubt, dass er wieder in meinem Leben auftauchen könnte. Und ganz gewiss nicht am Vortag der Bekräftigung unseres Eheversprechens. Es war absolut nicht so, wie ich es mir vorgestellt hatte. Ich hatte Kurkumaflecken and den Händen, trug eine Jogginghose mit Gummizug und sah insgesamt ziemlich vergammelt aus. Deep schien das nicht zu stören.

»Geh mit mir fort«, flüsterte er, als er bei Starbucks nach meiner Hand griff.

Dass ich mit neunundfünfzig mit einem anderen Mann durchbrenne, das kommt überhaupt nicht in die Tüte! Was würden denn die Leute sagen? Und meine Familie? Außerdem liebe ich meinen Mann. Ja. Wirklich. Ich bin keine naive Zwanzigjährige, die in kitschigen Liebesträumen schwelgt. Diese Zeit ist vorbei und im bereits erwähnten Eis eingebrochen. Nein, ich bin in meiner Ehe glücklich. Natürlich haben wir unsere Meinungsverschiedenheiten, so wie alle anderen Paare auch. Aber ich bin glücklich und werde nicht mit einem anderen davonlaufen. Das Problem ist nur, dass ich vor dem heiligen Feuer nicht lügen darf. Das ist der Teil der Zeremonie, vor dem ich am meisten Muffensausen habe. Vielleicht ist »Muffensausen« ja nicht das richtige Wort. Scheißangst würde es besser treffen. Agni, der Feuergott, hat mir noch nie auch nur die kleinste Flunkerei durchgehen lassen. Andererseits symbolisiert das Feuer das Ausbrennen aller Unreinheiten, die zwischen dem Paar bestehen, sodass die Wahrheit sie vereinen kann, eine Geste, die sich möglicherweise auszahlt.

Am Ende der Saptapadi-Zeremonie steht ein Gebet, in dem man darum bittet, dass die Verbindung für immer halten möge. Ich glaube, damit ist die Ewigkeit gemeint (was Punkt sechs bestätigt), und auch das hält mich nachts wach. Wird mein Mann mich nach meiner Wiedergeburt finden wie eine Brieftaube ihren Taubenschlag? Ich habe mich schon gefragt, ob ich mit meiner Tochter sprechen und ihr verraten soll, dass ich über die Feier im Bilde bin. Ich könnte sie ja bitten, diesen Teil der Zeremonie unter den Tisch fallen zu lassen und einfach mit der Party loszulegen. Nun stehe ich vor der Wahl, entweder Anita zu kränken oder eine Ewigkeit mit meinem Mann zu riskieren. Nach reiflicher Überlegung habe ich mich schließlich für ihn und die Ewigkeit entschieden.

»Bhanu, ich muss Mummy abholen«, sagte mein Mann und küsste mich.

Mummy. Wenn ich sie schon vor der Hochzeit gekannt hätte, hätte ich ihn vermutlich nicht geheiratet. Ich habe viel mit ihr mitgemacht. Deshalb möchte ich allen Leserinnen einen Rat mit auf den Weg geben, der einer Frau viel Leid ersparen kann: Wer seine zukünftigen Schwiegereltern grässlich findet, nehme schleunigst die Beine in die Hand.

Letzte Woche hat mein Mann angekündigt, dass sie zu uns ziehen wird. Ihr anderer Sohn kann sie nicht aufnehmen. Angeblich hat seine Frau Depressionen. Am liebsten hätte ich laut losgeschrien: *Niemals, verdammt! Ich lasse mir von ihr nicht meine besten Jahre kaputt machen!* Doch ich riss mich zusammen, da sie gerade zu Besuch war und bei uns am Küchentisch saß, als er mir diese Mitteilung machte.

»Ich dachte, Mummy könnte ja nächsten Monat einziehen. Bis dahin schaffen wir es, die untere Etage für sie auszuräumen.«

Ich konnte nicht mehr klar denken. Sie scheinbar auch nicht.

»Mag ich lieber Kaffee oder Tee, mein Sohn?«, fragte sie mit einem tückischen Seitenblick auf mich. Dabei umkrallte sie ihre Handtasche, die ein Sudoku-Heft enthielt.

»Kaffee, Mummy«, antwortete mein Mann. »Du magst lieber Kaffee.«

Gerade war ich im Begriff, die Sprache wiederzufinden, als mein Sohn erschien.

»Spitze, dass du bald hier wohnst, Nanima«, sagte er und beugte sich über sie, um sie zu küssen. Sie umklammerte ihn fest, griff in ihre Handtasche, holte einen Fünfzig-Pfund-Schein heraus und reichte ihm das Geld.

»Nimm das, *beta*. Bitte. Ich werde immer für dich sorgen.« Wieder ein Blick in meine Richtung.

Mein Sohn protestierte zwar, steckte das Geld jedoch ein. Als ihr das Sudoku-Heft aus der Tasche fiel, hob ich es auf und blätterte es durch, um den beiden zu zeigen, dass sie geistig noch voll auf Zack war. Nur, dass sie in diesem Heft Sätze wie *Wer bin ich?* Oder *Wie heiße ich?* mit großen Buchstaben quer über die Seiten geschrieben hatte.

»Mummy braucht uns mehr denn je«, flüsterte mein Mann, als er mir über die Schulter spähte.

Seine Mutter grinste mich verschlagen an.

»Hast du Kaffee aufgesetzt, Mum?«, fragte mein Sohn, während er auf den Kühlschrank zusteuerte. Derzeit ist mein Sohn auf Jobsuche und deshalb tagsüber viel zu Hause.

Um auf Saptapadi Punkt fünf zurückzukommen: Eigentlich habe ich auch keine große Lust, nach vierunddreißig Jahren weiter für meinen Sohn zu sorgen.

»Bhanu, Bhanu, hast du mir zugehört? Ich sagte, ich fahre rasch Mummy abholen«, meinte mein Mann. Seine Mutter weiß sicher, dass ich weiß, dass sie weiß, dass wir heute eine Überraschungs-Hochzeitstagsfeier haben. Und dass wir nicht im *Taste of Taj* zu Mittagessen werden (die Tarnung, damit das mit dem *The Grove* nicht auffliegt).

»Ja«, erwiderte ich.

»In anderthalb Stunden bin ich zurück. Hoffentlich schon früher, falls es keinen Stau gibt.«

Es war die optimale Gelegenheit zur Flucht. Um einfach die Tür aufzumachen und loszugehen. Ich hielt mir vor Augen, was für ein großes Glück ich gehabt hatte. Ich habe einen netten Mann, tolle Kinder, eine reizende Enkelin und ein Traumhaus. Was mehr kann man sich wünschen? Ich griff nach meinem Telefon und bemerkte die vielen verpassten Anrufe und Nachrichten von Deep. In zwei Stunden würden unsere sämtlichen Freunde und Verwandte im *The Grove* eintrudeln. Ich legte das Telefon mit dem Display nach unten weg, trug mit langsamen Bewegungen noch einmal Rouge auf und konzentrierte mich auf die Feier.

Autos mit personalisierten Nummernschildern wie KI5H, VI5H oder NI5H würden den Parkplatz mit Beschlag belegen. Ein personalisiertes Nummernschild mit einem indischen Namen soll im Grunde genommen ausdrücken, dass wir alle irgendwann aus einem Boot oder Flugzeug gestiegen sind und Monate oder Jahre in beengten Verhältnissen gelebt haben. Wir haben gelogen oder sind belogen worden, doch schließlich haben wir triumphiert. Und schaut nur, wie weit wir es inzwischen gebracht haben! Eine Party im *The Grove* ist so etwas wie der alles überstrahlende Beweis dafür. Eine Ankündigung vor versammelter Gemeinde, dass wir es geschafft haben. Ja, wir haben es eindeutig geschafft.

Meine Adoptivschwester Gauri (oder Goggles, wie ich sie hinter ihrem Rücken nenne) wird in ihrem verdreckten blauen Datsun, dem Symbol ihres Martyriums, aufkreuzen und sich schief in eine der Parkbuchten stellen. Sie hätte das Geld, um sich ein besseres Auto zu leisten, aber sie will nicht. Alle sollen wissen, dass sie Opfer gebracht, nie geheiratet und nie

Kinder bekommen hat. Stattdessen hat sie unsere Eltern gepflegt. Gauri hat den wundervollen Süßwarenladen der Familie geerbt und ihn in die Pleite gewirtschaftet. Doch da meine Eltern das offenbar vorausgeahnt haben, haben sie dafür gesorgt, dass sie gut abgesichert ist.

Nachdem ich Rouge aufgetragen hatte, ging ich ins Bad, um zwei Aspirin zu nehmen. Ich habe Probleme mit dem Rücken. Und schließlich will ich mich nicht in Schale werfen und dann riskieren, dass mein Rücken Mucken macht und mich verrät. Denn in diesem Fall wird irgendein Adlerauge unter den weiblichen Mitgliedern unserer Gemeinde diese Abweichung von der Norm sofort und zielgenau entdecken.

Adlerauge A startet Scanner: »Hmm. Haare in Ordnung, Fingernägel in Ordnung, Sari in Ordnung, aber, Moment mal ... da stimmt doch etwas nicht. Schauen wir mal.«

Sie wirft ihre eingebaute Suchmaschine an.

»Ja! Ich hab's! Der Rücken. Probleme mit dem Rücken!«

Und dann stürzt sie sich auf mich. »*Hare* Bhanu! Ist schon ein Kreuz mit dem Kreuz, was?«

Nein, es ist alles bestens. Ich krümme mich nur spaßeshalber. Natürlich würde ich das niemals aussprechen. Stattdessen werde ich sie nur lächelnd darauf hinweisen, dass das Essen allmählich kalt wird.

Als wir vor etwa einem Monat von unserer Karibikkreuzfahrt zurückkamen, hat meine Tochter Anita mir wegen meines Rückens einen Termin bei einer Physiotherapeutin besorgt. Ich war nach Kew gefahren, um ihr Essenspakete zu bringen. Zur Begrüßung küsste sie mich wie eine Französin auf beide Wangen. Obwohl Anita recht zurückhaltend sein kann, wenn es darum geht, Gefühle auszudrücken, mag sie diese Geste. Sie hat ihren Master in Betriebswirtschaft in Paris gemacht.

»Ach, Mum, ich kann ja gar nicht mitansehen, wie du dich abplagst. Deshalb habe ich für dich einen Termin in der Harley Street vereinbart.« Meine Tochter ist manchmal sehr mitfühlend.

»Nur, um dich zu warnen, die Therapeutin ist vielleicht ein bisschen alternativ«, fügte sie hinzu.

Anita ist so etwas wie die indische Version von Gwyneth Paltrow. Chakraheilung, Soundsoheilung, und hören Sie mir bloß mit dem Essen auf: glutenfrei, laktosefrei, fettfrei. Wer versucht, ein Chapatti für sie zu backen, merkt rasch, dass dazu Konfliktmanagement auf gehobenem Niveau vonnöten ist.

»Danke, Mum«, sagte sie, als ich ihr die Pakete mit dem Essen überreichte. »Bist du sicher, dass du auch alles aus Buchweizen gemacht hast?«

»Ja.«

»Mum, nach Auffassung der Therapeutin stecken hinter allen Schmerzen unterdrückte Emotionen.«

»Anita, welche Emotionen könnte ich schon unterdrücken?«, erwiderte ich und wich dabei ihrem Blick aus, weil die Chapattis aus Weizenmehl bestanden. »Ich bin wie ein offenes Buch. Du kriegst, was du siehst.«

Das entspricht nicht der Wahrheit. Inzwischen habe ich mir nämlich so viele Geschichten erzählt, dass ich selbst nicht mehr weiß, welche davon stimmt. Und sogar das ist gelogen. Denn wenn ich mir die Wahrheit oder auch nur meine Version der Wahrheit eingestehen würde, dann … dann müsste ich alles verändern.

BAHN EINS

DAS GÄSTEHAUS

Das Menschsein ist ein Gästehaus.
Jeden Morgen ein Neuankömmling.
Die Freude, der Tiefschlag, die Gemeinheit.
Ab und zu schaut auch überraschend
die Geldsorge vorbei.
Willkommen, immer hereinspaziert!
Selbst wenn sich die Widrigkeiten drängeln
und einem ruck, zuck das Haus ausräumen,
bis man keine Möbel mehr hat.
Sei trotzdem höflich zu jedem Gast.
Vielleicht schafft er ja Raum
für eine schöne Überraschung.
Der dunkle Gedanke, die Scham, die Heimtücke,
empfang sie alle lachend an der Tür und bitte sie herein.
Sei dankbar für jeden, der kommt.
Denn jeder ist ein Wegweiser, ein Abgesandter
aus dem Jenseits.

Rumi, *Jelál ad-Dín*

Bhanu, das klingt alles so sachlich. Als hätte es nichts mit Ihnen zu tun. Ich möchte jetzt, dass Sie sich in das siebenjährige Mädchen von damals zurückversetzen. Stellen Sie es sich vor. Stellen Sie sich vor, wie Sie seine Hand halten. Jetzt kann ihm nichts mehr geschehen. Wie fühlt es sich, als man ihm sagt, dass seine Mutter gestorben ist?« Die Therapeutin neigte den Kopf nach vorn. Die Lesebrille saß ihr absturzgefährdet auf der Nasenspitze. Mit ihrem runden Gesicht und den erhitzt geröteten Wangen wirkte sie wie die Knuddeloma aus einem der Märchen, die ich meiner Enkelin vorlese. Eigentlich hatte ich mit einer Physiotherapeutin für meinen Rücken gerechnet, doch diese hier wollte lieber reden.

Da ich mich nicht in meine Kindheit zurückversetzen konnte, tat ich so, als ob. »Ich war sehr traurig.« Rasch verbesserte ich mich. »Ich bin sehr traurig.«

Sie beugte sich vor. »Sie ist einen tragischen Tod gestorben. Das tut mir sehr leid.«

Ich nickte.

Sie nickte ebenfalls und notierte sich ein paar Stichwörter in ihr Buch. Verlegen saß ich da und hielt Ausschau nach etwas, über das ich einen Witz machen konnte. Aber ich hatte immer nur ihren gemütlichen Lehnsessel aus grünem Samt vor Augen. Also malte ich sie mir mit einer gehäkelten Patchworkdecke auf dem Schoß aus, wie sie aufgeregt auf ihre Enkelin mit dem Picknickkorb wartete.

»Wo waren Sie gerade, Bhanu? Sie sind doch irgendwo gewesen.«

Ich konnte ihr unmöglich von dem Picknickkorb erzählen. »Nirgendwo«, entgegnete ich deshalb beklommen.

»Flüchten Sie sich öfter darin, dass Sie sich von der Realität abspalten, wenn Sie sich emotional überfordert fühlen?«

»Eigentlich nicht«, meinte ich. Meine Fantasiegespräche mit Deep und mein seit fünfunddreißig Jahren bestehendes Paralleluniversum mit ihm gingen sie nichts an. Ich hätte Monate gebraucht, um ihr das zu erklären. Sie wäre darüber steinreich geworden.

»Sie verbergen Ihre wahren Gefühle. Ihre Gefühle werden weder gehört noch gesehen ...« Sie hielt inne. »Fühlen Sie sich unsichtbar?«

Ich schüttelte den Kopf, doch plötzlich hatte ich einen dicken Kloß in der Kehle. Also versuchte ich, ihn hinunterzuschlucken, und biss mir auf die Lippe, um die Tränen zurückzuhalten. Doch sie fingen einfach an zu fließen. Ich war machtlos dagegen.

»Unterdrücken Sie sie nicht«, sagte sie sanft und reichte mir eine Schachtel Papiertaschentücher.

»Niagarafälle«, scherzte ich, als die Fluten endlich versiegten.

Die Therapeutin lachte nicht. Ihr freundliches, rundes Gesicht war absolut reglos.

Ich betrachtete den schneeweißen Haufen aus Papiertaschentüchern, die sich auf meinem Schoß türmten. »Everest«, sagte ich.

Sie lachte immer noch nicht.

»Halten Sie es aus. Lenken Sie nicht mit Witzen ab. Mit den körperlichen Schmerzen will Ihr Unterbewusstes Sie davor schützen, sich mit den emotionalen Schmerzen auseinandersetzen zu müssen. Diesen Schutzmechanismus verwendet es deshalb, weil es glaubt, dass Sie damit überfordert wären. Halten Sie Ihre Gefühle einfach aus. Spüren Sie sie.« Sie holte tief Luft.

Ich wischte mir das Gesicht ab. »Ich kann nicht. Ich muss mich mental auf eine Hochzeitszeremonie vorbereiten. In einem knappen Monat ist mein vierzigster Hochzeitstag, und ich heirate noch einmal.«

»Wenn Sie wollen, dass die Schmerzen aufhören, müssen Sie sie spüren.«

Genau das sagt der Dichter Rumi auch, dachte ich. »*Das Mittel gegen den Schmerz ist der Schmerz.*«

»Nicht jetzt«, erwiderte ich und sammelte die Taschentuchlawine ein. »Vielleicht nach der Zeremonie. Ich muss sie durchstehen. Sie haben ja gar keine Vorstellung davon, was das für mich bedeutet.«

»Sagen Sie es mir.«

»Ich muss allen beweisen, dass es die Mühe wert war. Dass wir es geschafft haben. Dass wir ein tolles Leben hatten, ja, *haben*.«

»Und stimmt das auch?«, entgegnete sie.

»Das ist unwichtig. Ich möchte Ihnen etwas erklären, das Sie vielleicht nicht verstehen werden. Die Meinung anderer Leute ist in unserer Kultur enorm wichtig. Noch ehe man einen Gedanken auch nur denkt, denkt man daran, was die Mitmenschen denken könnten. Ich muss allen zeigen, dass es sich gelohnt hat.«

»Ich finde das sehr traurig.« Sie musterte mich.

Ich gab mir die größte Mühe, nicht wieder loszuweinen, und grub den Fingernagel in meinen Daumen.

»Wer sind denn ›die anderen‹?«, hakte sie ruhig nach.

»Die Leute. Die Gemeinde. Sie bewerten mich.«

»Vielleicht bewerten Sie sich ja selbst?«

»Nein. Es sind eindeutig sie, die mich bewerten.« Offenbar war sie noch nie einem Mitglied unserer Gemeinde begegnet – bewaffnet mit einer Zunge, so scharf wie ein Profi-Küchenmesser.

»Gibt es in Ihrem Leben jemanden, der Sie unterstützt?

Fürsprecher, die diesen bewertenden Stimmen etwas entgegensetzen?«

Ich überlegte kurz. Natürlich war da Deep. Seine Stimme in meinem Kopf munterte mich stets auf und gab mir Mut. Aber ihn konnte ich ja schlecht erwähnen. Die wundervolle Sarah. Aber die war aus meinem Leben verschwunden. Anita – nicht wirklich. Pushpa – nein. Goggles – eindeutig nein. Schwiegermutter – ebenfalls eindeutig nein. »Ich muss darüber nachdenken«, antwortete ich.

»Wir haben Zeit«, meinte sie mit einem raschen Blick auf die Uhr.

Ich hatte zu viel geredet. Es war peinlich, und ich wollte nur noch raus. Ich stand auf.

»Bleiben Sie.« Sie forderte mich auf, wieder Platz zu nehmen.

»Nach der Hochzeitszeremonie nehme ich es richtig in Angriff. Jetzt muss ich wirklich los. Meine Tochter und meine Enkelin warten auf mich.« Ich warf die Taschentücher in den Papierkorb.

»Sie leiden an einem posttraumatischen Stresssyndrom mit Wurzeln in der Kindheit, Bhanu. Die nächsten Wochen werden nicht einfach. Vieles wird an die Oberfläche kommen. Die äußere Welt hat die seltsame Eigenschaft, die innere widerzuspiegeln.« Sie legte das Notizbuch weg und rückte ihre Brille zurecht. »Ich würde vorschlagen, dass Sie nächste Woche wiederkommen.«

Ich zog es kurz in Erwägung, entschied mich aber dagegen. Vier Wochen vor dem Hochzeitstag war nicht der richtige Zeitpunkt, einen Dammbruch zu riskieren.

»Ich vereinbare einen Termin«, log ich.

Sie stand auf und berührte mich am Arm. »Und bis dahin würde ich mich freuen, wenn Ihnen ein Unterstützer einfiele. Eine aufmunternde Stimme, die Sie hören, wenn Sie Zweifel bekommen oder bewertet werden. Können Sie das tun?«

Ich nickte.

»Ansonsten rate ich Ihnen, bei Ihren Gefühlen zu sein. Wenn Ihnen der Rücken wehtut, bitten Sie ihn, Ihnen den Schmerz zu zeigen. Wenn sich emotionale Schmerzen regen, spalten Sie sie nicht ab.«

»Das werde ich ganz bestimmt nicht tun.« Ich griff nach meiner Jacke. Sie brauchte ja nicht zu wissen, dass ich mich erst in einem Monat damit befassen würde, wenn die Zeremonie vorbei, ich offiziell mit meinem Mann verheiratet und unsere Familie gerettet war.

Beim Hinausgehen bemerkte ich ein Schild an ihrer Wand. *Die Schmerzen, die du spürst, sind Boten. Hör auf sie.*

Ich blieb stehen. »Rumi. Er ist mein Lieblingsdichter«, sagte ich und starrte auf das Zitat.

Ich hatte an Rumi gedacht, und hier war er. An ihrer Wand. Wenn ich Romantikerin wäre, hätte ich das vielleicht als Zeichen gedeutet. Als Ruf des Universums, das mich genau dorthin geleitete, wo ich hingehörte. Früher einmal hätte ich das möglicherweise sogar getan. Aber jetzt musste ich mich auf eine Hochzeitszeremonie vorbereiten.

Ich habe mich selbst so gut dressiert, dass ich gar nicht mehr weiß, wie meine ehrliche Reaktion eigentlich aussehen würde. Oder vielleicht weiß ich es ja doch, schätze die Situation aber rasch ein und bügle meine Gefühle nieder. Als ich meine Enkelin Leyla in ihrem Hochstühlchen und Anita sah, die mit ihr spielte, wäre ich am liebsten auf die beiden zugestürmt und hätte mich, mir auf die Brust schlagend und schreiend, auf den Boden geworfen. Allerdings befanden wir uns in einem Café in der Harley Street.

Anita betrachtete mich und erkundigte sich, wie es gelaufen sei. Ich brachte nur den Satz »Sie war keine Physiotherapeutin« heraus. Und dann traten mir die Tränen in die Augen, ohne dass ich etwas dagegen hätte unternehmen können.

Anita machte ein verlegenes Gesicht. Sie kann nicht gut mit Gefühlen umgehen. Insbesondere nicht mit meinen.

»Oh, Mum, ich weiß, wie das sein kann.« Als sie meine Hand berührte, legte ich die andere darauf.

Sie zuckte leicht zusammen.

»Seit wann klappt es nicht mehr zwischen uns?«, fragte ich.

Keine Antwort.

»Muss lukrativ für die Therapeutin sein, alles auf die Mutter zu schieben«, erwiderte ich und füllte so das Schweigen.

Anita ging nicht auf meine Bemerkung ein. Sie griff nach ihren Feuchttüchern. Ich wischte mir die Tränen ab.

Anita und mein Sohn Hari kennen meine Familiengeschichte nicht. Ich habe ihnen erzählt, meine Eltern seien bei einem Rikschaunfall ums Leben gekommen, und mir eingeredet, ich wolle sie damit nur schützen und ihnen Geborgenheit vermitteln. Aber möglicherweise war der Grund dafür, dass ich mich zu sehr schäme.

»Ist es okay für dich, mit Leyla in den Park zu gehen? Ich müsste nämlich noch ein paar Besorgungen machen, wenn wir schon einmal hier sind.« Anita stand auf und begann, den Tisch mit einem Feuchttuch abzuwischen.

Nichts hätte mich davon abhalten können, mit Leyla etwas zu unternehmen. Selbst wenn ich mit ausgekugelten Armen in jener frei erfundenen Rikscha gelegen hätte, hätte ich ihren Kinderwagen noch mit dem Fuß angeschoben.

»Wir haben noch gar nicht über eure Kreuzfahrt geredet.« Sie förderte ein weiteres Feuchttuch zutage.

»Daddy war die meiste Zeit seekrank«, teilte ich ihr mit.

Aber das war ihr sicher nicht neu. Mein Mann und meine Tochter telefonieren jeden Tag.

»Ja, das hat Daddy gesagt.« Sie wienerte das Tablett von Leylas Hochstühlchen.

»Ich hab eine tolle Frau aus Deutschland kennengelernt. Sie heißt Helga und …«

Helga! Genau! Helga konnte die Fürsprecherin sein, die die teure Therapeutin mir angeraten hatte.

»Das musst du mir später näher erzählen«, erwiderte sie, als das Tablett blitzblank war. »Vergiss nicht, dass sie keine Kekse essen darf. Und wenn es gar nicht anders geht, nimm die Biokekse von hier und nicht die aus deiner Handtasche.«

Ich habe immer McVitie's Teegebäck in der Handtasche.

»Und sie soll nicht einschlafen.« Anita hob Leyla aus dem Hochstühlchen. »Sonst schläft sie mir später nicht«, fügte sie hinzu. »Bist du in zwei Stunden zurück?«

»Lass dir ruhig Zeit«, meinte ich.

»Nein, Mum. Bitte sei in zwei Stunden wieder da. Ich hab ein Meeting.« Sie setzte Leyla auf meinen Schoß, küsste sie auf den Scheitel, suchte ihre Sachen zusammen, hauchte mir französische Küsschen auf die Wangen und ging.

Ich hielt Leyla fest in den Armen und brach wieder in Tränen aus. Leyla fasste mir ins Gesicht. »Dumme Nanima«, sagte ich. »Ich weiß gar nicht, was heute mit Nanima los ist. Sie hat ein bisschen Angst und weiß nicht genau, warum. Aber damit brauchst du dich nicht zu beschäftigen. Wo ist denn dein liebstes Humpty-Buch? Humpty-Dumpty? Schauen wir doch mal in diese Tasche.«

Wir holten das Buch heraus und setzten uns wieder wie Humpty auf seine Mauer: wackelig und absturzgefährdet. Anders als wir legte er jedoch eine Bruchlandung hin, und niemand konnte ihn wieder zusammenfügen. Nun, vielleicht hätte es die Therapeutin gekonnt, insbesondere wenn sie in seiner Kindheit herumwühlte und seine Mutter ausfindig machte. Leyla lachte, als ich ihr wieder und wieder Humpty vorlas, ein Versuch, mich von einem ausgesprochen unbehaglichen Gefühl abzulenken.

»Schau, Leyla, das ist ein jambischer Pentameter wie bei Shakespeare. Wenn du ein bisschen älter bist, lese ich dir Shakespeare und Rumi vor. Rumi ist Nanimas Lieblingsdichter. Ein ganz besonderer Mensch hat mich mit ihm bekannt gemacht. Ich glaube, es ist Zeit, dass Nanima diesen ganz besonderen Menschen loslässt, weil sie bald heiratet. Ob ich es am heiligen Feuer symbolisch tun könnte? Ja, vielleicht ist das ja der richtige Weg, auf Wiedersehen zu sagen.«

»Auf Wiedersehen«, wiederholte Leyla.

»Ja, auf Wiedersehen, Deep. Das ist die richtige Entscheidung. Und weißt du, was Rumi über Humpty sagen würde? Wen kümmert es, ob du zerbrochen bist, Humpty? ›Die Wunde ist der Ort, an dem das Licht in dich eindringen kann.‹ Das ist so richtig, Leyla, nur, dass man bereit sein muss, die Wunde zu spüren. Ich glaube, Nanima hat zu viel Leim genommen, als sie sich selbst wieder zusammengeklebt hat.«

Ich setzte Leyla in ihren Kinderwagen und schob sie in den Regent's Park. Dabei erinnerte ich mich daran, wie ich mit meiner Tochter in den Park gegangen war, um die Enten zu füttern. Anita hatte gejuchzt und gelacht, und mir war vor Liebe zu ihr das Herz übergeflossen. Alles hatte sich ausgezahlt, jede meiner falschen Entscheidungen hatte sich gelohnt, denn ich hatte Anita und später meinen Sohn. Als Hari zur Welt kam, glaubte ich, mein Herz sei nicht in der Lage, sich noch weiter auszudehnen. Und trotzdem schuf es Platz für ihn, und so fütterten wir zu dritt die Enten. Hari fürchtete sich vor ihnen, klammerte sich an seine Schwester oder versteckte sich hinter mir. Die Zeit vergeht sehr schnell, die Liebe wandelt sich. Sie entwickelt sich. Leyla war eingeschlafen.

Nun war die Frage, ob ich sie wecken sollte. Es war zwar nicht Zeit für ihr Mittagsschläfchen, aber sie sah so friedlich aus. Was also tun? Meiner Tochter beichten, dass sie geschlafen hatte, oder wie immer lügen und mich den Konsequenzen später stellen? In diesem Moment fiel mir Helga wieder ein. Helga wäre es schnurzegal gewesen, was irgendjemand dachte. Sie hätte das Kind schlafen lassen und das ihrer Tochter klipp und klar gesagt. Deshalb beschloss ich, Leyla nicht zu wecken und bei der Wahrheit zu bleiben.

Gerade waren wir am Teich, als ich einen Anruf von Anita bekam: Sie habe umdisponiert, und Hugh sei unterwegs, um Leyla abzuholen. Also kehrte ich zurück zum Café, wo er mich bereits erwartete. Unser Gespräch war kurz und höflich, so als hätte ich ihm gerade den bestellten Latte serviert.

»Vielen Dank, Bhanu.«

»Kein Problem. Immer gern. Sie ist eingeschlafen. Tut mir leid.«

»Aha. Kleines Problem. Kläre ich später. Und los geht's, Leyla.«

Auch er hauchte mir französische Küsschen auf die Wangen und verschwand mit Leyla.

Hugh verhält sich stets sehr förmlich. Offen gestanden wäre er nicht meine erste Wahl für Anita gewesen. Wir haben nie Druck auf unsere Kinder ausgeübt, damit sie heiraten. Gut, ich habe durch unser Netzwerk ein paar Dates für sie vereinbart. Doch die Entscheidung, ob mehr daraus werden sollte, lag ganz allein bei ihnen. Natürlich wurden alle von uns ausgesuchten Kandidaten abgelehnt. Wie ich zugeben muss, fing ich an, mir Sorgen zu machen, als meine Kinder die dreißig hinter sich hatten.

»Ihr könnt mitbringen, wen ihr wollt«, ermutigte ich sie. Obwohl ich eigentlich nicht sehr religiös bin, könnte ich sogar ein paar *pujas* gebetet und Fastentage eingelegt haben, um die Dinge zu beschleunigen.

Wenn das eigene Kind erst einmal fünfunddreißig ist und man alle Hoffnung aufgegeben hat, dankt man Gott für jeden, den sie anschleppen. Hugh wurde uns in einem Restaurant vorgestellt. Mein Mann überschlug sich beinahe vor Freude, sodass ich schon glaubte, er werde sich vor Hugh in den Staub werfen. Stattdessen küsste er ihm die Hand, als hätte er gerade den Segen des Papstes empfangen, und bedankte sich ein ums andere Mal. Plötzlich erinnerte er sich daran, dass ich ja hinter ihm stand.

»Hugh, das ist meine Frau Bhanu.«

Wir pfeifen nicht aus dem letzten Loch, und Hugh sollte bloß nicht glauben, dass ihm jemand zweitklassige Ware andrehen wollte. Außerdem fühlte ich mich ehrlich gesagt ein wenig beklommen, als er einen forschenden Blick über meinen Sari (den für besondere Anlässe) schweifen ließ. Er ahnte ja nicht, dass ich mich seinetwegen fünfmal umgezogen hatte. Ich befürchtete, einen modischen Fehlgriff begangen zu haben, und wollte ihm unbedingt beweisen, dass ich eine gebildete Frau und nicht nur ein Muttchen in einem Sari war. Der Fairness halber muss man Hugh zugutehalten, dass sein Blick auch an der Farbkombination – Neongrün und Pink – hätte liegen können.

Ich streckte ihm die Hand hin. »Ich freue mich, Sie kennenzulernen, Hugh.« Und dann fügte ich hinzu: »Grün ist das erste Gold der Natur. Die Farbe, sie schwindet in Kürze nur. Denn Goldenes kann niemals bleiben.«

Schweigen entstand. Seine Reaktion war nur schwer zu deuten. Eher verdattert als beeindruckt, würde ich sagen.

»Mummy liebt Gedichte«, erklärte Anita rasch.

»Wie charmant«, antwortete Hugh.

Keine Ahnung, warum ich so etwas gesagt habe. Oder vielleicht doch. Jedenfalls war es mir einfach so herausgerutscht.

»Anita ist Gold für uns. Ich hoffe, dass Sie nicht so schnell verschwinden, Hugh.«

Anita starrte Hiten mit großen Augen an. Er bewahrte sie sonst immer vor Peinlichkeiten.

»Habt ihr schon Pläne für die Hochzeit?«, erkundigte er sich.

»Eigentlich, Daddy, wollen wir nur eine ganz bescheidene Feier. Nur ein paar Freunde und die Familie.«

Bescheiden? Bescheiden?!, hätte ich am liebsten geschrien.

Bescheiden kommt überhaupt nicht infrage. Was sollen denn die Leute denken? Wir haben jahrelang auf diese Hochzeit gewartet. Trotz meiner Bestürzung hielt ich den Mund.

Anita und Hugh heirateten in einer traumhaften Burg in der Toskana. Nur im Kreis ihrer engsten Freunde und ihrer Familie. Da wir die Hochzeit nicht bezahlen durften, hatten wir auch kein Mitspracherecht in Sachen Gästeliste. Natürlich waren unsere Freunde und die Verwandtschaft tief enttäuscht, und Pushpa reibt es mir bis heute unter die Nase. Erst bei der Hochzeit lernten wir Hughs Eltern kennen. Wir haben nicht viel Kontakt mit ihnen.

Malcolm, Hughs Vater, hat ein vom übermäßigen Alkoholkonsum gerötetes Gesicht. Er kennt sich gut mit Hochgeschwindigkeitszügen aus, und sein Hobby ist Trainspotting. Auch Hugh weiß eine Menge über Züge. Wahrscheinlich findet Anita das bis jetzt noch niedlich. Doch in einigen Jahren wird sie ihn, abhängig von vielen Variablen wie Mithilfe bei der Kindererziehung, Karriere, hormonelle Veränderungen und Familienbande, auffordern, sie mit Vorträgen über den 6:40er aus Brighton oder den 18:13er nach Bristol Parkway zu verschonen – oder ihn gleich in einen dieser Züge setzen, um ihn endlich loszuwerden.

Hughs Mutter Margaret ist zurückhaltend und sehr höflich und erduldet ihren Mann Malcolm, der eigentlich nicht mit ihr spricht. Der einzige Austausch zwischen den beiden, den ich beobachten konnte, besteht darin, dass sie eine Serviette nimmt und sie ihm vor dem Essen um den Hals legt. Ähnlich wie ein Lätzchen. Dafür gibt es keinen Grund, denn er weist keine Anzeichen von Demenz oder ähnlichen Ausfallerscheinungen auf. Es ist einfach eine Gewohnheit. Während sie ihn nach Strich und Faden verwöhnt, versteckt er sich hinter seiner Zeitung und ignoriert sie.

So lautet ihre Abmachung. In jeder Ehe gibt es eine Abmachung, einen unausgesprochenen Verhaltenskodex, der den

Laden am Laufen hält und den Status quo sichert. Bei diesem Teil der Abmachung handelt es sich um ein Relikt aus jener Zeit, als Malcolm als Börsenmakler das Geld nach Hause brachte und sie die Aufgabe hatte, ihn, die Familie und das Haus zu versorgen und die sozialen Kontakte zu pflegen. Inzwischen ist er in Rente, und die Kinder sind längst ausgezogen. Das große Haus verfällt. Aber sie kommt gar nicht auf den Gedanken, die Vertragsbedingungen neu auszuhandeln.

Tja, zumindest bis vor ein paar Wochen, als ihre Tochter Cynthia, während wir auf unserer Karibikkreuzfahrt waren, überraschend an einem Gehirnaneurysma starb. Sie war erst vierzig. Unverheiratet. Keine Kinder.

Als die Kreuzfahrt zu Ende war und ich Margaret sofort einen Besuch abstatten wollte, teilte man uns allerdings mit, wir könnten nicht so einfach hereinschneien. Wenn in unserem Kulturkreis jemand stirbt, versammeln wir uns wie selbstverständlich und mit Schüsseln voller Essen bewaffnet auf der Türschwelle des Trauerhauses und klingeln so lange, bis jemand aufmacht. Nun jedoch bedurfte unser Besuch einer generalstabsmäßigen Planung. Kurz bevor er mit Leyla aufbrach, meldete Hugh, an diesem Nachmittag ginge es in Ordnung.

Obwohl ich nach dem Termin mit der Therapeutin noch ziemlich durch den Wind war, gebot es der Anstand, dass ich meine Aufwartung machte. Also kehrte ich nach Hause zurück, packte etwas Essbares für Margaret zusammen, und dann fuhren wir nach Cobham.

Als ich die Arme ausbreitete, um Malcolm um den Hals zu fallen, hielt er mir nur die Hand hin. »Wie traurig, Malcolm«, sagte ich und schüttelte sie.

»Kann eben passieren«, erwiderte er in sachlichem Ton.

Der Abstand zwischen ihm und Margaret war so gewaltig, dass man sich auf Nimmerwiedersehen darin hätte verirren können.

»Mein herzliches Beileid, Margaret.« Ich wandte mich an sie und umarmte sie.

»Ja, ich hab geweint, Ban-oo«, antwortete sie mit fester Stimme und machte sich los. »Komm, ich zeige dir die blühenden Rhododendren im Garten.«

Keine Ahnung, ob das eine Art Geheimcode für Trauer war. Doch wenn ich die Trauernde gewesen wäre, ich hätte mich an sie geklammert, mir auf die Brust geschlagen, sie geschlagen und wäre, begleitet von markerschütterndem Geheul, zu Boden gesunken. Stattdessen führte sie uns durch den Garten. Anschließend tranken wir Tee und aßen Kuchen. Malcolm hatte sein Lätzchen umgebunden. Die Stimmung war angespannt höflich. Ich empfand tiefes Mitgefühl für Margaret, ja, für alle beide, und musste mich kneifen, damit ich nicht schon wieder in Tränen ausbrach.

Wir plauderten über unverfängliche Themen wie das Wetter. Währenddessen malte ich mir aus, wie sie allein in diesem riesigen, verfallenden Kasten saß, mit einem Mann, der sie nur ansah, wenn sie ihm sein Lätzchen umlegte. Sie sollte wissen, dass ich wirklich für sie da war und dass ich sie in die Arme nehmen würde, falls sie ihren Gefühlen je freien Lauf lassen sollte. Deshalb beschloss ich, den Stier bei den Hörnern zu packen und über den Tod zu sprechen. Gerade wollte ich fragen, ob Cynthia friedlich gestorben war, als mein Mann, der so etwas hatte kommen sehen, das Steuer herumriss und anfing, über unseren Urlaub zu reden. Er meinte, er habe die Karibikkreuzfahrt sehr genossen, schilderte sie in allen Einzelheiten und legte in jedem Hafen an, so als sei er persönlich der Kapitän des Schiffes.

Natürlich war das alles frei erfunden. Hiten war seekrank gewesen und hatte die ganze Zeit entweder in der Kabine geschlafen oder auf der Toilette gekotzt. Deshalb hatte ich mich ja mit Helga angefreundet. Ich habe nicht viele Freunde in Europa, aber seit dem Brexit möchte ich mich solidarisch zeigen.

Ich begegnete Helga in der Sauna. Normalerweise gehe ich nicht in die Sauna, da ich meine eigene habe. Man nennt sie auch Wechseljahre, und der Thermostat lässt sich nicht regeln. Aber ich hatte in einer Zeitschrift gelesen, dass Saunen gut gegen Rückenschmerzen ist. Wie ich zugeben muss, war das mit der Sauna eine für mich absolut untypische Spontanentscheidung. Ich wollte sie mir nur mal anschauen. Eigentlich war ich unterwegs zur Cocktailparty an Bord und trug einen Sari. Ich war mir außerdem noch nicht sicher, ob ich überhaupt hingehen sollte, denn sonst gehe ich allein nirgendwo hin. Allerdings langweilte es mich allmählich, in der Kabine herumzusitzen und meinem Mann beim Kotzen zuzuschauen, und ich hoffte, meinen Entschluss, die Party tatsächlich zu erreichen, dadurch zu bekräftigen, dass ich mich in Schale warf. Nachdem ich durch das Glasfensterchen der Sauna gespäht hatte, um mich zu vergewissern, dass sich niemand darin befand, trat ich ein.

Stellen Sie sich also meine Überraschung vor, als ich auf der obersten Bank eine Gestalt bemerkte. Nackt. Ja, splitterfasernackt. Und sehr schlank war sie auch nicht. Sie ließ einfach alles baumeln. Und die Haare ... aus all den Haaren hätte man einen Pashmina weben können. Mir war das Ganze so peinlich, dass ich am liebsten sofort den Rückzug angetreten hätte. Im nächsten Moment jedoch durchfuhr mich ein Gedanke: *Was wird sie wohl glauben, wenn ich einfach gehe?* Sie hätte mich für eine Perverse halten oder mir unterstellen können, dass ich ihren Körper ablehnte. Nach einer kurzen Schrecksekunde setzte ich mich deshalb auf die Bank ihr gegenüber.

»Sie schwitzen doch bestimmt«, meinte sie mit starkem deutschem Akzent und wischte sich den Schweiß von den Oberschenkeln.

Ich trug Sari und Strickjacke. Natürlich zerfloss ich fast in meinen Klamotten. Dennoch zog ich die Jacke enger um mich.

»Nein, alles bestens, danke«, antwortete ich. Trotz meiner Befürchtungen, dass die Hitze meinem Sari aus Kanchipuram-Seide schaden könnte, wusste ich nicht, wie ich mich höflich aus dem Staub machen sollte.

»Ziehen Sie die Strickjacke und den Sari aus und atmen Sie. Atmen«, wies sie mich an und holte tief Luft.

Kommt gar nicht in die Tüte, deutsche Schwester, dachte ich, lächelte aber weiter höflich.

»Ich heiße Helga.«

»Bhanu. Nett, Sie kennenzulernen.« Ich wusste gar nicht, wo ich hinschauen sollte.

Und dann fing sie ein Gespräch mit mir an. Sie wedelte mit den Armen, bewegte die Beine und stand sogar irgendwann auf und stellte die Füße auf die Bank eine Etage tiefer. Einfach so, ohne ihre Nacktheit zu verbergen. Ihr Postkästchen befand sich genau auf meiner Augenhöhe. Anfangs war ich ziemlich erschrocken. Doch dann dachte ich mir: *Wie mutig, sich nicht darum zu scheren, was andere von einem halten. Weiter so, deutsche Schwester!* Wie traumhaft musste es sein, sich in seinem Körper so absolut zu Hause zu fühlen. Meine Seele hingegen kommt sich stets eher wie ein Airbnb-Gast vor, nicht wie die Hausbesitzerin. Wie eine überaus rücksichtsvolle Besucherin, die ständig befürchtet, dass ihr Mietverhalten bewertet werden könnte, und deshalb auf vieles verzichtet, worauf sie eigentlich Lust hätte.

Helga reiste allein. Sie war verwitwet.

Darauf hätte sich die indische Gemeinde natürlich wollüstig gestürzt.

Gemeindemitglied A hätte sie von oben bis unten gemustert und sich kurz vom Umfang ihrer Schenkel aus der Fassung bringen lassen. »*Hare!* Ihr Mann ist tot«, hätte sie dann verkündet. Daraufhin hätten Mitglieder B und C prompt Theorien zum Thema mutmaßliche Todesart entwickelt.

Mitglied C: »Herzinfarkt?«

Mitglied B: »Hirnblutung?«

Zurück zu Mitglied A: »Nein, es war Krebs.«

Nachdem die Obduktion abgeschlossen war und die Todesursache somit feststand, erfolgte selbstredend die Schuldzuweisung.

Mitglied B: »Sie hat mit zu viel Butter gekocht.«

Rasch ließ ich den Blick über die Falten und Ausbuchtungen an Helgas Körper schweifen. Ich empfand tiefe Bewunderung für sie, denn ich wünschte, ich hätte mich auch einfach nackt hinstellen können. Frei sein. Wirklich frei, ohne mich für die Meinung der Leute zu interessieren. Sie merkte etwas zur Schönheit und Eleganz von Saris an – nicht zu meinem, denn der zerknitterte zunehmend. Allerdings hatte mein Sari sie sicher zu diesen Überlegungen angeregt. Helga war in Kerala gewesen und hatte »viele schöne Frauen« in so eleganter Verhüllung gesehen. Die Erinnerungen brachten sie zum Lächeln, als sie mir erzählte, sie habe auch einmal einen angehabt. Ich erklärte ihr, mein Sari stamme aus Südindien, und schilderte ausführlich die Seide, aus der er gewebt war, wobei sie offenbar den Faden verlor.

Sie hatte, ganz allein und ohne auf jemanden Rücksicht nehmen zu müssen, einen Monat in einem ayurvedischen Spa verbracht. Ich sagte ihr, ich hätte das auch immer vorgehabt, es jedoch nie weiter als bis nach Mumbai geschafft. Es stünde allerdings auf der Liste der Orte, die ich besuchen wollte. Wir waren nicht hingefahren, weil mein Mann keine Lust gehabt hatte, denn dort gebe es »zu viele Kommunisten«. Mein Mann ist nämlich sehr konservativ – so lange es ihm in den Kram passt. Ich meinte, ich hätte einige Saris dabei, und falls sie je wieder einen tragen wolle, könne ich ihr gerne einen leihen. Sie machte ein Gesicht, als würde sie gleich vor Glück platzen, und teilte mir mit, sie habe ihren eigenen Sari eingepackt, nur für den Fall, dass sich eine Gelegenheit bieten sollte, ihn anzuziehen.

»Das ist Schicksal. Es ist Schicksal, dass ich dich kennengelernt habe.« Helga strahlte.

»Das, was du suchst, sucht dich ebenfalls«, zitierte ich Rumi.

Sie schien mich nicht zu verstehen.

»Du wolltest deinen Sari wieder anziehen und hast ihn deshalb mitgebracht. Und ich will ihn dir anlegen.«

Nach der Sauna ging ich in unsere Kabine und zog mich rasch um. Mein Sari hatte keine bleibenden Schäden davongetragen, weshalb ich ihn zum Trocknen aufhängte. Ich schaute nach meinem Mann (der schlief) und kramte ein paar der *methi parathas* heraus, die ich als Reiseproviant eingepackt hatte. Dann hastete ich zu ihr zurück und überreichte ihr die Fladenbrote mit Bockshornklee. Sie war mir ja so dankbar.

»Was ist das?«

»Vegetarisches Essen. Kein Schwein. Kein Lamm.«

Ihr Englisch war zwar sehr gut, aber ich ahmte trotzdem ein Schwein und ein Schaf nach.

»Und ganz bestimmt kein Rind und keine Eier.« Ich gackerte wie ein Huhn. »Ich bin Vegetarierin.« Ich wollte hinzufügen, dass ich schon Vegetarierin war, bevor es in Mode kam. Außerdem legte ich bereits großen Wert auf gutes Essen, als es noch nicht Sitte war, seinen Teller zu fotografieren und das Bild in den sozialen Medien zu teilen. Doch sie unterbrach mich mit einem herzhaften Lächeln.

»Ach, ja. Und auf dem Schiff gibt es kein vegetarisches Essen?«, fragte sie und betrachtete die *parathas*.

»Schon, aber es ist sehr schlecht.« Ich tat, als müsse ich mich übergeben.

Sie aß einen Bissen von dem *paratha*. Oder besser – sie schlug ihre Reißzähne hinein.

»Wunderbar.«

»Mit *methi* gemacht. Ich baue im Garten Kräuter an.«

Anschließend plauderten wir über Gärten, und dann bot sie an, zusammen zu der Cocktailparty zu gehen. Von da an waren wir unzertrennlich und verbrachten in den nächsten anderthalb Wochen jeden Tag miteinander.

Natürlich gab es eine kleine Sprachbarriere, aber das machte es nur noch lustiger, und wir verstanden uns prima. Helga hatte zwei erwachsene Kinder und Enkelkinder, war aber keine aktive Babysitterin. Stattdessen ging sie seit dem Tod ihres Mannes (Herzinfarkt) vor zwei Jahren ihren eigenen Interessen nach. Ich erkundigte mich, wie sich sein Tod auf sie ausgewirkt hatte.

»Glücklich. Ich war sehr glücklich.«

Offenbar hatte sie mich missverstanden, weshalb ich noch einmal nachhakte.

»Er war schwierig. Eine schwierige Ehe. Aber du kennst das ja: Man bleibt wegen der Kinder zusammen, und dann wird es Alltag.«

Ich schaute mich um, um mich zu vergewissern, dass niemand unser Gespräch belauschte. In der indischen Gemeinde werden Themen wie dieses nicht erörtert. Vielleicht redet man am Anfang einer Ehe über kleinere Schwierigkeiten mit der Schwiegermutter. Doch wenn man erst einmal in unserem Alter ist, gestattet man sich den Gedanken nicht mehr, ob man glücklich ist oder glücklicher sein könnte. Das wäre ja noch schöner! Die Ehe ist ein Vertrag auf Lebenszeit. Wenn man unglücklich sein sollte, orientiert man sich eben nach außen und tröstet sich mit einem hübschen Sari oder mit Schmuck. Vielleicht kauft man sich auch ein neues Auto mit personalisiertem Nummernschild, um der ganzen Welt zu zeigen, wie glücklich man ist.

Inzwischen sprach Helga weiter. »Als er starb, sagte ich mir: ›Helga, jetzt bist du mal dran. Zeit, das Leben zu genießen.‹ Man hat nur ein Leben, nicht wahr?«

Nun, eigentlich nicht. Jedenfalls nicht, wenn man Hindu ist

und an die Reinkarnation und daran glaubt, dass das Diesseits vom Karma bestimmt wird. *Moksha*, also die Befreiung, gibt es für uns erst, nachdem wir in unzähligen Häusern gelebt haben. In meinem Fall Airbnbs.

Als die zehn Tage vorbei waren, hatte es Helga geschafft, mich – nur mit dem Unterrock meines Saris um die Brust – in die Sauna zu schleppen. Sie brachte mir sogar das Schwimmen bei, etwas, wogegen ich mich über fünfzig Jahre lang gesträubt hatte.

»Lass das Kleid über dem Badeanzug weg. Zieh es aus«, wies sie mich an. Damit meinte sie den Unterrock meines Saris, den ich über dem Badeanzug trug. »Mach schon, Bhanu. Niemanden interessiert es, wie du aussiehst.«

Und sie behielt recht. Kein Mensch kümmerte sich um meine schlaffen Brüste oder darum, dass meine Oberschenkel verschrumpelten Mangos ähneln und dass mein runder Bauch an ein süßes *Gulabjam*-Milchbällchen erinnert, das jemand in einen Badeanzug gestopft hat. Nur, dass es in meinem Fall nicht an der Oberfläche schwamm, sondern absoff.

Im Laufe der Woche lockte Helga mich sanft in den Pool und vermittelte mir die Sicherheit, dass ich meinen Körper und meinen Atem selbst beeinflussen konnte. Doch obwohl ich irgendwann verstand, worum es beim Schwimmen ging, blieb ich im Seichten, wo ich festen Boden unter den Füßen hatte.

»Komm ins Tiefe, Bhanu. Jetzt hast du es schon so weit geschafft. Ich lasse nicht zu, dass dir etwas passiert. Komm schon.« Ich wehrte mich tagelang. *Scheiß drauf, wenn du jetzt stirbst*, dachte ich mir dann am letzten Tag. *So lebendig hast du dich schon lange nicht mehr gefühlt.* Also schwamm ich den gesamten Pool entlang bis zum Ende, wo sie mich erwartete. Ich hörte, dass sie meinen Namen rief wie eine Cheerleaderin und mich anfeuerte. Es war ihr völlig gleichgültig, dass sich noch andere Leute im Pool aufhielten. »Immer weiteratmen,

Bhanu, atmen. Gut gemacht, sehr schön ...« Als ich wohlbehalten das andere Ende erreichte, breitete sie die Arme aus. Am liebsten wäre ich in Tränen ausgebrochen, aber sie zog mich an sich und umarmte mich. So etwas hätte ich gern für Margaret getan: sie festzuhalten und ihr all die beängstigenden Gefühle abzunehmen.

Das war meine Begegnung mit Helga. In ihrer Gegenwart spielte ich kurz mit dem Gedanken, wie es sein mochte, frei zu sein, und was ich dann alles tun würde. Wer hat sich nicht manchmal ausgemalt, allein eine Flugreise zu unternehmen? In meiner Fantasie kam ich sogar so weit, mir Ziele im Internet auszusuchen. Vielleicht konnte ich Helga ja irgendwann besuchen oder Zeit in einem ayurvedischen Spa in Kerala verbringen. Aber damit war dann auch schon Schluss, denn prompt meldete sich meine eingebaute Autokorrektur, und ich dachte nur noch daran, was die Leute denken würden, wenn sie wüssten, dass ich solche Gedanken dachte.

Ich hastete in unsere Kabine, um meinem Mann zu erzählen, dass ich endlich Schwimmen gelernt hatte.

»Ich hab es geschafft!«, jubelte ich. »Ich hab es geschafft.«

Er spähte unter seiner Decke hervor, reckte den Daumen in die Luft, drehte sich um und schlief wieder ein. Ich schickte meinem Sohn und meiner Tochter eine WhatsApp-Nachricht. Sie antworteten mit einem gereckten Daumen und einem High-Five. Pushpa schickte mir das Emoji einer Schwimmerin mit Migrationshintergrund, begleitet von den Worten: *Nächste Haltestelle Olympiade. LOL.* Normalerweise hätte ich automatisch mit einem Smiley reagiert, aber diesmal hatte ich keine Lust dazu. Sie war vor Kurzem mit ihrer Familie zum Skilaufen im Val d'Isère gewesen. Doch anstatt sich die Bretter umzuschnallen, hatte sie den ganzen Urlaub im Wellnessbereich verbracht. Also textete ich ihr das Emoji einer Skifahrerin mit Migrationshintergrund und schrieb dazu: *Pushpa, die Adlerin.*

Sie antwortete nicht.

»Ich hab auf der Kreuzfahrt Schwimmen gelernt«, sagte ich zu Margaret. Offenbar war die Erwähnung von Wasser ein Trigger, denn sie erwiderte, sie müsse jetzt die Rhododendren gießen. Mein Mann verstand das als Stichwort, zum Aufbruch zu blasen.

»Komm, Bhanu, sonst geraten wir noch in den Stau.«

»Bis zum Berufsverkehr haben wir noch Zeit«, entgegnete ich nach einem Blick auf die Uhr.

Ich erkannte Margarets Gesichtsausdruck. Sie hatte ihren Körper verlassen und war ganz weit weg. Ich wollte bei ihr bleiben und sie zurückholen. Denn wenn das niemand tat, würde sie sich für immer zwischen den Rhododendren verlieren. So ist es mit dem Älterwerden. Alles wird schwieriger, man selbst wird unsichtbar, und für Unsichtbare schickt niemand einen Suchtrupp los.

Ich hätte auf meine innere Stimme hören sollen, die mir riet, sie zu packen, sie in den hinteren Teil des Gartens zu schleppen und dort einen riesigen Scheiterhaufen zu errichten. Wir hätten ein großes Lagerfeuer angezündet, Agni, den Gott des Feuers, angerufen und ihn gebeten, Zeuge ihres Schmerzes zu sein und ihn von ihr zu nehmen. *Schrei, Margaret, schrei, so laut du kannst. Schrei alles raus, es passiert dir nichts.* Aber Margaret erhob sich rasch.

»Sie brauchen wirklich Wasser.«

Ich umarmte sie. Margaret stand starr wie ein Eisberg da.

»Vielen Dank, dass du gekommen bist, Ban-oo.«

»Ich bin für dich da. Ich verstehe dich«, flüsterte ich.

Sie sank mir nicht in die Arme und ließ sich nicht trösten. Stattdessen machte sie sich los und drehte sich, den Arm von sich gestreckt, zu meinem Mann um. »Hit-en. Danke.«

Ich kramte ein paar in Alufolie gewickelte *methi parathas* aus meiner Handtasche.

»Momentan ist Kochen bestimmt das Letzte, worum du dich kümmern willst. Sie sind nicht scharf gewürzt.«

Margaret leidet am Reizdarmsyndrom und kann nichts Scharfes essen. Sie nahm die Gabe höflich entgegen.

»Das Mittel gegen den Schmerz ist der Schmerz, Margaret«, wiederholte ich die Worte der Therapeutin. Ich bin recht gut darin, anderen Leuten Ratschläge zu geben. Damit, selbst auch welche anzunehmen, hapert es ein wenig.

Es herrschte Schweigen.

»Das ist ein Zitat von Rumi, dem Dichter.«

»Aha«, antwortete sie mit unbewegter Miene.

Ich bot ihr an, sie könne mich jederzeit anrufen, falls sie etwas brauchte. Tag und Nacht. Doch ich wusste, dass sie es nicht tun würde.

Wir stiegen in unseren Mercedes und traten die Rückfahrt durch Cobham an.

»Du bist so still, Bhanu.« Mein Mann fühlt sich unbehaglich, wenn ich nicht rede. Normalerweise schaltet er dann das Radio an, um eine Geräuschkulisse zu erzeugen.

Ich dachte an die Worte der Therapeutin und hörte zum ersten Mal seit langer Zeit auf meine Gefühle. Anfangs spürte ich nur Margarets Trauer, aber indem ich das tat, spürte ich bald auch meine eigene. Die angehäuften Verluste, große wie kleine, ihre und meine. Sie riss sich zusammen, denn wenn sie sich gehen ließe, würde sie vermutlich aufs offene Meer hinaustreiben, ohne dass es jemand bemerkte. Nicht einmal ihr Mann. Nach Erreichen eines gewissen Alters nimmt einen kein Mensch mehr zur Kenntnis, ganz gleich, wie gewissenhaft man auch Gesichtsyoga betreibt und sich mit Crème de la Mer einreibt.

Eine Träne rann mir die Wange hinunter. Für sie, für uns.

Ich wünschte, jemand würde ihr mal richtig zuhören, hätte ich gerne zu meinem Mann gesagt. *Ohne sie zu bewerten und zu kommentieren oder sich vor dem Schweigen zu fürchten.*

Doch stattdessen sagte ich: »Du hättest ihr nicht diese Kreuzfahrt empfehlen sollen.«

»Oh … ja, richtig. Ich wollte nur die Stimmung auflockern.«

»Außerdem hast du die Kreuzfahrt grässlich gefunden. Wir sollten versuchen, ehrlicher zu unseren Mitmenschen zu sein.«

Er antwortete nicht.

»Und auch zueinander.«

Stille.

»Und zu uns selbst.«

Ja. Los, Bhanu, sei ehrlich zu ihm. Helgas Stimme feuerte mich an.

»Das hat die Therapeutin gesagt.«

Über die Therapeutin hatten wir noch gar nicht geredet. Gewiss hatte meine Tochter Hiten von dem Termin erzählt. »Was hältst du davon?«

»Ja, prima Idee.«

Er schaltete das Radio ein.

Normalerweise hätte ich jetzt die Augen geschlossen und in meinem Kopf ein Gespräch mit meinem Fantasie-Deep geführt. Deep hätte mir aufmerksam und mit beiden Händen am Steuer zugehört. An jeder Ampel hätte er mich angesehen, nach meiner Hand gegriffen und sie aufmunternd gedrückt. Wir hätten uns ausführlich über die Therapiestunde unterhalten und danach überlegt, was wir für Margaret tun konnten.

Bleiben Sie anwesend, hörte ich die Stimme der Therapeutin. Ja, es musste endlich Schluss damit sein. Deep musste weg, am besten noch vor der Zeremonie. Ich stellte das Radio leiser und versuchte es noch einmal. »Es gibt Dinge, von denen ich dir noch nie erzählt habe.«

Hiten klopfte mit den Fingern den Takt der Hintergrundmusik mit. »Es ist nicht so wichtig, Bhanu. Wühl nicht in der Vergangenheit herum.«

Gib dir mehr Mühe, Bhanu, forderte Helgas Stimme mich auf.

»Aber es ist wichtig«, beharrte ich.

»Grübeln bringt einen nicht weiter.« Er fing an, die Melodie mitzusummen.

Tu es jetzt. Sag es ihm, drängte Helga.

»Ich glaube, dass ...«

»Lass uns einen Kaffeevollautomaten kaufen«, fiel Hiten mir ins Wort.

Da ich keine Chance hatte, an mein Thema anzuknüpfen, erörterten wir die Anschaffung eines Kaffeevollautomaten. Hiten hat eine Schwäche für Hightech-Haushaltsgeräte.

Als wir gerade zu Hause angekommen waren, traf eine SMS von Pushpa ein.

Tut mir schrecklich leid – Terminprobleme. Kann nicht zum großen Tag kommen.

Ich bereute meine Entscheidung, ihr anzuvertrauen, dass ich von der Zeremonie wusste. Doch als ich davon erfuhr, war ich so verzweifelt gewesen. Allerdings hatte ich gleich geahnt, dass ich bei ihr an der falschen Adresse war.

»Mist! So eine Zeremonie in unserem Alter! Unter einem *mandir* zu sitzen, wo alle einen anstarren! Hinten Lyceum, vorne Museum, würden viele sagen. Aber in deinem Fall, Bhanu, wäre es eher Tofu, der als Sojabohne durchgehen will. Kein Wunder, dass du total verängstigt klingst.«

Ich las ihre SMS, wohl wissend, dass gleich die nächste folgen würde. Und sie enttäuschte mich nicht.

Klar komme ich. War nur ein Scherz. LOL.

Pushpa schreibt mir immer SMS mit LOL. Wenn es draußen minus fünf Grad hat, schreibt sie: *Heute schönes Wetter, LOL.* Oder: *Trinke gerade Kaffee, aber das interessiert dich sicher nicht die Bohne, LOL.*

Monatelang hatte ich keine Ahnung, was diese Buchstabenfolge bedeutete, bis Hari es mir erklärte. Dann zeigte er mir, wo man auf dem Telefon die Emojis findet und wie man sie benutzt. Er hat ein Händchen für so etwas, weil er in der IT-Branche ist. Er ist auch ein guter Rapper und DJ.

Hari arbeitete derzeit das Musikprogramm für die Party aus. Das wusste ich deshalb, weil ich ihn hörte, als ich draußen die Wäsche aufhängte, und weil er es in der Garage tat, die wir in ein Studio für ihn umgebaut hatten. Er mixte Hindi-Stücke aus den späten Siebzigern und Achtzigern mit Hip-Hop. Begleitet von Musik, befestigte ich die Eingriff-Unterhosen meines Mannes an der Leine und musste lächeln. Ich erinnerte mich daran, welchen Spaß mein Mann und ich beim Tanzen gehabt hatten. Er brachte mich mit seinen Bewegungen zum Lachen, und das kann er bis heute. Hiten ist ein Ein-Mann-Flashmob und fängt einfach an den unmöglichsten Orten plötzlich zu tanzen an: beim Tanken oder in der Kassenschlange im Supermarkt. Leyla ist ganz begeistert, wenn er vor ihrem Kinderwagen auf und ab hüpft und zu singen beginnt. Und wenn wir drei zusammen tanzen, kann sie gar nicht mehr aufhören zu lachen. Lachen ist in einer Ehe sehr wichtig.

Ich habe den Verdacht, dass Hari eine PowerPoint-Präsentation im Ärmel hat. Er hat mich nämlich gefragt, wo die Familienalben sind. Vielleicht läuft die Präsentation ja im Hintergrund zur Musik. Sie könnte so etwas wie die Evolutionsgrafik *The March of Progress* sein: unsere Familienentwicklung in den letzten vierzig Jahren.

Bild eins: ein verschwommenes Polaroid von unserer Hochzeit, nur vier Personen, zwei davon Fremde. Bild zwei: draußen vor einem Reihenhaus, ein Kind, ein roter Ford Cortina. Später: vor einer Doppelhaushälfte, zwei Kinder, ein blauer Volvo. Vor einem frei stehenden Haus: ein Enkelkind, ein schwarzer Mercedes. Gefolgt von dem neuesten Foto von uns bei Leylas erster Geburtstagsfeier. Anita hatte ein Partyzelt im Garten aufbauen lassen. Wir alle lachten und waren als Clowns verkleidet, mit Ausnahme von Anita und Hugh, die die Zirkusdirektoren spielten. Auch Margaret war auf diesem Foto, lächelnd neben ihrer Tochter Cynthia.

Ja, es ist wichtig, ein enges Verhältnis zu seinen Kindern und zu seiner Familie zu haben.

Vielleicht sind ja auch Fotos aus Haris und Anitas Kindheit und Jugend dabei. Dreckverschmierte, glückliche Gesichter. Ihr erster Schultag. Nein, wahrscheinlich nicht der von Hari. »Bitte lass mich nicht allein. Bitte geh nicht weg, Mummy«, hatte er geschluchzt. Es war herzzerreißend. Ich wusste, dass ich mich nicht umschauen durfte, denn dann hätte ich ihn wieder mitgenommen. Bisher war er immer in meiner Nähe gewesen. Ich konnte ihn nicht einmal beim Kochen und Putzen absetzen. Wir waren wie siamesische Zwillinge. Das heißt, bis er den Hip-Hop entdeckte. Letztes Jahr hätte er beinahe Sarah geheiratet … Sarah. Ich war wirklich erleichtert und außer mir vor Freude gewesen, weil Hari endlich jemanden kennengelernt hatte.

Anmutig wie eine Gazelle kam Sarah in unser Wohnzimmer getänzelt. Sie hatte dunkelbraunes, gewelltes Haar, das bei jedem Schritt mitzufedern schien, neugierig dreinblickende, große blaue Augen und sehr lange Wimpern. Bis jetzt hatte Hari noch nie ein Mädchen mit nach Hause gebracht. Völlig ohne Vorwarnung hatte er mich aus dem Büro angerufen: »Mum, Mum, Mum, hör zu, wir gehen nur miteinander aus. Weißt du, was ich damit sagen will?«

Klar weiß ich das, schließlich bin ich nicht von gestern. Glaubst du, du hättest den Sex erfunden? Ich hatte auch schon vor der Hochzeit Sex, und zwar nicht mit deinem Vater. Allerdings sprach ich es nicht aus.

»Und dann schaut ihr, wie es so läuft, richtig?«

»Ja, genau. Wir haben also nicht vor zu heiraten, ja? Sie möchte euch kennenlernen. Aber veranstaltet nur nicht so ein Theater wie damals bei Hugh. Macht keinen Druck, okay, Mum?«

Ich war überglücklich. Sobald er aufgelegt hatte, rief ich Pushpa an. »Plan schon mal eine Hochzeit ein.«

»Will er sich verpartnern?«, fragte sie.

Manchmal können Freundinnen ja so dämlich sein.

»Das war ein Witz, Bhanu. LOL. Warum nimmst du inzwischen alles so ernst? Seit deine ehrenamtliche Stelle gestrichen wurde, bist du schrecklich verbiestert.«

»Die Stelle war nicht ehrenamtlich, sondern wurde bezahlt. Ich war Bibliothekshelferin.«

»Einladung oder keine Einladung, das ist hier die Frage«, fuhr Pushpa fort.

Obwohl Hari schon dreiunddreißig war und noch zu Hause wohnte, forderte ich ihn auf zu klingeln, um mir ein paar Sekunden Vorlaufzeit zu geben. Meinen Mann bat ich, sich ganz natürlich zu verhalten und kein Tamtam zu machen. Er müsse keinen Eindruck bei ihr schinden. Allerdings deckten wir den Esstisch im Wintergarten, damit sie den parkähnlichen Garten bewundern konnte.

In ihrem grünen Wickelkleid sah Sarah sehr elegant aus. Sie überreichte mir einen Strauß gelbe Rosen. »Hari sagte, die mögen Sie am liebsten.«

Am liebsten habe ich Gänseblümchen. Hari zwinkerte mir zu.

»Danke, Sarah. Sie sind wunderschön.«

»Es ist ja so reizend, Sie kennenzulernen, Banoo.«

Bhanu, hätte ich sie am liebsten verbessert. *Ich heiße Bhanu*. Allerdings stand hier ein Heiratsantrag auf dem Spiel, der womöglich davon abhing, ob wir ihr sympathisch waren. Also drehte ich mich zu meinem Mann um und stellte ihn in meinem besten Oberschichtakzent vor.

»Das ist mein Mann Hit-en.«

Mein Mann streckte die Hand aus. »Wie Hit-Parade.«

Sarah schien verwirrt. Mein Sohn schüttelte den Kopf. Doch Hari brauchte sich keine Sorgen zu machen. Wir hatten dieses Abendessen geprobt, damit Sarah sich willkommen fühlte und die Abmachung besiegelt wurde.

Mein Mann nahm ihr den Mantel ab. Das Abendessen verlief sehr harmonisch, auch wenn es nicht leicht war, denn wenn es verboten ist, das Wort »Hochzeit« auszusprechen, liegt es einem ständig auf der Zunge. *Wie ist die Hochzeitsvorhersage für morgen? Könntest du mir bitte die Hochzeitsparatha reichen? Ich meine natürlich methi paratha.*

Und dann rutschte es mir tatsächlich heraus. Ich war kurz abgelenkt, weil ich mir Sarah in einem roten Hochzeitssari vorstellte, in dem sie einfach hinreißend aussah. Es war, als testete ich das Wort zum ersten Mal: »Hochzeit?« Leider entfuhr es mir unmittelbar, nachdem mein Mann Sarah gefragt hatte, ob sie noch etwas wolle.

Hari wäre am liebsten im Erdboden versunken. Doch Hiten rettete mir den Hals, indem er mir die Hand hinhielt und mir ein überschwängliches Kompliment zu meinen Kochkünsten machte.

Mein Sohn stimmte geistesgegenwärtig zu, ich hätte viel *Zeit* in der Küche verbracht.

Sarah schien zwar noch immer noch ein wenig ratlos, reagierte jedoch höflich und sagte, das Essen sei einfach köstlich gewesen und jetzt sei sie pappsatt.

Sarah hatte es mit dem Kinderkriegen nicht eilig. *Was?*, hätte ich am liebsten gerufen. *Drück auf die Tube, Mädel, sonst blätterst du irgendwann ein Vermögen in einer Kinderwunschklinik hin.* Aber ich gab mich völlig unbeteiligt und sagte mir, dass ich bereits Großmutter war und mir ein weiteres Elternpaar, das an meinen Erziehungsmethoden herumkritisierte, gerade noch gefehlt hatte. Nun, eigentlich fehlt es mir doch, obwohl ich zugeben muss, dass mir einige von Anitas Anweisungen ebenso schwer verdaulich erscheinen. Wie die McVities ohne Biosiegel, die Leyla nicht essen darf. *Wer hat euch denn großgezogen? Wölfe?*, würde ich sie manchmal gerne fragen. Natürlich verkneife ich es mir, aber das ist nun einmal meine Meinung. Vor Kurzem hat Anita sogar ein spanisches Kindermädchen namens Concetta eingestellt, das Leyla versorgen soll, da sie mir das offenbar nicht zutraut.

Ja, und außerdem ist es eine großartige Idee, ein Kind zweisprachig zu erziehen und immer Spanisch mit ihm zu sprechen, damit es auch ja kein Mensch versteht.

»*Agua, agua. Pan. Pan.*«

Und dann verlangte sie tatsächlich von mir, dass ich mit dem Kind Gujarati spreche.

»Mum, erstens würde es dich daran hindern, Zeichensprache zu benutzen. Leyla ist vierzehn Monate alt und kann noch immer nicht richtig reden.« Es stimmte, dass ich hin und wieder auf Zeichensprache zurückgreife. »Außerdem«, fuhr sie fort, »ist dein Akzent offen gestanden gewöhnungsbedürftig, und es wäre toll, wenn Leyla eine weitere Sprache lernt. Du weißt ja, dass sie in diesem Alter bis zu sieben Sprachen speichern können.«

Gerade hatte sie eine Handgranate nach mir geworfen, ohne die verheerenden Folgen der Explosion auch nur zu bemerken. Mein englischer Akzent *gewöhnungsbedürftig? Gewöhnungsbedürftig? Er hat immerhin genügt, um dich großzuziehen, du internationale Investmentbankerin, du.*

Als Anita fünf Jahre alt war, fing ich an, ihr richtige Gedichte vorzulesen. Diese Dinge vergessen sie, die lieben Kleinen: das Buchstabieren, das Abhören von Text für die Schulaufführung, das Vorlesen vor dem Einschlafen, die Gedichterklärungen.

Sie saß am Esstisch und malte etwas aus, während ich ihr vorlas.

»Mummy, Mummy, woher weißt du so viel über Gedichte?«

»Weil sie meine erste Liebe waren. Ich lese dir mal das hier vor.«

Ich schlug eine Gedichtsammlung von Auden auf und fühlte mich sofort, als sei ich wieder in Tansania und betrachte mit Deep die Sterne.

»Tara«, so nannte er mich immer. »Tara, ›Wie wär's für uns, wenn alle Sterne brennten / Sodass wir ihre Glut niemals erwidern könnten. / Solange in der Liebe groß und klein / Lass meine Liebe dann die größ're sein.‹«

»Blake?«, riet ich aufgeregt.

Deeps Liebe zu Gedichten war ansteckend, weshalb ich angefangen hatte, mich gründlicher mit den Romantikern zu beschäftigen. Unser Lieblingsspiel bestand darin, dass er mir Textzeilen zitierte und ich sagte, von wem das Gedicht war.

»Nein, Auden.« Er lächelte.

»Aber der ist kein Romantiker!«

»War nur ein Test. Ich möchte dir meine Ausgabe seiner Gedichte schenken. Sie ist von ihm signiert. Schau, Tara! Eine Sternschnuppe.«

Es war keine Sternschnuppe, aber ich wollte ihn nicht enttäuschen. Allerdings hätte ich das auch gar nicht geschafft.

»Nein, das ist ein Flugzeug.« Ich lachte.

Er lachte auch und sah mich an. »Weißt du, dass wir eines Tages die Welt bereisen werden? Ich fahre mit dir nach England, und dann besichtigen wir Audens Geburtshaus in York.«

Ich malte mir aus, wie ich mit ihm um die Welt reiste und die Sterne beobachtete, während wir zusammen alt wurden. Wohl wissend, dass diese Konstellation, das Kreuz des Südens, genau aus denselben Sternen bestand, unter denen wir gemeinsam Pläne geschmiedet hatten.

»Vergiss York. Ich gehe besser nach Hause, bevor sie Verdacht schöpfen«, erwiderte ich.

»Wir können es ihnen bald sagen. Nachdem du Ma kennengelernt hast.«

»Ich hab Angst, Deep.«

»Angst? Du?«

»Was, wenn sie mich nicht leiden kann. Wenn ich ihr nicht gut genug bin. Was wird dann aus uns?«

»Tara, sie wird dich ebenso lieben, wie ich dich liebe.«

»Und wenn nicht?«

»Ich glaube nicht, dass diese Möglichkeit überhaupt existiert. Und deshalb existiert sie auch nicht. Dieses Handgelenk sieht so nackt aus. Komm her, Handgelenk.« Er förderte eine goldene Schnur zutage.

»Deep, die ist sehr schön!«

»›Ein schönes Ding macht ewig Freude. Seine Schönheit wächst, um niemals zu vergeh'n.‹«

»Auden?«

»Keats.« Er lächelte.

»Ich gebe mich geschlagen, Deep.« Ich kuschelte mich in seine Arme.

Er küsste mich, und dann liebten wir uns unter Audens Sternen.

»Tara«, flüsterte Deep. »Du wirst niemals vergehen.«

Doch es geschah trotzdem. Eine Hochzeit stand für uns nicht in den Sternen.

»Mummy, ich hab ein Bild von mir und Daddy gemalt«, sagte meine Tochter und zupfte mich am Ärmel.

»Oh, das ist aber hübsch«, antwortete ich und betrachtete ihr Werk.

»Was bedeutet dein Gedicht, Mummy?«

»Schau, mein Kleines«, meinte ich und hob sie auf meinen Schoß, »die Sterne scheinen ganz hell, weil sie uns so lieben, und manchmal glauben wir, ihre Liebe nicht erwidern zu können. Aber das kümmert sie nicht. Sie strahlen dennoch weiter, denn sie brauchen unsere Liebe nicht.«

Kleine Kinder ahnen ja nicht, welche großen und kleinen Opfer wir für sie bringen und mit wie vielen Niederlagen wir uns um des lieben Friedens willen abfinden. Nun stand meine erwachsene Tochter vor mir, während ich an ihrem Esstisch saß.

»Also, Mum, meinst du, du könntest versuchen, Gujarati mit Leyla zu sprechen?«

Ich tat, als seien ihre Worte einfach an mir vorbeigeschwebt, ohne eine gewaltige Erschütterung zu verursachen.

»Ich tue mein Bestes«, sagte ich.

»Und wenn du außerdem so nett wärst, Leyla nicht mehr mit McVitie's Keksen zu füttern, würde ich mich sehr freuen. Du weißt doch, dass ich diese hier im Bioladen kaufe.« Sie holte ein Päckchen mit glasierten Brotfruchtkeksen hervor. »Leyla liebt diese Kekse. Du weißt ja ...«

»Ach, Brotfrüchte. Bapa hat solche Kekse in seinem Süßwarenladen gebacken. Du hast sie so gern gegessen. Bapa ...«

»Sie sind reich an Antioxidantien. Probier mal.«

Wenn sie Lust gehabt hätte, mir zuzuhören, hätte ich ihr die Geschichte der Brotfrucht und die Legende erklären können, die sich um diesen Baum rankt. Außerdem hätte ich ihr die verschiedenen Süßigkeiten geschildert, die man daraus herstellt, und sie daran erinnert, wie sie das, ebenso wie ich als Kind, mit meinem Vater im Süßwarenladen getan hat. Aber sie war zu beschäftigt. Unsere Kinder glauben, sie hätten alles schon einmal gehört. Sie haben keine Ahnung von dem Leben, das man vor ihrer Geburt geführt hat.

Der Kauf des Kaffeevollautomaten wurde auf der Heimfahrt von Cobham beschlossen. Es war eine gemeinsame Entscheidung. Bei dieser Gelegenheit sprach ich auch die Frage an, ob wir meiner Schwiegermutter wirklich dauerhaft Obdach gewähren sollten. Doch für meinen Mann war nicht daran zu rütteln. Eigentlich ist er ein recht flexibler Mensch, außer wenn es um seine Mutter geht. In all den Jahren hat sich ihr Klammergriff um ihn nicht gelockert, und für mich gab es kein Entrinnen.

»Sie braucht uns jetzt mehr denn je, Bhanu. Sie ist alt und gebrechlich, und wer soll sich um sie kümmern, wenn nicht wir?«

Immerhin waren da noch sein älterer Bruder und seine Schwägerin. Nur, dass die zwei behaupteten, ihre untere Etage sei nicht gut genug für sie. Und wie sollte sie dann die Mount-Everest-ähnliche Treppe bezwingen? Dabei hat meine Schwiegermutter Beine wie Mo Farah – wie geschaffen für die Langstrecke. Was war außerdem mit einem Treppenlift? Wir konnten doch anbieten, auf unsere Kosten einen Treppenlift einbauen zu lassen.

»Das kommt überhaupt nicht infrage. Es ist unsere Pflicht, für sie zu sorgen«, beharrte Hiten.

Sobald wir aus Cobham zurück waren, ging ich nach oben und öffnete meinen Wäscheschrank. Ich habe mir dort einen improvisierten Tempel für die Götter eingerichtet. Außerdem lasse ich mein selbst gemachtes Joghurt dort stocken, weshalb ich die Götter jeden zweiten Tag zu Gesicht kriege, solange keine dringenden Probleme anstehen. Eigentlich bin ich nicht sehr religiös, doch es bringt mir Frieden, hin und wieder zu beten. Mein erstes Gebet richtete ich an die Göttin Parvati, die ich bat, Margaret Kraft zu geben und sie wohlbehalten aus dem Rhododendrendschungel hinauszuführen. Danach wandte ich mich an den Elefantengott Ganesha, der Hindernisse beseitigt, und bat ihn, Hiten möge seine Meinung zum Thema Treppenlift auf wundersame Weise ändern. Dann sank ich nach kurzem Zögern ächzend auf die Knie. »Falls es einen Weg gibt, Deep endlich loszulassen, bitte zeige ihn mir.«

BAHN ZWEI

»Es ist nicht deine Aufgabe, die Liebe zu suchen. Du brauchst nur all die Schutzwälle in dir zu suchen und zu finden, die du dagegen aufgeschüttet hast.«

Rumi

Gestern hat mein Sohn mir den Brief gegeben. Ja, gestern, am Tag vor der Zeremonie. Er hat mich regelrecht aus heiterem Himmel damit überfallen, so als sei er der Fernsehmoderator Eamonn Andrews in seiner Show *This Is Your Life*. Ich war gerade dabei, mir eine Gesichtsmaske aus Kurkuma zusammenzurühren, die ich später am Abend auftragen wollte. Außerdem war ich geistig anderweitig beschäftigt, denn mein Mann hatte mir soeben das Datum mitgeteilt, an dem meine Schwiegermutter bei uns einziehen würde. Nach diesen Worten war Hiten natürlich sofort aufgebrochen, um sie zu besuchen, als Hari einfach aus dem Nichts erschien.

Zuerst hielt ich das Kuvert für eine, wenn auch ein wenig verfrühte, Glückwunschkarte. Doch Hari neigt manchmal dazu, die Dinge zu überstürzen.

»Vielen, vielen Dank, *beta*. Leg sie bitte auf den Tisch«, sagte ich und wusch mir die vom Kurkuma fleckigen Hände.

»Du musst das lesen, Mum.« Sein Tonfall war ernst. Allerdings klingt Hari häufig ernst, wenn er nicht genug Schlaf abbekommt, und er hatte bis in die frühen Morgenstunden Musik aufgelegt.

»Das Kindermädchen ist schon wieder krank, und Anita hat mir ein Uber geschickt. Der Fahrer wartet draußen.« Ich trocknete mir die Hände ab. »Ganz gleich, was du auch ausgesucht hast, es ist sicher sehr hübsch«, fügte ich aufmunternd hinzu.

»Nimm es mit«, beharrte er.

»Einverstanden.«

Hari braucht seit seiner Kindheit und bis heute eine Menge Aufmerksamkeit. Er reagiert rasch verschnupft, wenn er glaubt, dass ich seine Schwester bevorzuge. Aber ich musste weg.

Seit Tescogate schickt Anita mir immer ein Uber. Dabei handelte es sich wirklich um eine äußerst unglückliche Verkettung von Umständen. Ich hütete Leyla und hatte mir von Pushpa einen Kindersitz geliehen, um mit ihr zum Einkaufen zu fahren. Nach dem Einkauf setzte ich sie schon mal hinein, bevor ich die Sachen in den Kofferraum packte. Und um sie unterdessen zu beschäftigen, gab ich ihr den Autoschlüssel zum Spielen. Prompt verriegelte sie das Auto. Von innen.

Oh, mein(e) Gott (Götter)! Die Schweißmengen, die mir ausbrachen, während ich Leyla zu überreden versuchte, die Tür wieder zu entriegeln, spotteten jeder Beschreibung. Keine Sauna der Welt hätte da mithalten können. Doch sosehr ich auch Grimassen schnitt, damit Leyla endlich auf das Knöpfchen drückte, es war zwecklos. Da sich inzwischen eine Menschenmenge versammelt hatte, musste ich Feuerwehr und Polizei alarmieren. Und die Polizei hatte natürlich nichts Besseres zu tun, als mich bei Anita zu verpetzen. Daraufhin verhängte sie ein Fahrverbot über mich, wenn ich mit Leyla unterwegs war, und schrieb meinem Konto drei weitere Minuspunkte gut. Deshalb schickt sie mir nun immer ein Uber, wenn ich Babydienst habe.

Im Wagen roch es so überwältigend nach Zitronenaroma, dass ich trotz der Kälte das Fenster herunterkurbelte.

»Zu heiß hier drin?«, fragte der Fahrer.

»Ja«, log ich. Ich konnte in Sachen Aufrichtigkeit – und auch in einigen anderen Bereichen – nur geringe Fortschritte verbuchen, aber das würde bis nach der Zeremonie warten müssen.

Nachdem ich mich ordentlich angeschnallt hatte, öffnete ich Haris Umschlag.

»Eine Glückwunschkarte zum Hochzeitstag von meinem Sohn«, teilte ich dem Fahrer stolz mit.

Lächelnd betrachtete er mich im Rückspiegel. »Ich gratuliere.«

»Danke.«

Doch ich hatte mich geirrt. Es war gar keine Karte, sondern ein Brief.

Liebe Mum,
mein Therapeut hat mir geraten, meine Gefühle aufzuschreiben.

Aha, dahinter steckte sicher Anita. Sie hatte ihn offenbar auch zum Therapeuten geschickt.

Ich bin spielsüchtig und bereue den Schaden sehr, den ich durch meine Sucht angerichtet habe.

Ich empfand eine so gewaltige Erleichterung, als wäre mir ein lastwagengroßer Stein vom Herzen gefallen. Doch als ich den nächsten Satz las, senkte sich der Felsbrocken rasch wieder auf mich herab.

Vielleicht hast du dein Bestes getan, aber du hast trotzdem Mist gebaut. Und zwar gewaltig. Du versuchst, alles im Griff zu haben, und das war schon immer so. Sarah wäre geblieben, wenn du dich nicht eingemischt hättest. Du hättest ihr das mit dem Ring nicht zu verraten brauchen, aber du kannst einfach nicht aus deiner Haut. Vermutlich weißt du wegen morgen auch Bescheid und bist bereits dabei, hinter den Kulissen die Strippen zu ziehen. Und dann wirst du die Ahnungslose spielen. So wie jedes Mal, Mum.

Ich bekam Herzrasen.

Was hat Dad dir getan? Warum bleibst du bei ihm, wenn er dich so unglücklich macht? Ich kapiere das nicht. Kehr doch vor deiner eigenen Tür.

Am liebsten hätte ich den Brief weggelegt und so getan, als hätte ich ihn nie geöffnet. Trotzdem las ich weiter. Warum musste das ausgerechnet jetzt sein?

Ja, und wahrscheinlich hattest du recht, als du sagtest, dass Sarah zu gut für mich ist. Nur, dass ich selbst nie gut genug für dich war, richtig?

Ich konnte nicht weiterlesen, denn mein Blick klebte an der letzten Zeile.

Ich habe das Theater satt.

Ein Kloß stieg mir in der Kehle hoch und dann, ich war machtlos dagegen, stieß ich einen heiseren Schrei aus. Wenn ich nicht angeschnallt gewesen wäre, hätte ich mich wohl zusammengekauert und verkrochen wie ein waidwundes Tier. Nur, dass es hier im Auto kein Versteck gab.

Der Fahrer hielt an, musterte mich beklommen im Rückspiegel und wusste offenbar nicht, was er sagen sollte. Am liebsten hätte ich ihm den Brief gezeigt und ihm erklärt, dass das nicht stimmte und dass nichts, was da stand, wahr war. Er reichte mir ein Papiertaschentuch und stellte im Radio einen Klassiksender ein. Weinend saß ich auf der Rückbank, doch je länger ich darüber nachdachte, desto wütender wurde ich. Wieso schrieb einem jemand einen Tag vor der großen Hochzeitszeremonie einen solchen Brief? Um so viel Schaden wie möglich anzurichten? Warum nicht warten, bis alles vorbei war? Außerdem: Was verstehst du denn davon, Herr Therapeut? Du hockst nur auf deiner Couch und fällst ein Urteil über mich. Gut, ich habe Hari nicht gestillt und vielleicht sogar seine Fingerfarbgemälde weggeworfen, anstatt sie an den Kühlschrank zu heften, aber bevor du mich schuldig sprichst, will ich dir eines sagen: Wenn ich als Kind ein Fingerfarbgemälde hätte malen dürfen, wäre es schwarz gewesen, und es hätte auch keinen gottverdammten Kühlschrank gegeben, um es daran zu befestigen.

»Wir sind da«, verkündete der Fahrer erleichtert, als wir in die Auffahrt meiner Tochter einbogen.

Anita erwartete mich schon auf der Veranda. Die Haustür stand weit offen.

»Entschuldigen Sie«, nuschelte ich verlegen, während ich meine Handtasche nach Kleingeld durchwühlte.

»Nicht nötig.« Offenbar wollte er nichts wie weg.

Anita eilte mir entgegen. »Was ist passiert, Mum?«

»Hari hat mir einen Brief geschrieben. Schau!«

»Was, er hat ihn dir gegeben? Dieser Schwachkopf!«

»Du wusstest davon?«

»Der Therapeut wollte, dass er seine Gefühle äußert. Nicht, dass er dir den Brief in die Hand drückt. Es klingt schlimmer, als es ist, Mum.«

»Aber lies doch, was da steht. Habe ich dir je das Gefühl vermittelt, dass du nicht genügst, Anita? Habe ich dich herumkommandiert?«

Anscheinend ahnte sie, dass das Terrain mit Landminen durchsetzt war, zu deren Entschärfung sie etwas hätte beitragen können, denn sie sah mich nur kurz an. Ihr Blick sprach Bände.

»Mum, ich muss wirklich los. Das Meeting ist wichtig. Wir klären das später, Ehrenwort. Alles wird gut, du wirst schon sehen. Kommst du mit Leyla klar?«

Als ich nickte, hastete sie davon.

Ich ging nach oben, um nach Leyla zu schauen. Ihr Bäuchlein hob und senkte sich, während sie selig schlief. Wenn sie erst einmal älter war und die Dinge sich für sie nicht nach Wunsch entwickelten, würde sie meiner Tochter Vorwürfe machen. So läuft es eben im Leben. Ich beobachtete Leyla beim Schlafen, berührte ihre kleinen Finger und brach plötzlich in Tränen aus. *Komm*, höre ich Deep flüstern. *Komm, meine Tara.* Als er die Hand ausstreckte, sehnte ich mich verzweifelt danach, sie zu ergreifen und in meine Traumwelt zu flüchten, wo Deep und ich uns zusammensetzen und alles besprechen konnten. Doch sosehr ich mir das auch herbeiwünschte, ich musste hart bleiben und meine Gedanken steuern. Deshalb stellte ich mir Helgas Reaktion vor. *So geht das nicht,* verkündete sie und versperrte mir wie eine Türsteherin den Weg in meine Traumwelt. *Atmen, Bhanu, immer weiteratmen.* Helga begleitete mich nach unten. *Da musst du ganz allein durch. Schluss mit diesem albernen Davongelaufe, Bhanu.*

Ich ging ins Wohnzimmer und setzte mich auf das weiße Sofa im schneeweißen Zuhause meiner Tochter. Fast alles hier ist weiß. Das Einzige, was nicht in dieses Wohnzimmer passt, ist ein Schrank im »shabby chic«-Stil, für den sie ein Vermögen bezahlt hat. Auf diesen Schrank hat sie drei alte braue Koffer gestellt, mit dem Ergebnis, dass alles so aussieht wie damals, 1977, als wir nach Großbritannien eingewandert sind. Ich fand das schon immer recht sonderbar.

»Das Ding wirkt schlampig, Anita. Ich verstehe nicht, wie du dir so etwas kaufen konntest. Wir haben jahrelang gebraucht, um diese Art von Einrichtung loszuwerden. Außerdem wird das Sofa mit einem Kind rasch schmutzig werden. Warum lässt du die Plastikhülle nicht drauf?«

»Ich möchte nicht, dass Leyla eine Zwangsneurose entwickelt, weil ich ihr verbiete, mit ihren Freudinnen zu spielen, wenn die Trauerränder unter den Fingernägeln haben«, platzte sie heraus, und damals verstand ich nicht, was sie damit gemeint haben könnte.

»Ich weiß, du willst nur unser Bestes«, fügte sie rasch hinzu. »Aber Hugh und mir gefällt es so.«

Vielleicht ist dieser schauderhafte Schrank für sie so etwas wie ein Brief an mich. Es stimmt, dass sie eine Freundin mit »Trauerrändern unter den Nägeln« hatte, die ich ihr verboten habe. Und vielleicht hat das dazu geführt, dass sie jetzt übertrieben großen Wert auf Ordnung und Sauberkeit legt. *Eines Tages würde ich euch gern alles erklären, Anita und Hari. Kauft eure Schränke, schreibt eure Briefe, macht mir Vorwürfe und setzt euch dann beim Therapeuten auf die Couch, um mich von einer dritten Person beurteilen zu lassen. Aber zuvor müsst ihr verstehen, dass der Großteil meiner Entscheidungen aus einem Sicherheitsbedürfnis heraus gefallen ist. Und als ich dann euch hatte, war für mich oberstes Gebot, euch Geborgenheit zu vermitteln, damit ihr nie dasselbe durchmachen müsst wie ich. Alles, was ich getan habe, habe ich nur für euch getan.*

Das habe ich mir bis jetzt eingeredet, denn die Alternative, nämlich dass ich den Großteil meines Lebens unter der Fuchtel dieser Fehleinschätzung verbracht habe, wäre einfach unerträglich.

Meine Eltern waren bettelarm, und mein Vater vertrank unser weniges Geld.

»Du dummer Balg. Du bist nichts als eine Last«, brüllte er mich an und schlug mich immer wieder mit seinem Pantoffel oder einem anderen gerade greifbaren Gegenstand.

Es heißt, meine Geburt habe für meine Eltern eine Pechsträhne eingeläutet. Meine Mutter verlor den Verstand – vermutlich litt sie an einer Wochenbettdepression. Der Dorfastrologe vertrat die Theorie, es liege daran, dass ich unter dem starken Einfluss des Planeten Mars geboren sei, und empfahl eine Reihe heilender Zeremonien. Mein Vater investierte das Geld, doch nichts schien zu helfen.

Daraufhin flüchtete er sich in den Alkohol und verlor deshalb seinen Laden. Seine Wutausbrüche wurden immer schlimmer. Nie wusste ich, in welcher Stimmung ich ihn antreffen würde und was ich tun musste, um zu verhindern, dass er zornig wurde und mit Dingen nach mir warf. Es war sinnlos. Ihm war jeder Grund recht, um mich, ob betrunken oder nüchtern, zu verprügeln, bis ich nicht mehr stehen konnte. Meine Mutter tat ihr Bestes, um mich zu beschützen. Bis sich das eines Tages erübrigte, weil er einfach ging und uns verließ. Ich war sieben.

Der Anlass für die Trennung war ein rotes Kleid, das Vidya, die Schwester meiner Mutter, mir geschenkt hatte. Wir sahen sie nicht oft, denn mein Vater konnte die Familie meiner Mutter nicht leiden. Vidya Masis Mann hatte gerade seinen zweiten Süßwarenladen eröffnet, woraufhin sie uns mit Geschenken beladen besuchte: ein Kleid für mich und einen Sari für meine Mutter. Der Sari war limettengrün und rosafarben. Es war ein Bandhani-Sari, eingefärbt in Batiktechnik, mit tränenförmigen Punkten und eingenähten winzigen Spiegeln. Das Sonnenlicht fing sich funkelnd darin, als wir den Sari ordentlich über einen Stuhl breiteten.

Vidya Masi ließ mich das Kleid anprobieren. Es passte wie angegossen. Als ich meine Mutter fragend ansah, ob ich es würde behalten dürfen, lächelte sie. Erst als geklärt war, dass es wirklich mir gehörte, konnte ich mich richtig darüber freuen. Ich betastete den weichen Stoff, wirbelte um die eigene Achse und spielte mit den Rüschen. Meine Mutter und meine Tante fingen zu lachen an. Es war das erste Mal seit langer Zeit, dass ich meine Mutter lachen hörte.

»Du musst sie zur Schule schicken. Sie ist ein kluges Mädchen«, sagte Vidya Masi zu meiner Mutter. »Ich helfe dir.«

Die beiden unterhielten sich eine Weile, während ich Spaß an meinem Kleid hatte und mich fühlte wie eine indische Kriegerprinzessin.

Vidya Masi blieb nicht lange, denn meine Mutter befürchtete, dass mein Vater jeden Moment zurückkommen könnte, was auch geschah. Als er den ordentlich auf dem Stuhl drapierten neuen Sari meiner Mutter sah, nahm er ihn und zerriss ihn mit bloßen Händen. »Die halten sich für was Besseres und glauben, wir könnten uns nichts leisten! Und dann kaufen sie ihr ein rotes Kleid, obwohl sie wissen, dass Mars sie verflucht hat.« Der Dorfastrologe hatte meinen Eltern davon abgeraten, mir etwas Rotes anzuziehen, da es den Marsdefekt noch weiter verstärken würde. Doch als mein Vater mir das Kleid vom Leibe zerren wollte, warf meine Mutter sich dazwischen. Er verprügelte sie so heftig, dass ihn die Folgen vermutlich selbst erschreckten, packte seine Sachen und verschwand.

Ich konnte niemanden zu Hilfe rufen, weil mir von klein auf eingebläut worden war, dass das, was bei uns zu Hause passierte, niemanden etwas anging. Ganz gleich, wie schlimm es auch war, man bat andere Leute nicht um Hilfe und sagte kein Wort, damit man nicht ins Gerede kam. Jeder Skandal hätte den Namen der Familie in Misskredit bringen und mir zukünftige Heiratschancen verbauen können. Deshalb lief ich nicht zu den Nachbarn, auch wenn ich es gern getan hätte, sondern versorgte meine Mutter, so gut ich konnte. Ich reinigte ihre Wunden mit Salz und kochte Reiswasser für sie, das ich ihr einflößte. Dabei ahnte ich nicht, dass mein Vater ihre Seele zerstört hatte und dass ich keine Möglichkeit hatte, den Schaden wiedergutzumachen.

Nachdem er fort war, wurde es endlich ruhig bei uns zu Hause, auch wenn meine Mutter sich weiter das dichte schwarze Haar büschelweise ausriss. In meinen frühesten Erinnerungen sitzt sie am Fenster und zupft sich, Strähne für Strähne, die langen Haare aus. Sie wartete auf irgendjemanden oder irgendetwas. Ich weiß noch, dass ich schon als Kind das Gefühl hatte, dass ihr etwas Schlimmes zustoßen würde, wenn ich nicht brav war und mir nicht genug Mühe gab. Also war ich ein folgsames Kind. Ich glaube nicht, dass ich von Geburt an ein guter Mensch bin. Eigentlich weiß ich nicht, wer ich eigentlich bin, da ich früh gelernt habe, Situationen einzuschätzen und mich nach Kräften anzupassen. Ich weiß, wie man Gehorsam vorspielt und immer genau das tut, was von einem verlangt wird. Und wie man die leidenschaftlichen Anteile des Mars unterdrückt, die ich in mir herumtrage.

Auf den ersten Blick besserte sich unsere Lage, obwohl wir noch immer an Geldnot litten und gelegentlich hungern mussten. Meine Mutter schien ein bisschen öfter zu lächeln, im Haus ging es friedlich zu, und es spielte sich ein Tagesablauf ein, etwas, das bis jetzt wegen der unberechenbaren Stimmungsschwankungen meines Vaters nicht möglich gewesen war.

Meist wurde ich von Weihrauchduft geweckt, und wenn ich die Augen aufschlug, kniete meine Mutter betend auf dem Boden. Doch eines Tages, es war noch dunkel, riss mich das Quietschen der rostigen braunen Schranktür aus dem Schlaf. Noch nicht ganz wach, beobachtete ich, wie meine Mutter ein Päckchen und eine alte Keksdose aus dem Schrank nahm. Sie stellte die Dose neben unsere Schlafmatte auf den Boden, löste dann die Schnur um das Päckchen und wickelte es ganz langsam aus. Obwohl mir vor Müdigkeit die Augen zuzufallen drohten, zwang ich mich, weiter hinzuschauen.

So etwas Schönes hatte ich noch nie gesehen: einen säuberlich zusammengefalteten, bestickten blauen Sari. Der schwere Silberbrokat schimmerte im Zwielicht zwischen Nacht und Tagesanbruch. Nachdem sie ihn vollständig ausgepackt hatte, hob sie zwei Enden mit den Fingern hoch. Mit einer raschen Handbewegung schlug sie den Stoff aus, sodass der Sari wie eine gewaltige glänzende Welle bis zum Boden floss. Ich wäre gerne aufgestanden, um mit dieser Welle zu spielen, doch ich hielt mich zurück. Etwas an diesem Tag war anders. Zum ersten Mal schien meine Mutter sich auf etwas zu freuen. Offenbar wollte sie sich für eine Feier zurechtmachen. Das war seltsam, denn normalerweise wurden wir nicht zu Feiern eingeladen. Und wo hatte sie diesen Sari her? Schließlich hatten wir kein Geld für Kleidung. Ob ihn ihr jemand geliehen hatte?

Eine Hochzeit!, dachte ich. *Vielleicht gehen wir ja auf eine Hochzeit.* Aufgeregt lag ich da, während der Sari für einen Moment leuchtend in der Luft schwebte, bevor er schwer auf dem Boden landete. Als sie mein bestes Kleid – das rote – herausholte, glaubte ich, dass mir gleich das Herz platzen würde. Bestimmt eine Hochzeit. Eine Hochzeit, und es würde etwas zu essen geben. Nicht nur etwas zu essen, sondern ein Festmahl.

Da ich jeden Moment genießen wollte, stellte ich mich weiter schlafend und beobachtete meine Mutter. Sie knüllte mein rotes Kleid zusammen, hielt es sich an die Nase, schnupperte seinen Duft und drückte es sich an die Brust. Obwohl sie vermutlich gerade erst aufgewacht war, sah sie mit ihrem dichten, langen pechschwarzen und noch ungebürsteten Haar und den strahlenden grünen Augen wunderschön aus.

Nun füllten sich diese Augen mit Tränen, und es schien, als hätte sie einen Kloß in der Kehle. Sie schluckte heftig, schüttelte den Kopf und schob den Gedanken, der ihr offenbar gerade gekommen war, mit Nachdruck beiseite. Schließlich wollten wir jetzt zu einer Hochzeit.

Nachdem sie das Kleid ordentlich über einen Stuhl gebreitet hatte, öffnete sie die Keksdose und nahm Garn in demselben Farbton wie der Sari und eine große Nähnadel heraus. Sie brauchte eine Weile, um die Nadel einzufädeln, da das Garn recht dick war. Oder das Nadelöhr war zu klein. Als sie das Ende des Fadens mit der Zunge anfeuchtete, klappte es schließlich. Ihre langen, schlanken Finger mussten sich kräftig abmühen, um die Nadel in den schweren Silberbrokat zu bohren. Mit feinen Stichen nähte sie weiter, und es sah aus, als arbeitete sie eine Tasche ein. Eine Tasche in einen Sari? Wollte sie von der Hochzeit Essen für uns mit nach Hause nehmen? Ich beobachtete, wie sie danach eine zweite und dann noch eine dritte Tasche nähte. Irgendwann schlief ich wieder ein.

Als ich morgens beim Aufwachen den schimmernden blauen Sari sah, wurde ich von einem Glücksgefühl ergriffen, denn etwas an meiner Mutter hatte sich eindeutig verändert. Sie reichte mir das rote Kleid, damit ich es anzog, und wickelte sich rasch in den blauen Sari. Ich weiß noch, dass ich fand, sie hätte sich dafür mehr Zeit nehmen sollen, denn schließlich handelte es sich bei einer Hochzeit um einen wichtigen Anlass. Dennoch sah sie aus wie eine Göttin.

»Zu welcher Hochzeit gehen wir denn, Ma?«

Sie beugte sich zu mir herunter. »Ich möchte, dass du mir jetzt gut zuhörst, meine Kleine. Vidya Masi will dich in die Schule schicken, und du wirst dort jede Menge Spaß haben. Du wirst ganz viel lernen und eines Tages bedeutende Dinge tun. Du wirst ein einflussreicher Mensch sein.«

Ich schluckte, denn ich ahnte schon, dass sie nicht mitkommen würde. »Was ist mit dir, Ma? Kommst du nicht?«

»Das ist im Moment nicht möglich.«

»Warum?«

»Ich muss noch einiges erledigen.«

»Versprich mir, dass du mich wieder abholst, Ma.«

»Ich werde immer an dich denken, meine Kleine.«

Da das für mich nicht nach einem Versprechen klang, hätte ich am liebsten zu weinen angefangen. Doch ich wusste, dass das keine gute Idee war.

Sie packte ein paar meiner Sachen ein, und dann gingen wir zur Bushaltestelle an der Straßenecke. Da ich nur selten mit dem Bus fuhr, lenkte ich mich damit ab, dass ich aus dem Fenster schaute und das geschäftige Treiben in der Stadt beobachtete. Die Gemüsehändler mit ihren rostigen Beilen und die Erdnussverkäufer schienen sich nicht daran zu stören, dass ihre Ware von den schwarzen Abgasen der vielen Fahrzeuge eingehüllt wurde. Ich fragte mich nur, wie die Erdnüsse wohl schmecken mochten. Und ob wir uns unterwegs welche kaufen würden. Ich sprach meine Mutter zwar nicht darauf an, aber sie hatte meinen Blick bemerkt.

»Magst du welche?« Sie lächelte mich an. Also war die Trennung nur vorübergehend, sagte ich mir, als sie zwei Tütchen voll kaufte. Und so aßen wir gemeinsam unsere Erdnüsse. Ich sparte mir ein wenig davon auf, damit wir genug für den Rest der Fahrt hatten.

»Du bist ein sehr liebes Mädchen, Bhanu. Wenigstens etwas habe ich richtig gemacht«, sagte sie beim Einsteigen zu mir. Als wir uns setzten, hielt ich sie fest an der Hand. Nach einmal Umsteigen und einige Stunden später erreichten wir die große Farm, wo meine Tante lebte.

Auf dem Weg zum Haus konnte ich mich nicht länger beherrschen und brach in Tränen aus. »Ich will da nicht hin, Ma. Bitte verlass mich nicht. Bitte lass mich nicht bei denen. Ich verspreche auch, brav zu sein und mir noch mehr Mühe zu geben.« Ich schluchzte und klammerte mich an ihren Sari. In diesem Moment kam Gauri auf die große Veranda getänzelt. Vidya Masi folgte ihr. Sie warf meiner Mutter einen Blick zu und nickte.

Meine Mutter kniete sich vor mich hin und sah mich an. Auch sie kämpfte mit den Tränen.

»Bitte geh nicht, Ma. Bitte«, stieß ich leise zwischen den Schluchzern hervor.

»Sei brav bei Masi, tu, was sie dir sagt, und sei fleißig in der Schule.« Ihre Stimme zitterte. »Es ist dir bestimmt, Großes zu vollbringen.«

»Bitte, Ma, hol mich wieder ab. Du kommst mich doch wieder holen, oder?«, fragte ich weinend.

Tränen rannen ihr übers Gesicht. Sie drückte meine Hand, küsste mich auf die Stirn, richtete sich auf und ging davon.

Als ich ihr nachlaufen wollte, hielt meine Tante mich an der Hand fest. Schluchzend ließ ich mich auf den Boden fallen.

Vidya Masi hob mich hoch, versprach mir, gut für mich zu sorgen, und wischte mir mit dem Zipfel ihres Saris die Tränen ab. Gauri fing an, um uns herumzutanzen, und aus dem Augenwinkel bemerkte ich eine ganz in Weiß gekleidete alte Dame, die alles beobachtete. Sie palte Erbsen und kommandierte die Leute herum. Meine Tante schaute rasch zu ihr hinüber und führte mich nach kurzem Zögern zu ihr, um mich ihr vorzustellen. Gauri hüpfte hinter uns her.

»Das ist Ba«, sagte Vidya Masi nervös.

Die Dame spuckte die Betelblätter aus, die sie gerade kaute, musterte mich, nickte und palte dann weiter ihre Erbsen.

Gauri lief auf mich zu. »Komm, Bhanu, ich zeige dir meine Puppen.«

Vidya Masi scheuchte uns weg.

»Du darfst nur mit ihr sprechen, wenn sie dich zuerst anspricht«, erklärte Gauri. »Sie ist meine Großmutter und nicht sehr nett. Meine Cousinen haben mir erzählt, dass sie zwei ihrer Ehemänner umgebracht hat, und wenn man ihr zu nah kommt, droht einem das gleiche Schicksal.«

Als ich mich zu der alten Dame umschaute, hatte ich den Eindruck, dass sie mir zulächelte.

Wie sich herausstellte, war Ba die Schaltzentrale der Familie, denn ihr zweiter Mann hatte ihr die Farm und die Süßwarenläden in der Stadt vermacht, wo meine Onkel arbeiteten. Sie hatte drei Söhne. Zwei aus ihrer ersten Ehe. Vidya Masi war mit dem dritten Sohn, Chetan, verheiratet, der aus der zweiten Ehe stammte.

Ba lebte mit meiner Tante und meinem Onkel im Haupthaus. Die anderen beiden Brüder bewohnten eigene Häuser auf dem großen Landgut. Offenbar hatte Ba in allen Dingen das letzte Wort, und niemand wagte es, ihr zu widersprechen.

Gauri brachte mich in ihr Zimmer, in dem sie jedoch nie

schlief, da sie die Nächte bei ihren Eltern verbrachte. Im Zimmer roch es nach Sandelholz, und ich wurde von einem frisch gemachten Bett erwartet, auf das Gauri deutete. Noch nie zuvor hatte ich in einem Bett geschlafen. Meine Mutter und ich rollten abends Matten aus und schliefen auf dem Boden. Gauri öffnete den Schrank und holte ihre Puppensammlung heraus. Allen Puppen fehlten Gliedmaßen. Wenn ich Puppen besessen hätte, hätten sie noch sämtliche Körperteile gehabt und wären außerdem ordentlich angezogen gewesen.

»Die da ist meine Lieblingspuppe …«, verkündete sie.

Aber ich hörte ihr nicht wirklich zu. Denn eigentlich war ich gar nicht hier.

Seit ich denken kann, verfüge ich über die Fähigkeit, so zu tun, als befände ich mich in meinem Körper, obwohl ich in Wahrheit ganz weit weg bin. Ich kann an zwei Orten gleichzeitig sein. Wenn mein Vater mich schlug und beschimpfte, stellte ich mir vor, dass ich mit den Nachbarskindern spielte. Trotz der Schmerzen gelang es mir, mich anderswohin zu flüchten.

Während Gauri mir die Kohorte halb nackter Puppen vorführte, war ich bei meiner Mutter, fuhr nach dem Besuch bei Vidya Masi nach Hause und packte dann die Sachen aus, die wir mit dem heimlich von ihr zugesteckten Geld gekauft hatten.

»Und diese Puppe heißt Asha. Sie sieht mir ähnlich, oder?«

Ich nickte. Meine Mutter würde rasch erkennen, dass sie mich mehr brauchte, als sie glaubte. Ich half ihr immerhin beim Kochen, beim Putzen und bei vielen anderen Hausarbeiten. Bald würde sie mich holen kommen, vielleicht schon heute Abend. Wenn nicht, dann ganz bestimmt morgen.

Während ich diesen Gedanken nachhing, ahnte ich nicht, dass meine Mutter gerade ins tiefe Meer hinauswatete und sich treiben ließ. Die Taschen in ihrem Sari waren nicht mit Speisen vom Hochzeitsbüfett gefüllt. Sondern mit Steinen.

Vidya Masi hatte ein köstliches Essen gekocht, und der große Tisch bog sich unter Gerichten, die ich noch nie zuvor gesehen hatte. Anmutig richtete sie einige davon für mich auf einem Teller an. Sie hatte die gleichen langen, schlanken Finger wie meine Mutter. Dann stellte sie den Teller vor mich hin. Ich wusste, dass ich das Essen nicht in mich hineinstopfen durfte, als sei ich halb verhungert. Meine Mutter hatte mir beigebracht, dass Gier sich nicht gehörte. Ich war noch dabei, mir zu überlegen, wie ich wohl einen Teil davon abzweigen und mir, nur sicherheitshalber, für später aufsparen konnte, als mein Onkel Chetan Mama herein- und direkt auf mich zukam. »Schau das Essen nicht nur an, Kleines. Greif zu. Ich hab dir auch Süßigkeiten aus dem Laden mitgebracht. Die hab ich nur für dich gemacht.«

»Hast du auch meine Lieblingssüßigkeiten dabei, Bapa?«, fragte Gauri.

»Aber natürlich.«

Er reichte Gauri ein *Laddu*, ein süßes Bällchen. Dann häufte er einen Berg aus verschiedenen bunten indischen Süßigkeiten auf einem Tablett auf: *Jalebis, Halva, Penda, Barfis, Kaju Katlis* ... und das ohne einen besonderen Anlass. Die alte Dame beobachtete alles, schwieg aber dazu.

Ich empfand die ganze Situation als höchst sonderbar. Bei uns zu Hause hätte mein Vater die Sandale ausgezogen und mich damit verprügelt, wenn ich eine Frage gestellt hätte wie Gauri gerade. Allerdings wäre ich auch niemals von selbst auf den Gedanken gekommen, überhaupt so etwas zu fragen. Und meine Mutter hätte unter Strom gestanden und ihn höflich bedient, stets voller Angst, eine falsche Bewegung zu machen.

Aufmerksam beobachtete ich, wie die Familienmitglieder miteinander umgingen. Vidya Masi schien ihrem Mann gern das Essen aufzutun, während dieser sich offenbar darüber freute. Die beiden berührten einander mit den Fingerspitzen, und manchmal streifte sie auch seine Schulter. Gauri fiel ihnen ständig ins Wort und griff dabei immer wieder nach einer Süßigkeit, ohne dass es ihr jemand verbot. Die alte Dame beobachtete mich, während ich die anderen beobachtete, und ließ sich dabei nichts anmerken. Als sich unsere Blicke einmal trafen, wies sie mit dem Kopf auf das Tablett mit den Süßigkeiten, wie um mir mitzuteilen, dass ich mir gern noch etwas nehmen könne. Lächelnd folgte ich der Aufforderung. Ich hatte bereits vier Stück Mandelkonfekt verputzt, als der Hausdiener hereingestürmt kam und meinen Onkel sprechen wollte. Dieser ging hinaus und rief dann nach meiner Tante. Als sie zurückkehrte, versuchte sie, sich ihr Entsetzen nicht anmerken zu lassen, doch ich wusste sofort, was geschehen war.

Ich verspeiste weiter mein Mandelkonfekt und redete mir ein, dass alles in Ordnung war. Morgen würde meine Mutter mich holen kommen. Ich schloss die Augen. Sie würde in aller Frühe eintreffen. Nach einer allein verbrachten Nacht würde sie wissen, wie sehr ich ihr fehlte. So lange wie möglich hielt ich die Augen geschlossen und lutschte an meinem Konfekt. Es sollte das Letzte in meinem Leben sein.

Dann nahmen sie mich beiseite. Vidya Masi hatte Tränen in den Augen. Chetan Mama hob mich auf seinen Schoß, während meine Tante mich an den Händen hielt und mir mitteilte, dass meine Mutter ertrunken war. Offenbar hatte sie versucht, einem kleinen Jungen zu helfen, den eine Welle mitgerissen hatte. Mir war klar, dass das nicht stimmte. Meine Mutter war eine gute Schwimmerin. Sie hatte mir das Schwimmen beibringen wollen. Reglos saß ich da, als Vidya Masi mir alles erklärte. Dann musste ich mich übergeben. Da ich in meinem Kopf keinen Zufluchtsort finden und mich nicht dadurch ablenken konnte, dass ich an etwas anderes dachte, sprang ich auf und rannte los. Ich rannte hinaus auf die Felder und in die Nacht hinein, und rannte und rannte, bis ich nicht mehr rennen konnte, stolperte, hinfiel und mir irgendwo die Hand anschlug. Als ich spürte, dass Blut floss, fing ich an zu schreien. Und ich schrie und schrie, bis ich eingeschlafen war.

Als ich aufwachte, lag ich in den Armen der alten Dame. Im ersten Moment erschrak ich, doch dann war es mir gleichgültig, ob sie mich umbrachte, denn so würde ich wenigstens bei meiner Mutter sein. Die alte Frau hatte mich mit dem Zipfel ihres weißen Saris zugedeckt. Ein Stück hatte sie abgerissen und es um meine Hand gewickelt. Als sie begann, mir über das Haar zu streicheln, klammerte ich mich an sie. »Sie hat mich verlassen, Ba. Jetzt holt sie mich niemals ab. Ich hab niemanden mehr.«

»Du hast mich.«

»Aber ich bin verflucht. Ich bringe Unglück. Das sagen alle.«

»Über mich sagen sie dasselbe. Dann sind wir eben zusammen verflucht.«

Sie tupfte mir mit dem Sari-Zipfel sanft die Tränen ab, und ich fing wieder an zu weinen.

»Lass es raus, meine Kleine. Schau dir die Sterne am Nachthimmel an. Sie strahlen nur so hell, weil es dunkel ist. Du bist ein Stern. Es ist dir bestimmt, zu scheinen. Manchmal wird es in deinem Leben dunkel sein, doch du wirst immer zum Licht finden. Und wenn du dich einsam fühlst, sieh nach oben. Die Sterne zeigen dir den Weg. Sieh nach oben, meine Kleine, sieh nach oben.«

Seit diesem Tag nannte Ba mich Tara, denn das bedeutet »Stern«. Manchmal brauchen wir nur einen einzigen Menschen, der an uns glaubt.

Einige Tage später weckte Ba mich um vier Uhr morgens auf. »Komm, kleine Tara, ich will dir etwas zeigen.«

Ich folgte ihr schlaftrunken. Sie nahm mich an der Hand, und dann traten wir von der Veranda hinaus auf den Weg. Ba leuchtete mit einer Paraffinlaterne und hatte eine Flinte geschultert.

»Wilde Tiere. Aber hab keine Angst. Sie riechen es, wenn man Angst hat.«

Ich fürchtete mich vor der Dunkelheit und vor den Geräuschen der Tiere und Insekten, aber sie hielt mich fest an der Hand. Plötzlich stieg mir der Geruch von brennendem Holz in die Nase. Hinter den Kuhställen hatten die Arbeiter ein gewaltiges Feuer angezündet. Für mich war es riesig, mindestens doppelt so groß wie ich. Es knisterte und strahlte eine Hitze ab, die sich um meinen Körper legte.

»Dieses Feuer habe ich für dich angezündet, Tara. Agni ist der Gott des Feuers. Er ist das Feuer, das in deinem Leib brennt, und das Feuer der Sonne. Er verbindet Himmel und Erde und die Menschen mit den Göttern. Deshalb verbrennt und reinigt er alles, was man ihm gibt. Tara, ich möchte, dass du etwas für mich tust. Ich will, dass du an all die Dinge denkst, über die du nicht sprechen kannst, und sie an Agni übergibst.«

Ba hielt mich immer noch an der Hand.

»Du vertraust mir doch, oder? Übergib das Unaussprechliche den Flammen, Kleines.«

Ich dachte an die unberechenbare Wut meines Vaters und daran, dass ich meine Mutter nicht hatte beschützen können. All die Mordgedanken, die ich gegen ihn gehegt hatte, stiegen in mir auf. Und dann das Gefühl, ein schlechter Mensch zu sein, weil ich solche Gedanken überhaupt hatte. Ich dachte daran, dass meine Mutter nicht hatte bleiben können. Daran, dass sie ganz allein im Meer ertrunken war, ohne dass ich sie umarmt und mich richtig von ihr verabschiedet hatte. Dann sah ich die Steine in den Taschen ihres Saris. Ich hatte beobachtet, wie meine Mutter mithilfe von Steinen ausprobiert hatte, ob die Taschen auch groß genug waren. Und ich hatte nichts getan. Es war einzig und allein meine Schuld. Die

Schmerzen in meinem Leib waren unerträglich. »Es ist gut, Kleines. Wir beseitigen alle Hindernisse, damit das Feuer in deinem Leib hinauskann. Lass es raus. Lass es hinaus ins große Feuer. Schrei.«

Ich fing an zu schreien und zu schreien. Ba umklammerte noch fester meine Hand. »Alles wird gut, Kleines. Vertrau mir.«

Tränen strömten mir übers Gesicht.

Ba stand neben mir. Wir warteten eine Weile ab, bis meine Tränen schließlich versiegten. Eine unbeschreibliche Ruhe senkte sich auf mich herab, so als hätten die Götter alle Botschaften erhalten, die ich ihnen geschickt hatte. Wir beobachteten, wie das Feuer herunterbrannte und wie die Sonne aufging. Der Geruch der schwelenden Glut wurde vom erdigen, frischen Duft eines neuen Tages abgelöst.

»Du sollst eines wissen. Ich will, dass du es spürst bis ins Mark, Tara. Und zwar, dass sogar nach den dunkelsten Stunden die Sonne immer wieder für dich aufgehen wird. Immer. Du glaubst mir doch, oder?«

Ich schlang die Arme um sie.

»Und jetzt kannst du neu anfangen, mein Kleines.«

Die Farm war ein verwunschener Ort. Sie lag in einem kleinen Tal, wo alles grün und fruchtbar war und wo man in der Ferne die Berge sah. Es gab Kokospalmen und Mangobäume, auf denen Affen herumtollten. Wir liefen barfuß herum und spielten mit den Kindern der Arbeiter, die auf dem Gelände lebten. Und wenn wir Lust hatten, Mangos, Guaven, Ananas oder Kokosnüsse zu essen, pflückte Pendakazi, einer der Arbeiter, einige für uns.

Ich erinnere mich an den Geruch der Rohrzuckerblöcke, deren Herstellung Ba beaufsichtigte. Die Farmarbeiter schnitten das Zuckerrohr, steckten es in eine riesige Maschine und kochten es, bis der Zucker fest wurde. Anschließend gab man die Masse in gewaltige Behälter und ließ sie dort abkühlen. Die Arbeiter durften sich für ihre Familien so viel mitnehmen, wie sie wollten. Ein Teil davon wurde in den Süßwarenläden zu Leckereien verarbeitet, und der Rest wurde im Lakshmi-Tempel am anderen Flussufer als Opfer an die Göttin verteilt.

Jede Woche nahm Ba mich mit in den Tempel. Lakshmi ist die Göttin des Glücks, der Liebe und des – materiellen und spirituellen – Reichtums. »Sie achtet stets auf uns, Tara, und dafür müssen wir großzügig sein. Wir müssen den Hungernden etwas zu essen geben und die Ungeliebten lieben. Das Universum will, dass alles im Fluss ist. Also klammere dich nie an etwas fest. Denn das würde bedeuten, dass du seiner Fähigkeit, für dich zu sorgen, misstraust.« Sie weckte in mir den Glauben, dass das gesamte Universum mir zugeneigt war, dass sich ganze Sternenkonstellationen meinetwegen umstellen würden, dass die Bäume mir zuflüsterten und dass der Wind stets günstig für mich wehte. Überall in der Natur gab es Zeichen dafür, dass ich immer versorgt sein würde und dass ich nichts weiter zu tun brauchte, als richtig hinzuschauen.

Ba öffnete mir die Tür zur Welt der Mythen und Legenden, sodass mir in ihrer Gegenwart nie etwas alltäglich erschien. Allem wohnten unzählige Möglichkeiten inne. Jeden Tag las sie mir Abschnitte aus der *Mahabharata* vor, bis ich sie selbst lesen konnte, woraufhin ich das Vorlesen übernahm. Ich weiß nicht, wieso sie die Trümmer meines Ichs so liebte, doch durch ihre Liebe setzte sie sie wieder zusammen.

Wir verbrachten viel Zeit miteinander. Allerdings war sie so schlau, stets vorzutäuschen, dass sie mich zur Arbeit anhielt, um nicht die unausgesprochenen Abmachungen, die bereits bestanden, aus dem Gleichgewicht zu bringen. Ich beobachtete, wie ihre Schwiegertöchter sich abmühten, um ihre Gunst zu erringen. Offenbar durfte niemand wissen, dass diese auch kostenlos zu haben war, also ohne dass man sie sich erst verdienen musste. Deshalb achtete Ba stets darauf, mich in der Öffentlichkeit nicht zu bevorzugen, denn das hätte ja Rückschlüsse auf ihr eigentlich sanftes Wesen zugelassen.

»Tara, da muss etwas eingepflanzt werden. Beeil dich.«

»Tara, komm und massier mir die Füße.«

»Tara, hilf mir beim Zuckerrohrkochen.«

»Tara, halt keine Maulaffen feil, sondern mach dich nützlich. Hilf mir beim Kühemelken, sammle den Kuhdung ein und miste den Stall aus.«

Hin und wieder wollte Gauri uns folgen.

»Das ist eine schmutzige Arbeit. Soll Tara sie machen.«

Ba sprach mit den Kühen wie mit Menschen. Sie waren zu acht und schienen sich stets zu freuen, wenn sie sie sahen. »Sie mögen einfühlsame Menschen«, meinte Ba. »Wenn du sanft mit ihnen umgehst, hören sie auf dich.«

Sie tätschelte eine riesige braune Kuh. »Tara lernt noch. Bist du damit einverstanden, dass wir dich heute melken, Lakshmi?«

Die Kuh muhte laut.

»Nein, heute ist sie unzufrieden.« Ba drehte sich zu mir um. »Vor dem Melken musst du mit ihnen reden. Bist du heute müde, Lakshmi?«, fragte sie und ging weiter. »Das ist Sri Devi. Sie hat es gern, wenn man ihr vorsingt.« Ba stimmte ein Lied an.

Ich sagte ihr, dass ich keine Lieder kannte.

»Kein einziges Lied?«

»Nein, bei uns zu Hause gab es keine Musik.«

»Keine Musik?«

Das genügte ihr. Von diesem Tag an sorgte sie dafür, dass auf der Farm jeden Tag Musik lief. Und wenn Ba und ich zu den Ställen gingen, brachte sie mir Lieder bei und erklärte mir, was sie bedeuteten. Sie zeigte mir, wie man Wörter so aneinanderfügte, dass sie die Macht bekamen, einen Menschen aufzumuntern und ihn an einen anderen Ort zu versetzen.

Eines Tages teilte sie der Familie mit, sie und ich würden zum Einkaufen in die Stadt fahren. Obwohl ihre Söhne darauf bestanden, uns hinzubringen, war sie nicht zu beirren. Wir nahmen den Bus in die Stadt und bummelten zwischen den gut besuchten Marktständen umher.

»Warum bist du so still, Kleines?«

»Ich denke an das letzte Mal, als ich mit meiner Mutter hier war«, erwiderte ich.

»Sie wäre sehr stolz auf dich.«

Am Stand eines Popcornhändlers kaufte sie zwei Tüten. Schließlich standen wir vor einem Kino.

»Komm«, sagte sie, und wir gingen hinein.

Ich war noch nie im Kino gewesen.

Im Kino war es eng, heiß und stickig. Vorfreude lag in der Luft. Ich war so verängstigt, nervös und aufgeregt, dass ich auf Bas Schoß sitzen musste. Die Leute jubelten und klatschten Beifall, obwohl der Film noch gar nicht angefangen hatte. Ich kann mich nicht richtig erinnern, wovon er eigentlich handelte, nur daran, dass es ziemlich emotional zuging. Während der Kampfszenen zischte und buhte das Publikum, sodass ich mich an Bas Brust verkroch. Doch als ein Paar in prachtvoller indischer Kleidung rund um einen Baum tanzte, applaudierten die Zuschauer noch lauter, und als die zwei getrennt wurden, waren von einigen Frauen Schluchzer zu hören. Die Schluchzer verstummten, als das Paar irgendwo auf einem kalten Berg in Europa wieder vereint wurde und dabei die Lieder sang, die Ba mir beigebracht hatte.

Als der Film zu Ende war, zogen wir los und kauften rasch die Vorräte, die wir eigentlich hatten besorgen wollen. Zu Hause erwähnten wir das Kino mit keinem Wort. Alle paar Monate fuhren wir von da an »zum Einkaufen« in die Stadt und tauchten in eine andere Welt ein.

In den Kuhställen sangen wir und spielten Szenen aus den Filmen nach, die wir gesehen hatten. Ich konnte in sämtliche Rollen schlüpfen und Ba zum Lachen bringen. Es war ein herzhaftes, frohes Lachen, das in mir den Wunsch weckte, es öfter zu hören. Allerdings bemerkten wir nicht, dass Gauri uns heimlich beobachtete und dass die ersten Samen der Eifersucht, die später so abscheuliche Blüten tragen sollte, langsam Wurzeln austrieben.

Unausgesprochene Abmachungen mit anderen Menschen sollen ein Gefühl der Sicherheit erzeugen. Und wie sich herausstellte, hing die Sicherheit meines eigenen Daseins nicht nur von Ba, sondern auch von Gauri ab. Gauri war verwöhnt, und zwar hauptsächlich deshalb, weil ihre Eltern sich jahrelang um Nachwuchs bemüht hatten, bis sie endlich geboren wurde. Obwohl ich sie als anstrengend und fordernd empfand, spielte ich so oft wie möglich mit ihr und beugte mich allen ihren Ansprüchen, um sie von mir abhängig zu machen. Mit der Zeit lernte ich, mich durch das komplizierte Beziehungsgeflecht zu navigieren, das zwischen Gauri, Ba und mir bestand.

»Was machst du denn so mit Ba?«, fragte Gauri.

Ich versuchte, alles so öde und trocken wie möglich darzustellen.

»Wir pflanzen Kräuter. Du weißt schon, die Betelblätter, die sie so gerne kaut. Sie zeigt mir, wie man sie anpflanzt. Manchmal helfe ich ihr auch beim Zuckerkochen.«

»Und was macht ihr in den Kuhställen?«

»Melken, heuen, ausmisten.«

»Ist sie nett?«

»Was?«

»Ist sie nett? Macht es Spaß, mit ihr zusammen zu sein?«

»Nein, es ist langweilig. Und harte Arbeit. Manchmal benimmt sie sich wie eine alte Hexe und sticht mich mit der Heugabel.«

»Wirklich, Didi?«

»Ja, und wenn ich nicht richtig ausmiste, schubst sie mich in den Misthaufen und kichert dabei ganz hämisch.«

»Aber ich höre euch in den Kuhställen immer singen und lachen.«

»Ja, stimmt. Sie will außerdem, dass ich sie bei der Arbeit unterhalte. Ich bin so etwas wie ihre Hofnärrin. Sie bringt mir ihre alten Lieder bei, damit ich sie ihr vorsingen kann, wenn sie Lust darauf hat. Außerdem verlangt sie, dass ich sie zum Lachen bringe.«

»Aber dich scheint es nicht zu stören.«

»Du weißt ja, wie Ba ist«, erwiderte ich. »Da halte ich lieber den Mund. Sonst erstickt sie mich noch mit der Mistgabel und wirft mich den Krähen zum Fraß vor.«

Gauri schnappte nach Luft.

In jener Nacht fand ich keinen Schlaf. Also schlich ich mich in Bas Zimmer und kroch zu ihr ins Bett.

Sie drückte mich an sich.

»Ba, es tut mir so leid. Ich hab Gauri ein paar scheußliche Sachen über dich vorgeschwindelt. Eigentlich wollte ich das gar nicht, aber ...«

»Schon gut, mein Kind«, war alles, was sie dazu sagte. So lernte ich etwas über den Ausgleich und darüber, wie viel von uns wir zu opfern bereit sind, wenn uns jemand Sicherheit verspricht. Oder etwas anderes, das wir zu brauchen glauben.

Ba trug zwar Weiß, wie es sich für eine Witwe geziemte, lüftete jedoch regelmäßig ihre anderen Saris. Dieses alljährliche Ritual nahm einen ganzen Tag in Anspruch und fand hinter verschlossenen Türen statt. In einem Jahr, ich war etwa zehn, durfte ich dabei zuschauen.

»Du, Tara«, verkündete sie, als wir mit der ganzen Familie auf der Veranda saßen, und wies mit dem Finger auf mich. »Du kannst mir helfen. Es ist eine schwere Arbeit, und ich werde allmählich alt.«

Gauri senkte mit schreckgeweiteten Augen den Kopf, in der Hoffnung, dass der Finger nicht auch auf sie zeigen würde.

Als Ba einen kakifarbenen Metallschrank aufschloss, kam ein Stapel ordentlich verpackter Saris zum Vorschein. Im Inneren des Schrankes roch es nach Mottenkugeln und Sandelholz. Wir fingen mit dem obersten Regal an. Vorsichtig nahm sie die Saris heraus und wickelte den langen Musselinstreifen ab, der sie schützte. Manchmal breitete sich ein Lächeln auf ihrem Gesicht aus.

»Jeder Sari hat eine Geschichte. Dieser hier ist der erste, den ich je besessen habe. Ich hab ihn mit sechzehn, ein Jahr vor meiner Hochzeit, von meiner Mutter geschenkt bekommen.«

Der Sari war violett und hatte ein schlichtes, mit Goldfäden aufgesticktes Muschelmuster. Ba schnupperte daran und schlug den Sari dann mit einer kräftigen Handbewegung aus, sodass er hoch in die Luft flog. Am liebsten wäre ich darunter durchgelaufen und hätte mich davon einhüllen lassen, aber ich nahm mich zusammen.

»Lauf nur hinein«, forderte sie mich auf. »Saris sind lebendig. Wir müssen sie mit Leben erfüllen.«

Sie warf den Sari noch einmal hoch, sodass er sich auf mich herabsenkte und mich zudeckte.

»Wie fühlt sich das an?«

»Wie in einem Haus«, erwiderte ich. »Wo einem nichts passieren kann.«

»Sehr gut. Und jetzt lege ich ihn dir richtig an.« Sie befreite mich aus einer gefühlt kilometerlangen violetten Stoffbahn und begann, mir den Sari umzubinden.

»In der *Mahabharata* gibt es die Geschichte von Draupadi, Tara. Sie ist eine der wichtigsten Frauenfiguren und die Ehefrau der fünf Pandavas. Draupadi wird als Einsatz bei einem Würfelspiel verloren und an den Königshof verschleppt, um sie zu demütigen. Die Kauravas, die Feinde, wollen sie entkleiden, doch dann geschieht ein Wunder. Aus dem Nichts erscheint ein nicht enden wollender Strom aus Stoff, der sie beschützt.« Wie eine Zauberin raffte Ba geschickt die Falten, sodass der Sari im Handumdrehen gewickelt war. »Das ist die Macht des Saris, meine Tara. Er wird dich immer beschützen und dich zusammenhalten, wenn alles andere zu zerfallen scheint.«

»Wie hast du das gemacht?«, fragte ich erstaunt.

»Eines Tages wirst du lernen, die vielen Meter Stoff zu bändigen. Es ist wichtig, dass du weißt, wie man die Schichten aufeinanderlegt, ganz gleich, was auch geschieht oder wie es dir geht. Ich werde es dir beibringen. Sag mir, wie es sich für dich anfühlt.«

»Ich komme mir damit schön vor, Ba. So, als wäre ich wichtig.«

»Das bist du auch, Tara. Das darfst du niemals vergessen.«

Sie ließ mich dastehen und mein zehnjähriges Ich bewundern, sodass ich mich für einen Moment wie die Frau fühlte, die ich ihrer Ansicht nach einmal sein würde.

»Das ist einer meiner Lieblingssaris, weil er für meinen Weg vom Mädchen zur Frau bestimmt war, und er hat mir auf dieser Reise viele Male beigestanden. Es ist ein Sari für den Übergang. Als ich das erste Mal tansanischen Boden betrat, war das in diesem Sari. Als wir unseren ersten Laden eröffneten, trug ich diesen Sari. Ja, dieser Sari ist genau der richtige für neue Abenteuer.«

Nachdem wir den Sari sorgfältig weggepackt hatten, holten wir einen anderen hervor, den sie ausbreitete. Er bestand aus grüner Seide und war am Rand reich bestickt. »Der hier war ein Geschenk meiner Schwiegereltern zu meiner ersten Hochzeit. Der Sari, den man von seinen Schwiegereltern bekommt, sagt viel über ihre Wünsche für die Zukunft aus. Sie haben sich für einen grünen entschieden, weil Grün für die Fruchtbarkeit steht und sie wollten, dass wir mit vielen Kindern gesegnet werden. Und dieser Teil hier ist die Seele des Saris.« Sie hob den Zipfel an. »Wenn du genau hinschaust, wirst du feststellen, dass Lord Ganesha einhundertundacht Mal eingestickt ist. Sieh nur. Er beseitigt Hindernisse und bringt Wohlstand und Glück.«

Ich fing an, die Ganeshas zu zählen. Die Frage, was aus ihrem ersten Mann geworden war, brannte mir auf der Zunge, denn ich traute ihr keinen Mord zu. Auch auf ihren zweiten Mann war ich neugierig. Später an jenem Nachmittag erfuhr ich, dass es sich technisch betrachtet um ihren zweiten und dritten Mann handelte, denn beim ersten Mal war sie mit einem Bananenbaum verheiratet worden.

In diesem Zusammenhang muss man einiges erklären. Wenn man der hinduistischen Astrologie glauben kann, leidet eine Frau, die – so wie ich und Ba – im Zeichen des Mars geboren ist, am sogenannten Marsdefekt, dem *Mangala Dosha*, und wird deshalb als *Manglik* bezeichnet. Der Aberglaube besagt, dass eine *Manglik* den frühen Tod ihres Mannes und weitere Katastrophen auslösen wird. (So wird sie zum Beispiel den Untergang der gesamten Familie verursachen und keinen Sohn zur Welt bringen und ist überhaupt eine aufbrausende und gefährliche Person.) Um dem zukünftigen Bräutigam ein vorzeitiges Ableben zu ersparen, kann man die Braut mit einem Baum (für gewöhnlich ein Bananenbaum oder eine Pappelfeige) verheiraten, damit dieser das ihr innewohnende Unglück in sich aufnimmt. Auf diese Weise wird die Braut von den Folgen ihrer *Manglik*-Eigenschaften befreit, und dem Eheglück steht nichts mehr im Wege. Nur, dass das in Bas Fall nichts genützt zu haben schien, denn ihr Mann starb dennoch, und man gab ihr die Schuld daran. Allerdings bekam sie trotzdem zwei Söhne, was die Ausnahmen von der Regel bestätigt.

Ba griff nach dem Zipfel des grünen Saris. »Fühl mal. Die Weberinnen können Monate brauchen, bis das Muster genau richtig sitzt. Ansonsten werden sie nicht bezahlt und haben nichts zu essen. Ihre Liebe und Hingabe fließen in jeden Sari. Dieser Sari-Zipfel war schwierig zu reinigen.« Sie lächelte. »Ich weiß, dass ich es hätte lassen sollen, doch ich hab meinen Söhnen oft damit das Gesicht abgewischt.«

»Ba, du hast doch mal gesagt, ich könnte dich alles fragen.« Ich hatte Gauris Stimme im Kopf: *Eine Mörderin ist sie. Frag sie doch mal, warum sie ihren ersten (eigentlich zweiten) Mann umgebracht hat.* Ich schob den Gedanken beiseite und fuhr fort. »Warum, Ba? Warum hast du mich so lieb und nimmst mich bei dir auf, obwohl ich gar nicht dein Kind bin?«

Wir falteten den Sari zusammen.

»Wenn ein Stern deinen Lebensweg kreuzt, kann das zu einer Explosion in deinem Herzen führen. Der dadurch entstehende Rückstoß ist so stark, dass man gar nicht anders kann, als zu lieben. Und zwar ohne zu erwarten, dass diese Liebe auch erwidert wird.«

Wir räumten den Sari weg.

»Ich möchte dir etwas ganz Besonderes zeigen. Und dann erzähle ich dir die Geschichte meines Lebens.«

Ich bekam es ein wenig mit der Angst zu tun. Würde sie mir nun den Mord gestehen? Und würde das etwas an meinen Gefühlen für sie ändern?

Vorsichtig packte sie ihren in einen langen Musselinstreifen gewickelten Hochzeitssari aus. Ihren zweiten Hochzeitssari. Er war trotzig rot, ein weibliches Rot, und außerdem nabelfrei, ein Zeichen der Macht und ihres Widerstands gegen gesellschaftliche Normen.

Ba war mit sechzehn eine arrangierte Ehe eingegangen und hatte ihren ersten Mann, einen Ladenbesitzer, geheiratet. Astrologisch betrachtet hatten sie wegen des Marsdefekts nicht sehr gut zusammengepasst, doch ihre Eltern kannten einander und ließen zuerst die oben geschilderte Baumtrauung durchführen. Mit zwanzig hatte Ba zwei kleine Kinder und lebte in einer Großfamilie, bestehend aus den Eltern und Geschwistern ihres Mannes. Später in jenem Jahr zog ihr Mann sich eine Tuberkulose zu und verstarb. Sie blieb als Witwe zurück, und man gab ihr die Schuld an seinem Tod.

Obwohl sie erst Anfang zwanzig war, wurde von ihr erwartet, dass sie ihr Leben aufgab, nur noch weiße Saris trug und für den Rest ihrer Tage als Witwe um ihren Mann trauerte. Das hieß, dass sie ihre Mahlzeiten getrennt vom Rest der Familie einnahm und sich, abgesehen von ihren Pflichten im Haushalt und als Mutter, ansonsten unsichtbar machte.

Doch am Tag nach der Bestattung ihres Mannes legte sie einen Sari aus rosafarbener Baumwolle an und trug bei der Hausarbeit weiter ihren Schmuck. Die Familie war schockiert und forderte eine sofortige Verhaltensänderung ein. Was sollten denn die Leute denken? Woher kam diese dreiste Respektlosigkeit? Ba erwiderte, ihr Mann hätte nicht gewollt, dass sie ein Leben frei von Farben führte. Als sie später sogar anfing, im Laden ihres Mannes zu arbeiten, war der Skandal komplett.

Und so folgte die Familie einer jahrhundertealten Tradition: sie zu betrügen. Man warf sie aus dem Haus, beschuldigte sie, sie habe Unglück über die Familie gebracht, und drohte, ihr die beiden Söhne wegzunehmen, wenn sie den Laden nicht überschrieb. Sie willigte ein und kehrte mit ihren Kindern zu ihren Eltern zurück. Doch die wollten sie nicht aufnehmen, weil sie Angst von dem Gerede der Nachbarn hatten. Also verkaufte Ba ihren gesamten Schmuck, mietete sich mit dem Geld eine Unterkunft und arbeitete Tag und Nacht, um sich und die Kinder zu ernähren. Oft mussten die Jungen tagelang allein bleiben, doch sie kam stets zurück und sorgte dafür, dass sie ein Dach über dem Kopf und etwas zu essen hatten.

»Es war eine sehr schwere Zeit, und ich bin nicht stolz auf

das, was ich tun musste, um sie durchzufüttern. Aber für sie wäre ich zu allem bereit gewesen.«

Einer ihrer Schwager schämte sich dafür, wie die Familie Ba behandelt hatte. Er machte sich auf die Suche nach ihr und spürte sie ein Jahr später auf. Als er sie fragte, ob sie ihn heiraten wolle, lehnte sie zunächst ab. Doch er blieb beharrlich, und nach einem weiteren Jahr war sie einverstanden.

»Hast du ihn geliebt, Ba? Hast du ihn geliebt?«

»Anfangs nicht, aber mit der Zeit liebte ich ihn immer mehr«, erwiderte sie. »Er hat alles für mich aufs Spiel gesetzt. ›Ich glaube, dass ich verflucht bin‹, sagte ich zu ihm. ›Dann sind wir eben zusammen verflucht‹, lautete seine Antwort. Schließlich hab ich seinen Antrag angenommen, weil er nicht lockerließ und außerdem voller Neugier auf die Welt war. Wenn du einen neugierigen Mann heiratest, Tara, wird dein Leben voll von Abenteuern sein.«

Da die junge Familie von der Verwandtschaft ausgestoßen und außerdem von der Gemeinschaft geschnitten wurde, beschlossen die zwei, nach Tansania zu ziehen, wo sich Möglichkeiten für einen Neuanfang boten. Sie eröffneten gemeinsam eine Bäckerei, und einige Jahre später brachte Ba Chetan Mama zur Welt. Seine Geburt war der Anfang einer Glückssträhne, und in den folgenden Jahren gründeten Ba und ihr Mann die Kette aus Süßwarenläden, die heute ihre Söhne führten. Während die beiden Älteren kein großes Interesse am Geschäft hatten, war mein Onkel der geborene Kaufmann, und die Läden brummten.

Kurz nach Chetan Mamas Hochzeit mit meiner Vidya Masi wurde Bas Mann krank. Ba blieb zu Hause, um ihn zu pflegen, bis er einige Jahre später starb. Ba kehrte nicht hinter die Ladentheke zurück. Die beiden waren vierzig Jahre lang verheiratet gewesen, ein Beweis dafür, dass es keinen Fluch gab. Ba entschied aus freien Stücken, von nun an Weiß zu tragen. Und kurz darauf zog ich bei ihnen ein.

Viele Jahre später, inzwischen war ich etwa sechzehn und hatte gelernt, einen Sari in weniger als vier Minuten zu wickeln, reichte Ba mir ein in Musselin gewickeltes Päckchen.

»Ich möchte, dass du das hier mitnimmst.«

Als ich das Päckchen auswickelte, befand sich der leuchtend rote Hochzeitssari darin.

»Der ist für deine Hochzeit. Und lass dir bloß nicht einreden, dass du verflucht seist.«

Tränen traten mir in die Augen. Zunächst nur einige Tropfen, die sich rasch in eine wahre Flut verwandelten. Ihre innige Liebe zu mir, das Gefühl der Wichtigkeit, das sie mir gab, und die Erkenntnis, dass sie eines Tages nicht mehr da sein würde, überwältigten mich.

»Ba, ich wollte dich fragen, warum die eine Frau für ihre Kinder kämpft, während die andere aufgibt.«

»Manchmal, Tara, ist die Seele all der Schlachten müde. Doch mein Wille war nicht gebrochen, und auch deiner wird niemals brechen.«

Mein Onkel und meine Tante waren gütig und hatten das Herz am rechten Fleck. Nach dem Tod meiner Mutter setzten sie sich mit mir zusammen und teilten mir mit, sie seien jetzt meine neuen Eltern. Sie würden immer für mich da sein, ganz gleich, was auch geschah, und wenn ich wolle, könne ich sie Mama und Bapa nennen. Kurz darauf meldeten sie mich in der Schule an. Ich liebte die Schule, wo ich eine saubere Uniform tragen und etwas lernen konnte. Ich lernte rasch Lesen, was mir eine neue Welt eröffnete. Bald verschlang ich jedes Buch, das ich in die Finger bekam, und trieb die Schulbibliothekarin in den Wahnsinn.

Nach einem Jahr verkündete die Lehrerin, ich müsse eine Klasse überspringen. Mein Onkel war so begeistert, dass ich wusste, sie würden mich behalten, wenn ich nur fleißig lernte, damit sie stolz auf mich sein konnten.

»Schau, Vidya«, sagte er zu seiner Frau. »Wir haben eine Intelligenzbestie in der Familie.«

»Nein, gleich zwei«, erwiderte sie und drückte Gauri und mich an sich.

»Unsere Mädchen werden die ganze Welt bereisen und Wissenschaftlerinnen oder Entdeckerinnen oder sonst etwas Wunderbares werden«, jubelte er.

Für ihn bedeutete Bildung alles. Er war zwar mit sechzehn Jahren von der Schule abgegangen, um seinem Vater im Süßwarenladen zu helfen, doch das hinderte ihn nicht daran, weiter zu lernen. Häufig saß er auf der Terrasse und las uns aus Goethes *Faust* vor.

»Mädchen, ihr dürft nie einen Pakt abschließen, in dem ihr eure Seele verkauft. Das ist nicht der Weg zum Glück.«

Gauri langweilte sich, aber ich hing an seinen Lippen.

Mein Onkel schien einfach alles zu wissen. Er war abenteuerlustig und neugierig und reiste auf der Suche nach neuen Rezepturen für seine Süßigkeiten durchs ganze Land. Wenn er zurückkam, brachte er Geschichten aus entlegenen Dörfern mit, und wir versammelten uns gebannt lauschend auf der Veranda.

»Am Ufer des Sees wuchs ein stolzer Brotfruchtbaum. Er fand sich wunderschön, wie er so neben der anmutigen Palme und dem hinreißenden Flammenbaum mit seinen leuchtend roten Blüten stand. Doch eines Tages bemerkte er sein eigenes Spiegelbild im Wasser.«

Er stand auf und spielte die Szene vor.

»Was ist das für ein hässlicher Baum?«, fragte er und verwandelte sich in den Baum, der in einen eingebildeten See starrt. »Als der Baum erkannte, dass er selbst es war, begann er, wegen seiner Hässlichkeit zu jammern und zu wehklagen.«

Ba musste sich ein Lachen verkneifen, als er zu schluchzen anfing.

»Der Baum fragte Gott, warum er so hässlich sei, aber Gott

antwortete nicht. Doch der Baum klagte und nörgelte immer weiter, bis Gott eines Tages genug von seiner Undankbarkeit hatte. ›Jetzt platzt mir aber der Kragen!‹, rief Gott, riss den Baum aus dem Boden und pflanzte ihn kopfüber wieder ein. Ab diesem Zeitpunkt verhielt der Baum sich still.«

Ehrfürchtig lauschten wir seinen Worten, bis er einen Baumwollbeutel zutage förderte. »Hier habt ihr ein paar getrocknete Früchte des Brotfruchtbaums. Probiert mal.«

Er reichte sie herum. Die Frucht schien in meinem Mund zu explodieren und schmeckte nach frischen Limetten.

»Zu sauer«, meinte Gauri und verzog das Gesicht.

»Für dich können wir sie ja kandieren oder in Keksen verbacken. Man kann nämlich eine ganze Menge damit anfangen«, erwiderte er begeistert.

Wenn er nicht unterwegs war, stand er in der Küche und experimentierte. Obwohl ich ihn gern beim Brauen seiner Mixturen beobachtet hätte, drängte ich Gauri, ihm zu folgen und ihm zuzuschauen. Aber sie entgegnete, sie fände das langweilig. Also sah ich ihm manchmal durchs Fenster zu. Er erinnerte mich an einen verrückten Wissenschaftler, und wenn ihm ein Durchbruch gelang, rief er seine Frau.

»Vidya, Vidya! Komm, das musst du kosten.«

Sie tat es, und dann leuchteten ihre Augen auf, und ein Lächeln zeichnete sich auf ihrem Gesicht ab, ganz gleich, ob es ihr nun schmeckte oder nicht.

»Du bist ja so klug, Chetan.«

Die Brüder meines Onkels hielten nicht viel von Mythen, Legenden oder der heilsamen Wirkung von Lebensmitteln. Ihr Augenmerk galt mehr den Bilanzen und der Steigerung des Umsatzes. An den Wochenenden und nach der Schule baten sie uns manchmal, im Laden auszuhelfen.

Dafür durften wir dann so viele Süßigkeiten mit nach Hause nehmen, wie wir wollten. Da ich Süßes nicht mochte, tauschte ich meinen Anteil bei meinen Mitschülerinnen gegen Haarspangen, Schreibsachen oder Bücher ein. Ansonsten hatte ich nicht viel mit den anderen Mädchen zu tun. Ich hielt mich lieber bedeckt, versuchte, möglichst nicht aufzufallen, und flüchtete, sooft es ging, in die Bibliothek.

»Gauri, warum bist du so anders als deine Schwester?«, fragte die eine. »Sie ist hübsch und klug, aber du hast eindeutig mehr …«

»… Persönlichkeit«, ergänzte eine andere.

»Ja, Persönlichkeit ist das richtige Wort.«

»Gauri hat uns erzählt, ihre Eltern hätten dich aufgenommen. Wie ein Haustier.«

Dann spürte ich immer, wie eine glühende Hitze in mir aufstieg, und ich wünschte mir verzweifelt, sie würden die nächste Frage nicht aussprechen.

»Was ist denn mit deinen Eltern passiert?«

Ich befürchtete, sie könnten herausfinden, was wirklich geschehen war. Meine zweite Angst war, dass mein wirklicher Vater zurückkommen und mich von meiner Familie trennen könnte, so gut ich mich auch in alle Richtungen dagegen abgesichert hatte. Diese Angst, alles zu verlieren, war meine ständige Begleiterin.

»Gauri sagt, sie wären gestorben.«

Ich schwieg und versteckte mich noch mehr hinter meinen Büchern. Ohne es darauf anzulegen, wurde ich so zu einer ausgezeichneten Schülerin, weshalb mir die Schule ein volles Stipendium verlieh. Es machte mich stolz, weil ich auf diese Weise niemandem zur Last fiel. Meine Eltern und Ba waren ebenfalls stolz. Gauri nicht.

Ich tat mein Bestes, damit sie sich wichtiger fühlte, und gab mir Mühe, in ihrer Gegenwart nicht aufzufallen. Je länger ich das trieb, desto mehr wuchs ihre Macht. So lautete unsere Abmachung, die sie häufig auf die Probe stellte.

Als wir sechzehn Jahre alt waren, bekamen wir von unseren Eltern zum Navaratri-Fest unsere ersten Saris. In der

Stadt sollte eine große Feier mit Tanz stattfinden, und anstelle der traditionellen Gewänder, die sie bisher für uns gekauft hatten, wurden uns zwei traumhafte Saris überreicht. Sie waren beide sonnengelb, allerdings mit verschiedenfarbigen Kanten. Gauris war pfauenblau, meiner rot. Als ich Gauri half, ihren Sari zu wickeln, war sie enttäuscht. »Sie sind so altmodisch. Keine Ahnung, warum Mummy und Daddy uns keine bauchfreien *Ghagra Choli* gekauft haben.«

»Ein Sari ist viel eleganter«, meinte ich, während ich mich weiter an ihr zu schaffen machte. »All unsere Erinnerungen an diesen Abend werden darin eingehüllt.«

»Du bist ja so eine Romantikerin, Didi! Wie willst du denn in diesem Ding tanzen?«

»Stell dir einfach vor, er wäre deine zweite Haut. Je mehr man ständig daran denkt, desto unbeholfener fühlt man sich«, erwiderte ich.

Nachdem ich sie anzogen hatte, legte ich meinen eigenen Sari an, und dann standen wir vor dem Spiegel, um uns zu bewundern. Plötzlich brach Gauri in Tränen aus. »Deiner sieht viel besser aus. Er *ist* besser, Didi.«

»Gauri, die Saris sind genau gleich.« Ich ahnte schon, was sie von mir erwartete.

»Du weißt doch, dass Rot mir viel besser steht. Vielleicht hat Mummy ja etwas verwechselt, als sie ihn dir gegeben hat, weil er eigentlich für mich war.«

Ich hätte mich weigern und das Tamtam riskieren sollen, das sie sicherlich veranstalten würde. Doch meine Reaktion fiel beinahe automatisch aus. Ich wickelte beide Saris wieder ab, und wir tauschten.

»Der sieht an mir wirklich viel besser aus. Danke.«

Bei der Feier nörgelte sie die ganze Zeit. Sie hatte keinen Blick für die Liebe zum Detail, mit der das Äußere des Tempels geschmückt worden war. Für den gewaltigen und wunderschön dekorierten Baldachin. Für die farbenfrohen Kostüme der Trommler und Tänzerinnen. Nichts konnte man ihr recht machen. Es war zu laut. Sie war müde. Ihr Sari war unbequem. Sie konnte sich nicht richtig bewegen.

»Was hat Mummy sich nur dabei gedacht? Offenbar sind wir zwei die Einzigen hier, die Saris tragen. Ich kann damit nicht tanzen.«

Da ich genug von ihrem Gequengel hatte und frische Luft brauchte, verkündete ich, ich wolle eine unserer Tanten begrüßen, und ließ sie stehen. Ich ergriff buchstäblich die Flucht, bevor sie Gelegenheit hatte zu sagen, dass sie mitkommen wollte. Doch noch ehe ich bei meiner Tante angekommen war, zogen die Tanzenden mich in ihren Kreis.

Der Klang der Trommeln – *dhols* und *tablas* – war laut und verlockend. Ich fing an, in die Hände zu klatschen und mich mit den anderen Frauen und Kindern zu bewegen. Als wir die Göttin Shakti umtanzten, fühlte ich mich wie hypnotisiert. Lampen und Teelichter erhellten die Dunkelheit, und als ich den Kopf hob, war der Himmel pechschwarz, und die Sterne funkelten hell. Es war, als hätten sie sich alle in Reih und Glied angeordnet und tanzten ebenso wie wir hier unten. So, als hätte jemand diesen Augenblick bis ins letzte Detail geplant.

Inzwischen hatte sich ein weiterer Kreis gebildet, der nur aus Männern bestand. Und ich spürte seine Gegenwart, bevor ich ihn zum ersten Mal sah – den Mann, der mein Leben für immer verändern sollte. Sein Körper zog mich magisch an, und als ich in seine Richtung blickte, wurde ich bereits von ihm betrachtet. Wir wandten uns beide nicht ab. Ich wusste sofort und mit jeder Faser meines Körpers, dass sich mein Schicksal mit seinem verknüpfen würde. Es war, als hätte sich die schützende Schicht um mein Herz ausgerechnet diesen Moment ausgesucht, um sich aufzulösen. Und dann strömte die Liebe in mich hinein. Wenn ich in diesem Augenblick gestorben wäre, hätte ich gewusst, dass die Liebe und Energie, für die es keine Worte gibt, tatsächlich existierten.

Lange umkreisten wir einander, wohl wissend, dass wir am liebsten die ganze Nacht weitertanzen würden. Ich konnte nicht aufhören zu lächeln. Plötzlich packte mich eine Hand an der Schulter und zerrte mich von der Tanzfläche herunter. Als ich mich umdrehte, stand ich vor Gauri.

»Was ist los, Gauri?«

»Ich hab Mummy und Daddy gefragt, ob wir jetzt nach Hause fahren können. Sie warten auf dich.«

Ich schaute mich nach dem jungen Mann um, aber der Kreis hatte sich schon weiterbewegt. Ich wollte mich wieder einreihen und dazugehören.

»Komm schon, Didi. Es ist spät. Ich bin müde und will ins Bett.«

Noch einmal hielt ich Ausschau nach dem jungen Mann, aber er war in dem inzwischen größeren Kreis der Tanzenden verschwunden. Ich war wütend auf Gauri und darauf, dass sie so eine Spielverderberin war und mich zum Gehen zwang.

»Hattet ihr Spaß, Mädchen?«, erkundigte sich Bapa.

»Mir tun die Füße weh«, beschwerte sich Gauri.

»Ja, Bapa, es war traumhaft«, antwortete ich.

Ich wusste, dass es nur eine Frage der Zeit war, bis ich dem jungen Mann wieder über den Weg laufen würde. Es fühlte sich an, als sei der Abstand zwischen uns nicht leer, sondern erfüllt von Energie und Verheißung, sodass es uns zueinander hinziehen würde. Wenn ich allein war, dachte ich an ihn. Ich malte mir seine sehnigen Hände, sein pechschwarzes Haar, seinen kräftigen, schlanken Körper und seine vor Tatendrang sprühende Art aus. Mit den Fingern fuhr ich die Umrisse seines Gesichts nach. Seine wunderschönen, eindringlich dreinblickenden Augen schienen bis in mein tiefstes Innerstes sehen zu können. Er hatte volle Lippen.

»Die Lippen eines Mannes verraten viel über ihn«, hatte Ba mir einmal erklärt. »Traue nie einem Mann mit schmalen Lippen.« Ich fragte mich, wie es wohl sein mochte, diese Lippen zu küssen.

Immer wenn ich in der Stadt war, hielt ich Ausschau nach ihm. Ich suchte ihn und beeilte mich sogar mit meinen Hausaufgaben, um regelmäßig im Laden aushelfen zu können, nur für den Fall, dass er hereinkommen sollte. Vier Monate später erschien er tatsächlich.

Gauri und ich waren bei Bapa hinten im Laden.

»Hallo«, sagte ein Mann. Und sobald ich diese Stimme hörte, wusste ich, dass er es war. Hastig stellte ich das Tablett mit Süßigkeiten auf der Arbeitsfläche ab. Gauri heftete sich an meine Fersen.

Bei seinem Anblick lächelte ich und verspürte ein unbändiges Bedürfnis, ihn zu berühren.

Gauri schaute zwischen uns beiden hin und her. Dann hastete sie auf ihn zu, um ihn zu bedienen.

»Das Kokoskonfekt ist ganz frisch und besonders lecker«, verkündete sie und wies darauf.

»Tut mir leid, aber eigentlich mag ich keine Kokosnüsse«, antwortete er, ohne mich aus den Augen zu lassen.

»Wie wäre es mit Pistazien?«, fragte sie.

»Was würden Sie mir vorschlagen?«, erkundigte er sich bei mir.

»Ich esse keine Süßigkeiten«, erwiderte ich.

Es war ein belangloses Gespräch. Obwohl wir beide redeten, spielte es überhaupt keine Rolle, was wir sagten.

»Die mit Mandeln sind ausgezeichnet. Die mag ich am liebsten«, mischte sich Gauri ein.

Anstatt sie zu ignorieren, kaufte er ein Stück als Kostprobe. In meinen Augen eine nette Geste.

»Sie sind köstlich. Ich nehme zwei Schachteln Mandel-*Barfis*.«

Gauri strahlte übers ganze Gesicht.

»Gut, dass ich dich gefunden habe«, flüsterte er mir zu, während Gauri unter der Theke eine Schachtel suchte.

»Bitte beehren Sie uns bald wieder«, flötete sie, als er ging.

Gauri war völlig aus dem Häuschen. »Hast du mitbekommen, wie er die Schachtel von mir entgegengenommen hat? ›Danke für den Tipp, Miss‹, hat er gesagt. Oh, mein Gott, ist das nicht der attraktivste Mann, den du je gesehen hast?« Ganz offensichtlich gefiel er ihr, und gemäß der unausgesprochenen Abmachung zwischen uns hätte ich ihr nun bestätigen müssen, dass sie offenbar auch auf ihn gewirkt hatte. Ich tat es nicht.

»Didi, Didi!« Gauri kam zur Tür hereingestürmt. »Ich hab rausgekriegt, wer der junge Mann aus dem Laden ist. Er heißt Deepak, ist einundzwanzig und studiert an der Universität. Deepak ist ein wunderschöner Name, findest du nicht?«

»Ja«, erwiderte ich. »Er bedeutet ›Quelle des Lichts‹.«

Klar, dass er Deepak heißen musste.

Einige Tage später tauchte er bei uns auf, als meine Schwester und mein Onkel gerade nicht im Laden waren. Er war mit einem Stoß technischer Fachbücher bewaffnet, doch es war auch ein Gedichtband dabei.

»Ich suche dich, seit wir uns bei der Feier begegnet sind, und wusste, dass wir uns wiedersehen würden«, verkündete er. »Quantenverschränkung.«

»Was soll das sein?«

»Wenn zwei Teilchensysteme eine Wechselwirkung eingehen, beeinflussen die Kräfte, die das eine betreffen, auch das andere, selbst wenn sie voneinander getrennt sind. Und daher wusste ich, dass du weißt, dass ich dich suche.«

Ich verstand sofort, was er meinte.

»Ich beobachte dich, seit ich das erste Mal im Laden war«, fuhr er fort. »Das klingt ziemlich gruselig, oder? Aber es ist nicht so gemeint. Ich ... äh ... wollte nur rauskriegen, wann ich dich allein antreffen kann.«

Er brachte mich zum Lachen.

»Du weißt, dass wir unausweichlich zueinander hingezogen werden. Magst du Gedichte?«

»Ich bin nicht sicher. Ich hab noch nicht viele gelesen.« In Wahrheit bis jetzt kein einziges.

»Nimm das hier«, sagte er. »Wenn wir uns das nächste Mal treffen, will ich mit dir darüber reden.«

Er reichte mir einen Band mit Gedichten von Byron.

»Ich hab eines für dich angemerkt.« Als er mir das Buch gab, berührte er kurz meine Hand. Dann hastete er zur Tür. »Ich muss jetzt los. Aber am nächsten Dienstag komme ich wieder.«

Ich blätterte zu der von ihm angemerkten Seite um.

Sie wandelt in Schönheit
In Schönheit geht sie wie die Nacht,
die wolkenlos und sternbesät;
des Dunkels Glanz, der Helle Pracht
in ihrem Blick und Antlitz steht
und so ein mildes Licht entfacht,
das Himmel grellem Tag verwehrt.

Mehr Schatten, ein gering'res Licht –
getrübet würd' der Liebreiz sein,
der aus den schwarzen Locken spricht,
die Stirn umglänzt in mildem Schein;
und ihr beseelter Blick verspricht,
dass er dort wohne schön und rein.

Auf ihrer Stirn, der Wangen Paar
spricht mild und still und doch beredt
ein strahlend Lächeln, das fürwahr

für ihre reine Seele steht,
ein Herz aus dem unwandelbar
der Liebe holde Unschuld weht.

Ich lächelte beim Lesen. Als meine Schwester hereinkam und fragte, was ich da las, zeigte ich es ihr. Doch sie warf nach der ersten Strophe das Handtuch.

»Du und deine Bücher, Didi.«

Sein Gedicht eröffnete mir wieder eine neue Welt.

Als ich nach Hause kam, ging ich sofort in Bas Zimmer. Inzwischen konnte sie wegen ihres Diabetes kaum noch sehen und blieb die meiste Zeit zu Hause.

»Erzähl mir, was heute im Universum passiert ist, Tara«, forderte sie mich wie jeden Tag auf. Sie sagte nie »Tag« oder »Welt«, sondern stets »Universum«.

»Am Nachthimmel ist ein Gaststern aufgegangen, Ba.«

»Wie fühlt es sich an?«

»Einfach magisch. So, als gäbe es da ein anderes Universum, das ich erkunden kann. Eines, das voller Möglichkeiten steckt. Heute lese ich dir einmal etwas anderes vor.«

Ich schlug das Buch auf, las ihr das Gedicht vor und übersetzte es Wort für Wort.

»Die Fähigkeit, einen Menschen so zu sehen, wie er ist, mit all seinen hellen und dunklen Stellen, ist ein kostbares Geschenk«, flüsterte sie.

»Ich weiß, Ba.«

Aufgeregt wartete ich auf den nächsten Dienstag. Er erschien um Punkt Viertel nach vier.

»Hast du es gelesen?«

»Immer wieder«, antwortete ich.

»Dieses Gedicht wurde für dich geschrieben. Denk nur, vor hundertfünfzig Jahren und weit weg von hier gab es einen Mann, der eigens für dich dieses Gedicht geschrieben hat.«

»Hat er nicht.«

»Er wusste von deiner Existenz, noch ehe du angefangen hast zu existieren. Genau wie ich.«

»Redest du so mit allen Mädchen?«

»Hör zu, in der Nacht, als ich mit dir getanzt habe, passten die Teile meines Universums plötzlich nicht mehr zusammen. Ich hab dich aus der Ferne beobachtet, bis ich endlich den Mut fand, den Laden zu betreten. Denn ich wusste, dass dann nichts mehr so sein würde wie zuvor. Ich heiße Deepak.«

»Ich weiß«, erwiderte ich. »Mein Name ist Tara. Alle nennen mich Bhanu, aber in Wirklichkeit heiße ich Tara.«

»Wie sonst?« Er lächelte.

Als ich ihm die Hand hinstreckte, schüttelte er sie nicht, sondern legte seine darauf.

Da kam eine Kundin herein. Hastig zog ich die Hand weg.

»Ich gebe dir dein Buch zurück«, sagte ich rasch.

»Behalte es und lies auch die anderen Gedichte.«

»Das habe ich schon«, meinte ich.

»Ich hole es am nächsten Dienstag ab.«

»Eine Schachtel *Laddus* und ein paar *Jelabis*.« Die Kundin war ungeduldig und wollte bestellen.

»Ich bin sofort bei Ihnen.«

»Was würde Ihr Vater sagen, wenn er wüsste, dass Sie so mit einem jungen Mann sprechen?«, fragte die Frau und musterte uns forschend.

Ich sah Deep an. »Danke für das Buch.«

»Mit dem allergrößten Vergnügen«, antwortete er. »Madam«, fügte er hinzu, bevor er ging. »Wir haben nichts Ungehöriges getan, und falls ich bei Ihnen Anstoß erregt haben sollte, möchte ich mich dafür entschuldigen.«

Sie schnaubte empört.

Ich wandte mich an die Kundin. »Verzeihung. Wie kann ich Ihnen behilflich sein?«

»Ihr guter Ruf ist alles, was Sie haben«, entgegnete die Frau barsch. »Vergessen Sie nicht, was Ihre Familie für Sie getan hat. Sie stehen in ihrer Schuld.«

»Wie könnte ich das vergessen?«, rief ich entrüstet aus.

»Dann will ich ausnahmsweise ein Auge zudrücken. Aber wenn ich noch einmal so etwas sehe, werde ich es ganz sicher Ihrem Vater sagen.«

Ihre Worte forderten eine Entschuldigung ein, sosehr es mir auch widerstrebte.

»Es tut mir leid«, murmelte ich.

Deep besuchte mich jeden Dienstag. Wir fassten uns kurz und tauschten heimlich Gedichte und Briefchen aus, damit niemand Verdacht schöpfte.

Es war schwierig, mich loszueisen, denn Gauri klebte an mir wie eine Klette. Doch eines Tages schützte ich Krankheit vor und blieb zu Hause. Am Nachmittag teilte ich meiner Mutter dann mit, ich würde mich schon viel besser fühlen und einen Spaziergang unternehmen. Deep wollte mich etwa einen Kilometer von der Farm entfernt abholen. Er kam in einem verrosteten Land Rover, den er sich von einem Freund geliehen hatte.

»Ich zeige dir einen meiner Lieblingsplätze.«

Wir fuhren lange, kurvige Straßen entlang. Ich befürchtete schon, das Auto könnte den Geist aufgeben, sodass wir mitten in der Einöde stranden würden.

»Es wird nichts passieren. Ich würde nie zulassen, dass dir etwas zustößt«, versicherte er mir.

Eine halbe Stunde später erreichten wir einen Aussichtspunkt oben auf einer Klippe. Es war atemberaubend schön dort. Die Landschaft sah aus, als strahlten Blätter, Gras, Bäume und Berge in allen erdenklichen Grüntönen. Ich hatte freien Blick auf den Fluss, der durch das Tal strömte. Es war der Fluss, den Ba und ich überquerten, wenn wir zum Tempel wollten.

»Schau, Tara, ein Kampfadler.«

Der Vogel sauste in die Tiefe und griff einen Otter.

»Ich hab einen Onkel, der sich genauso bewegt«, witzelte ich.

Er lachte. »Wahrscheinlich hat jeder so einen Onkel.«

Händchen haltend saßen wir da und beobachteten die Tiere. Die Elefanten, die am Fluss tranken. Die Flamingos, die elegant und plaudernd beisammenstanden, ohne sich von den Dickhäutern stören zu lassen. Die Affen, die verspielt durch die Baumkronen tollten. Worte waren überflüssig. Wir brauchten das Schweigen nicht zu füllen, da wir einander auch so verstanden. Deep beugte sich zu mir herüber, um mich zu küssen. Es war unser erster Kuss, sinnlich und so vertraut. Ich fühlte mich, als sei ich endlich zu Hause angekommen.

»Ich bin so unbeschreiblich dankbar«, sagte er.

»Der junge Mann, der letztens im Laden war ... wie hieß er noch mal?«, erkundigte sich meine Schwester.

Ich tat, als wüsste ich nicht, wovon sie redete.

»Du erinnerst dich doch bestimmt. Wie war sein Name? Deepak. War er in letzter Zeit wieder hier?«

»Ich bin nicht sicher«, erwiderte ich.

»Ich hatte nämlich den Eindruck, dass er am vorigen Dienstag aus dem Laden gekommen ist«, fügte meine Schwester mit einem Seitenblick auf mich hinzu.

»Ja, könnte sein.«

»Er hatte das gleiche Gedichtbuch in der Hand, das du gelesen hast«, fuhr sie fort.

»So ein Zufall.« Ich hätte ihr einfach reinen Wein einschenken sollen.

Aber Menschen lügen. Menschen lügen aus den verschiedensten Gründen oder reden sich ein, sie hätten nicht gewusst, was sie tun sollten. Dabei weiß ein Mensch immer, was zu tun ist. Alles andere ist nichts als Selbsttäuschung, weil er die Folgen der Wahrheit fürchtet.

Deep und ich trafen uns weiterhin heimlich, wann immer wir konnten, und wenn es nur für wenige gestohlene Minuten war.

»Tara, bitte versuch, dich loszueisen. Und wenn es bloß für zwei Stunden ist. Was würdest du denn gern unternehmen?«

»Kino«, antwortete ich, ohne nachzudenken.

Es war schon Jahre her, dass ich zuletzt mit Ba im Kino gewesen war. Inzwischen verließ sie den Hof nicht mehr.

»Lass uns in die große Stadt fahren«, schlug er vor. »Weit weg von hier.«

Ich erzählte meiner Familie, ich wolle mit einer Freundin lernen.

»Mit welcher Freundin, Didi?«, fragte Gauri in Gegenwart meiner Eltern.

»Rekha.«

»Ich kenne keine Rekha. Die ist nicht bei uns an der Schule.«

»Nein. Ich bin ihr im Laden begegnet. Sie will auch Lehrerin werden, und deshalb haben wir beschlossen, zusammen zu lernen. Ich bin den ganzen Nachmittag weg«, fügte ich beiläufig hinzu.

»Stell sie mir vor, wenn sie das nächste Mal in den Laden kommt«, sagte mein Vater und spähte hinter seiner Zeitung hervor. »Ich würde sie gern kennenlernen.«

»Ich auch«, ließ sich Gauri vernehmen.

Wir hatten verabredet, dass ich den Großteil des Weges mit dem Bus zurücklegen würde. Deep wollte mich an der großen Kreuzung mit dem Motorrad abholen. Es war ein befreiendes Gefühl, als wir dahinbrausten und uns zwischen anderen Fahrzeugen und herumstreunenden Tieren hindurchschlängelten. Ich hatte keine Angst und vertraute ihm mein Leben an, wohl wissend, dass er darauf achten würde.

Als wir das Kino betraten, kehrten die Gefühle von damals bei meinem ersten Besuch mit Ba zurück. Ehrfurcht, vermischt mit Nervosität und der Sorge, dass jemand uns ertappen könnte. Wir nahmen unsere Plätze ein, hielten uns aber nicht an den Händen.

Der Film hieß *Kabhi Kabhie – Manchmal* und handelte von einem jungen Dichter, der bis über beide Ohren in seine Freundin verliebt ist. Die beiden wollen heiraten, doch das Schicksal hat andere Pläne. Als der Film zur Hälfte vorbei war, brach ich in Tränen aus und schluchzte so laut, dass jemand im Publikum ärgerlich zischte, damit ich still war. Deep griff nach meiner Hand. Erst bedeckte ich unsere Hände rasch mit meinem Umschlagtuch. Doch bald wurde mir allzu bewusst, dass wir uns ja in der Öffentlichkeit befanden, und ich zog meine Hand weg.

Nach der Vorstellung liefen mir die Tränen übers Gesicht. Was, wenn das Schicksal auch in unserem Fall andere Pläne hatte?

»Tara, sieh mich an. Das war ein Film. So etwas wird uns nie passieren. Ich schwöre. Du glaubst mir doch, oder?«

Ich glaubte ihm jedes Wort.

»Irgendwann in ferner Zukunft schauen wir uns den Film noch einmal an, erinnern uns an den heutigen Tag und lachen darüber.« Er hielt inne. »›Die Liebe findet einen Weg entlang der Pfade, auf denen Wölfe nicht zu wandeln wagen.‹«

»Keats«, sagte ich rasch.

»Nein, Byron«, erwiderte er. »Am liebsten würde ich dich jetzt sofort küssen. Aber da das nicht geht, schließ die Augen und stell es dir vor. Das wird für uns immer eine Möglichkeit bleiben, Tara. Für immer.«

Damals war ich eine naive junge Frau, die glaubte, dass alles möglich war. Ich hatte noch nicht ganz begriffen, dass die Wertvorstellungen, an die wir uns unbewusst klammern, die Tendenz haben, uns gerade dann auszubremsen, wenn wir am wenigsten damit rechnen. Außerdem vergaß ich in meiner Selbstzufriedenheit, dass wir alle den Gesetzen der Physik unterworfen sind. Zwei Objekte, die einander anziehen, können auch wieder getrennt werden, und zwar von einer Masse, die dichter ist als sie.

Als ich zu Hause war, ging ich in Bas Zimmer und erzählte ihr von dem Film. Ich schilderte ihr ausführlich jede Szene und sang ihr immer wieder eines der Lieder vor, bis sie einstimmte.

»Danke, meine Tara. Jetzt habe ich alles selbst gesehen.«

An jedem vierten Dienstagnachmittag unternahmen Deep und ich etwas miteinander. Mehr Zeit hatten wir nicht, denn Deeps Vater, offenbar ein beeindruckender Mann, hatte einen Schlaganfall erlitten, weshalb Deep nicht nur studierte, sondern auch noch eine Stelle als Buchhalter angenommen hatte, um seine Mutter und seine Brüder zu unterstützen.

In unseren gemeinsamen Stunden schufen wir Erinnerungen. Seitdem habe ich mich oft gefragt, ob wir insgeheim ahnten, welches Schicksal uns bevorstand. Jedenfalls kostete ich jeden gemeinsamen Augenblick mit Deep voll aus, vielleicht wohl wissend, dass ich ihn später immer wieder in allen Einzelheiten würde Revue passieren lassen. Möglicherweise wird unsere Vergangenheit ja auch umgeschrieben, abhängig von dem, was die Zukunft uns bringt. Wenn uns ein gemeinsames Leben vergönnt gewesen wäre, wären viele dieser Momente vielleicht in Vergessenheit geraten oder ganz anders erzählt worden.

Am liebsten fuhren wir zur Küste, spazierten irgendwohin, wo es einsam war, und saßen dann Händchen haltend in einer Bucht, um das Meer zu betrachten. Seitdem bin ich an vielen Stränden gewesen, doch keiner davon war so beeindruckend wie der weiße Sand und das kristallblaue Wasser an der Ostküste Afrikas. Obwohl ich nicht schwimmen konnte, lief ich an Deeps Hand ins Meer hinein, felsenfest davon überzeugt, dass uns nichts geschehen konnte und dass die Sterne nur Gutes für uns bewirken würden.

Wir lagen in der Bucht und ließen uns von der Meeresbrise trocknen, während wir redeten und uns küssten.

»Deep, ich frage mich oft, wie meine Mutter es geschafft hat, sich dem Meer auszuliefern, ohne dem Trieb nachzugeben, zu strampeln, zu kämpfen und zu schwimmen. Widerstrebt es nicht dem Instinkt, dass man nicht schwimmt?«

»Offenbar hat sie sehr gelitten.«

»Ich konnte ihr nicht helfen. Ich hab es wirklich versucht. Während der ganzen Zeit, die ich bei ihr war, spürte ich, dass sie mich verlassen würde, aber ich konnte sie nicht aufhalten.«

»Es war nicht deine Aufgabe, Tara. Du bist nicht dafür verantwortlich, verstehst du mich?«

»Ich hab die Steine selbst gesehen, aber nicht gewusst, was sie damit vorhatte.« Ich fing zu weinen an. »Glaubst du, dass ich diese Neigung geerbt habe? Dass die Leute mich deshalb für beschädigte Ware halten?«

»Nein«, antwortete er und griff nach meiner Hand. »Und ich bin sicher, dass du auch nicht so denkst.«

Vielleicht glaubte ich es irgendwo tief in meinem Innersten wirklich. Jedenfalls war es Deep und Ba gelungen, die Leere mit ihren Worten, ihrer Zuneigung und ihrer Liebe zu füllen. Sie vermittelten mir das Gefühl, dass ich ihre Liebe verdient hatte.

»Werden wir zusammen die Welt bereisen, Deep?«

»Ganz bestimmt, Tara.«

Und ich malte mir eine Zukunft mit ihm aus, denn damals wagte ich noch zu träumen. Ich glaubte an das Universum, das uns an jeden beliebigen Ort führen würde.

»Sobald es Papa besser geht und ich meinen Abschluss habe, frage ich Ba, ob ich dich heiraten darf. Wir können sie auch sofort fragen, falls du das möchtest.«

Als er aufsprang, fing ich an zu lachen. »Ungeduldig wie immer. Ich will zuerst die Schule beenden und vielleicht sogar studieren.«

»Ich heirate dich einfach vorher.«

»Deep, gibt es so etwas wie einen Wörterdoktor?«

»Was soll das sein?«

»Jemand, der den Menschen die richtigen Wörter verschreibt, damit es ihnen besser geht.«

»Ich bin nicht sicher. Warum?«

»Denn genau das will ich einmal werden.«

»Gut, dann bereisen wir die Welt und suchen uns einen Ort, wo es Wörterdoktoren gibt.«

»Du machst dich über mich lustig.«

»Nein, es ist mein voller Ernst. Und am besten fangen wir im Land der Dichter an. In England«, erwiderte er im Brustton der Überzeugung.

»England«, wiederholte er. »Ja. Ich besuche mit dir Audens Geburtsort in York, und wenn es uns da gefällt, könnten wir uns ja dort niederlassen.«

»York?«

»Ja. Und wenn wir einmal alt und grau sind, erzählen wir unseren Enkelkindern die Geschichte, warum wir beschlossen haben, nach York zu ziehen.« Er lächelte mich an. »Wir sagen ihnen, wir seien dem Weg gefolgt, den das Universum uns aufgezeigt hat. So, meine Wörterdoktorin, welche Wörter sind deiner Ansicht nach die wichtigsten, die die Menschen unbedingt hören müssen?«

Darüber musste ich nicht lange nachdenken. Obwohl er sicher erwartete, dass ich nun »Ich liebe dich« sagen würde, antwortete ich: »Du bist genug.«

Er hielt inne, sah mich eindringlich an und fuhr mit dem Finger die Umrisse meines Herzens nach. »Du bist mehr als genug, meine Tara.«

Tränen liefen mir über die Wangen, denn ich glaubte ihm.

»Didi«, meinte meine Schwester. »Es ist in Ordnung. Ich weiß über dich und Deepak Bescheid. Ich hab beobachtet, wie du aus dem Bus gestiegen bist und wie ihr auf seinem Motorrad davongefahren seid. Aber ihr solltet vorsichtiger sein.«

»Entschuldige, dass ich es dir verheimlicht habe. Ich hab mich nicht getraut, weil ich wusste, dass du ihn auch nett findest.«

»Du kennst mich doch. Mir gefällt jeden Tag ein anderer Junge. Ist es was Ernstes?«

Eigentlich wollte ich mit Ja antworten, doch ich zögerte und sagte stattdessen, ich sei nicht sicher.

»Erzähl mir alles über ihn.«

Ich begann ganz am Anfang, ließ die Gedichte allerdings weg: seine Neugier auf die Welt, seine Zärtlichkeit, dass wir die Sätze des anderen beendeten. Aber ich wollte das Kostbare, das uns verband, nicht dadurch abnutzen, dass ich mit einer Person darüber sprach, der ich nicht ganz und gar vertraute. Also stellte ich ihn als ziemlich langweilig dar.

»Er isst am liebsten den ganzen Tag Bananenchips.«

»Und weiter?«

»Nun, manchmal drückt er sich sehr kompliziert aus. Die meisten Wörter muss ich im Wörterbuch nachschlagen. Außerdem redet er viel über Physik, und davon verstehe ich nichts.«

»Ja, das klingt langweilig. Aber er sieht so gut aus, dass es dich wahrscheinlich nicht stört. Hast du ihn schon geküsst?«

»Nein, weil er bestimmt Stückchen von den Bananenchips zwischen den Zähnen hat.«

»Hat er versucht, dich zu küssen?«

»Nein, noch nie.«

»Das habe ich mir fast gedacht. Er ist nicht so wie die anderen Jungen. Du musst vorsichtiger sein, Didi. Wenn Bapa das erfährt, bricht es ihm das Herz.«

»Deep würde ihm sicher gefallen«, entgegnete ich.

»Also ist es doch was Ernstes?«

»Nein, damit meine ich nur, dass er Verständnis hätte.«

»Das glaube ich nicht. Er will, dass wir in der Schule fleißig sind. Bapa wäre sehr enttäuscht, wenn er herausfinden würde, dass du dich mit Jungs triffst und gelogen hast. Aber keine Sorge, dein Geheimnis ist bei mir sicher.«

Ich wollte mit Ba sprechen. Denn für mich ging es gar nicht, dass Gauri eingeweiht war und Ba nicht.

»Ba«, sagte ich, als ich später am Abend zu ihr ins Bett kroch. In dasselbe vertraute Bett, in das ich mich schon als Kind mitten in der Nacht geflüchtet hatte. Früh am nächsten Morgen war ich dann in mein eigenes zurückgekehrt, damit niemand etwas bemerkte.

»Die Gedichte sind von einem jungen Mann namens Deepak, und eines Tages werde ich ihn heiraten.«

»Ich weiß, Tara«, erwiderte sie. »Aber beende zuerst deine Ausbildung. Du bist ein kluges Mädchen. Wenn er dich liebt, wird er auf dich warten.«

»Natürlich, Ba.«

»Erzähl mir von ihm.«

Ich beschrieb seine liebenswerte und sensible Art und wie er mir das Gefühl vermittelte, dass es für alles eine Lösung gab. »Seine Energie ist so groß und strahlend und voller Leben. Außerdem ist er so ausdrucksvoll, hat keine Angst vor Gefühlen und liebt die Natur und Gedichte über alles. Doch am wichtigsten ist, dass ich sein kann, wie ich bin, ohne etwas vortäuschen zu müssen. Hör dir dieses Gedicht an. Es trägt den Titel »Größ're Liebe« und ist von einem englischen Dichter namens Auden. ›Wie wär's für uns, wenn alle Sterne brennten / Sodass wir ihre Glut niemals erwidern könnten? / Solange in der Liebe groß und klein / Lass meine Liebe dann die größ're sein.‹ Das ist Deeps Lieblingsgedicht und meines auch. Und weißt du, warum? Weil diese Zeilen für mich ausdrücken, wie sehr du mich liebst. Du hast mir mein Leben geschenkt, Ba. Du hast mich zum Leuchten gebracht und mich geliebt, ohne zu wissen, ob ich deine Liebe erwidern würde. Doch das war dir egal. Du hast mich einfach weitergeliebt. Du sollst wissen, wie sehr ich dich liebe.«

Sechs Wochen später schlief Ba ein und wachte nicht mehr auf. Und danach ging alles rasant bergab.

Ba starb im Jahr 1977. Sie hatte mich einmal darum gebeten, dafür zu sorgen, dass sie nicht wie üblich in einem weißen Laken auf ihren letzten Weg geschickt wurde, sondern in ihrem violetten Reisesari, denn schließlich bräche sie auf ins nächste Abenteuer. Außerdem sagte sie mir, sie habe das ihrem ältesten Sohn bereits mitgeteilt, wolle aber sichergehen, dass es auch so geschehen würde. Außerdem wollte Ba, ebenfalls ein Verstoß gegen sämtliche Sitten und Gebräuche, dass ich und die anderen Frauen der Familie der Einäscherung beiwohnten, falls wir das wünschten.

Offenbar hatte der älteste Sohn in all dem Durcheinander ihren Letzten Willen vergessen.

»Onkel, Ba hat mir gesagt, sie wolle in ihren violetten Sari gehüllt werden.«

»Warum erfindest du einen solchen Unsinn?«, herrschte er mich an. »Das ist gegen die Regeln, was sollen denn die Leute denken? Und was bildest du dir eigentlich ein, mir Vorschriften machen zu wollen?«

Da es mich schmerzte, dass ihr der letzte Wunsch versagt bleiben sollte, sprach ich mit meinem Vater, der sich an seine Brüder wandte. Ich weiß nicht, was dann geschah, aber jedenfalls war Ba bei der Abschiedszeremonie in ein weißes Laken gewickelt. Man konnte die Anspannung mit Händen greifen. Außerdem wurde mir verboten, bei der Einäscherung der Leiche dabei zu sein, denn im Hinduismus ist das Frauen aus folgenden Gründen nicht gestattet: Erstens kann die verstorbene Person *moksha,* also den Zustand der Befreiung, nur erreichen, wenn die Zeremonie von männlichen Angehörigen durchgeführt wird. Zweitens sind Frauen nicht in der Lage, die Trauer beim Anblick eines verbrennenden Leichnams zu ertragen. Und drittens müssen sie schließlich kochen und das Haus putzen, während die Männer mit der Bestattung beschäftigt sind. Dabei wird übersehen, dass früher, zur Zeit der Veden, auch Töchter unter bestimmten Voraussetzungen daran teilnehmen konnten.

Ba hatte sich niemals untergeordnet, und ich weinte bitterlich, weil man dieser mutigen und rebellischen Frau, die so viel für ihre Söhne geopfert hatte, ihren Letzten Willen verweigerte. Aber ich war machtlos, und so sah ich zu, wie ihre Leiche auf eine Leiter aus Bambusstangen gelegt und von ihren Söhnen fortgetragen wurde.

»Es tut mir so leid«, sagte ich immer wieder.

Weder von Ba noch von meiner Mutter habe ich mich richtig verabschieden können. Ich bedaure das bis heute, denn beide wandeln nun wie hungrige Geister durch die Korridore meines Verstandes und lösen in mir das Gefühl aus, nicht genug für sie getan zu haben.

Kaum hatten die Männer die Asche verstreut, als ein gewaltiger Tornado durch die Familie fegte. Einer uralten Tradition folgend, betrogen die beiden älteren Brüder meinen Vater und verkauften über seinen Kopf hinweg die Farm. Die Kühe wurden abgeholt, die Ställe abgerissen, und Bas Schrank mit den Saris wurde geplündert. Und uns forderte man auf zu gehen.

»Bitte, Onkel, Ba hätte das nicht gewollt«, flehte ich, als sie ihr Zimmer ausräumten.

»Woher willst du das wissen? Du gehörst ja nicht einmal zur Familie«, entgegnete er kühl. Dann wandte er sich an meinen Vater. »An deiner Stelle würde ich die da im Auge behalten. Sie hat einen schlechten Ruf und wird die Familie ruinieren.«

Mein Vater versetzte ihm eine Ohrfeige. Dabei hatte er noch nie die Hand gegen jemanden erhoben.

»Das wirst du bereuen!«, brüllte mein Onkel. »Ich gebe dir einen Tag Zeit, um mit deinem Wechselbalg zu verschwinden.«

Wir packten unsere Sachen, verließen unser Zuhause und bezogen ein kleines gemietetes Haus in der Stadt. Mein Vater ging nicht mehr zur Arbeit und blieb morgens immer länger im Bett.

»Chetu, führ uns dein neuestes Rezept mit Kakaobohnen vor«, sagte meine Tante.

»Ja, Bapa. Wir mahlen sie auch für dich«, fügte Gauri hinzu.

Doch mein Vater schüttelte nur den Kopf und zog sich wieder in sein Schlafzimmer zurück.

Manchmal beobachtete ich ihn dabei, wie er vor dem großen gerahmten Foto von Ba saß und weinte.

»Sie wird immer bei uns sein.« Er drückte mich an sich wie ein kleines Kind.

»Es tut mir leid, dass ich so mit dem Onkel gesprochen habe«, meinte ich. »Mir fällt sicher etwas ein, wie ich es wiedergutmachen kann.«

»Es ist nicht deine Schuld, Bhanu. Das darfst du nicht glauben.«

»Und was er über meinen Ruf gesagt hat …« Wie gerne hätte ich ihm von Deep erzählt und auch, dass ich mich, anders als mein Onkel angedeutet hatte, nicht mit Männern herumtrieb. Doch da kam Gauri herein, und der richtige Zeitpunkt war vorbei.

Ich hatte fest vor, mich mit ihm zusammenzusetzen und mit ihm ein Gespräch über Deep zu führen. Ganz bestimmt würde er mich verstehen, und er würde ihn mögen, denn die beiden waren sich in vielerlei Hinsicht sehr ähnlich. Doch da brachte der Postbote einen Brief. Als meine Mutter ihm das Kuvert reichte, sprang er aus dem Bett, als seien alle seine Gebete erhört worden.

»Wo sind meine Mädchen? Mädchen, Mädchen, wir fahren nach England, nach London!«

»London, Bapa? Was sollen wir denn in London?«, fragte Gauri.

»Ein Freund von mir eröffnet da einen Süßwarenladen, und ich soll ihm dabei helfen. Ihr könntet dort weiter zur Schule gehen. In England haben sie einige der weltbesten Universitäten. Was für ein Glück. Ich wusste, dass es klappen wird.«

Er blickte zu dem Porträt von Ba hinauf und hauchte einen Kuss in die Luft.

Ich konnte nicht nach London. Nicht ohne Deep.

»Was sagst du dazu, Vidya? Ist das ein Ja?«, wandte er sich an meine Mutter.

Sie nickte und strahlte ihn an.

»Aus etwas Schlechtem entsteht immer etwas Gutes. Immer.« Er schlang die Arme um sie und hob sie hoch.

»Was für ein Abenteuer.« Er hielt inne. »Gauri, Bhanu, ist es in Ordnung für euch?«

Ich zwang mich zu einem Lächeln.

In unserem Leben gibt es feste Punkte, die den Kurs unseres Schicksals ändern. Man spürt genau, wenn man einen davon erreicht hat. »Nein, Bapa, für mich ist es nicht in Ordnung«, hätte ich so gerne protestiert. »Ich kann hier nicht weg. Ich bin in einen Jungen namens Deepak verliebt.« Doch aus Loyalität konnte ich nicht anders, als zu meiner Familie zu halten. Ich schuldete ihnen einfach zu viel und hatte einiges gutzumachen.

»Tara, wein doch nicht. Ich komme nach, sobald ich meine Prüfungen in der Tasche habe. Bis dahin ist es nur noch ein Jahr, und dann geht es Papa bestimmt besser«, versuchte Deep, mich zu trösten.

»Ich glaube nicht, dass ich ein Jahr ohne dich leben kann«, schluchzte ich.

»Sieh mich an. Es ist mein Schicksal, dich zu lieben und mein ganzes Leben mit dir zu verbringen. Ein Jahr ist im

Buch unseres gemeinsamen Lebens nichts weiter als eine kleine Lücke. Ich werde dir jeden Tag schreiben.«

»Versprich es mir.«

»Natürlich verspreche ich es. Ich bin bei dir, ehe du dichs versiehst, Tara. Denk nur an die vielen Dinge, die wir in England zusammen tun können.«

»Aber was, wenn etwas dazwischenkommt?«

»Nichts wird dazwischenkommen, *mere* Tara. Unsere Hochzeit steht in den Sternen geschrieben. Nimm das hier.«

Er schenkte mir seinen wertvollsten Besitz: den signierten Band mit Audens Gedichten.

»›Wie wär's für uns, wenn alle Sterne brennten / Sodass wir ihre Glut niemals erwidern könnten‹«, begann ich.

»›Solange in der Liebe groß und klein / Lass meine Liebe dann die größ're sein‹«, zitierte er weiter. »Du sollst wissen, dass wir sind wie die Sterne und dass die Tiefe meiner Gefühle dich immer zu mir ziehen wird. Immer. Bald komme ich und bin bei dir, ganz gleich, was geschieht. Versprichst du mir, dass du auf jeden Fall auf mich wartest?«

»Natürlich.«

Unser Vater fuhr voraus, um die nötigen Vorbereitungen zu treffen. Wir folgten kurz darauf. Meine Mutter, meine Schwester und ich packten unsere irdische Habe in drei Koffer, verschnürten sie mit Stricken und bestiegen das Flugzeug nach London. Vor lauter Aufregung redete meine Schwester wie ein Wasserfall. Ich hatte Angst. Was, wenn die Sterne mich in ein feindliches Land geführt hatten, und was, wenn – wie Shakespeare sagte – »der Fehler nicht in den Sternen, sondern in uns selbst« lag? Womöglich würde Deep mich ja wiederfinden – und dennoch würde mein Defekt verhindern, dass wir zusammenblieben. Schließlich hatte ich bis jetzt nichts behalten dürfen, was ich wirklich liebte.

Das romantische England aus meinen Büchern entpuppte

sich als kalt und abweisend. Unsere Saris wurden zerwühlt, als man meine Schwester und mich nach unserer Ankunft einer Leibesvisitation unterzog. Während meine Mutter und meine Schwester in Tränen ausbrachen, spürte ich, wie die Saat der Verbitterung und Enttäuschung in mir keimte. Doch ich tarnte meine Wut hinter Höflichkeit und bedankte mich bei der Sicherheitsbeamtin, als sie mir Deeps Armband mit einem verächtlichen Blick zurückgab.

Mein strahlend bunter Sari wirkte in diesem grauen, fremden Land fehl am Platz. Anders als bisher empfand ich ihn nicht mehr als ein schützendes Kleidungsstück, das mir Selbstbewusstsein und ein Gefühl der Überlegenheit vermittelte. Stattdessen fror ich erbärmlich und raffte meine Strickjacke noch fester um mich. Die neugierigen oder abfälligen Seitenblicke, die ich in meiner Tracht auf mich zog, machten mich verlegen.

Mein Vater, der uns vom Flughafen abholen wollte, verspätete sich, woraufhin meine Schwester wieder zu weinen begann. »Ich will zurück nach Hause. Hier gefällt es mir nicht.«

»Er kommt schon noch«, versuchte ich, sie zu beruhigen. »Hab keine Angst. Alles wird gut. Wir kriegen das sicher hin.«

Mein Vater erschien anderthalb Stunden später.

»Willkommen in London, meine Mädchen.« Als er uns umarmte, bemühte er sich, seine Niedergeschlagenheit zu verbergen.

»Bapa«, schluchzte meine Schwester. »Es war ganz fürchterlich.«

»Es tut mir leid, *beta*, es war Stau, und außerdem konnte ich erst nach Schichtende weg.«

Er machte einen zerzausten und abgekämpften Eindruck.

»Ist alles in Ordnung, Bapa?«, erkundigte ich mich.

»Ja, bestens.«

»Du siehst müde aus. Isst du auch genug?«, fragte meine Mutter und umfasste sein Gesicht.

»Ich erkläre euch alles später«, erwiderte er. »Lasst uns fahren.« Er griff nach ihrer Hand.

Wie sich herausstellte, hatte sein Freund ihm den Großteil seiner Ersparnisse abgeschwatzt und ihn nach altbewährter Manier über den Tisch gezogen. Mein Vater hatte mit sich gerungen, ob er uns unter den gegebenen Umständen überhaupt nachkommen lassen sollte. Doch die Alternative, dass wir in Tansania zurückblieben, war ihm als die schlechtere erschienen.

»Aber du hättest doch nach Hause kommen und dem Onkel erzählen können, was passiert ist. Bestimmt hätte er dich wieder ins Geschäft aufgenommen«, jammerte Gauri.

Ich kam zu dem Schluss, dass meine Schwester die Natur von Familienbanden nur lückenhaft durchblickte. Offenbar verstand sie nicht ganz, dass eine schallende Ohrfeige die Wahrscheinlichkeit eines herzlichen Empfangs beträchtlich verringerte.

»Das ist vorbei. Ich hab Arbeit gefunden, und wir werden es schon schaffen.«

Er hatte sogar drei Arbeitsstellen: als Putzmann, als Nachtportier und als Bäckereigehilfe. Außerdem hatte er uns als zahlende Gäste im Zimmer eines Hauses untergebracht, das wir mit fünf weiteren Familien teilen mussten. Die Vierzimmer-Doppelhaushälfte beherbergte insgesamt fünfundzwanzig Menschen.

In einem verrosteten Auto, das er sich geliehen hatte, fuhren wir vom Flughafen aus los. Unterwegs spielten wir nach Kräften gute Laune vor. Ich wollte nur noch zurück und wieder bei Deep sein.

»England wird euch gefallen, Mädchen. Die Leute sind sehr höflich, und alles ist so grün«, sagte mein Vater begeistert, um die allgemeine Stimmung zu heben.

»Ganz bestimmt hast du recht«, pflichtete meine Mutter ihm bei.

Ich schaute zu den an diesem trüben Septembertag grauen Gebäuden hinaus und fragte mich, wo wohl die grünen Hügel und die flanierenden Menschen sein mochten. Das war das eine Gesicht Englands, das ich mir ausgemalt hatte. Das andere war von den Beatles, den Rolling Stones und Cliff Richard geprägt. Von künstlerisch angehauchten Menschen, die in den Straßen tanzten, lange Kaftane und Blumenkränze trugen und »Peace« und »Love« sangen. Stattdessen war alles ordentlich. Ein Haus nach dem anderen, aufgereiht wie graue Schuhkartons. Wir parkten vor einem davon.

Das Haus in Wembley quoll über von Menschen, die dort schliefen, wo sich gerade ein Plätzchen fand. Wenn man einen Wandschrank öffnete, hielt darin ein »Onkel« ein Nickerchen. Im Bad hatte sich ein anderer »Onkel« in der Wanne eingerichtet, und einer war sogar auf der Arbeitsfläche in der Küche eingenickt. Das Prinzip des »Desksharing«, sicherlich eine indische Erfindung, wurde hier nicht nur auf Schreibtische, sondern auch auf Betten angewendet: Wenn man sein Bett gerade nicht brauchte, nahm es sich eben jemand anderer.

»Ich weiß, es macht nicht viel her«, meinte mein Vater, als er uns das schäbige, feuchte Zimmer zeigte, in dem der Putz von der Decke blätterte. »Aber es ist ein Anfang, und ich verspreche euch, dass wir nicht lange hier bleiben werden.«

Die Unterlippe meiner Schwester begann zu zittern. Bestimmt würde sie gleich wieder zu weinen anfangen. Ich warf ihr einen drohenden Blick zu.

»Es ist in Ordnung, Bapa«, log ich und betrachtete die schmutzige Matratze und die Flecken auf dem Teppich.

»Es tut mir leid, dass ich euch so enttäuschen muss. So etwas wollte ich euch nicht zumuten.«

Meine Mutter griff nach seiner Hand. »Das ist alles nicht so wichtig. Es zählt nur, dass wir wieder zusammen sind.«

Im Nachbarzimmer wurde laut herumgeschrien. Irgendwo im Haus dröhnte Hindi-Musik, und über uns trampelten Kinder herum. Mein Vater sagte, er müsse jetzt wieder zur Arbeit, und gab uns eine Liste mit Erledigungen für den nächsten Tag. Außerdem ließ er uns Geld zum Einkaufen da und wies uns an, den Schrank in der Küche stets abzuschließen.

»Bitte schließt nachts auch die Zimmertür ab, wenn ihr schlaft. Wir sehen uns morgen.« Er küsste uns alle zum Abschied und ging.

Gauri schluchzte hemmungslos.

»Pass auf«, sagte ich zu ihr. »Damit ist niemandem gedient. Wir müssen Bapa so gut wie möglich unterstützen. Morgen suchen wir uns Arbeit, also müssen wir gut ausgeschlafen sein. Hast du verstanden?«

Sie nickte.

Wir packten unsere Koffer aus und machten mit dem, was wir hatten, das Bett. Bevor ich mich auszog, sagte ich, ich wolle noch ein wenig frische Luft schnappen. Gauri wollte mir folgen.

»Ich brauche fünf Minuten zum Nachdenken. Allein.« Ich versuchte, mir die Gereiztheit nicht anmerken zu lassen.

Ich ging aus dem Zimmer und aus dem Haus und spazierte draußen durch die Kälte. In diesem Winkel von London standen nur ein oder zwei schwächliche Sterne am Himmel, die sich mit dem Scheinen mächtig anstrengten. Ich stellte mir vor, sie seien das Kreuz des Südens, und malte mir die Konstellation in Tansania aus, wo Deep gerade schlief oder für sein Studium büffelte.

Dann setzte ich mich auf eine Mauer, holte Stift, Papier und Umschlag heraus, die ich im Flugzeug eingesteckt hatte, und schrieb an Deep. Es war ein hastig hingekritzelter Brief. Erstens, weil ich mich allein draußen in der Dunkelheit unwohl fühlte, und zweitens, weil ich keine Lust hatte, meine ersten

Eindrücke von London und dem Haus, das niemals schlief, in allen Einzelheiten zu schildern. Ich wollte ihm nur wie versprochen meine Adresse geben. Schließlich würde seine Antwort erst in zehn Tagen eintreffen, und bis dahin war sicher alles anders, sodass ich ihm die Situation wahrheitsgemäßer schildern konnte. Ich beendete meinen Brief mit der Beteuerung, wie sehr ich ihn liebte, und fügte noch ein Zitat von Wordsworth hinzu: *Füll das Papier mit dem Atmen deines Herzens.* Ich wusste, dass dieser Satz mir helfen würde, das Fiasko zu überstehen. Dann steckte ich den Brief in meine Handtasche. Als ich nach Hause ging, strömten Menschen aus den Pubs, und einige betrunkene Männer fingen an, unflätige Beschimpfungen zu brüllen. So schnell ich konnte lief ich weiter.

Am nächsten Morgen wurden wir von lautem Husten und Spucken geweckt. Offenbar erledigte jemand seine morgendlichen Waschungen. Kurz darauf klopfte ein Mann heftig an die Badezimmertür und schimpfte, es dauere zu lange, denn er müsse auf die Toilette.

»Geh doch draußen«, entgegnete der Störenfried im Bad.

Ich ging nach unten in die Küche. Hier wimmelte es von Kindern, die ihr Frühstück verspeisten, herumliefen und sich für die Schule fertig machten. Ein Mann rasierte sich an der Spüle, ein Kind putzte sich die Zähne. Als ich aus dem Fenster spähte, sah ich vor der Außentoilette im Garten eine Warteschlange. Ein paar Leute wuschen sich mithilfe des Gartenschlauchs.

Ich schloss den Küchenschrank auf, der mit dem Namen meines Vaters beschriftet war, und stieß auf ein paar alte Kekse und Teebeutel. Milch mit seinem Namen darauf konnte ich nirgendwo entdecken, doch eine ältere Dame bot mir netterweise etwas von ihrer an.

»Chetans Tochter?«, fragte sie.

»Ja«, erwiderte ich.

»Ich helfe dir. Eines Tages hilfst du mir«, murmelte sie, während sie mir die Milch gab. Ich nahm sie an, obwohl ich ahnte, dass das ein Fehler war, aber ich wollte meiner Mutter und meiner Schwester ein Gefühl von Alltag vermitteln.

Ich belud ein herumliegendes Plastiktablett mit Tassen und Keksen und brachte alles zu meiner Schwester und meiner Mutter nach oben.

»Wir warten besser, bis der morgendliche Ansturm vorbei ist, bevor wir das Bad benutzen oder runtergehen«, schlug ich vor.

Als es im Haus ruhiger wurde, machten wir uns fertig und wagten uns vor die Tür. Ich bin nicht sicher, was ich erwartet hatte – vielleicht Passanten, die den Hut vor uns zogen, oder Hippies in Blumenkleidern –, jedenfalls fanden wir keines von beidem vor. Es waren kaum Weiße unterwegs, und die wenigen, denen wir begegneten, trugen zerlumpte, viel zu große Mäntel. Die Mülleimer quollen über, die Wände waren mit verschiedenen feindseligen Sprüchen beschmiert, und die Gehwege hatten Schlaglöcher. In den Gärten hingen unzählige Leinen voller bunter Wäschestücke. Ich konnte mir nicht vorstellen, wie sie bei dieser Kälte trocknen sollten. Obwohl wir erst Mitte September hatten, war es kalt, bitterkalt, und wir waren mit unseren Saris und Strickjacken nicht warm genug angezogen.

Da wir nicht wussten, wie das mit dem Busfahren funktionierte, gingen und gingen wir, bis wir auf eine Ladenzeile mit indischen Geschäften stießen. Während meine Mutter die benötigten Lebensmittel einkaufte, begann ich ein Gespräch mit dem Ladeninhaber und fragte ihn, ob er vielleicht Arbeit für uns hätte. Er schüttelte zwar den Kopf, schlug uns aber vor, es in der Ealing Road zu probieren, wo es noch mehr indische Läden gab. Da meine Schwester mit Mutter nach Hause zurückkehren wollte, um das Essen zu kochen, machte ich mich allein auf den Weg in die erwähnte Straße.

Im neunten Laden, in dem ich vorsprach, brauchte der Inhaber tatsächlich jemanden, der sofort anfing, weil einer der Männer am Morgen nicht zur Arbeit erschienen war und er solchen Angestellten in so einem Fall stets unverzüglich kündigte. Auch wenn sie krank waren. Nachdem er mich von oben bis unten gemustert hatte, sagte er, er werde mich eine unbezahlte Schicht probearbeiten lassen. Dann wies er auf seinen beladenen Transporter.

»Lade alles ab, räum es ins Lager und zeichne die Dosen mit Preisschildern aus.«

Ich tat es, und zwar in der Hälfte der Zeit, die er dafür veranschlagt hatte.

»Der Lohn beträgt zehn Pfund die Woche. Gearbeitet wird an sechs Tagen, und zwar neun Stunden am Tag, Arbeitsbeginn fünf Uhr morgens. Greif zu, oder lass es bleiben. Du kannst morgen anfangen.«

»Danke«, erwiderte ich und lief aufgeregt los, um ein Postamt zu suchen, da ich den Brief an Deep abschicken wollte.

Die Warteschlange war lang, und außerdem hielt ein blinder Mann den Betrieb auf, weil er jemanden brauchte, der ihm seinen Brief vorlas. Die Kunden wurden schon ungeduldig. Der Mitarbeiter am Schalter bat ihn wiederzukommen, wenn weniger los war. Ich ging zu ihm hinüber.

Der Brief war von seiner Schwester in Australien, die ihm eine Postanweisung über zwanzig Pfund geschickt hatte. Als ich ihm den Brief vorlas, fing er zu weinen an.

Er löste die Postanweisung ein und wollte mir zum Dank etwas Geld geben. Aber ich lehnte ab, denn er ahnte ja gar nicht, was er für mich getan hatte. Ich deutete die Episode als Zeichen des Universums, dass alles gut werden würde, und stellte mich wieder an.

Eine Dame sprach mich an. Sie war die Inhaberin der Postfiliale. »Suchen Sie vielleicht einen Job?«

Beinahe wäre ich in Tränen ausgebrochen. Also hatte Ba recht gehabt: Das Glück würde mir folgen.

»Ja! Ja, vielen Dank! Danke!« Doch im nächsten Moment dachte ich an Gauri. Gauri brauchte einen Job und war nicht fähig zu der körperlichen Arbeit, die beim Lebensmittelhändler verlangt wurde. Aber ich wollte nicht an sie denken. Ich wollte diesen Job.

»Ma'am, ich würde wirklich sehr gerne hier anfangen, aber ich kenne ein Mädchen, das viel besser geeignet wäre«, log ich dennoch. »Sie ist geduldig, freundlich, tüchtig und höflich. Würden Sie vielleicht meine Schwester einstellen?« Die Worte sprudelten wider Willen aus mir heraus.

»Und Sie können wirklich nicht?«

»Leider nicht.«

»Dann schicken Sie sie zu mir.«

Ich warf den Brief an Deep ein und ging nach Hause, um Gauri zu holen.

Gauri beschwerte sich, weil sie ihr Mittagessen stehen lassen musste. Ich erklärte ihr, was sie sagen sollte. »Erzähl ihr von der jahrelangen Erfahrung im Süßwarenladen und von den vielen schwierigen Kunden. Aber auch, dass du immer geduldig und verständnisvoll bist. Oh, und dass du gut mit Zahlen umgehen kannst. Außerdem bist du ordnungsliebend und gibst dir stets die größte Mühe.«

»Schon kapiert, Didi. Ich bin klüger, als du glaubst.«

Und wirklich begeisterte sie die Frau von der Postfiliale mit einem Elan, den ich noch nie bei ihr erlebt hatte, und bekam den Job. Sie verdiente doppelt so viel wie ich, und zwar für die Hälfte der Arbeit. Ich war ja so neidisch.

Ich fing den nächsten Brief an Deep an, in dem ich ihm berichtete, dass ich Arbeit gefunden hatte. Ich beschrieb den Gemüseladen, als sei er Keats' Ode *An den Herbst* entstiegen: »voll der reifen Fruchtbarkeit«. Einzelheiten wie das welke, schlaffe Gemüse und den aufbrausenden Ladenbesitzer ließ ich lieber weg. Stattdessen schilderte ich ihm, wie ich dem blinden Mann den Brief vorgelesen und dabei den einen oder anderen Satz zum Thema Liebe und Familie dazugedichtet hatte.

Mein Vater kam nach Hause.

»Bapa, Bapa, Didi und ich haben Arbeit. Ich arbeite in einer Postfiliale. Didi, erzähl Bapa doch, was du machst.«

»Lebensmittel verkaufen.«

Mein Vater hatte Tränen in den Augen.

»Danke, meine Mädchen. Ich verspreche euch, dass es nicht lange dauern wird. Bald haben wir unser eigenes Haus, und ihr geht beide aufs College. Arbeit, und das so schnell.« Lächelnd schüttelte er den Kopf. »Meine schlauen Töchter.«

»Bhanu hat alles organisiert«, fügte meine Mutter hinzu.

»Mein Vorstellungsgespräch war sehr schwierig«, unterbrach meine Schwester. »Die Frau hat mir ein Loch in den Bauch gefragt.«

»Bhanu«, sagte Bapa und sah mich an. »Du warst schon immer unser Glücksstern. Habe ich dir je gesagt, dass sich das Blatt für uns gewendet hat, als du zu uns gekommen bist?«

Ich spürte, wie seine Worte in meinem Herzen landeten, und war so stolz, meiner Familie etwas zurückgeben zu können. Ich glaubte fest daran, dass alles gut werden würde.

»Danke, Bapa, ich kann dir ja gar nicht sagen, wie viel mir das bedeutet.«

Deep antwortete nicht. Da inzwischen drei Wochen vergangen waren, machte ich mir allmählich Sorgen. Nichtsdestotrotz schrieb ich ihm weiter und schilderte meinen Alltag, wobei ich alle Einzelheiten in Sachen Laden unter den Tisch fallen ließ, von denen ich wusste, dass sie ihn nur in Sorge versetzen würden. Wie zum Beispiel, dass sich der wandernde Blick des Ladenbesitzers auf meine Brüste richtete, wenn ich den Transporter entlud. Und wie mir sein nach billigem

Tabak riechender Atem stets ein wenig zu nah kam, wenn er mir die beste Methode erläuterte, die Kunden um ihr Wechselgeld zu betrügen.

Ich hielt es aus, indem ich mich einfach an einen anderen Ort wünschte und mir vorstellte, ich sei bei Deep oder er hier bei mir, um mir zu helfen. Wenn mein Chef unterwegs war, führte ich lange Gespräche mit Deep und vertrieb standhaft die Zweifel, die sich in mein Herz zu schleichen versuchten, weil er noch immer nicht geschrieben hatte. Ich schrieb ihm weiter und teilte ihm mit, ich hätte ein College gefunden, wo ich mich im nächsten Jahr für Abendkurse anmelden würde. Außerdem sei ich dabei, mir eine besser bezahlte Stelle zu suchen, um mir die Studiengebühren leisten zu können. Da es zu teuer war, jeden Tag einen Brief abzuschicken, sammelte ich sie jeweils zehn Tage lang. Ganz sicher hielt Deep es genauso. Außerdem fragte ich meine Schwester, ob sie die Briefe auch wie versprochen abgeschickt hatte.

»Natürlich, Didi. Bestimmt streikt die Post. Du kennst das ja.«

Als ich eines Tages nach Hause kam, saß die alte Frau am Küchentisch. Sie hatte vier Kuverts in der Hand. Die Briefe waren von Deep.

»Meine Briefe.« Ich schnappte nach Luft und griff danach.

Sie hielt meine Hand fest. »Fünf Pfund Gebühr. Du schuldest mir etwas, schon vergessen?«

»Aber so viel Geld habe ich nicht.«

»Du wirst es schon auftreiben. Sonst lese ich sie deinen Eltern vor.«

Ich starrte sie an, um mir ihre Fratze bis in die letzte Einzelheit einzuprägen.

»Dann behalten Sie sie eben«, entgegnete ich und richtete mich auf. »Wenn Sie sie unbedingt meinen Eltern vorlesen müssen, tun Sie, was Sie nicht lassen können.« Mit diesen Worten ging ich hinaus.

Ich brauchte nicht zu wissen, was genau in diesen Briefen stand. Mir genügte, dass Deep Wort gehalten hatte. Er hatte mir geschrieben, er liebte mich, und mir war es egal, ob meine Eltern davon erfuhren.

Ich gab Deep die Adresse der Postfiliale, wo meine Schwester arbeitete, und verbrachte jede freie Minute mit der Suche nach einem besseren Job, damit wir endlich aus diesem Haus ausziehen konnten.

Wären Internet und Mobiltelefone damals schon erfunden gewesen, ich könnte heute eine andere Geschichte erzählen. Vielleicht gibt es inzwischen ja keine solchen Liebesgeschichten mehr. Alle Nachrichten werden umgehend übermittelt, die Bedürfnisse sofort erfüllt, sodass man sie sorglos verwerfen oder nicht beachten kann. Das Warten, Hoffen und Sehnen nach dem Brief eines geliebten Menschen sind Schnee von gestern.

Alle zwei Wochen trafen vierzehn blaue Luftpostbriefe postlagernd ein. Ich schickte meine Briefe alle zehn Tage ab.

Zwei Monate lang reisten die Ereignisse in unserem Leben auf den Schwingen der Poesie und der Liebe hin und her. Die voranschreitende Genesung von Deeps Vater, die Examensvorbereitungen, das eiserne Sparen auf das Flugticket nach London. Mein neuer Job, meine Abiturkurse an der Abendschule, die Begegnung mit Pushpa, meiner ersten richtigen Freundin, Bapas Stelle in einem indischen Süßwarenladen, unser Sparen auf den unmittelbar bevorstehenden Umzug in ein eigenes Zuhause.

Bewahre dir deine Träume, Tara. Denn unsere Träume sind es, die diese Trennung erträglich machen. Ich bin bei dir, Tara. Mit jedem Herzschlag. Wenn du aufmerksam lauschst, kannst du mich hören – mit diesen Worten beendete er jeden Brief.

Doch die Briefe wurden seltener. Und irgendwann kamen gar keine mehr.

Ich schrieb weiter jeden Tag. Mein Deep würde niemals

aufhören, mir zu schreiben. Es musste etwas Schreckliches geschehen sein.

»Gauri, ist heute etwas gekommen?«

»Nein, Didi. Vielleicht streikt ja die Post.«

»Es ist jetzt schon über einen Monat her. Ich mache mir entsetzliche Sorgen. Was, wenn ihm etwas zugestoßen ist?«

»Nein, so etwas darfst du nicht einmal denken. Ich schreibe einer meiner Freundinnen und bitte sie, sich umzuhören. Außerdem kann ich ihm aus der Postfiliale ein Telegramm schicken.«

»Ja! Ein Telegramm.«

Sie tat es gleich am nächsten Morgen.

Und es kam auch eine Antwort.

FAMILIE HAT HOCHZEIT ARRANGIERT. ES BRICHT MIR DAS HERZ. MUSS GEHORCHEN.

Ich las die Worte immer wieder.

»Nein, Gauri, das kann nicht stimmen. Ich weiß, dass es nicht wahr ist. Denn dann hätte er mir geschrieben und nicht nur zehn Wörter telegrafiert. Ich glaube es nicht. Schick ihm noch eines.«

Ich war dabei, als sie es tat. SCHICKE ERKLÄRUNG.

Er antwortete nicht.

»Telegrafiere noch einmal und sag ihm, er soll am Dienstag um vier Uhr nachmittags bei sich auf die Post gehen. Ich rufe ihn dann an.«

Es klang einfach nicht nach ihm. Aber auch zum vereinbaren Termin erschien er nicht.

»Ich begreife das nicht. Deep ist kein Feigling. Er hätte keine Angst, mir die Wahrheit zu sagen.«

»Keine Ahnung, Didi. Ich weiß es wirklich nicht.«

Und so verharrte ich im Abgrund der Ungewissheit, aß nicht, schlief nicht und grübelte darüber nach, was ich als Nächstes tun wollte. Ich schaute hinauf zu den Sternen und bat Ba, mir zu helfen, wenn sie konnte.

»Ich weiß in meinem Herzen, dass es uns bestimmt ist, zusammen zu sein, Ba. Wenn das nicht die Wahrheit ist, gibt es keine.«

Eine Woche später traf ein Brief aus Tansania ein. Er war von Shoba, der Freundin meiner Schwester.

»Didi«, sagte meine Schwester bedrückt, »es stimmt leider. Sie sagt, seine Mutter habe von dir erfahren, und« – sie zögerte – »wegen deiner Vorgeschichte ist sie nicht mit dir einverstanden. Deshalb haben seine Eltern eine Hochzeit für ihn arrangiert. Die Braut stammt aus einer wohlhabenden Familie. Seinen Eltern zuliebe hat er widerstrebend eingewilligt.«

»Nein!«, schluchzte ich. »Er hätte es mir erklärt. Er hätte einen Weg gefunden. Er hätte mit mir gesprochen.«

»Vielleicht hatte er ja keine andere Wahl.«

Ich riss ihr den Brief aus der Hand und las ihn.

»Tu dir das nicht an, Didi.«

Gauri hatte die Worte *die psychische Krankheit und der Selbstmord ihrer Mutter* weggelassen.

Oh, ich dumme, dumme Gans! Wie hatte ich nur denken können, dass alles gut werden würde? Er hatte mich in diesem Glauben gewiegt. Mich benutzt. Mich mit seiner blumigen Sprache betört und mich dann verlassen. Ich stürmte in die Küche, riss eine Schere aus der Schublade, rannte ins Bad und schloss mich ein.

Ich dumme, dumme Gans! Wie hatte ich auch nur annehmen können, dass mich jemand heiraten wollte? Ich begann, an meinen dichten schwarzen Haaren herumzuschneiden. Im Gleichtakt mit seinem lächerlichen Herzschlag, mit dem er angeblich bei mir war, schnippelte ich weiter. All seine Lügen, geboren aus einer Traumwelt, an die zu glauben er mich in jedem Brief angefleht hatte.

Du bist das Wichtigste in meinem Leben, und nur unsere Träume machen unsere Trennung erträglich.

Nichts als hohles Geschwätz.

»Bitte behalt das immer bei dir«, hatte er gesagt, bevor wir Tansania verließen.

»Das Buch von Auden. Das kann ich nicht annehmen. Es ist das Wichtigste, was du besitzt.«

»Du, Tara, bist das Wichtigste. Versprichst du mir, dass du auf mich wartest? Wir fahren zusammen nach York.«

»Natürlich warte ich auf dich, Deep.«

»Schreib mir, sobald du eine Adresse hast. Schreib mir jeden Tag. Ganz gleich, was du auch tust, warte auf mich.«

Ich schnitt und schnitt.

Meine Schwester klopfte an die Tür. »Didi, ich hab Angst um dich. Mach die Tür auf.«

Ich schnitt weiter.

»Ich fang jetzt an, gegen die Tür zu treten. Ich mach eine Szene, bis alle Leute kommen, um zuzuschauen.«

Trotz meiner aufgewühlten Gefühle gewann die Furcht davor, dass die Leute über mich reden könnten, schließlich die Oberhand.

Ich schloss auf.

Gauri nahm mir die Schere ab und zerrte mich vom schmutzigen Boden hoch. Bitterlich schluchzend fiel ich ihr in die Arme.

»Ich kann ohne ihn nicht leben. Ich kann einfach nicht.«

»Didi, du wirst sehen, dass alles gut wird. Wirklich. Ganz bestimmt wird es das. Ich verspreche es dir. Du hast ja mich, Mummy und Daddy. Wir werden immer zu dir stehen.«

Ich klammerte mich an sie, voller Verzweiflung, weil sie mich nicht allein lassen durfte. Denn sonst hätte mich ein schwarzes Loch auf Nimmerwiedersehen verschlungen.

Acht Wochen später lieh sie mir ihren Minirock, half mir beim Schminken und gab mir etwas Geld, damit ich für Pushpa ein Geburtstagsgeschenk kaufen und zu ihrer Fete gehen konnte.

Ich hatte Pushpa in der Abendschule kennengelernt. Offenbar war sie sehr beliebt und immer nach der neuesten Mode gekleidet, und sie hatte die gleiche Frisur wie Farrah Fawcett aus *Drei Engel für Charly*. Die Jungs umlagerten sie, bereit, alles für sie zu tun. Anfangs war ich nicht sicher, was ich von ihr halten sollte, denn sie konnte einschüchternd, laut und schrill sein, weshalb ich unsere Gespräche möglichst kurz hielt. Pushpa war ein Jahrzehnt vor mir, also mit zehn Jahren, nach England gekommen und gab mir Tipps, damit ich mich in der britischen Kultur zurechtfand.

»Spülst du die Milchflaschen aus, ehe du sie vor die Tür stellst? Wenn nicht, nennen die Leute uns nämlich dreckige Migranten, und du willst doch unserem Ruf nicht schaden.«

»Bhanu, ich zeige dir mal, wie man das Besteck richtig benutzt. Gib dir Mühe, nicht mit den Fingern zuzugreifen, auch dann nicht, wenn es einfacher wäre.«

»Wenn dich jemand als ›Paki‹ bezeichnet, ist das nicht nett gemeint. Ich dachte monatelang, dass das ein Kosename ist.«

»Und wenn sie ›stinkende Paki‹ rufen, ist es an der Zeit, küchentechnisch einzuschreiten. Zünde einfach ein Teelicht an, das vertreibt den Ölgeruch. Kapiert? Warum verschwendest du eigentlich deine Zeit hier? Sind deine Eltern nicht schon dabei, dich zu verkuppeln?«

Ich erklärte ihr, dass ich als Bürogehilfin bei einer Versicherung arbeitete, aber später an der Universität Literaturwissenschaft studieren wollte. Das schien sie nicht vom Hocker zu reißen.

Pushpa machte ihr Abitur nach. »Ich will nicht an die Uni. Abitur reicht für meine Biodaten. Ohne mein Aussehen wäre das vielleicht ein Problem. Aber inzwischen ist es zwar erwünscht, dass man gebildet ist, allerdings auch nicht zu gebildet. Ich heirate sowieso einmal einen reichen Mann. Du könntest doch auch nach dem Abitur aufhören.«

Als ich anfing, ihr meine Karriereträume zu schildern, fiel sie mir ins Wort.

»Du bist doch nicht etwa eine von diesen Feministinnen? Ich wette, du hattest noch nie Sex. Wahrscheinlich wartest du damit bis nach der Hochzeit, habe ich recht?«

Sie war unverblümt und lustig, doch ich bin nicht sicher, ob wir Freundinnen geworden wären, wenn ich mir nicht die Haare abgesäbelt hätte. Weil ich es mir nicht leisten konnte, den Unterricht zu versäumen, hastete ich mit völlig verunstalteter Frisur in die Schule.

»Ach, du Scheiße! Was ist denn mit dir passiert? Sag nichts: Jemand hat dir das Herz gebrochen.«

Ich schwieg.

»Die Typen sind es nicht wert, das kannst du mir glauben. Lass dich bloß nicht zu sehr auf eine Beziehung ein. Aber scheiß drauf, wir müssen was mit deinen Haaren machen. Du kannst morgen unmöglich so ins Büro. Die werden glauben, dass alle Asiaten eine Schraube locker haben, und nie mehr einen von uns einstellen. Oder sie werden dich verdächtigen, dass du einem Wachmann der Queen die Bärenfellmütze geklaut hast. Aber Kopf hoch, ich hab einen Freund, der ist Friseur.«

Obwohl es schon spät war, fuhren wir in ihrem grünen Mini nach Barnet zu ihrem Freund.

»Ich hab in Richtung Twiggy gedacht«, teilte sie ihm mit. Er war Italiener.

Er stutzte mein Haar zu einem Kurzhaarschnitt und bewunderte sein Werk.

»Sie wäre ein tolles Model, oder, Pushpa? Du könntest als Model arbeiten. Ich könnte dich vermitteln.«

»Das ist nichts für sie«, erwiderte Pushpa. »Bücherwurm.«

Die Frisur war wirklich ein Traum. »Ich kann dir leider nichts bezahlen.«

»Schon gut, eine Freundin von Pushpa ist auch meine

Freundin.« Er küsste sie. Als sie sich vor meinen Augen immer weiter küssten, wurde mir langsam unbehaglich.

»Hast du was mit ihm?«, erkundigte ich mich im Auto.

»Nein, ich halte nichts von festen Freunden. Keine Lust auf Beziehung. Ich amüsiere mich einfach, bis meine Eltern mich mit jemandem verkuppeln.«

Ihr Wagemut versetzte mich in Ehrfurcht. »Was, wenn dich jemand von unseren Leuten sieht?«

»Dann streite ich einfach alles ab.«

Sie fuhr mich nach Hause. »Ich würde dich ja hereinbitten, aber ...«

»Aus jedem Winkel taucht ein anderer Onkel auf, und es wäre zu gefährlich«, beendete Pushpa den Satz.

Ich lachte. »Nächste Woche ziehen wir in eine größere Wohnung mit zwei Zimmern.«

»Mannomann, zwei Zimmer, was für ein Luxus«, witzelte sie. »Nun, wenn ich helfen soll, brauchst du nur zu fragen.«

Pushpa kam tatsächlich und half uns beim Umzug, und so wurden wir gute Freundinnen. Sie brachte uns Möbel, die ihre Eltern nicht mehr brauchten, und auch Kleidung für meine Schwester und mich, manche Sachen sogar noch mit Preisschild. Meine Eltern waren begeistert von ihr, denn sie konnte sich auf Knopfdruck in ein bescheidenes indisches Mädchen verwandeln, das mit den Fingern aß, sich nicht um den Geruch scherte und fließend Gujarati sprach.

»Mit solchem Mist kriegt man sie immer«, sagte sie zu mir, als wir gingen.

Vermutlich war es diese chamäleonhafte Wandelbarkeit, die verhinderte, dass ich ihr von ganzem Herzen vertraute. Das und der Umstand, dass es ihr manchmal an Taktgefühl fehlte.

Einmal wollten wir am nächsten Tag mit ihrer Freundin Manju nach Brighton fahren. »Bring einen Badeanzug mit«, sagte sie zu mir, als sie mich zu Hause absetzte. »Oder soll ich dir einen besorgen?«

»Ich kann nicht schwimmen«, erwiderte ich. »Außerdem gehe ich nicht gern ins Wasser.« Eine lange Pause entstand. »Meine Mutter ist ertrunken.«

Für einige Leute wäre das Anlass für weitere Fragen gewesen: *Wie ist das passiert? Warst du dabei? Also ist deine Mutter gar nicht deine richtige Mutter?* Und dann hätte ich, abhängig vom Grad meines Vertrauens, vielleicht gewagt, ihr die wahre Geschichte zu erzählen.

Nicht so für Pushpa! Ihre Antwort lautete: »Okay. Dann schau dir am besten den Typen im Fernsehen an. Wie heißt er noch mal? Duncan Goodhew. Wirf dein Geld nicht für Schwimmstunden raus, sondern mach es einfach wie er. Wie lautet der Spruch? Nimm dir einen Profi zum Beispiel, dann ist alles in Butter.«

Ich lachte und konnte gar nicht mehr damit aufhören.

Dann kam Pushpas einundzwanzigster Geburtstag. Eigentlich hatte ich gar keine Lust, zu ihrer Fete zu gehen, denn obwohl ich gern mit ihr abhing, war mir nicht danach, ihre Freunde kennenzulernen. Doch als ich Gauri von Pushpas Einladung erzählte, lag sie mir ständig damit in den Ohren.

»Es ist jetzt zwei Monate her, Didi. Ich kann es nicht ertragen mitanzusehen, dass du herumsitzt wie ein Trauerkloß. Geh, amüsier dich und lern ein paar neue Leute kennen. Ich geb dir das Geld, das ich mir zusammengespart habe, damit du ihr etwas Nettes kaufen kannst. Bitte. Ich berate dich auch, was du anziehen sollst.« Gauri lieh mir einen ihrer Miniröcke, ursprünglich eine Spende von Pushpa.

Die Entscheidung, doch hinzugehen, fiel praktisch in letzter Minute, und zwar hauptsächlich deshalb, weil ich aufhören wollte, an Deep zu denken, und wenn es nur für ein paar Stunden war. Also nahm ich den Zettel, auf den Pushpa die Adresse gekritzelt hatte, und stieg in die U-Bahn. Ich war zu spät dran und außerdem ein bisschen nervös. Hinzu kam, dass ich den Treffpunkt zunächst nicht finden konnte, denn Pushpa hatte vergessen zu erwähnen, dass es sich um eine Bowlingbahn handelte. Wenn sie mir diese unbedeutende Kleinigkeit mitgeteilt hätte, hätten sich die Dinge gewiss anders entwickelt. Nach einem Blick auf meinen Minirock trat ich ein.

Alle starrten mich an, und einige Mädchen schnappten sogar nach Luft, weil ich die Kühnheit besaß, einen Minirock auf einer Bowlingbahn zu tragen. Das und mein Kurzhaarschnitt sorgten dafür, dass die Jungs sich um mich scharten. Mein zukünftiger Ehemann tat, als hätte er mich nicht bemerkt, und war der Letzte, der mich begrüßte. Und zwar erst, nachdem er seine Kugel geworfen hatte.

»Hiten.« Während er mich eindringlich musterte, fielen alle Kegel mit einem nachdrücklichen Klappern um. »Drei Treffer in Folge nennt man ›Turkey‹«, fügte er hinzu.

Er beobachtete, wie ich ungeschickt meine Kugel rollte, und vergewisserte sich, dass ich auch hinschaute, als er zwei weitere Treffer landete. Dann trat er auf mich zu. Es gab weder Gedichte noch blumige Worte, er kam sofort auf den Punkt.

»Ich stehe zu meinem Wort. Wenn ich sage, dass ich dich heiraten werde, werde ich das auch tun.«

Ich lachte. Vielleicht glaubte er ja wegen des Minirocks, dass ich leicht zu haben war.

»Mach dich nicht lächerlich«, entgegnete ich.

Im nächsten Moment erklang das Lied aus *Grease*, und er fing an, mit den Hüften zu wippen. Pushpas Freunde lachte. »Tu etwas!«, feuerte Pushpa mich an.

Ich hatte keine Lust. Mir war alles zu viel. Weil ich plötzlich nicht mehr wusste, was ich überhaupt hier sollte, schickte ich mich an zu gehen.

Als ich schon an der Tür war, folgte er mir, entschuldigte sich und bestand darauf, dafür zu sorgen, dass ich wohlbehalten nach Hause kam. Ich lehnte zwar ab, aber er ging neben mir her in Richtung U-Bahnhof und versuchte, mich zum Lachen zu bringen, indem er mir etwas vorsang. Und dann, ganz spontan, aber entschlossen, hielt er ein schwarzes Taxi an, gab dem Fahrer Geld und wies ihn an, mich nach Hause zu bringen.

»Pass auf dich auf«, sagte er und hielt mir die Autotür auf.

Ich saß im Taxi, sehr stolz auf mich, weil ich es geschafft hatte, etwa eine halbe Stunde lang nicht an Deep zu denken. Außerdem war ich dankbar für die freundliche Geste mit dem Taxi. Als ich mich umdrehte, stand er noch da und wartete. Ich lächelte ihm zu.

»Wie war es?«, erkundigte sich meine Schwester, als ich nach Hause kam.

»Nett«, antwortete ich. »Ich bin froh, dass ich hingegangen bin.«

»Das freut mich sehr für dich, Didi. Wirklich.«

Am nächsten Tag kam Pushpa mich abholen.

»Du weißt ja, dass es heißt, das beste Mittel gegen eine alte Liebe sei eine neue. Hiten steht total auf dich. Er könnte buchstäblich jede haben, denn seine Familie erstickt im Geld. Aber er will dich. Ich würde ihn ja nicht von der Bettkante stoßen, doch er ist der beste Freund meines Bruders, also für mich tabu.«

»Ich finde ihn arrogant.«

»Ich würde es eher als selbstbewusst bezeichnen. Er ist es gewöhnt, seinen Willen durchzusetzen. Was soll ich ihm von dir ausrichten? Wirst du ihn wiedersehen?«

»Nein. Ich werde mich durch nichts von der Schule ablenken lassen.«

»Dein Wort in Gottes Ohr«, erwiderte Pushpa.

Am nächsten Tag holte Hiten mich von der Arbeit ab, um mich zu überraschen. Damals gab es noch keine City-Maut, weshalb er in seinem roten Ford Cortina vorfuhr.

»Hallo, Sexbombe!«, rief er.

Als ich mich umdrehte, sah ich ihn. Er hatte einen Ellbogen aus dem Autofenster hängen und rauchte eine Zigarette.

»Bitte fahr weiter«, sagte ich.

»Ich fahre überhaupt nirgendwohin.« Er folgte mir langsam in seinem Auto.

»Verschwinde einfach. Was, wenn uns jemand sieht?«

»Mir doch egal. Wenn es sein muss, fahre ich bis nach Hause hinter dir her.«

Ich ging weiter. Einerseits war mir die Situation peinlich, andererseits fühlte ich mich von seiner Entschlossenheit geschmeichelt.

»Du kennst mich nicht. Aber ich schwöre, ich werde dir nötigenfalls in dieser Geschwindigkeit folgen, bis du zu Hause bist.«

Also stieg ich zu ihm ins Auto. Allerdings nur, um öffentliches Aufsehen zu vermeiden und zu verhindern, dass er mir eine Szene machte, die womöglich von meinen Kollegen beobachtet wurde. ABBA lief, und er fing an, mir etwas vorzusingen. Er hatte eine gute Stimme, was mir bis jetzt nicht aufgefallen war.

Ich saß da und würdigte ihn keines Blickes.

»Magst du das Lied nicht? Keine Angst, ich finde schon das richtige.«

Er legte eine andere Kassette ein. Ich tat demonstrativ gelangweilt.

»Du kannst mich hier absetzen. Danke fürs Mitnehmen.«

Am nächsten Tag wiederholte er das Ganze. Und am übernächsten wieder. Er spielte mir Lied um Lied vor und forderte mich auf, mitzusingen. Vergeblich. Doch jeden Tag ließ ich mich ein Stückchen näher zu meiner Adresse fahren.

Manchmal frage ich mich, ob wir wohl je zusammengekommen wären, wenn es damals schon eine City-Maut gegeben hätte, denn er erschien mindestens zwanzig Mal, bis ich überhaupt bereit war, ein Wort mit ihm zu wechseln.

»Keine Ahnung, warum du immer wiederkommst, denn es ist absolut zwecklos. Dass ich im Minirock auf einer Bowlingbahn war, heißt noch lange nicht, dass ich mit dir ins Bett gehe.«

»Ich weiß.« Er lachte auf. »Wie ich dir schon wiederholt mitgeteilt habe, werde ich dich heiraten.«

»Musst du denn nicht zur Arbeit?«

»Ich bin mein eigener Chef, und im Moment ist das hier meine einzige Aufgabe. Ich werde nicht lockerlassen, bis ich habe, was ich will.«

Eigentlich wollte ich ihn so vor den Kopf stoßen, dass er mich nie wieder abholen würde. Doch bevor ich den Mund aufmachte, schoss mir kurz durch den Kopf, dass ich seine Witze und seine Gesellschaft vermissen würde.

»Pass auf, das ist völlig unmöglich. Erstens sind wir nicht aus derselben Kaste. Zweitens hat meine Mutter Selbstmord begangen, weshalb ich beschädigte Ware bin. Und drittens sind wir arm, und meine Familie kann dir nichts bieten.«

»Bhanu, sing mit mir mit.« Er drehte die Lautstärke von ›Don't Go Breaking My Heart‹ auf.

»Hast du mir eben nicht zugehört?«

»Schon, aber es ist mir egal. Ich bin einfach sicher, dass ich für den Rest meines Lebens mit dir zusammen sein will.«

»Du kennst mich doch gar nicht.«

»Das kann ich ändern, wenn du mir eine Chance gibst.«

»Bitte setz mich hier ab.«

Beim Aussteigen hielt ich noch einmal inne und wandte mich um. »Was weißt du über Gedichte?«

»*Sein oder Nichtsein?*« Er vollführte eine dramatische Geste.

Ich verdrehte die Augen. »Interessierst du dich für die Sterne und die Abläufe des Universums?«

»Nein, aber ich geh gern mit dir ins Planetarium. Ich würde dir auch die Horoskope vorlesen.«

Er brachte mich zum Lachen. Deep hatte mich mit seinem

Tiefsinn getäuscht. Bei Hiten wusste man sofort, woran man war.

»Von den Liedern, die du mir vorgespielt hast, hat mir ›Stayin' Alive‹ am besten gefallen.«

Er hatte Humor und nahm das Leben nicht so ernst, was für mich eine Wohltat war. Außerdem war er charmant. Seit Deeps Telegramm waren fünf Monate vergangen. Seitdem hatte ich kein einziges Wort mehr von ihm gehört. Vielleicht war er ja schon verheiratet.

Ich erzählte meiner Schwester von Hiten.

»Der klingt doch super, Didi. Gib ihm wenigstens eine Chance.«

Und so tat ich es.

Als er mich am nächsten Tag abholte, erklang »Stayin' Alive«.

»Ist das also unser Lied, Bhanu?«

Ich sah ihn an und lächelte. Der Blick allein genügte, denn er beugte sich vor und küsste mich.

»Weiter gehe ich nicht«, verkündete ich. »Kein Rumgeknutsche.«

»Ich weiß«, erwiderte er.

»Und wenn du so weitermachen willst, musst du mich heiraten.«

Wenn man damals mit einem Jungen in einer Seitenstraße oder auch nur ganz unschuldig in einem Restaurant sitzend beobachtet wurde, war der gute Ruf ruiniert. Deshalb sagte ich es nur so dahin, ohne es wirklich ernst zu meinen. Und falls doch, hätte ich niemals mit der Antwort »Klar, kein Problem« gerechnet.

»Das war nur ein Scherz«, fügte ich rasch hinzu.

»Nein, war es nicht, Bhanu. Ich werde dich heiraten. Das habe ich dir doch schon bei unserer ersten Begegnung gesagt.«

Diese Gewissheit machte ihn nur umso attraktiver, denn

ich wusste, dass er ungeachtet aller Widrigkeiten um mich kämpfen würde. Er stieg aus, hielt mir die Autotür auf und half mir beim Aussteigen. Dann fiel er mitten auf dem Gehweg auf ein Knie wie in den englischen Filmen.

»Bhanu, willst du meine Frau werden?«

»Frag meine Eltern. Wenn sie einverstanden sind, dann ja.«

»Komm schon, das kannst du bestimmt besser.«

»Wenn sie dich mögen, ja. Die Familie bedeutet mir alles.«

Mir floss nicht vor Glück das Herz über. Auch nicht wegen irgendeines anderen Gefühls. Womöglich empfand ich einen Hauch von Zweifel, den ich entschlossen beiseiteschob. Es war eine innere Stimme, die raunte, ich solle abwarten und ihn erst besser kennenlernen, denn es sei noch viel zu früh.

War ich in Hiten verliebt? Nein. Wollte ich raus aus dem Haus und weg von den vielen fremden Mitbewohnern? Natürlich. Litt ich noch unter der Trennung von Deep? Ja. Konnte Hiten mir Sicherheit und Verlässlichkeit bieten? Ja, liebe Therapeutin, das Bedürfnis nach Sicherheit und Verlässlichkeit stand nämlich hinter vielen einschneidenden Entscheidungen in meinem Leben. Aber noch wichtiger war, dass ein Mann wie Hiten mich für der Mühe wert befand. Ich war es wert, mir monatelang den Hof zu machen. Er wollte mich. Ja, ich empfand auch etwas für ihn. Es war keine leidenschaftliche Liebe, aber Gefühle waren eindeutig vorhanden. Und dass die Leidenschaft zu nichts führte, hatte ich ja am eigenen Leib erlebt.

Er wollte mich zu Hause aufsuchen, um meine Eltern um Erlaubnis zu fragen. Und wenn dieses Haus ihn nicht abschreckte, hatte er den Test bestanden. Die Bruchbude, in der wir zwei luxuriöse Zimmer bewohnten, während unsere Hausgenossen uns um den vielen Platz beneideten. Er achtete nicht auf die Menschen, die sich in sämtlichen Räumen drängten, auf die hohen Kofferstapel auf den Schränken und auf die schweren schmutzigen Teppiche und Vorhänge. Stattdessen spazierte er einfach ins Schlafzimmer meiner Eltern, das sie eigens wegen seines Besuchs vorübergehend zum Wohnzimmer umfunktioniert hatten. Meine Mutter hatte versucht, den Raum mit drapierten Saris zu schmücken, um den abblätternden Putz und die feuchten Wände zu tarnen.

Mein Vater tat sein Bestes, um sich seine Verlegenheit wegen des schäbigen Ambientes nicht anmerken zu lassen.

»Es ist nur vorübergehend«, nuschelte er.

»Ich hab schon so viel von Ihnen gehört, Onkel«, erwiderte Hiten, ohne auf die Bemerkung meines Vaters einzugehen. Dann begrüßte er meine Mutter. »Das ist aber ein reizender Sari, Tante.«

Sie sonnte sich in seinem Kompliment.

Meine Schwester brachte ein Tablett mit Tee und verschiedene indische Süßigkeiten, die mein Vater selbst gemacht hatte. Sie waren solche Kunstwerke, dass sie gar nicht in dieses Zimmer zu passen schienen.

»Das ist meine Schwester Gauri«, stellte ich vor.

»Ach, Gauri. Ich hab nur Gutes von dir gehört.«

Ich fragte mich, wann er das gehört haben wollte, denn meines Wissens nach hatte ich kaum über sie gesprochen. Anstatt sich in den Vordergrund zu drängen, lächelte meine Schwester ihm nur zu. Wie reif waren wir doch in diesem einen Jahr geworden. Ich war stolz auf sie.

Hiten tat, als nähme er die Umgebung nicht zur Kenntnis, und befasste sich mit den Süßigkeiten.

»Sie sind nicht nur sehr dekorativ, sondern auch köstlich«, verkündete er und griff noch einmal zu.

Meine Mutter nötigte ihm Nachschub auf und bewunderte seufzend seinen schicken Anzug.

»Sie sind eine fantastische Köchin«, fuhr er fort.

»Bapa hat sie gemacht«, verbesserte ich ihn.

Mein Vater versuchte, sich seine Verlegenheit nicht anmerken zu lassen.

»Ja, natürlich, Bhanu hat es mir erzählt. Wie konnte ich das vergessen? Was für ein Talent.«

»Das sind nur einfache Rezepte.« Mein Vater wedelte wegwerfend mit der Hand.

»Bhanu hat mir außerdem erklärt, dass Sie sich selbstständig machen wollen. Ich würde Ihnen gern helfen.«

Mein Vater schüttelte den Kopf. »Vielen Dank, aber das ist nicht nötig. Bitte sorgen Sie für Bhanu und erlauben Sie ihr, ihr Studium zu beenden.«

»Das werde ich, Onkel und Tante. Bald werden wir eine Familie sein«, fuhr er fort, »und ich würde Ihnen gern unter die Arme greifen. Betrachten Sie es nicht als Hilfe. Sie sind so begabt. Also sollten Sie es als geschäftliche Investition sehen.«

»Wir möchten nichts weiter, als dass unsere Tochter gut versorgt ist.«

»Und das will ich von ganzem Herzen«, erwiderte er. »Aber falls ich doch etwas für Sie …«

»Uns geht es gut«, antwortete mein Vater stolz.

Meine Mutter konnte gar nicht aufhören, Hiten mit halb offenem Mund anzuhimmeln – bis sie beschloss, die entscheidende Frage zu stellen.

»Haben Sie schon mit Ihren Eltern gesprochen?«

»Nein, ich wollte zuerst Sie um Ihren Segen bitten.«

»Den haben Sie. Sie sind ein Glückspilz. So eine Frau wie Bhanu finden Sie nicht alle Tage«, stellte mein Vater fest.

»Ich weiß«, sagte Hiten.

Als ich den Blick meiner Schwester auffing, merkte ich ihr an, dass sie sich wirklich für mich freute.

An der Haustür verabschiedete Hiten sich von mir. Alle neugierigen Blicke, die schon seine Ankunft beobachtet hatten, verfolgten nun auch, wie er wieder ging.

»Ich achte dich und deine Familie nun noch umso mehr. Ich liebe dich mehr als zuvor.«

Liebe, Liebe, dachte ich. Es klang seltsam, als er das Wort laut aussprach. Für mich war Liebe nie Teil der Gleichung gewesen. Ba hatte ihren Mann anfangs nicht geliebt, ihn jedoch mit den Jahren lieben gelernt. Auch meine Tante und mein Onkel hatten sich bei ihrer Hochzeit nicht geliebt. Er hatte sie am Tag vor der Trauung zum ersten Mal gesehen, und inzwischen liebten sie einander sehr. Für mich war Liebe zu diesem Zeitpunkt eine absolut zu vernachlässigende Größe. Liebe gehörte in Filme und in Gedichtbände. Beständigkeit war das Fundament der Dinge, die von Dauer sein sollten.

Ich kehrte zurück zu meiner hellauf begeisterten Familie.

»Schau, Didi, aus allem Schlechten entsteht etwas Gutes.« Meine Schwester umarmte mich fest.

»Vernachlässige nur nicht deine Ausbildung.« Mein Vater lächelte.

Ich berichtete Pushpa, Hiten habe bei meinen Eltern um meine Hand angehalten.

»Solange du nicht mit ihm schläfst, schaffst du es bis zur Hochzeit. Jetzt musst du noch seine Mum auf deine Seite bringen. Damit will ich dich nur davor warnen, dich zu früh zu freuen. An der hat sich bis jetzt noch jede die Zähne ausgebissen.«

In jener Nacht konnte ich nicht schlafen, denn ich befürchtete, dass sie womöglich wie Deeps Mutter reagieren würde. Allmählich machte ich mir Sorgen.

Am nächsten Tag holte Hiten mich von der Arbeit ab. Meine Kollegin Mary, die sonst immer als Erste ging, blieb, weil sie ihn kennenlernen wollte. Nachdem sie fort war, sprach ich mit Hiten über meine Bedenken.

»Dann also los.«

»Wohin?«, fragte ich.

»Wir rufen sie an. Wie viel Uhr ist es? Sie ist bestimmt noch wach.«

Kichernd wegen der Enge zwängten wir uns in eine Telefonzelle in der Nähe des U-Bahnhofs Euston. Ich war sehr aufgeregt, freute mich aber über seine Gewissheit, dass sie mit mir einverstanden sein würde. Wir investierten viel Geld in einige wenige Sätze.

»Ja, Mummy, sie hat einen sehr guten Job.«

»Sag ihr, dass ich nach der Uni Lehrerin werden will«, unterbrach ich.

»Pssst, Bhanu, ich kann nichts verstehen. Ja, Mummy, sie ist eine fantastische Köchin ... jaja, putzen kann sie auch.« Und dann hielt er inne und betrachtete mich. »Und sie ist sehr, sehr hübsch.«

Ein Piepsen teilte uns mit, dass das Geld aufgebraucht war. Er legte auf und sagte, sie habe sehr erfreut geklungen und alles würde gut werden. Leider hatte ich aus der Anzahl der Male, die er das Wort »Ja« benutzt hatte, nicht auf die Natur des Mutter-Sohn-Verhältnisses geschlossen. Dann hätte ich nämlich gewusst, dass rein gar nichts gut werden würde.

Ganz zu schweigen davon, dass es in Indien ein durchaus der CIA ebenbürtiges Netzwerk gibt, das vor der Genehmigung jeder Hochzeit gründliche Ermittlungen durchführt. Nahezu umgehend traf nämlich ein Telegramm ein:

ALARMSTUFE ROT. ALARMSTUFE ROT. NICHT HEIRATEN. ICH WIEDERHOLE: NICHT HEIRATEN. SIE KOMMT AUS EINER NIEDRIGEN KASTE. WIEDERHOLE: NIEDRIGE KASTE. NIEDRIGE. KASTE. AKTIVITÄTEN EINSTELLEN. MUTTER TOT. SELBSTMORD. WIEDERHOLE: SELBSTMORD. VATER: AUFENTHALT UNBEKANNT.

Er brauchte mir das Telegramm nicht zu zeigen. Also baute ich ihm eine Brücke.

»Wenn sie nicht einverstanden sind, sollten wir es besser lassen. Die Familie und die Gemeinschaft kommen an erster Stelle. Wir wollen niemanden verärgern.«

»Mir ist es egal, was sie denken, Bhanu. Ich werde für dich

sorgen, ganz gleich, was passiert. Wenn Sie dich erst kennenlernen, werden sie mich verstehen.«

Die Sterne befanden sich auf einer Umlaufbahn, auf der ein Zusammenstoß vorprogrammiert war: Sein Bedürfnis, sich von seiner Mutter zu lösen und sich durchzusetzen. Mein Wunsch, Deep zu vergessen und nach vorn zu schauen.

Es gibt eine Stimme, die keine Worte benutzt. Hör auf sie, sagt der Dichter Rumi.

Und tatsächlich riet mir eine leise innere Stimme, meinen Kurs zu korrigieren. Doch ich beschloss, die Warnung in den Wind zu schlagen. Die Angst, niemals wieder jemandem zu begegnen oder mich gar in einen anderen Mann zu verlieben und auf dieselbe Weise die Kontrolle zu verlieren wie damals bei Deep, gewann die Oberhand.

Als meine Mutter Hiten um die Kontaktdaten seiner Mutter bat, um mit den Hochzeitsvorbereitungen zu beginnen, erwiderte er, sie könne, anders als er gehofft habe, aus gesundheitlichen Gründen nicht an den Verlobungsfeierlichkeiten teilnehmen.

Das Verlobungsritual setzt sich aus verschiedenen, von beiden Familien gemeinsam durchgeführten, Zeremonien zusammen. Bei der ersten, Chandlo Matli genannt, besucht der Vater der Braut zusammen mit vier männlichen Familienmitgliedern das Haus des Bräutigams, malt ihm einen leuchtend roten Punkt auf die Stirn und überreicht ihm eine symbolische Geldsumme, das »shagun«. Dann wird das Datum der Trauung festgesetzt. Also trommelte mein Vater vier Freunde zusammen und begab sich mit ihnen zum Haus von Hitens Bruder. Als Hochzeitsdatum wurde ein astrologisch günstiger Tag im folgenden Jahr vereinbart. Ich war erleichtert, als ich das hörte.

Der nächste Teil des Rituals heißt Gor Dhana, was übersetzt »Rohrzucker und Koriandersamen« bedeutet. Dazu suchen die Braut und ihre Familie, ausgerüstet mit Süßigkeiten und Leckereien, den Bräutigam zu Hause auf. Jeweils fünf verheiratete Frauen aus beiden Familien segnen das Paar, und dann lernen sich alle bei einer Mahlzeit besser kennen. Dieser Teil des Rituals wurde ohne Rücksprache mit mir übersprungen. Hiten wollte auf seine Weise feiern, indem er meine Familie ins *Dorchester* zum Tee einlud.

Aufgeregt bereiteten sich alle auf den Ausflug vor. Hiten holte uns in seinem neuen Auto ab. Ich kann mich nicht mehr an die Einzelheiten der typischen englischen Teetafel erinnern – was es zu essen und zu trinken gab und wie die Stimmung bei Tisch war. Ich hatte mich nämlich in eine Parallelwelt verabschiedet und beobachtete alles wie eine Außenstehende aus der Ferne, nippte an meinem Tee und verfolgte von der ersten Reihe aus das Treiben dieser indischen Familie, die in diesem Umfeld ein wenig deplatziert wirkte. Gleichzeitig schien ich anwesend zu sein, lachte und scherzte. Und dann, als der Nachmittag zu Ende ging, überreichte Hiten mir einen Verlobungsring und meinem Vater einen Umschlag.

Der abgespaltene Teil von mir nahm Hitens unhöfliches Verhalten gegenüber dem sehr aufmerksamen Kellner wahr und außerdem auch, wie er einer hübschen blonden Kellnerin lüstern nachblickte. Zudem unterbrach er den älteren Herrn am Tisch ständig, als dieser ihm von der Geschichte des *Dorchester* und davon erzählte, dass es während des Krieges als das sicherste Gebäude gegolten habe. Die Besucherin konnte bei Hiten nicht die Spur von Wissbegier und auch keine Wertschätzung der Tabletts mit Sandwiches und Teilchen erkennen, die man vor ihn hinstellte. Außerdem fiel ihr auf, dass die Frau an seiner Seite Tränen in den Augen hatte, als er ihr den Verlobungsring schenkte. Doch es waren keine Glückstränen, und die Frau schien das erfreute Lächeln nur vorzutäuschen.

Wie gerne wäre die Besucherin aufgesprungen und hätte die Frau geschüttelt und sie dazu gebracht, auf der Stelle zu gehen. Aber in diesem Moment griff der Mann nach ihrer Hand, bestellte eine Flasche Champagner und reichte dem älteren Herrn einen Umschlag. Der Herr legte den Umschlag neben seinen Teller und setzte das Gespräch fort.

»Mach ihn auf!«, drängte Hiten.

Mein Vater tat es widerstrebend. Darin befand sich ein Scheck über zehntausend Pfund, um einen Süßwarenladen zu eröffnen. Mein Vater war zwar gerührt, wollte das Geld jedoch nicht annehmen und gab beides Hiten sofort zurück. Nach einigem Beharren und Hin-und-Her-Reichen des Umschlags ließ mein Vater sich schließlich erweichen.

»Ich zahle dir jeden Penny zurück«, beteuerte er. »Vielen Dank.«

»Wir sind jetzt eine Familie«, antwortete Hiten.

»Ich hab Zweifel«, gestand ich meiner Schwester, als wir wieder zu Hause waren. »Große Zweifel.«

»Alle haben Zweifel. Das ist normal«, meinte sie. »Ich würde mir Sorgen machen, wenn du keine hättest.«

»Als wir heute am Tisch saßen, hatte ich plötzlich so ein Gefühl, als ob Deep gar nicht verheiratet wäre. Das erste Wort, das er je zu mir gesagt hat, lautete ›Quantenverschränkung‹. Das bedeutet, dass zwei Teilchen Veränderungen am jeweils anderen wahrnehmen, wenn man sie voneinander trennt. Ich fühle nicht, dass er verheiratet ist. Ich fühle, dass er mich sucht.«

»Was für ein bodenloser Schwachsinn! Fall nicht wieder auf seine Hirngespinste rein, Didi. Jetzt hast du es schon so weit geschafft, und Hiten ist eine Wucht. Du hast Mummy und Daddy so stolz gemacht. Wirklich. Es ist die allerbeste Entscheidung.«

In Anbetracht der Möglichkeiten, die mir zu diesem Zeitpunkt offenstanden, dachte ich das damals tatsächlich. Meine Familie lebte inzwischen in Vorfreude auf diese Hochzeit und in der Hoffnung auf einen Neuanfang. Mein Vater leistete die

Anzahlung auf ein Wohn- und Geschäftshaus, und wir bereiteten unseren Umzug aus dem überfüllten Haus in die geräumige Wohnung über dem Laden vor. Meine Schwester gab ihren Job in der Postfiliale auf, um meinen Eltern im Laden zu helfen.

Ich hob die Koffer vom Schrank. In einem davon befand sich Bas Hochzeitssari, den sie mir vererbt hatte, ordentlich in Musselin verpackt. Ich wickelte ihn aus, schnupperte daran und entfaltete ihn vorsichtig. Nach meiner Ankunft in England hatte ich anfangs damit unter dem Kopfkissen geschlafen und mir ausgemalt, wie ich, in diesen Sari gehüllt, Deep heiratete. Morgens versteckte ich ihn dann unter dem Kissen. So hielt ich es jede Nacht, bis ich erfuhr, dass er eine andere heiraten würde.

Was hättest du zu alldem gesagt, Ba? Ich dachte an die Beharrlichkeit ihres zweiten Mannes und seinen Wunsch, sie zu beschützen. Sie hatte mir erzählt, zunächst sei es keine Liebe gewesen. Ich faltete den Sari ordentlich zusammen und packte ihn weg. Es wäre falsch gewesen, ihn zur Hochzeit mit Hiten zu tragen. Wie sich herausstellte, sollte mir diese Entscheidung sowieso erspart bleiben. Dann nahm ich Deeps Briefe, die ich in einem Schuhkarton hinten im Schrank aufbewahrte, betrachtete sie und widerstand dem Drang, sie noch einmal zu lesen.

»Es tut mir so leid, Deep.«

Ich ging in den Garten, zündete ein kleines Feuer an, sah zu, wie die Briefe verbrannten, und bat den Feuergott Agni, sie zu sich zu nehmen. Mit Tränen in den Augen beobachtete ich, wie sie zu Asche zerfielen.

Vielleicht fühle ich mich deshalb von Feuern angezogen, weil der Planet Mars über mein Leben bestimmt. Feuer haben mir schon immer Kraft und die Chance gegeben, wieder vom Boden aufzustehen. Einen Monat später heiratete ich.

BAHN DREI

»Dein Herz kennt den Weg.
Lauf in die Richtung, die es dir zeigt.«

Rumi

Hiten sagte, er habe eine Überraschung für mich. Er bat mich, mir am Vormittag freizunehmen und etwas Nettes anzuziehen. Anfangs sträubte ich mich, weil ich noch nie auch nur ein paar Stunden freigenommen hatte, nicht einmal, um zum Arzt zu gehen. Doch er ließ sich nicht beirren.

»Nur mir zuliebe, dieses eine Mal. Du wirst den Grund schon noch verstehen.«

Als Hiten mich zu Hause abholte, trug er einen eleganten marineblauen Anzug. Es war ein warmer Septembertag, und ich hatte mich für ein rosafarben und grün gemustertes Maxikleid entschieden. Auf der Rückbank des Autos lag eine Polaroidkamera.

»Wo fahren wir hin?« Ich war aufgeregt. »Zum Planetarium?« Wir steuerten nämlich auf die Baker Street zu, und ich hatte Anfang der Woche erwähnt, dass mir der Anblick des Nachthimmels in Tansania fehlte.

»Du wirst schon sehen, *meri jaan* Bhanu.«

Er parkte in Marylebone.

»Rückst du jetzt endlich raus mit der Sprache?«

»Bhanu, ich kann nicht länger warten. Sie hatten einen Termin frei, und jetzt heiraten wir.« Er lächelte.

Ich hätte Nein sagen und ihm in den Arm fallen sollen.

»Aber meine Familie! Das darf ich ihnen nicht antun.«

»Das ist nur die Ziviltrauung. Die große Hochzeitsfeier veranstalten wir, wenn Mummy sieht, wie glücklich du mich machst. Ich schwöre, wir holen alles nach.«

Wir mussten zwei Zeugen (einen Mann und eine Frau) aus

einem nahe gelegenen Café rekrutieren. Mit zweifelnden Mienen sahen sie uns beim Heiraten zu und folgten uns, als wir, begleitet von »Stayin' Alive«, das der Standesbeamte rasch aufgelegt hatte, durch den Raum marschierten. Hiten reichte dem Standesbeamten die Kamera und forderte die beiden Fremden auf, sich fürs Foto neben uns zu stellen. Mir erschien das alles so unbeschreiblich falsch.

Mein Mann gab jedem der beiden fünf Pfund, damals eine Menge Geld. Nachdem sie uns viel Glück gewünscht hatten, gingen sie rasch davon. Hiten hatte ein Hotelzimmer für uns reserviert, wo wir die Ehe vollzogen. Für mich kam das alles ziemlich überstürzt. Als ich am Nachmittag ins Büro zurückkehrte, hatte ich ein mulmiges Gefühl in der Magengrube, aber ich machte mir vor, dass alles gut werden würde.

Meine Kolleginnen wunderten sich, weil ich weg gewesen war, da das sonst nie vorkam.

»Wo hast du denn gesteckt, Bhanu?«, erkundigte sich Mary aus der Buchhaltung.

»Ich hab geheiratet.«

Sie fielen fast vom Stuhl.

»Etwa diesen charmanten, attraktiven Mann, den ich letztens kennengelernt habe?«

Ich nickte und gestattete mir nicht, weiter über die wahre Tragweite meines Handelns nachzudenken.

Einer meiner Kollegen meinte, er müsse rasch etwas erledigen, und kehrte mit Babycham-Birnensekt und Torte zurück, damit sie mich feiern konnten.

»Wie hieß er noch mal?«

»Hiten.«

»Auf Bhanu und Hiten, möge ihr gemeinsames Leben erfüllt von Gesundheit, Glück und Fröhlichkeit sein.«

Alles würde gut werden, sagte ich mir und hob mein Glas.

»Was machst du eigentlich noch hier, Bhanu? Du solltest in den Flitterwochen sein.« Mary packte mich an der Schulter.

Nein, Flitterwochen gab es nicht. Auch keine romantische Auszeit. Nur eine Schwiegermutter, die über uns hereinbrach. Ich lernte sie einige Monate nach unserer Hochzeit kennen. Wir waren gerade in unser erstes Haus gezogen, das Hiten für uns gekauft hatte.

»Mach die Augen zu, *meri* Bhanu«, sagte er und überreichte mir die Schlüssel.

»Wofür sind sie?«

Wir stiegen ins Auto, und er wies mich an, die Augen weiter geschlossen zu halten.

»Nicht aufmachen.« Er half mir beim Aussteigen und nahm mich an der Hand. Als wir vor dem Tor standen, fing es heftig an zu regnen.

»Schließ auf.«

Ich konnte es kaum fassen: Ein Haus ganz für uns allein, in dem außer uns niemand schlief. Er öffnete die Tür und führte mich herum.

»Natürlich muss hier noch einiges getan werden, aber ich hab es günstig bekommen. Gefällt es dir?«, fragte er aufgeregt.

»Ich bin begeistert«, erwiderte ich.

Er nahm mich in die Arme. »Wenn ich dir verspreche, dass ich immer für dich sorgen werde, musst du mir glauben, Bhanu.«

Ich hatte Tränen in den Augen und glaubte ihm wirklich.

»Ich hab von meinem Cousin ein Bett gekriegt.« Er lächelte.

Natürlich war ein Bett das erste Möbelstück, das er besorgt hatte.

»Möchtest du es testen?«

Hiten bat mich, vor dem Besuch seiner Mutter meine Stelle zu kündigen und die Schule aufzugeben, damit ich es uns zu Hause gemütlich machen konnte. Sie sollte mich nicht für eine dieser modernen Frauen halten, die keine Lust hatte, ihn zu umsorgen.

»Bitte, Bhanu, nur diese eine Sache. Mir zuliebe.«

»Aber ich liebe meinen Job.«

»Du weißt, dass du nicht arbeiten musst. Ich bezahle deine Studiengebühren, damit du tagsüber aufs College gehen kannst. *Meri* Bhanu, ich wünsche mir so sehr, dass bei diesem Besuch alles glattläuft, damit wir richtig heiraten können. Wenn sie dich erst besser kennt, wird sie dich ganz bestimmt lieben. Es ist so wichtig für mich, dass ihr beide euch vertragt.«

»Eine tolle Strategie, um ihn dir zu krallen«, meinte Pushpa, als ich ihr mitteilte, ich würde die Abendschule aufgeben.

»Das ist keine Strategie«, entgegnete ich.

»Bhanu, mir brauchst du nichts vorzumachen. Immer cool bleiben und bloß keine Zugeständnisse. Das heißt, wirklich gar keine. Männer wie Hiten sind verrückt danach. Hiten war schon immer ein Jäger.«

»Was soll das heißen?«

»Wenn du dich zierst, bringt ihn das um den Verstand. Versteh mich nicht falsch, ich freue mich für dich, weil du gekriegt hast, was du wolltest.«

Inzwischen habe ich einen einfachen Grundsatz verinnerlicht: Freundinnen, die einem anfangs auf die Nerven fallen, werden das weiterhin tun, auch wenn sie eigentlich ein großes Herz haben. Manchmal sollte man besser gar nicht mit ihnen befreundet sein. Allerdings sind die Bande der Vertrautheit stark, und wenn man sie durchtrennen will, fällt einem plötzlich alles ein, was sie für einen getan haben, als man Hilfe brauchte. Und dann sagt man sich, dass eben kein Mensch vollkommen ist.

»Ich wusste, dass du nicht bleiben würdest, Bhanoo. Wer würde so was auch tun, nach einem Sechser im Lotto und der Hochzeit mit so einem tollen Mann?« Mary schluchzte.

Sie schenkten mir einen Füllfederhalter.

»Ich werde ihn und meine Zeit mit euch immer in guter Erinnerung behalten«, sagte ich, mit den Tränen kämpfend.

Und so stürzte ich mich in die Aufgabe, unser Zuhause wohnlich einzurichten, damit meine Schwiegermutter sich auch wirklich wohlfühlte. Somit ging ich zwar einen Kompromiss ein, doch wenn das nötig war, um ihren Segen für eine richtige Hochzeitsfeier zu bekommen, war es die Mühe ganz bestimmt wert.

Einige Wochen vor ihrer Ankunft überraschte Hiten mich mit einem Geschenk. Es war ein tragbarer Farbfernseher fürs Schlafzimmer. Ich fand das zwar überflüssig, weil ich im Bett lieber las, aber er sagte, er sähe vor dem Schlafengehen gerne fern und sei in den ersten Monaten nach der Hochzeit durch unsere Kapriolen im Schlafzimmer nur zu abgelenkt gewesen, um einen zu kaufen. Außerdem besorgte er einen riesigen Fernseher fürs Wohnzimmer, einen Videorekorder und einen Stapel Bollywood-Videos für seine Mutter.

Wir waren die Ersten in unserer Gemeinde, die ein solches Wunderwerk der Technik besaßen. Und so gaben sich alle Verwandten und auch Gemeindemitglieder, die uns bislang die kalte Schulter gezeigt hatten (weil ich zur falschen Kaste gehörte), bei uns die Klinke in die Hand, als seien wir Hüter eines heiligen Schreins. Nachdem sie die Schuhe ausgezogen hatten, strömten sie ins Wohnzimmer, schnappten beim Anblick des gewaltigen Farbfernsehers mit Videorekorder nach Luft und verbeugten sich fast vor Ehrfurcht. Ein Teil von mir freute sich darüber, dass wir jetzt »seriös« geworden waren, auch wenn wir das nur dem Videorekorder verdankten. Jeder Bollywood-Film beanspruchte in jener Zeit drei Videokassetten und kostete rund dreißig Pfund, damals ein Vermögen.

Die Leute brachten ihre Familien mit und saßen Stunde um Stunde wie gebannt vor den Bollywood-Filmen. Vor allem *Kabhi Kabhie* erfreute sich großer Beliebtheit, ein Film, den ich mir einfach nicht anschauen konnte, weshalb ich zur allgemeinen Freude hin und her lief und grenzenlose Mengen an indischen Leckereien, Süßigkeiten und Tee servierte.

»Sie ist so ganz anders, als alle gesagt haben«, merkte Gemeindemitglied A, den Mund voller Samosa, an.

»Immer ein Lächeln auf den Lippen«, fügte Gemeindemitglied B hinzu und griff ebenfalls nach einem Gebäckstück.

»Und eine ausgezeichnete Köchin, auch wenn mir die Samosas ein wenig zu salzig sind, ich hab nämlich erhöhten Blutdruck«, ergänzte Gemeindemitglied C.

Und so wurden wir Schritt für Schritt wieder in die Gemeinschaft aufgenommen. Das ist ein Bespiel für ein bilaterales Handelsabkommen: ein Tag der offenen Tür mit dem Zweck der Anbetung eines 22-Zoll-Farbbildschirms, begleitet von Essen und Trinken, so viel das Herz begehrt, im Austausch für gesellschaftliche Akzeptanz.

Allmählich fand ich Gefallen an dem Fernseher im Schlafzimmer. Hiten und ich gewöhnten uns an, Tee zu trinken und uns dabei Comedy-Sendungen wie *Some Mothers Do 'Ave 'Em*, *George and Mildred* oder *Fawlty Towers* anzuschauen. Wir saßen da, hielten Händchen und lachten Tränen. Hiten konnte wunderbar Frank Spencer, den Tollpatsch aus der zweiten Serie, nachmachen. Hin und wieder zwang ich ihn zwar, sich eine Naturdoku anzusehen, doch er riss nur die ganze Zeit Witze oder ahmte die Stimmen der Tiere nach. Außerdem war nach Ankunft meiner Schwiegermutter sowieso Schluss damit.

Hiten war losgefahren, um sie vom Flughafen Heathrow abzuholen. Ich hatte mir genau überlegt, welchen Schmuck ich tragen würde, und dazu den wunderschönen rosafarbenen Sari aus Organza angezogen, den mein Mann mir eigens zu dieser Gelegenheit geschenkt hatte. »Mummy wird ganz begeistert sein«, hatte er beim Aussuchen gejubelt. Plötzlich wurde draußen dreimal gehupt. *Wie hatten sie es so schnell hierher geschafft?* Es gelang mir, den Sari in nur knapp drei Minuten anzulegen, und ich war stolz darauf, das Kleidungsstück und auch die Situation an sich innerhalb so kurzer Zeit gemeistert zu haben. Nervös, aber auch erfüllt von freudiger Aufregung, lief ich hinaus, um sie zu begrüßen.

Ihr Haar war pechschwarz gefärbt und zu einem riesigen Dutt aufgesteckt. In einen weißen Sari gewandet, thronte sie im Fond des Wagens wie der Papst. Ich hastete auf sie zu und öffnete ihr die Autotür. Als sie mir die Hand hinhielt, küsste ich ihren Ring. Sie stieg aus, und ich berührte ihre Füße. Doch sie bedeutete mir nicht, dass ich mich wieder erheben dürfe.

»Warum hast du so lange gebraucht?«

»So lange?«

»Du bist nicht nur dumm, sondern auch träge.«

Vielleicht hatte mein Mann das ja nicht gehört. Falls doch, verlor er kein Wort darüber.

»Siehst du das da?« Sie wies auf ihren Sari.

»Mein Beileid, Mummy. Wer ist denn gestorben?«

»Du«, entgegnete sie und betrachtete mich, als sei ich etwas, das an ihrem Schuh kleben geblieben war. »Du hast meinen Sohn geheiratet.«

Hiten sagte nichts. Er lachte nur verlegen auf.

Ich war den Tränen nah.

»Er hätte jede haben können. Jede, und ich begreife das einfach nicht. Warum ausgerechnet du?« Sie drehte sich zu ihm um. »Außerdem ist sie sehr dunkelhäutig. Du hast doch gesagt, dass sie helle Haut hat.«

Mein Mann wies auf meine zwischenmenschlichen Fähigkeiten, meinen Fleiß und meine Kochkünste hin, als läse er von meinem Lebenslauf ab.

»Bhanu macht ausgezeichnete Süßigkeiten, Mummy. Sie hat die Pistazientorte gebacken, die du so gern hast. Bhanu, begleite Mummy doch ins Haus.« Er machte sich daran, ihr Gepäck aus dem Auto zu holen.

»Wo ist diese Torte?«

Ich führte sie ins Wohnzimmer.

»Setz dich doch, Mummy. Du hast einen langen Flug hinter dir und bist sicherlich müde. Ich hole sie dir. Möchtest du vielleicht Tee?«

»Willst du mir etwa verbieten, mich frei im Hause meines Sohnes zu bewegen?«

»Nein, ich dachte nur, dass du dich nach der Reise ausruhen möchtest.«

Als sie aufstand und in Richtung Küche marschierte, folgte ich ihr und sah zu, wie sie die Torte aus dem Kühlschrank nahm.

»Du wirst in meiner Familie nie willkommen sein«, verkündete sie und ließ die Torte auf den Boden fallen.

In diesem Moment kam mein Mann herein.

»Es tut mir ja so leid, Sohn. Sie ist mir einfach aus der Hand gerutscht.« Sie sah mich an.

»Kein Problem, Mummy«, erwiderte mein Mann. »Bhanu kann ja eine neue backen.«

Von ihr beobachtet, beseitigte ich die Überreste. Hiten holte die anderen Koffer.

So gerne ich auch protestiert hätte, war mir sofort bewusst, dass sie von nun an ein wichtiger Bestandteil meines Ökosystems sein würde. Deshalb blieb mir nichts anderes übrig, als mir in ihrer Gegenwart nichts anmerken zu lassen. Und so beschloss ich, so zu tun, als befänden wir uns in einem Tierfilm. Sie war das dominante Alphaweibchen auf Beutefang, und ich würde sie in dem Glauben lassen, dass sie mich ausgetrickst hatte.

Sie setzte sich aufs Sofa, förderte ihre Puderdose zutage, musterte ihr Gesicht und betupfte die dunkleren Hautstellen. Hätte es damals schon Botox und Faltenauffüller gegeben, sie hätte sie hemmungslos benutzt und weiter die natürliche Schönheit gespielt. Wie sich herausstellte, beschäftigte sie sich häufig mit ihrer Körperpflege. Genau wie eine Hyäne. Und in den Wochen, die sie bei uns verbrachte, war nicht zu übersehen, dass sie auch sonst recht viel mit einer Hyäne gemeinsam hatte.

Sie markierte ihr Territorium unter Einsatz ihrer Analdrüsen, indem sie jede Gelegenheit nutzte, sich auf die Sessel, Sofas und Betten anderer Leute niederzulassen.

Sie war in der Lage, ziemlich laute Vokaläußerungen von sich zu geben.

Weibliche Hyänen besitzen dank ihres hohen Testosteronspiegels »pseudomännliche Genitalien«, sind hochrangiger als die Männchen der Sippe und dominieren sie. Auch wenn ich, was die Genitalien meiner Schwiegermutter anging, keine Aussage treffen konnte, schien mein Mann seine in ihrer Gegenwart verloren zu haben.

»Ich hab dir ein Geschenk mitgebracht«, herrschte sie mich an, nachdem ich mit dem Putzen fertig war.

Es ist Sitte, dass die Familie des Bräutigams die Braut willkommen heißt, indem sie ihr einen Sari schenkt. Der Sari ist ein Symbol für den Wert der Braut, was für ein fünf bis neun Meter langes Stück Stoff eine ziemliche Verantwortung ist. Der Sari wird dieser Aufgabe durch die Wahl der Farbe, des Stoffes und der Stickerei gerecht und sagt deshalb eine Menge über die zukünftige Familienbeziehung aus.

Sie wies auf ihren Koffer. »Hiten, mein Sohn, mach ihn auf.«

»Das ist ja so nett von Mummy. Oder, Bhanu?«, begeisterte er sich und schnitt die Seile durch, mit denen der Koffer verschnürt war.

Meine Schwiegermutter wickelte eine alte Zeitung auseinander, förderte einen Sari aus grobem, braunem Stoff zutage und breitete ihn vor mir aus. Ich war nicht ganz sicher, aus welchem Material er bestand. Jedenfalls hatte das Kleidungsstück Löcher und sah aus, als habe eine ihrer Dienstbotinnen es abgelegt.

»Geh und zieh ihn an.«

Als ich Hiten anstarrte, nickte dieser nur und lächelte verlegen.

»Danke, Mummy«, sagte ich und nahm den Sari.

So hässlich der Sari auch sein mochte, war ich fest entschlossen, ihr nicht zu zeigen, wie sehr sie mich gekränkt und mich in meinem Gefühl der Minderwertigkeit bestärkt hatte. Also raffte ich den Stoff rasch zusammen, wie Ba es mir beigebracht hatte, und schaffte es trotz meiner Gefühle, den Sari innerhalb weniger Minuten anzulegen. Offenbar hatte sie nicht mit meiner Geschwindigkeit gerechnet und sprach einfach weiter über mich, während ich stocksteif danebenstand.

»Sie ist sehr dunkelhäutig. Du hast gesagt, sie hätte eine helle Haut. Außerdem scheint sie nicht sonderlich klug zu sein. So etwas passiert eben, wenn man jemanden aus einer niedrigeren Kaste heiratet.«

»Mummy, wenn du Bhanu erst besser kennenlernst, wirst du merken, wie intelligent sie ist.«

»Es ist mir peinlich, meine Freunde hierher einzuladen. Was werden sie denken, wenn sie diese Proletarierin sehen?«

Wie gerne hätte ich ihr mitgeteilt, dass diese Freunde bereits hier gewesen waren, um den Farbfernseher anzubeten und sich mit Unmengen von Knabbereien, Kuchen und Getränken bewirten zu lassen.

»Was für ein reizender Sari!«, rief ich stattdessen aus. »Vielen Dank.«

Als wir später am Abend im Bett lagen, versuchte ich, mit meinem Mann ein Gespräch über dieses Thema zu führen.

»Hast du denn ihre vielen Seitenhiebe nicht gehört? Warum hast du den Mund nicht aufgemacht?«

»So ist sie eben, Bhanu. Ihr werdet euch schon aneinander gewöhnen, und alles wird gut.« Er schaltete den Fernseher ein. »Tierfilm?«

Gerade sahen wir uns eine Dokumentation über den Lebenszyklus des Seepferdchens und sein Paarungsverhalten an, als sich der Türknauf bewegte. Meine Schwiegermutter kam, bewaffnet mit zwei Tassen Tee und einem Sandwich, hereinmarschiert. »Dein Lieblingssandwich, mein Sohn. Tomate, Gurke und Cornichons.«

Ich war unsicher, was ich tun sollte, denn ich war im Nachthemd und empfand die ganze Situation als surreal. Sie ging zu seiner Seite des Bettes, stellte das Tablett auf den Nachttisch und bedeutete ihm, Platz zu machen, was er auch tat. Ich sah ihn finster an, woraufhin er eine sonderbare Grimasse schnitt. Als sie ihn mit einer Handbewegung anwies, ihr ein Kissen zum Anlehnen zu reichen, gab er es ihr. Wieder starrte ich meinen Mann an, doch er schwieg.

Ich war nicht mehr in der Lage zu verfolgen, was aus dem männlichen Seepferdchen wurde, nachdem das Weibchen seine Eier in seinem Beutel abgelegt hatte, so sehr vereinnahmten mich das Verhalten des Männchens neben mir und die Abfolge der Ereignisse, die dazu geführt hatten, dass seine Mutter sich in unserem Bett breitmachte. *Ist das normal?*, war mein erster Gedanke. Wer sich je bei dieser Frage ertappt, kann sich getrost darauf verlassen, dass die Sache, um die es geht, nicht normal ist.

Schmeiß sie aus unserem Bett!, hätte ich ihn gerne angeschrien. Allerdings erschreckte mich seine Unbefangenheit, als sie ihm das Haar zauste, so sehr, dass die Frage, ob das noch normal war, übermächtig wurde. Sie reichte ihm das Sandwich und sah mich an.

»Für dich war nicht mehr genug Brot da.«

»Schon gut, Mummy. Ich esse abends keine Sandwiches mehr«, lautete meine kläglich hervorgestoßene Antwort. Was mir in Wahrheit auf der Zunge lag, war: *Ist das dein Ernst? Raus aus dem Bett, du durchgeknallte alte Hexe!*

Doch sie war meine Schwiegermutter, deren Gunst ich mir erkämpfen musste, damit sie mich akzeptierte und ich zu meiner richtigen Hochzeitsfeier kam. Also starrte ich meinen Mann ein drittes Mal an.

Sie gab ihm seinen Tee und schaute zu, wie das männliche Seepferdchen die Eier mit sich herumtrug, bis die Jungen ins Meer entlassen werden konnten. Dass das Seepferdchen wieder losschwamm, um sich eine neue Partnerin zu suchen, kriegte sie nicht mehr mit, weil sie inzwischen eingeschlafen war.

»Was soll das?«, flüsterte ich.

»Ach, das ist nur ein Kindheitsritual zwischen Mummy und mir.«

»Ich glaube, so etwas ist nicht normal. Wir müssen sie loswerden«, zischte ich.

»Jede Familie hat ihre Rituale«, entgegnete er.

Als sie zu schnarchen anfing, war ich nicht sicher, ob sie nicht nur Theater spielte.

»Lass sie schlafen, Bhanu.«

»Ich ziehe um ins Wohnzimmer«, murmelte ich.

Er sagte weder *Ich komme mit* noch *Bitte geh nicht*.

Seine Antwort lautete nur: »Okay, Bhanu«, als sei es das Natürlichste von der Welt.

Wenn es damals schon Google gegeben hätte, hätte ich Folgendes recherchiert: *Ist es normal, dass eine Mutter noch bei ihrem sechsundzwanzigjährigen Sohn im Bett schläft?* Und nach der Lektüre der Antworten hätte ich mich von diesem Sohn getrennt. Aber das Internet existierte noch nicht, und so nahm ich Kissen und Decke und verbrachte die Nacht unten auf dem Sofa.

Viele Jahre später habe ich auf einer asiatischen Ratgeberseite ein ähnliches Post von einer anonymen Teilnehmerin gelesen: *Mein Mann schläft immer, wenn wir uns streiten, bei seiner Mutter. Ist das normal?*

NEIN!, hätte ich da gern geschrien (Emoji mit weit aufgerissenem Mund).

Doch stattdessen postete ich zwei GIFs:

Eine große rote Sirene.

Ein Paar schnell rennender Beine.

Sehr früh am nächsten Morgen klapperte meine Schwiegermutter lautstark mit dem Besteck. Hyänen veranstalten nämlich jede Menge Lärm, um der Welt mitzuteilen, dass sie wach sind.

»Ich mache Toast für ihn!«, brüllte sie. »Ich hab doch noch Brot gefunden. Mein armer Junge wird bei dir bald verhungern. Er hat mir gesagt, dass du den Toast nicht richtig hinkriegst. Zu wenig Butter. Er sieht schon ziemlich abgemagert aus. Schlaf du nur ruhig weiter, ich hab heute sowieso nichts zu tun.«

»Danke, Mummy.« Er grinste selbstzufrieden, als sie ihm sein Frühstück auf einem Tablett servierte.

Dann fing sie an, in unserem Schrank herumzuwühlen und ihm die Kleider zurechtzulegen. »Soll ich heute Abend dein Lieblingsessen kochen?«

Als Hiten mich auf dem Treppenabsatz bemerkte, lächelte er, als sei alles in bester Ordnung. »Hast du gut geschlafen, Bhanu?«

Bei mir läuteten sämtliche Alarmglocken. Nun, es waren eher Sirenen. Ich ging zur nächsten Telefonzelle. Im ersten Moment spielte ich mit dem Gedanken, Pushpa anzurufen, doch die hätte vermutlich nur Witze darüber gerissen und die Information in den nächsten Jahren gegen mich verwendet.

Ich rief meine Schwester an.

»Hältst du das für normal, Gauri?«

»Tja, ich finde es echt niedlich. Du kennst ja den Spruch, dass es viel über einen Mann verrät, wie er mit seiner Mutter umgeht. Offenbar liebt er sie sehr.«

Und so nahm das Verhängnis seinen Lauf. Als ich ihn bat, die Schlafzimmertür abzuschließen, weigerte er sich.

»Sag ihr, dass das so nicht geht und dass es aufhören muss.«

»Bhanu, sie bleibt doch nur drei Wochen.«

»Aber du liegst mit ihr in einem Bett, und das ist nicht normal.«

»Was soll das heißen? Sie ist meine Mutter.«

»Es ist eben sonderbar. Was würdest du denn sagen, wenn ich mich zu Bapa ins Bett legen würde?«

»Der ist nicht dein richtiger Vater.«

Ich hätte meine Sachen packen und die Flucht ergreifen sollen, aber Gauri redete mir ein, dass ich überreagierte und dass alle Schwiegermütter sich so benahmen.

Als ich meine Mutter fragte, wie es bei ihr und Ba gewesen sei, sagte sie nicht sehr viel, sondern gab mir nur ein Gleichnis mit einem Apfelbaum mit auf den Weg: »Auch wenn du das Glück hattest, dass dir ein glänzender Apfel in den Schoß gefallen ist, darfst du nicht vergessen, wer den Baum gepflegt und tagtäglich genährt, gegossen und versorgt hat.«

Ich überlegte, ob ich ihr sagen sollte, dass der Baum den Apfel auch weiterhin pflegte, ja, dass dieser sogar am Busen des Baumes ruhte.

»Bitte lade sie doch noch einmal ein«, meinte meine Mutter, als ich mich zum Gehen anschickte.

Ich brachte es nicht übers Herz, ihr zu sagen, dass meine Schwiegermutter meine Eltern nicht kennenlernen wollte.

»Warum zwingst du mich, mich mit dem Pöbel abzugeben?«, schluchzte sie, an Hitens Schulter gelehnt. »Ist es nicht genug, dass ich das hier ertragen muss?«

Ich war nicht ganz sicher, was genau sie ertrug, denn meine Schwiegermutter tat nichts, als von morgens bis abends auf dem Sofa, ihrem Territorium, zu sitzen und Bollywood-Filme zu glotzen. Manchmal ging sie Kleider kaufen oder besuchte ihre Freundinnen, war jedoch stets zurück, bevor mein Mann nach Hause kam. Dann machte sie sich in der Küche zu schaffen und klagte über ihren anstrengenden Tag.

Die Folterqualen erreichten eine neue Stufe, als Hiten zur Vernunft kam und beschloss, die Gutenachtzeremonie aus seiner Kindheit abzuschaffen. Nachdem meine Schwiegermutter festgestellt hatte, dass Staub bei mir Asthmaanfälle auslöste, kriegte sie endlich ihren Hintern vom Sofa hoch und veranstaltete wahre Putzorgien.

»Meinem Sohn ist ein sauberer Haushalt wichtig.« Sie schüttelte den Staubwedel unter meiner Nase aus. »Und du putzt ganz eindeutig nicht richtig.« Sie kippte den Inhalt des Staubsaugerbeutels vor meinen Augen in den Mülleimer und sah mir beim Keuchen zu. »Du bist offenbar ziemlich kränklich.«

Als ich eines Tages vom Arzt kam, saßen Pushpa und sie zusammen, tranken Tee, plauderten und amüsierten sich offenbar großartig.

»Tantchen und ich erzählen uns gerade Geschichten aus Hitens Jugend.«

»Er hätte dich heiraten sollen!«, rief sie aus. »Warum hat er nicht dich geheiratet? Ihr habt euch immer so gut verstanden. Ich dachte, dass ihr eines Tages ...«

Pushpa warf mir einen verlegenen Blick zu. »Tantchen, ich richte Mummy und Daddy aus, dass du zum Essen kommst.« Sie stand auf.

Meine Schwiegermutter sah mich an. »Du kannst uns jederzeit besuchen«, sagte sie zu Pushpa.

»Ich weiß, dass sie schwierig ist«, meinte Pushpa, als ich sie zur Tür brachte.

»Ich komme schon mit ihr klar.«

»Eigentlich hatte ich aufregende Neuigkeiten für dich.«

»Bist du schwanger?«, erkundigte ich mich.

Kurz nach meiner und Hitens Hochzeit hatte Puspha in eine arrangierte Ehe mit einem reichen Geschäftsmann eingewilligt.

»Nein! Ketan hat mich mit einer Mikrowelle überrascht. Du musst unbedingt zum Essen kommen, Bhanu. Die Mikrowelle ist ein Traum. Alles ist im Handumdrehen fertig.«

Es war nicht der richtige Moment, um ihr mitzuteilen, dass ich ein Kind erwartete. Ich beschloss, es zunächst einmal für mich zu behalten, denn ich wollte keinen Bannfluch meiner Schwiegermutter riskieren. Außerdem war ich nicht sicher, ob ich diese Ehe fortsetzen wollte.

Negative Menschen haben die Macht, einen durch ihre bloße Anwesenheit in ihr schwarzes Loch hineinzusaugen. Hiten drückte sich vor dieser Gefahr, indem er bis spät in die Nacht arbeitete. Wenn er zu Hause war, hatte ich keinen Respekt mehr von dem kleinen Jungen, in den er sich verwandelte. Sie wusste genau, welche Macht sie über ihn ausübte. Er bettelte ständig um ihre Anerkennung, die sie ihm nie vollständig gewährte, und so ging es immer weiter. Es war wie eine unausgesprochene Abmachung zwischen den beiden, die sie in gewisser Hinsicht zu genießen schienen.

»Bhanu«, sagte sie eines Abends zu mir, »du siehst sehr müde aus. Ich hab dir ein Bad eingelassen.«

Ich war völlig perplex und glaubte einen Moment lang tatsächlich, dass doch noch ein Funke Nächstenliebe in ihr schlummerte. Bis ich ins Bad kam und feststellte, dass sie die Wanne viel zu voll gemacht und alles unter Wasser gesetzt hatte. Sie beobachtete mich, als ich hastig die Hähne abdrehte.

»Pass auf, dass du nicht darin ertrinkst. Sie ist doch ertrunken, richtig?«

»Hau ab!«, schrie ich sie an. »Raus hier, du bösartiges altes Weib!«

In diesem Moment kam mein Mann herein.

»Bhanu!«

»Jetzt ist dir wohl klar, wen du da geheiratet hast, mein Sohn!« Sie schluchzte. »Ich bleibe keine Minute mehr unter diesem Dach.«

»Bitte, Mummy! Bhanu, wie konntest du nur? Was hat sie dir denn getan? Sprich nie wieder so mit ihr. Hast du mich verstanden?«

Am liebsten wäre ich gegangen. Stattdessen packte sie ihre Sachen und verschwand, in meinen rosafarbenen Sari aus Organza gehüllt. »Ich war beim Astrologen«, lauteten ihre Abschiedsworte. »Diese Ehe hat nicht den Segen Gottes und wird deshalb nicht von Dauer sein. Und wenn sie vorbei ist, glaube bloß nicht, dass du auch nur einen Penny von uns bekommst. Du warst doch von Anfang an nur auf sein Geld aus, du Flittchen.«

Mein Mann reiste ihr eilig nach und meinte, er müsse in Indien einige geschäftliche Dinge für sie regeln.

»Ich verlasse ihn, Gauri.«

»Didi, das geht nicht. Stell dir nur vor, was das für Bapa und Mama bedeuten würde. Mama hatte bereits einen Herzinfarkt. Es würde sie umbringen. Sie könnten sich nirgendwo mehr blicken lassen. Was würden die Leute sagen? Niemand wird mehr Süßigkeiten bei Bapa kaufen. Was soll dann aus ihnen werden? Aus uns? Und wie willst du ein Baby großziehen?«

»Mir fällt schon etwas ein. Er hat mich kein einziges Mal in Schutz genommen.«

»Schon, aber er liebt dich. Er schlägt dich nicht, er trinkt nur wenig, und schau nur, wie viele Geschenke er für dich kauft. Außerdem wohnt sie nicht einmal bei euch.«

»Ich hab einen Fehler gemacht. Ich weiß, dass es ein Fehler war.«

»Nein, hast du nicht, Didi. In der Ehe ist es am Anfang immer so. Erinnerst du dich daran, was Mummy über ihre erste Begegnung mit Bapa gesagt hat? Und schau, wie glücklich die beiden jetzt sind. Es sind nur Prüfungen. Das hier ist auch nur eine Prüfung. Hiten zu heiraten war die beste Entscheidung, die du treffen konntest. Wirklich.«

Ich machte mir etwas vor, lange, ehe andere es mir einzureden versuchten. Denn eigentlich wusste ich schon damals, dass meine Schwiegermutter einen viel zu großen Schatten auf unsere Ehe werfen würde. Sie wohnte zwar nicht bei uns, doch mir war klar, welchen Einfluss sie auf Hitens Leben ausübte, etwas, wogegen ich völlig machtlos war. Außerdem war mir klar geworden, dass ich wohl niemals gehen würde, wenn ich es nicht sofort tat. Erst jetzt bin ich dahintergekommen, dass wir uns viele Dinge, die uns widerfahren, die guten wie die schlechten, einzig und allein selbst zuzuschreiben haben. Ich verzieh meinem Mann seine Schwäche. Und dann, zwei Monate später, kam meine Welt ruckartig zum Stillstand. Denn ich lief *ihm* geradewegs in die Arme.

»Bhanu, ich hab ihr versichert, dass du der wichtigste Mensch in meinem Leben bist«, beteuerte mein Mann, als er von seiner Reise zurückkehrte. Leider war ich so naiv, ihm zu glauben, weil ich es unbedingt wollte.

»Tierfilm?«, fragte er und lächelte mich an. »Ich unterbreche auch nicht.«

Wir legten eine Kassette von *Wildlife on One* ein, die ich aufgenommen hatte, und dann saßen wir Händchen haltend auf dem Wohnzimmersofa und eroberten uns den von meiner Schwiegermutter vereinnahmten Platz zurück.

Wir sahen den Orang-Utans im Dschungel von Borneo zu. Weibliche Orang-Utans stillen ihre Kinder, bis sie sechs oder sieben Jahre alt sind, und die Jungen haben eine ungewöhnlich starke Bindung an ihre Mütter. Die Weibchen pflegen noch lange, nachdem sie ihr Zuhause verlassen haben, Kontakt zu ihnen und besuchen sie immer wieder.

Ich brach in Tränen aus.

»Was ist los, Bhanu? Was hast du?«

»Hoffentlich wird unser Sohn oder unsere Tochter immer den Weg nach Hause finden, wenn sie uns brauchen.«

»Du bist schwanger?«

Ich nickte.

Ein Lächeln breitete sich auf seinem Gesicht aus. Dann fing er an zu lachen. »Ich werde Vater.«

Hiten zog mich fest an sich und nahm mich in die Arme. »Danke. Danke, Bhanu.«

Unsere Beziehung wurde wieder so wie vor der Ankunft seiner Mutter. Er wurde zum aufmerksamen Ehemann, und als ich andeutete, unser Bett sei ein wenig unbequem, griff er nach dem Autoschlüssel und forderte mich auf, mitzukommen, weil wir ein neues kaufen würden.

»Sofort? Ich kann doch nicht einfach alles stehen und liegen lassen und so losgehen, wie ich bin.« Meine Haare hingen offen herab, und ich trug einen langen kakifarbenen Kaftan.

»Kein Problem, Bhanu. Du wärst sogar in einem Zelt wunderschön.«

In einem hatte er recht: Genauso sah mein Kleidungsstück aus.

»Okay. Offenbar ist jetzt der Sommer *of my Discount Tent*«, spielte ich auf Shakespeare und das humoristische Survivalbuch von Jim Mize an.

Mein Mann verstand kein Wort. Und so fuhren wir zum Möbelhaus.

Hiten fing an, Betten auszuprobieren, und brachte mich zum Lachen, indem er Frank Spencer nachahmte und sich immer wieder herunterrollen ließ. Ich glaube, wir veranstalteten eine Menge Lärm, weshalb ich mich umdrehte, um festzustellen, ob wir schon unangenehm auffielen. Und da sah ich ihn.

Er war es eindeutig. Schlank, muskulös, ein pechschwarzer Haarschopf. Mein Lachen verstummte, und mir blieb das Herz stehen. Wenn ich meinen Instinkten nachgegeben hätte, wäre ich auf ihn zugerannt, denn das wollte ich mit jeder Faser meines Körpers.

Es war Deep. Mein Deep. Was machte er hier? Gerade wollte ich meinem Mann sagen, dass ich aufs Klo musste, um mir dort eine Strategie zurechtzulegen, doch da drehte Deep sich um, als hätte er meine Gegenwart gespürt. Seine Miene veränderte sich. Dann ließ er die Kunden stehen, die er gerade bediente, und eilte in meine Richtung.

»Tara, ich wusste, dass ich dich finden würde. Ich wusste...«
Mein Blick huschte zu meinem Mann.

Deep würde wissen, was zu tun war. Das war schon immer so gewesen. Mein Herz schlug schneller, und ich wünschte mir beinahe, hier an Ort und Stelle in Ohnmacht zu fallen, um der schrecklichen Situation zu entfliehen.

Mein Mann starrte ihn an. »Sie heißt nicht Tara. Bhanu, kennst du diesen Mann?«

Ja, ja, ich kenne ihn, hätte ich antworten sollen. Und dann hätte ich hinzufügen müssen, er sei ein alter Freund von zu Hause. Aber ich brachte keinen Ton heraus. Da mir die Stimme versagte, schüttelte ich nur den Kopf.

»Es tut mir entsetzlich leid, Ma'am. Ich habe Sie mit jemandem verwechselt. Sie sehen einer alten Freundin von mir sehr ähnlich.«

»Schon gut«, erwiderte ich, mit den Tränen kämpfend. Ich warf einen Blick auf seine Finger. Kein Ring. Kein Ehering. Deep gehörte zu den Männern, die ihren Ehering ganz sicher tragen würden. Und was meinte er damit, endlich habe er mich gefunden?

»Kann ich Ihnen behilflich sein?«, erkundigte Deep sich beklommen.

»Ein Bett. Wir suchen ein Bett«, entgegnete mein Mann barsch. »Es muss ein bequemes für meine Frau sein.«

So, jetzt waren sie heraus. Die Worte, vor denen ich mich gefürchtet hatte. Deep sah aus wie nach einem Magenschwinger. Ich schickte ein Stoßgebet zum Himmel, mein Mann möge die Schwangerschaft nicht erwähnen. *Bitte erzähl ihm nichts von dem Baby, bevor ich Gelegenheit hatte, mit ihm zu sprechen.*

Deep schluckte. »Selbstverständlich, Sir.«

»Ein stabiles«, fügte mein Mann hinzu. »Wenn Sie verstehen, was ich meine.« Er stieß ein Lachen à la Benny Hill aus.

»Was halten Sie von diesem hier, Sir? Schlicht, aber formschön«, fügte er mit einem Blick auf mich hinzu. »›Ein schönes Ding macht ewig Freude.‹ Schließlich wollen Sie ja, das es lange hält.«

Keats, hätte ich am liebsten ausgerufen. *Das ist von Keats, ich habe es nicht vergessen.* Stattdessen grub ich meine Fingernägel in die Handflächen, um die Tränen zu unterdrücken. Warum ausgerechnet jetzt?«

»Was für ein Unsinn. Komm, Bhanu, wir testen es. Leg dich zu mir.«

Hiten fing an, auf und nieder zu springen, während ich neben ihm lag. Mir war übel, und ich wich Deeps Blick aus, indem ich an die Decke starrte. Über uns leuchteten keine Sternschnuppen auf, nur grelle Neonröhren. Hiten machte irgendeinen Witz. Keine Ahnung, worüber. Ich lachte nicht.

»Das da gefällt mir nicht. Komm, Bhanu, wir gehen.« Er winkte mich zu sich.

Nein, wir konnten nicht einfach gehen. Zuerst musste ich einen Weg finden, mit Deep zu reden. Deshalb sagte ich das Erstbeste, was mir einfiel.

»Was stört dich daran? Genau so ein Bett habe ich gesucht.«

»Nein, Bhanu. Es ist billiger Kram. Die Matratze ist unbequem. Ich möchte dir ein besseres Bett kaufen.«

»Ich könnte Ihnen ja die Modellnummer aufschreiben, nur für den Fall, dass Sie es sich anders überlegen«, schlug Deep vor.

Hiten drängte zum Aufbruch.

»Bitte lass ihn«, flehte ich.

Deep schrieb seine Telefonnummer auf einen Zettel, den ich rasch einsteckte.

Mein Mann nahm mich an der Hand und zerrte mich aus dem Laden. Ich brachte es nicht über mich, mich nach Deep umzudrehen und ihm ins Gesicht zu schauen.

»Das Bett war nicht schlecht, aber ihm wollte ich nichts abkaufen«, verkündete mein Mann, als wir draußen waren. »Gerade erst eingewandert, so etwas merkt man: kein Stil, ungebildet, übertrieben vertraulich. Der abgedroschene Spruch ›Sie erinnern mich an eine Freundin‹. Als Nächstes will er wahrscheinlich mit seiner ganzen Familie bei uns einziehen. Typen wie ihm bin ich schon tausendmal begegnet.«

Deep war ganz und gar nicht so. Er würde alles tun, um anderen zu helfen, dachte ich. Doch ich ließ mir meine Gefühle nicht anmerken. Die Telefonnummer fest umklammernd, überlegte ich, wann ich ihn am besten anrufen sollte.

»Ich werde alles tun, um nachzukommen«, hatte Deep in jener Nacht geschworen und sich an mich geklammert. Er wollte mich nicht gehen lassen. »Versprich mir nur, dass du auf mich wartest.«

»Natürlich warte ich auf dich.«

Aber dann hatte er geheiratet, richtig? Das alles ergab keinen Sinn.

Sobald wir zu Hause waren, sagte ich zu Hiten, ich müsse Lebensmittel einkaufen. Da es zu regnen angefangen hatte, griff er nach dem Autoschlüssel, um mich hinzufahren. Doch ich protestierte, dass ich zu Fuß gehen wollte, weil wir den Großteil des Tages im Auto gesessen hatten. Nach einem Blick hinaus in den Regen erwiderte er, er werde mich begleiten. Weil mir kein weiterer Vorwand einfiel, gingen wir zusammen durch den Regen. Er hielt für mich den Schirm. Ich konnte nur an Deep denken.

Nachdem wir uns mit Lebensmitteln eingedeckt hatten, die wir nicht brauchten, kehrten wir nach Hause zurück. Sobald wir vor der Tür standen, verkündete ich, ich hätte den Knoblauch vergessen und würde schnell noch einmal loslaufen. Bevor er widersprechen konnte, ließ ich ihn auf der Vortreppe stehen und hastete durch den Regen zu einer Telefonzelle. Mein Herz klopfte. Die Telefonzelle war besetzt, und während ich wartete, schien der Regen immer heftiger zu werden.

Als die Dame in der Telefonzelle sah, dass ich in meinem Zelt durchweicht wurde, bekam sie Mitleid und gab rasch das Telefon frei. Ich wählte die Nummer, die Deep auf den Zettel geschrieben hatte.

»Du bist mir eine Erklärung schuldig!«, schrie ich in den Hörer.

»Warum hast du geheiratet? Du hast versprochen, auf mich zu warten«, fiel er mir ins Wort.

»Was? Was soll das heißen? Du hast doch zuerst geheiratet.«

»Habe ich nicht. Ich bin gekommen, um dich zu suchen. Inzwischen suche ich dich seit dreihundertachtundsiebzig Tagen. Du hast mir nicht geschrieben.«

»Doch, das habe ich. Meine Schwester hat mir erzählt, du hättest eine Zahnärztin geheiratet.«

»Tara. Tara, hör mir zu. Ich bin nicht verheiratet.«

Das Telefon fing an zu piepsen. Ich kramte nach weiterem Kleingeld. Natürlich war er verheiratet. Sie hatte mir doch gesagt, dass er verheiratet war. Keine Münzen mehr.

»Tara«, sprach er weiter, »ich hab dich gesucht. Ich hab dir versprochen, dass ...«

Das Geld war aufgebraucht Ich ließ den Hörer fallen und schrie einfach los. Ein Mann öffnete die Tür der Telefonzelle und fragte, ob alles in Ordnung sei. Ich nickte mit tränenüberströmtem Gesicht, hängte den Hörer ordentlich ein und ging Knoblauch kaufen.

Mein Mann erwartete mich vor dem Laden im Auto. Rasch wischte ich mir die Tränen ab.

»Was hast du, Bhanu? Kann ich etwas für dich tun? Sag es mir.«

Wie hätte ich ihm erklären sollen, dass ich einen anderen Mann liebte? Und selbst wenn das möglich gewesen wäre – hätte ich zu ihm zurückkehren können?

»Das ist nur die Übelkeit. Mir war schlecht, und ich brauchte frische Luft.«

»Schau dich nur an, du bist ja ganz nass. Du musst jetzt auf dich und auf das Baby aufpassen.«

Die ganze Nacht tat ich kein Auge zu und wollte einfach nicht glauben, dass Gauri mich angelogen hatte. Bestimmt hätte sie nie einen Brief geschrieben und mir vorgemacht, dieser sei von ihrer Freundin. Schließlich hatte sie mich vom Boden aufgesammelt, mich getröstet und viele Nächte neben mir verbracht, um mich aufzumuntern. Sie hatte mir ihr Erspartes gegeben, damit ich ausgehen konnte. Sie war die Erste, der ich meine Schwangerschaft anvertraut hatte. Rückblickend betrachtet, hatte sie mir vielleicht wegen ihres schlechten Gewissens die Hand gehalten. Hinter all ihrer Unterstützung hatten nur Schuldgefühle gesteckt. Womöglich aber, und das war für mich noch schwerer zu verkraften, sind manche Menschen einfach nur aus reinem Mutwillen grausam. In ihnen brodelt ein heimtückisches Gift, das sie zu passiv-aggressiven Übergriffen veranlasst.

Der Plumplori ist ein niedliches, teddybärenähnliches Tier

mit Kulleraugen, einem runden Köpfchen und kleinen Ohren. Den Großteil des Tages schläft er, zu einer Kugel zusammengerollt. Wenn man einem dieser Tierchen begegnet, möchte man es spontan in den Arm nehmen. Allerdings ist der Lori ein gefährliches Geschöpf. Wenn er sich bedroht fühlt, mischt er ein Gift in seinen Speichel, das sein Fell benetzt und beim Opfer irreversible Schäden anrichtet.

Und genau das hatte meine Schwester getan.

Meine Eltern waren im Laden, während meine Schwester oben neu gekaufte Kleider anprobierte. Sie kaufte ständig Kleidungsstücke, probierte sie alle an und gab sie, ein oder zwei davon getragen, wieder zurück. Eigentlich hatte sie das gar nicht nötig, denn sie bekam von meinen Eltern genug Geld. Sie liebte einfach den Nervenkitzel auszutesten, wie weit sie gehen konnte.

»Was hältst du davon?«, fragte sie und führte mir eine fuchsiafarbene Bluse mit gewaltigen Schulterpolstern vor.

»Spielt das eine Rolle? Du gibst sie doch sowieso zurück.«

Sie warf mir einen Blick zu. Offenbar ahnte sie, dass etwas im Argen lag. Ich hatte gerade eine rote Linie überschritten und gegen die Abmachung verstoßen, die darin bestand, dass ich ihre Spielchen stets kritiklos mitmachte.

»Deep ist nicht verheiratet.« Ich bemühte mich um einen möglichst sachlichen Ton, um sie zu überrumpeln. Sie ließ sich zwar nichts anmerken, doch ich bemerkte ein Flackern in ihren Augen. Sie wusste genau, worauf ich hinauswollte.

Obwohl ich sie am liebsten angeschrien hätte, bohrte ich mir den Fingernagel in den Daumen und zwang mich zur Ruhe. »Du hast mir einen Brief von deiner Freundin Shoba vorgelesen, in dem stand, dass er geheiratet hat.«

»Ach, wirklich? Er ist nicht verheiratet? Aber das hat sie geschrieben, Didi. Du hast den Brief selbst gesehen. Warum sollte sie so etwas schreiben, wenn es nicht stimmt?«

»Meine Briefe, die ich dir zum Abschicken gegeben habe, sind nie bei ihm angekommen. Außerdem hat er mir nie telegrafiert.«

Sie rückte den Kragen ihrer Bluse zurecht. Ich stellte fest, dass sie schwitzte. »Keine Ahnung, wovon du redest.« Sie konnte mir nicht in die Augen schauen.

»Hast du diesen Brief geschrieben?«

»Habe ich nicht.«

»Ich gebe dir jetzt eine letzte Chance, mir die Wahrheit zu sagen, Gauri, und Gott steh mir bei, wenn du weiter lügst.«

»Ich weiß nicht, was du meinst, Didi. Jedenfalls solltest du dich beruhigen. Denk an das Baby.«

»Raus mit der Sprache!«, brüllte ich.

Gauri hatte meine Briefe an Deep nicht weitergeleitet. Sie hatte die Telegramme und den Brief von ihrer Freundin gefälscht. Warum? Weil sie fand, dass ich eine bessere Partie machen sollte? *Nein, sei, verdammt noch mal, ehrlich.* »Du warst eifersüchtig. Du warst schon immer eifersüchtig auf mich. Seit ich zu euch gekommen bin, wolltest du mich am liebsten loswerden.«

»Nein, Didi, so war es nicht. Ich hab für dich gesorgt.«

»Für mich gesorgt? Du hast seelenruhig zugeschaut, wie ich gewartet, nichts mehr gegessen und mir die Haare abgeschnitten habe.«

»Ich hab dir zugeredet, zu der Party zu gehen, und dir Geld gegeben. Und schau, was du für eine gute Partie gemacht hast.«

»Und?«

»Ja, du hast reich geheiratet!«, schrie sie mich an. »Du kommst aus der Gosse, und deine Ehe hast du nur mir zu verdanken. Ich hab dich ermutigt, Hiten zu heiraten. Aber das genau ist dein Problem. Du weißt es einfach nicht zu schätzen, was andere für dich tun. Ständig führst du dich auf wie eine Art Heilige. Dann will ich dir mal etwas verraten.

Mama und Bapa hätten dich nicht aufnehmen müssen. Dann wäre mein Leben nämlich ganz anders verlaufen. Glaubst du, es war leicht, immer mit dir verglichen zu werden? Außerdem hatte ich ihn zuerst gesehen. Aber du musstest ihn mir auch noch wegnehmen.«

Nun war es auf dem Tisch. Wie gerne hätte ich ihr klargemacht, was sie mir zugefügt und dass sie in den Verlauf meines Lebens eingegriffen hatte. Doch ich holte nur tief Luft und steuerte auf die Tür zu.

»Na klar, hau ruhig ab. Nie stellst du dich dem, was du anderen Menschen antust. Deinetwegen mussten wir die Farm verlassen. Es ist deine Schuld, dass wir in diesem elenden Drecksloch gelandet sind. Du hättest den Mund halten können, aber nein. Stattdessen musstest du dich einmischen und deine große Klappe aufreißen. Warum, glaubst du, sind wir von der Farm verjagt worden? Nur wegen dir. Bapa musste wieder von vorn anfangen, und du hast dich mit keinem Wort entschuldigt. Deine Schwiegermutter hat recht: Du bist wirklich gut darin, das Opfer zu spielen.«

Am liebsten hätte ich mich auf sie gestürzt und auf sie eingeschlagen, aber ich beherrschte mich. Ich gönnte ihr die Genugtuung nicht, zu wissen, dass sie mir das Herz gebrochen hatte.

Im Laufe der Jahre habe ich dieses Gespräch immer wieder Revue passieren lassen und einer gründlichen Autopsie unterzogen. Dinge geschehen, und dann gibt es da noch unsere Version dieser Dinge, die Geschichten, die wir uns erzählen und die das Narrativ unseres Lebens bilden. Manchmal sind sie wahr, manchmal trügt uns die Erinnerung. Erst vor Kurzem ist mir klar geworden, dass alles eine Frage der Perspektive ist. In der Geschichte eines anderen Menschen haben wir womöglich die Schurkenrolle inne, und vielleicht sitzt ja in diesem Moment jemand unseretwegen bei einem Therapeuten auf der Couch.

Deep und ich verabredeten uns im Croydon Multiplex am anderen Ende von London. Ich hatte ihn gebeten, nur einen Nachmittag lang so zu tun, als hätten wir uns wiedergefunden, seien nach York gezogen und gingen dort zum ersten Mal ins Kino. Ich brauchte den halben Vormittag, um zu entscheiden, was ich anziehen sollte, und wählte zu guter Letzt ein violettes Kleid mit gelbem Gürtel. Da er es mochte, wenn ich mein Haar offen trug, tat ich es.

Auf der Hinfahrt geriet mein Magen in Aufruhr, und mir war übel. Meinem Mann hatte ich am Morgen vorgeflunkert, ich wolle mit meiner Schwester einen Einkaufsbummel machen. Ich war sicher, dass sie mich weder anrufen noch besuchen würde, denn wir redeten nicht mehr miteinander. Als Hiten mir Geld für den »Einkaufsbummel« gab, hatte ich ein schrecklich schlechtes Gewissen, aber ich brauchte diesen letzten Tag mit Deep. Einen Tag, an dem ich einen Schlussstrich unter unsere Geschichte ziehen konnte.

»Gib nur alles aus«, drängte Hiten mich. »Wie ich dich kenne, bringst du alles wieder mit nach Hause.«

Bevor er zur Arbeit fuhr, huschte mir kurz der Gedanke durch den Kopf, dass ich vielleicht gar nicht mehr nach Hause kommen und ihm das Abendessen kochen würde. Vielleicht würde ich ja auf mein Herz hören und alles aufs Spiel setzen.

Ich sah meinen Mann an. »Ich möchte dir dafür danken, dass ...«

»Bhanu, was soll diese Dankerei? So viel war es nun auch wieder nicht. Kaum auszudenken, was du tun würdest, wenn ich dir ein Auto kaufen würde. Dann würdest du mich wahrscheinlich sofort ins Schlafzimmer schleppen.« Er lachte auf. Immer wieder schaffte er es ungewollt, alles ins Vulgäre zu ziehen. »Du kannst dich auch noch später bedanken«, fügte er hinzu. »Du weißt genau, wie.« Wieder lachte er und machte eine Handbewegung. Damit erstickte er nicht nur sämtliche Schuldgefühle, sondern auch die innige Abschiedsszene im Keim, denn ich stellte ihn mir als Perversen vor, der im Garten hinter einem Busch hervorsprang.

Nachdem ich mich angezogen hatte, warf ich einen letzten Blick in die Küche. Sie war blitzblank. Dann ging ich. Als ich in der U-Bahn ein Händchen haltendes Pärchen sah, fragte ich mich, wie lange die beiden wohl schon zusammen sein mochten. Ich warf einen Blick auf meinen Ehering. Da sich meine Finger leicht geschwollen anfühlten, nahm ich ihn ab und hängte ihn an das Goldkettchen, das ich um den Hals trug. Ich stellte mir diesen Tag als einen in meinem Fantasieleben mit Deep vor. Wir waren so wie dieses Pärchen, unterwegs an einem sonnigen Donnerstagnachmittag. Er hatte wegen unseres Jahrestags einen Tag freigenommen, und ich war im Begriff, ihm mitzuteilen, dass ich ein Kind erwartete. Ich malte mir aus, wie er mich durch die Luft schwang und vor lauter Aufregung nicht wusste, was er tun sollte.

Bei meinem Anblick stürmte Deep auf mich zu, umarmte mich und hob mich hoch. Er wollte mich gar nicht mehr loslassen. »Du bist noch schöner, als ich dich in Erinnerung habe«, sagte er, nachdem er mich endlich wieder abgestellt hatte. »Und glaube mir, in den letzten anderthalb Jahren hatte ich dich jeden Tag fast ununterbrochen vor Augen.«

Ich betrachtete sein Gesicht. Seine wunderschönen Lippen, die ich so verzweifelt gern küssen wollte. Seine Augen, in die ich nicht schauen konnte, weshalb ich den Blick abwendete.

Er lockerte den Moment auf, indem er auf mein Kleid zeigte. »Heute kein Zelt?«

Ich lachte. »Mach dich nicht darüber lustig. Es ist das *Summer of my Discount Tent*. Frei nach Shakespeare: ›Nun ward der Winter unseres Missvergnügens.‹«

»›Glorreicher Sommer durch Yorks Sonnenschein‹«, erwiderte er.

Natürlich hatte er die Anspielung verstanden.

»›Die finstren Wolken über unserm Haus‹«, fuhr ich fort.

»Tara, ich kenne die nächste Zeile nicht.«

Ich lächelte. »Ich hab gebüffelt, während du weg warst.«

»Ich wusste, dass du mich eines Tages in diesem Spiel schlagen würdest. Hoffentlich studierst du noch, um Wörterdoktorin zu werden.«

Ich wollte ihm nicht gestehen, dass ich diesen Traum für den Moment aufgegeben hatte. »Ich arbeite daran und lese, wann immer ich kann.«

»Und wie findest du diese prachtvolle Kathedrale von York?« Er wies auf das Dach des Einkaufszentrums.

»Einfach majestätisch«, antwortete ich. »Deep«, fügte ich hinzu.

»Nicht jetzt, Tara. Lass uns tun, was wir uns vorgenommen haben. Ich hab Kinokarten gekauft.«

Deep hatte Tansania verlassen, sobald es seinem Vater besser ging. Sein Studium hatte er abgebrochen. Besorgt, weil meine Briefe so plötzlich ausgeblieben waren, hatte er sich Geld von einem Freund geliehen und sich auf die Suche nach mir gemacht. Zuerst sei er zu der Adresse gefahren, die auf einem der Briefe stand, doch die alte Frau hatte behauptet, uns nicht zu kennen. Dann hatte er die Postfiliale aufgesucht, wo keine Nachsendeadresse vorlag. Daraufhin hatte er sich in jedem Laden im Umkreis der Postfiliale danach erkundigt, wo wir hingezogen sein könnten, doch niemand wusste etwas. Er wohnte nur sechs Kilometer vom Süßwarenladen entfernt und hatte drei Jobs angenommen, um Geld nach Hause schicken und trotzdem hierbleiben und mich suchen zu können. Trotz der vielen Gelegenheiten, die wir gehabt hätten, einander zufällig über den Weg zu laufen, war es einfach nicht passiert. Wenn er nur einen Monat früher eingetroffen wäre, hätten wir noch an unserer alten Adresse gewohnt, und die Geschichte wäre völlig anders ausgegangen.

»Ich hätte nicht gedacht, dass England so kalt und so wenig gastfreundlich ist. Ich hab mir vorgestellt …«

»… dass es hier rollende Hügel gibt, wo elegant gekleidete Menschen umherschlendern, wenn sie nicht gerade Tee trinken und Gedichte erörtern.«

»Ja.« Er lachte auf. »Nun, hier in York gibt es wenigstens rollende Hügel.« Er wies auf die Rolltreppe.

»Mir fehlen die wilden Tiere und die Natur, Deep. Stundenlang schaue ich mir Tierdokumentationen im Fernsehen an, um nur einen Zipfel dieses Teils der Welt zu erhaschen. Ich vermisse den Geruch nach Nelken, Kardamom, Jasmin und Eukalyptus, ja, sogar einfachen Ugali-Maisbrei. Ich vermisse Sonnenuntergänge und Sonnenaufgänge, den blauen Himmel und das Geraschel. Wer hätte gedacht, dass ich einmal das Geraschel von Tieren im Gebüsch vermissen würde?«

»Wir könnten zurückkehren«, schlug er vor.

»Den Ort, an den wir zurückkehren wollen, gibt es nicht mehr, Deep.«

»Komm, Tara.« Er nahm mich an der Hand, und wir gingen ins Kino.

Er hatte sich *Kabhi Kabhie* ausgesucht. Der Film lief schon, und die Leute ärgerten sich, weil wir zu spät kamen und sie stören mussten, um unsere Plätze zu erreichen. Deep hielt meinen Sitz fest, damit ich als Erste Platz nehmen konnte. Dann setzte auch er sich, und wir fassten uns wieder an den Händen, als sei es das Normalste auf der Welt.

Ich weinte während des ganzen Films und erinnerte mich daran, wie wir ihn das erste Mal in Tansania gesehen hatten. Mir fielen Deeps Worte ein, dass wir uns den Film an einem anderen Tag und Ort wieder anschauen und über meine albernen Tränen lachen würden.

Warum hatte ich nicht an ihn geglaubt? An uns?

Ich begann, hemmungslos zu schluchzen. Es war mir egal, was die Leute sagten.

Deep hielt mich fest. Der Film endete. Einige Zuschauer sahen uns finster an oder murmelten Verwünschungen, doch wir verharrten in unserer eigenen Welt, unfähig, uns zu rühren.

Wir saßen da, bis das Kino menschenleer war. Nur noch weggeworfene Popcorntüten und Getränkedosen lagen herum. So hielten wir uns weiter an den Händen und starrten auf eine leere Leinwand. Einer von uns wusste, dass es unser letzter Moment war, und wir wollten beide nicht, dass er endete. Als er sich zu mir herüberbeugte, um mich zu küssen, wollte ich diesen Kuss mit jeder Faser meines Körpers erwidern. Aber ich konnte nicht. Wenn ich ihn küsste, würde ich mit ihm fortgehen. Und so wandte ich mich ab und weinte bitterlich.

Er umfasste mein Gesicht mit den Händen.

»Es tut mir so leid, Deep. Es tut mir leid, dass ich nicht an uns geglaubt habe.«

Er legte mir den Finger an die Lippen, als wollte er die Zeit anhalten. Es war, als wüsste er, dass er eine Erinnerung schuf, die ihm ein Leben lang würde reichen müssen. Meine Tränen flossen immer weiter. Er wischte sie weg.

»Erinnerst du dich, Tara? Ich hab gesagt, dass wir uns den Film noch einmal anschauen würden. Wir können die Geschichte noch umschreiben und ihn uns wieder und wieder ansehen, bis wir alt sind. Komm mit mir.«

Und einen Moment, ja, nur einen Moment lang erschien es mir möglich.

Ich drehte mich weg.

»Ich bin schwanger.«

Als er kurz schwieg, wusste ich genau, was er antworten würde.

»Das spielt keine Rolle. Ich werde für dich sorgen, und auch für das Baby, als ob es meins wäre.«

»Natürlich spielt es eine Rolle. Ich darf das meiner Familie nicht antun, schließlich verdanke ich ihr so viel. Was würden die Leute sagen?«

»Es ist mir egal, was die Leute sagen.«

»Aber mir nicht, Deep. Ich kann nicht. Mein Mann ist ein guter Mensch.«

»Er ist ein Trampel, Tara. Versteht er dich? Erkennt er alle Möglichkeiten, die in dir liegen? Denn hier geht es nicht um Pflicht und Verantwortung oder darum, was du deiner Familie schuldest.«

Bei der Vorstellung, diese blitzblanke Küche nie wiederzusehen, flammte kurz ein Fünkchen Freude in mir auf. Doch ich erstickte es sofort, indem ich an mein ungeborenes Kind dachte. Ich durfte dem Baby nicht ein Zuhause bei seinem richtigen Vater verweigern. Dann dachte ich an die Schande, die ich über meine Familie bringen würde. An die indische Gemeinde, die sich die Mäuler zerreißen und sie ausstoßen würde. Daran, wie Hiten sein Geld von meinem Vater zurückforderte und dieser es nicht bezahlen konnte. So etwas durfte ich ihnen nicht antun.

»Ich liebe meinen Mann«, flüsterte ich. »Wirklich.«

»Warum bist du dann gekommen? Warum?«

»Um mich zu verabschieden. Ich wollte dich noch einmal sehen, Abschied nehmen und mich bei dir entschuldigen.« Wieder brach ich in Tränen aus. »Es tut mir leid, dass ich nicht gewartet und nicht wirklich daran geglaubt habe, dass ich dich auch verdiene.«

Als ich aufstand und ging, folgte er mir.

»Bitte, Deep. Nicht.«

»Tara«, meinte er, »›Liebende begegnen sich nicht irgendwann. Sie haben schon immer im anderen gewohnt.‹« Er hielt inne. »Das ist von Rumi«, fügte er hinzu. »Ich lese Rumi.«

Ich wandte mich ab und ging weiter. Meine Tränen strömten. Ich drehte mich nicht mehr um.

Zu Hause wurde ich von meiner Schwester erwartet. Hatte sie mich bei Hiten verraten? Ich wurde von Erleichterung ergriffen. Das Versteckspiel hatte ein Ende. Vielleicht würde Hiten mich ja verstehen, vielleicht würde er mich gehen lassen. Mein Mann machte ein besorgtes Gesicht. »Bhanu, bitte versuch, dich nicht aufzuregen.« Erst da bemerkte ich Gauris Tränen.

»Du musst mitkommen, Bhanu. Mummy ist im Krankenhaus. Sie hatte wieder einen Herzinfarkt.«

Bei meinem Anblick fiel Bapa mir bitterlich schluchzend um den Hals. Ich nahm ihn in die Arme. Sie war gestorben. Gauri fing an zu schreien. Mama lag im Bett, und als ich zu ihr ging, erkannte ich sie nicht mehr. Ihre Seele hatte den Körper schon verlassen, und sie sah aus wie eine leere Hülle. Ich berührte ihre Füße und hielt mich mühsam aufrecht, um nicht unter der Trauer zusammenzubrechen. Dann holte ich ganz tief Luft und sprach ein Gebet.

Wie ich seit Bas Tod wusste, oblagen die letzten Riten den Männern in der Familie. Doch da mein Vater mich bat, ihr diesen Dienst zu erweisen, wuschen meine Schwester und ich die Leiche, kleideten sie an und bereiteten sie auf die letzte Reise vor. Gauri suchte den Reisesari aus. Er bestand aus rotem Krepp und war mit zwölf leuchtend bunten Blüten bestickt. Bapa hatte ihn ihr geschenkt, als er erfuhr, dass sie mit Gauri schwanger war. Die zwei hatten viele Jahre auf ein Kind gehofft.

»Er ist wunderschön, aber du hättest bis nach der Geburt warten sollen«, hatte Ma zu ihm gesagt.

»Wir werden uns jetzt auf dieses Baby freuen und es genießen«, hatte er geantwortet. »Nichts kann mir das Glück nehmen, das ich empfinde.«

Sie hatten sie nach einer Göttin benannt.

Als wir meine Mutter in ihren Sari hüllten, wurde mir klar, wie schwierig es für Gauri gewesen sein musste, sich plötzlich mit meiner Anwesenheit abzufinden. Sie hatte alles teilen müssen, was sie bisher für ihr Anrecht gehalten hatte. Doch obwohl ich die Kränkung nachvollziehen konnte, fehlte mir jedes Verständnis für das Verhalten, das sie daraus abgeleitet hatte. Als ich zu singen begann, stimmte Gauri in das Mantra ein. Wir schmückten unsere Mutter mit Blumengirlanden und malten ihr einen purpurroten Punkt auf die Stirn. Als wir fertig waren, streckte ich die Hand nach Gauri aus.

»Es tut mir leid, Didi. Wirklich«, flüsterte sie.

Nach der Zeremonie versammelten sich Hiten, Bapa, Gauri und ich, um der Einäscherung beizuwohnen. Da weder mein Vater noch meine Schwester den Knopf drücken wollten, der den Ofen im Krematorium einschaltete, tat ich es, während die anderen bitterlich weinten. Ich beobachtete, wie die Flammen den Sarg einhüllten, bis er nicht mehr zu sehen war. Meine Schwester fing an zu schreien. Hiten raunte mir zu, dass es Zeit sei zu gehen. Doch ich war noch nicht so weit und spürte außerdem, dass Bapa noch ein paar Momente für sich brauchte. Deshalb bat ich Hiten, mir zu helfen, meine Schwester nach draußen zu bringen.

Bapa stellte sich neben mich. Ich erinnerte mich daran, wie ich als kleines Mädchen mit Ba am Feuer gestanden hatte und die Flammen zu Zeugen meines Schmerzes hatte werden lassen. Wieder versuchte ich, die Scherben, die ich in mir herumtrug, einzusammeln, hielt sie dem Feuergott hin und übergab sie den brausenden Flammen. Ich dachte an alles, was geschehen war. Meine Trauer, weil ich bei Bas Einäscherung nicht hatte dabei sein dürfen. Die Schuldgefühle, weil wir unser Zuhause und unser Land verlassen und in die Fremde hatten ziehen müssen. Den Verrat meiner Schwester. Dass ich Mama und Deep verloren hatte. Ich verabschiedete mich von der Zukunft, die ich mir mit Deep aufgebaut hatte und die ich nun nie mit ihm würde leben können. Tränen liefen mir übers Gesicht, als ich zusah, wie alles verbrannte. Die Tränen gingen in ein Schluchzen über. Bapa nahm mich in den Arm.

»Es ist Zeit zu gehen, Bhanu«, flüsterte er. »Bitte denk an das Baby.«

Genau deshalb, weil ich an das Baby dachte, wollte ich, dass alles verbrannte. Ich wollte, dass der Feuergott es von mir nahm und es reinigte, damit wir einen Neuanfang wagen konnten.

»Einen Moment noch«, antwortete ich.

Ich sah Agnis Flammen beim Brennen zu und spürte Bas Gegenwart. Sie sagte mir, dass alles gut werden und dass die Sonne wieder aufgehen würde. Für mich. Für uns. Ich drückte die Hand meines Vaters.

»Alles wird gut, Bapa. Wir sorgen dafür, dass es passiert.«

Ich wandte mich den Gedichten von Rumi zu und las meiner ungeborenen Tochter immer wieder seine weisen Sprüche vor. »›Alles Leid vergeht. Auf jede Verzweiflung folgt Hoffnung; auf jede Dunkelheit folgt Sonnenschein.‹« Die Sätze erinnerten mich an Bas Worte, und ich klammerte mich an jedes Wort, jede Seite, um zu heilen und mich mit meiner Schwester zu versöhnen. Ich steckte all meine Kraft in die Aufgabe, meinem Vater wieder auf die Füße zu helfen. Und wie Rumi gesagt hatte, ging fünf Monate später die Sonne auf.

Mein Mann und ich waren überglücklich. Jetzt hatte ich selbst eine Familie, und es war Zeit, an sie zu denken. Als wir für den Umzug in ein größeres Haus packten, beschloss ich, dass für Gedichte nun kein Platz mehr war, und legte die Bücher in eine Kiste, die auf den Speicher wanderte. Alle Worte, die ich brauchte, hatten sich ohnehin tief in mein Gedächtnis eingegraben. Jetzt würden wir neu anfangen.

Rückblickend betrachtet war es eine sehr glückliche Zeit.

Ich erinnere mich an viel Musik im Haus. Außerdem war ich in meiner Ehe ganz und gar anwesend. Hiten und ich lachten oft zusammen. Er kam früh von der Arbeit nach Hause, und unsere Tochter machte uns viel Freude. Ich gab ihr alles, worauf ich als kleines Kind hatte verzichten müssen. Es war so leicht, sie zu lieben. Ja, jede Mutter behauptet das, aber meine Tochter war wunderschön. Alle unsere Freunde nannten sie *Chanya*, Schatten, weil sie mir wie ein Schatten folgte. Wenn ich einen Sari trug, klammerte sie sich an den Sari-Zipfel und lief mir nach. Sobald ich mich setzte, wickelte sie sich hinein und wollte mich gar nicht mehr loslassen. Als sie älter wurde, wälzte sie sich ausgelassen kichernd in den Stofffalten.

»Ist das dein Haus, Anita?«

»Ja, Mummy. Ich finde es toll. Es ist wunderschön.«

»Wenn du älter bist, bringt Mummy dir bei, wie man einen Sari anzieht. Komm, setz dich. Dann erzählt Mummy dir die Geschichte von diesem hier.«

Manchmal brachte ich sie zu Bapa, der durch sie wieder Lebensmut schöpfte. Stundenlang spielte er mit ihr und nahm sie mit in den Laden, wo sie so viele Süßigkeiten essen durfte, wie sie wollte.

»Gib ihr nicht so viel, Bapa. Das verdirbt ihr den Appetit aufs Abendessen.«

»Das Vorrecht des Großvaters.« Er lächelte. »Am liebsten mag sie mit Schokolade überzogene Brotfrüchte«, fügte er hinzu und holte ein paar davon aus dem Plastikbeutel in seiner Tasche.

»Nein, Bapa, ich glaube, am liebsten hat sie Jelabis. Was magst du lieber, Naita? Bapas Süßigkeiten oder die von Funny Masi?«, fragte Gauri dann.

Auch meine Schwiegermutter hatte Anita lieb. Mein eigenes Verhältnis zu ihr blieb zwar weiterhin recht angespannt, doch die verhärteten Fronten zwischen uns weichten nach

Anitas Geburt ein wenig auf. Ich erlaubte ihr, die Kleider für meinen Mann und meine Tochter zurechtzulegen, und dafür hüpfte sie nicht mehr zu uns ins Bett. Ich sagte mir, dass ich sie ja nur einen Monat im Jahr ertragen musste, und Anita zuliebe gelang es uns, uns auf eine Art Glasnost zu einigen. Was allerdings nicht bedeutete, dass sie nicht weiterhin Zündstoff für neue Scharmützel entdeckte.

Die erste Zerreißprobe für unseren Waffenstillstand ergab sich, als es Zeit für die Zeremonie namens Tonsur wurde. Dabei wird dem Baby der Schädel rasiert, ein Ritual zur Reinigung vergangener Leben, mit dem man die Negativität entfernt, die das Baby womöglich in sein neues Dasein mitgebracht hat. Im Haus meiner Großmutter wurde diese Tradition nicht gepflegt. Stattdessen bekam das Kind mit etwa elf Monaten einen Haarschnitt. Meine Schwiegermutter schlug sich heulend auf die Brust und kreischte, das Baby werde genauso verflucht sein wie ich. Doch diesmal stand mein Mann mir bei, und als sie den Seitenwechsel bemerkte und erkannte, dass die Vertragsbedingungen sich geändert hatten, machte sie einen Rückzieher und gab sich mit einer Locke von Anitas Haar zufrieden.

Anita war fünf Jahre alt und ich im achten Monat mit Hari schwanger, als meine Schwiegermutter uns ihren jährlichen Besuch abstattete. Damals kam sie für drei Monate nach England, die sie gerecht zwischen ihren drei Söhnen aufteilte. Es war ein heißer, sonniger Augusttag, und meine Schwiegermutter wollte etwas einkaufen. Da ihr nicht zugemutet werden konnte, zu Fuß zum Laden zu gehen, bat sie mich, sie im Auto meines Mannes hinzufahren, das draußen geparkt war. Ich hatte einen gewaltigen Bauch und fühlte mich sehr eingeschränkt, weshalb ich antwortete, mein Mann wolle, dass ich nur im äußersten Notfall Auto fuhr.

Sie entgegnete, es handle sich um einen Notfall, da sie Auberginen brauche. Ich wollte ihr schon vorschlagen, trotzdem zu Fuß zu gehen, aber es war zu spät, denn sie war bereits zur Tür hinausmarschiert und wartete neben dem Auto. Widerstrebend nahm ich die Schlüssel und hielt ihr die Autotür auf. Sie rutschte auf den Beifahrersitz.

»Jetzt zufrieden?«, fragte ich, während ich den Fahrersitz noch weiter zurückschob und den Kassettenrekorder einschaltete. Meine Schwiegermutter mochte offenbar die Musik nicht, denn sie stieß ein seltsames Geräusch aus. Jennifer Rush sang »The Power of Love«. Wenn ich allein unterwegs war, kurbelte ich die Fenster herunter, drehte das Radio auf höchste Lautstärke und sang aus voller Kehle mit. Wieder stöhnte sie missbilligend.

Da ich ihr Geächze leid war, forderte ich sie auf, eine andere Kassette einzulegen, falls ihr die Musik missfiele. Sie öffnete das Handschuhfach und klappte es sofort wieder zu.

»Was ist denn?«, erkundigte ich mich.

»Nichts.«

Ihre Antwort erfolgte zu hastig, weshalb ich nachhakte, was sie im Handschuhfach gesehen habe.

»Taschentuch?«, erwiderte sie.

Da sie sonst nie unsicher klang, griff ich über sie hinweg, steckte die Hand ins Handschuhfach und förderte ein billiges Höschen aus rotem Satin zutage. Sie starrte mich an. In diesem Moment wusste ich – und sie wusste es auch –, dass ich die Scheidung einreichen würde.

Der gute Name unserer Familie und unser Ansehen in der indischen Gemeinde waren ihr Ein und Alles. Sosehr sie mich auch verabscheute, hätte sie alles dafür getan, um eine Scheidung in der Familie zu verhindern.

»Ich bringe mich um!«, kreischte sie deshalb wie auf Kommando los.

Natürlich wusste ich, dass sie sich nicht umbringen würde. Dazu war sie nämlich viel zu selbstverliebt. Was sie nicht daran hinderte, mit dem Satz um sich zu werfen wie mit

Smarties. Das Auto sprang nicht an – Selbstmord. Der Fernseher streikte – Selbstmord. Das Klo war verstopft – Selbstmord.

Seine Geliebte war meine gute Freundin Renuka. Ich hatte sie im Kindergarten beim Abholen kennengelernt. Sie war geschieden und hatte ein Kind und wurde von allen geschnitten. Die anderen Mütter tratschten über sie. Meine Tochter und ihre Tochter Bijal waren beste Freundinnen. Anita hatte versehentlich Bijals Jacke mit nach Hause genommen. Da es kurz vor Ostern war und das Kind die Jacke während der Ferien vielleicht brauchen würde, ließ ich mir vom Kindergarten die Adresse geben und fuhr zu ihr, um sie zurückzubringen. Renuka wohnte in einem sehr ärmlichen Stadtviertel. Als sie mich hereinbat, lehnte ich zunächst ab, denn ich mische mich nicht gern in die Angelegenheiten anderer Leute ein. Doch sie blieb beharrlich.

Die Wohnung war muffig und mit wackeligen Möbeln ausgestattet. Ich fühlte mich an meine erste Zeit in London erinnert, doch damals hatte ich zumindest meine Familie gehabt. Sie tat mir leid, weil sie sich und Bijal mit Nähen und Aushilfsjobs ernähren musste. Deshalb gab ich ihr Arbeit, obwohl ich selbst nähen konnte, und lud sie zu Familienfeiern und geselligen Beisammensein ein, damit sie Leute kennenlernte und Kontakte knüpfte. Außerdem machte ich ihr jede Woche ein Essenspaket zurecht.

Ich wusste, dass man sich in der indischen Gemeinde die Mäuler über sie und vermutlich auch über mich zerriss, doch diesmal war es mir ausnahmsweise egal. Ich wollte ihr helfen. Also passte ich auf Bijal auf, damit sie mehr Zeit zum Arbeiten hatte. Keine Ahnung, wann sie anfing, mit meinem Mann zu schlafen. Wahrscheinlich war sie mit ihm zusammen, während ich ihre Tochter hütete. Vermutlich lachten die beiden über mich.

Es gibt keine Rechtfertigung dafür, mit einer anderen Frau zu schlafen, wenn die eigene Frau schwanger ist. Männer pflegen meist zu jammern, sie fühlten sich vernachlässigt, an den Rand gedrängt oder von der Last der Verantwortung überfordert. Diesen Schwachsinn darf man ihnen auf keinen Fall abkaufen. Schließlich erwartet die Frau das Baby, kotzt bis zu zwanzigmal am Tag und trägt das gemeinsame Kind aus. Da ist es doch nur verständlich, dass sie erschöpft ist und weniger Lust auf Sex hat als sonst.

Nachdem ich Bescheid wusste, durfte meine Tochter nicht mehr mit der kleinen Bijal spielen.

»Warum kann sie nicht zu mir kommen, Mummy?«, fragte Anita schluchzend.

Was soll man dazu sagen? Also sagte ich das Erstbeste, was mir einfiel: »Sie hat schmutzige Fingernägel und ist ein ganz schmutziges Mädchen.«

Anita fing zu schreien an. »Daddy, Daddy, Mummy sagt, Bijal darf nicht mehr mit mir spielen, weil sie schmutzige Fingernägel hat.«

»Mach dir nichts draus, *beta*. Dann kriegst du eben noch zehn Sindy-Puppen. Oder Mindy-Puppen. Oder wie die Dinger heißen.«

Er hat von jeher alle Probleme mit Geld gelöst.

Als ich ihn wegen des Höschens zur Rede stellte, lautete seine erste Ausrede, er habe einen Lappen gebraucht, um das Auto abzuwischen, und einfach das erstbeste Stück vom Wäschehaufen genommen.

»Aber das ist nicht mein Höschen«, protestierte ich und wedelte ihm mit dem billigen, widerlichen Ding vor der Nase herum.

»Wirklich? Von Mummy vielleicht?«

»Klar, deine Mutter läuft in Reizwäsche herum.« Ich warf ihm das Höschen an den Kopf.

Er hat mich geistig schon immer unterschätzt.

»Ich weiß nicht, wie es hierherkommt, Bhanu. Wirklich nicht«, beteuerte er und klang dabei beinahe überzeugend.

»Ich hab Vishan das Auto geliehen. Möglicherweise ... möglicherweise hat Vishan ja eine Affäre.«

Es hätte sein können. Ich wünschte mir so sehr, dass der Seitensprung auf das Konto seines Freundes ging, nicht auf seines.

Damals waren Wahlwiederholung, Einzelverbindungsnachweise oder Mobiltelefone noch nicht erfunden, weshalb ich außer dem Höschen keinen Beweis hatte. Weil er weiterhin standhaft leugnete, musste ich unbedingt mit jemandem sprechen. So sehr mir auch klar war, dass man derartige Dinge besser für sich behielt, trieb mich die Ungewissheit langsam in den Wahnsinn. Kurz spielte ich mit dem Gedanken, mich Pushpa anzuvertrauen, doch die hätte die Angelegenheit irgendwann sicher ins Banale gezogen. Ich hatte schon im Ohr, wie sie sagte:»Wie hieß das Lied noch mal, auf das du 1984 so gestanden hast? Weißt du noch, du warst damals im achten Monat und bist dahintergekommen, dass Hiten eine Affäre hatte. ›Power of Love‹, richtig?«

Und so beschloss ich, Renuka, der Mutter der kleinen Bijal, mein Herz auszuschütten. Sie konnte mir sicher einen Rat geben. Schließlich hatte sie ihren Mann verlassen. Ich war schon eine Weile nicht mehr bei ihr gewesen, weil ihre Wohnung renoviert wurde. Bijal hatte viele Nächte bei uns verbracht, damit sie die Farbdämpfe nicht einatmete.

Renuka öffnete die Tür und schien sich zu freuen, mich zu sehen.

»Komm rein, komm rein.« Sie winkte mich in die Wohnung.

Ich konnte die Tränen nicht unterdrücken.

»Oh, Bhanu, was ist denn los?«

Weinend sank ich aufs Sofa.

»Bitte reg dich nicht auf, denk an das Baby«, meinte sie und berührte meinen Bauch. »Ganz gleich, was es ist, wir finden eine Lösung.«

»Hiten«, stieß ich hervor.

»Was ist mit ihm? Erzähl.«

»Ich glaube, er hat eine Affäre.«

»Bist du sicher?«

»Nein, bin ich nicht.«

»Oh, Bhanu, das sind bestimmt nur die Hormone.« Sie umarmte mich.

In diesem Moment bemerkte ich auf dem Wäscheständer ein ganz ähnliches billiges Höschen aus rotem Satin. Ich wich zurück.

»Komm, wir trinken eine Tasse Tee.« Sie steuerte auf die Küche zu.

»Möchtest du etwas essen?« Sie war wirklich gut. Ich begann schon, an mir selbst zu zweifeln, als mein Blick auf den neuen Teekessel fiel. Und dann auf die übrigen schicken Haushaltsgeräte. Wie in der Familienshow *The Generation Game* hatte sie einen neuen Fernseher, eine Stereoanlage, einen topmodernen Toaster, ein riesiges Stofftier und eine Mikrowelle abgeräumt, die unserer verdächtig ähnlich sah. Hiten liebte Haushaltsgeräte. Er hatte seine Fingerabdrücke in der ganzen Wohnung hinterlassen.

»Anita hat den gleichen Teddy«, brachte ich mühsam heraus.

»Ich weiß. Bijal wollte auch so einen. Du weißt ja, wie Kinder sind«, erwiderte sie, ohne mit der Wimper zu zucken. »Ich hab von einem meiner Kunden einen dicken Bonus gekriegt.«

Am liebsten hätte ich sie angebrüllt, sie als beschissene Schlampe beschimpft und sie so richtig zur Schnecke gemacht, aber mir fehlten die Worte. Meine Stimme hatte einen Riss bekommen, und wenn ich noch einen Moment geblieben wäre, wäre ich in diesen Riss hinabgestürzt und dort in meinen eigenen Tränen ertrunken.

»Oder lieber Kaffee? Die Maler sind noch nicht fertig. Sie lassen sich einen Tag blicken, und dann sind sie wochenlang verschwunden«, sagte sie und griff nach der Kaffeetasse.

Ich war nicht in der Lage, die Granate zu entsichern und sie zu zünden, obwohl ich große Lust dazu hatte. Wie gerne hätte ich sie geohrfeigt, sie mit Verwünschungen überhäuft oder sonst irgendetwas getan. Ich hatte einen Kloß in der Kehle, und heiße Zornestränen stiegen in mir auf. Ich musste raus.

»Mir geht es nicht gut. Ich möchte nach Hause«, sagte ich und stützte mich auf ihren Tisch.

»Ich komme mit.«

»Nein, alles bestens. Ich schaffe das schon.«

»Aber Bhanu ...«

»Ich glaube, ich kann Bijal nicht mehr nehmen, wenn das neue Baby da ist«, war alles, was ich noch herausbrachte.

Dann stieg ich ins Auto und schrie während des ganzen Heimwegs.

Mein Mann erwartete mich.

Ich marschierte an ihm vorbei und in sein Arbeitszimmer, wo ich die Aktenordner aus dem Regal zog. Da er stets alles säuberlich abheftete, brauchte ich nicht lange, um die Quittungen zu finden.

»Bhanu, bitte. Ich mach mir große Sorgen um dich.«

Schwarz auf weiß hatte ich sie vor mir, die Dinge, für die er während der letzten Monate Geld ausgegeben hatte: Fernseher, Stereoanlage und Mikrowelle von Dixon, zwei Teddys von Woolworth – einer für Anita, einer für Bijal.

»Wie lange geht das schon?«, brüllte ich ihn an. »Wie lange?«

Er wusste, dass er bis zum Hals in der Scheiße steckte.

»Seit sechs Monaten. Es war nichts Ernstes, Bhanu. Du musst dich beruhigen und an die Kinder denken. Denk an das Baby. Anita könnte alles hören.«

Ich schleuderte die Ordner zu Boden.

»Bhanu, hör mir zu«, flehte mein Mann. »Sie hat mit mir geflirtet. Zuerst bin ich standhaft geblieben, aber dann ...«

»Jetzt schieb nicht die ganze Schuld auf sie. Du schaufelst dir gerade dein eigenes Grab. Ist dir klar, was ich alles für dich aufgegeben habe?«

Ich hätte weitersprechen sollen. Ich hätte ihm sagen sollen, dass ich ihn nur geheiratet hatte, um meinem Schmerz zu entfliehen, weil ich Deep verloren hatte. Nun hätte ich mich in einer Geschichte wiedergefunden, in der ich eigentlich gar nicht mitspielen wollte, und das hier sei mein einziger Ausweg. Meine einzige Chance, aus dieser Sache rauszukommen.

»Bhanu, es tut mir leid. Bitte geh nicht. Ohne dich bin ich nichts. Du bist mein ganzes Leben. Ich weiß nicht, wie ich ohne dich weitermachen soll. Bitte.« Er brach in Tränen aus und klammerte sich an mich.

»Lass mich los!«, schrie ich.

Anfangs hatte seine Mutter nur beobachtet, wie das Drama seinen Lauf nahm. Nun hätte sie endlich erreicht gehabt, was sie schon immer gewollt hatte. Nur, dass es ihr plötzlich nicht mehr gefiel. Sie fing an, sich jammernd auf die Brust zu schlagen, und fragte Gott, was sie verbrochen haben mochte, um so etwas zu verdienen.

»Tu etwas, Hiten!«, herrschte sie ihn an.

Ich zerrte meine Tochter aus dem Bett und stürmte aus dem Haus. Anita schrie wie am Spieß. So wie ich vor all den Jahren, nachdem meine Mutter mit meinem Vater gestritten hatte und aus dem Haus gelaufen war. »Nein, Mummy. Ich will nicht weg!«, schluchzte Anita, als wir das Haus verließen. Ich konnte nicht mehr klar denken. Was sollte ich mit einem fünfjährigen Kind an der Hand und einem Baby im Bauch anfangen?

»Es ist nur ein Spiel, Anita. Wir spielen in der Dunkelheit Verstecken. Du musst ganz still sein. Komm, Mummy trägt dich.« Da ich wusste, dass Hiten uns suchen würde, pirschte ich mich in eine Seitengasse. Nachdem sie in meinen Armen eingeschlafen war, suchte ich mir eine Telefonzelle und rief Deep an.

»Was ist, Tara? Brauchst du meine Hilfe?«

Als ich seine beruhigende Stimme hörte, konnte ich endlich wieder durchatmen.

»Deep.«

Ich bin so weit, Deep, hätte ich am liebsten gesagt. *Es tut mir leid, dass es so lange gedauert hat. Bitte komm und hol mich ab.* Stattdessen erkundigte ich mich nach seinem Befinden.

»Prima. Ich hab meinen Master gemacht und … und ich hab geheiratet. Wie geht es dir?«

Er hatte geheiratet. Er hatte geheiratet. Natürlich, warum auch nicht? Was hatte ich mir nur dabei gedacht? Verheiratet. Ich dumme Gans!

»Gut. Schön, deine Stimme zu hören. Du klingst, als ob du sehr glücklich wärst.«

»Bin ich auch«, erwiderte er.

Und damit war die Sache gelaufen.

»Wie schön.« Ich hängte ein.

Anita wachte auf.

Verzweifelt rief ich Bapa an.

»Bapa, ich muss nach Hause kommen. Hiten hat …«

»Geht es ihm gut? Ist ihm etwas zugestoßen?«

»Er hat eine Affäre!«, stieß ich hervor.

»Bhanu«, entgegnete er streng, »in allen Ehen kriselt es manchmal. Du musst das Problem lösen und an die Kinder denken.«

»Bitte, Bapa, nur für ein paar Tage.«

»Du wirst mir später einmal dankbar sein, Bhanu.«

»Bitte … Ich hab dich noch nie um etwas gebeten. Du hast uns beigebracht, nie unsere Seele zu verkaufen. Weißt du noch, Bapa, Faust?«

»Nein, Bhanu … jetzt trägst du Verantwortung. Es sind Kinder beteiligt. Alles wird gut, du wirst schon sehen.«

Ich wusste nicht, an wen ich mich sonst noch wenden sollte.

Als ich aus der Telefonzelle kam, saß mein Mann wartend davor im Auto.

»Daddy, Daddy!«, jubelte meine Tochter.

»Bhanu, bitte«, flehte er und sah unsere Tochter an.

Ich hätte nicht einsteigen sollen. Nur, dass ich mir sonst keinen Rat wusste. Ja, es war ein Fehler, nach Hause zurückzukehren, aber ich dachte an die Kinder. *Tu das, was für die Kinder am besten ist.*

Als wir nach Hause kamen, wartete seine Mutter bereits. Sie hatte angefangen zu kochen und tat, als sei nichts geschehen. Ich ging nach oben, um Anita zu Bett zu bringen.

»Mummy, das Spiel hat mir gar nicht gefallen.«

»Tut mir leid. Wir spielen es nie wieder.«

»Versprochen?«

»Ich verspreche es dir, Kleines.«

Meine Schwiegermutter kam herein.

»Bitte, Bhanu, du musst die Ruhe bewahren. Denk an das Baby.« Sie wies auf meinen Bauch.

Seltsamerweise hätte sie inzwischen alles getan, um unsere Ehe zu retten. Vielleicht war es wegen der Kinder. Vielleicht ging es ihr auch um ihr Ansehen in der Gemeinde. Jedenfalls erbot sie sich, den Hauskredit abzuzahlen, um uns finanziell abzusichern. Bleib in dieser Ehe, dann wirst du immer materiell versorgt sein – so lauteten ihre Vertragsbedingungen. Sie schwor außerdem, nie bei uns einzuziehen oder sich noch einmal in unsere Ehe einzumischen. Und ja, sosehr ich mich auch schäme, es zuzugeben, ich schloss wie Faust einen Pakt mit dem Teufel: meine Freiheit gegen Sicherheit. Ich schlug ein und machte gute Miene zum bösen Spiel, und so habe ich es seitdem immer gehalten. Ich kann nur sagen, dass es noch viele weitere Affären gab.

Hiten stand in der Schlafzimmertür. »Es war ein Fehler, Bhanu, und es wird nie wieder vorkommen. Ehrenwort. Ich werde alles Menschenmögliche tun, um es wiedergutzumachen. Bitte«, bettelte er mich an.

Oft muss man ein neues Kapitel im Leben beginnen, mit dem Ergebnis, dass die Dinge eine andere Wendung nehmen. Vielleicht hätte ich ihm von Deep erzählen sollen. Doch mein Bedürfnis, mich in der Rolle der Betrogenen und Verratenen zu sehen, gewann die Oberhand. Lotsen wir uns womöglich selbst in Richtung der Gefühle, die uns vertraut sind? Mag sein, denn manche Menschen finden nun mal die größte Geborgenheit in Trauer und Leid.

Ich sah ihn an und hätte so gern etwas gesagt, brachte aber keinen Ton heraus. Der Schmerz, weil er mich getäuscht hatte, ging einfach zu tief. Ich wollte nur noch die Augen zumachen und an einem anderen Ort sein.

Schließ die Augen. Lass dich in die Liebe hineinfallen. Bleib dort, so lauten Rumis Worte.

Also schloss ich die Augen und malte mir Deep aus. Wir lagen irgendwo in einem Feld, betrachteten die Sterne und lachten. Dieselben Sterne würden unsere Reisen durch die ganze Welt begleiten und beobachten, wie wir zusammen alt wurden.

Seine Finger fuhren die Konturen meiner Lippen nach, und dann küsste er mich und knöpfte mir die Bluse auf. Ich spüre seine Hände immer noch.

»›Berührung hat ein Gedächtnis‹«, sagte er.

»Auden?«, fragte ich.

»Nein, Keats.« Er lachte. Und als ob er alle Ereignisse, die zwischen uns treten sollten, vorhergesehen hätte, fügte er leise hinzu: »An diesen Moment werde ich mich für den Rest meines Lebens erinnern.«

Tränen strömten mir übers Gesicht.

Mein Sohn wurde mitten in jener Nacht geboren. Ich weiß, dass der Stress die Frühgeburt ausgelöst hatte. Hilflos musste ich zusehen, wie er im Inkubator mühsam nach Atem rang, ohne zu wissen, ob er durchkommen würde. Ich schloss einen Pakt mit Gott, dass ich alles tun würde, um ihn, um meine beiden Kinder zu schützen, wenn er überlebte. Mein Sohn schaffte es zwar, doch es stellte sich als unerwartet schwierig heraus, mein Versprechen zu halten.

Hari war ein ganz besonders empfindsames Baby und weinte und schrie viel. Ständig wollte er hochgenommen werden und forderte Bestätigung dafür ein, dass ich ihn nicht allein lassen würde. Nicht einmal für fünf Minuten. Ich fühlte mich wie in einem schwarzen Loch. Meine Tochter, die meine innere Leere spürte, mied mich und folgte lieber ihrer Großmutter oder meiner Schwester durchs Haus. Während ich im Krankenhaus war, hatte Gauri bei uns gewohnt und sich um Anita gekümmert. Nach meiner Rückkehr bat ich sie, noch ein paar Tage zu bleiben, doch sie erwiderte, sie habe andere Dinge zu tun.

»Bhanu, dir wollte ich es als Erste sagen. Bapa hat entschieden, mir den Laden zu vermachen. Schließlich hast du ja Hiten, der für dich sorgt. Wahrscheinlich hat er daran gedacht, wer mich ernähren soll, wenn er mal nicht mehr ist.« Es war ein seltsames Gespräch, das völlig aus heiterem Himmel kam und in mir ein sehr unbehagliches Gefühl auslöste.

»Außerdem finde ich es falsch, wie du Bapa unter Druck gesetzt hast. Hiten hat sich doch nur einen einzigen Fehler zuschulden kommen lassen. Bapa konnte deshalb tagelang nicht schlafen. Willst du etwa, dass er auch noch krank wird?«

»Ich brauchte Hilfe, Gauri. Und die brauche ich immer noch.«

Sie tat, als habe sie mich nicht gehört, und redete einfach weiter. »Und ich wollte dir noch sagen, dass du dir keine Vorwürfe machen musst, nur für den Fall, dass du dir die Schuld an Mummys Tod gibst. Du musst kein schlechtes Gewissen haben. Schließlich konntest du ja nicht wissen, dass sie alles gehört hat.«

Ich war sprachlos. Hatte sie etwa eigens einen Moment abgewartet, in dem ich verletzlich war, um mir den Todesstoß zu versetzen?

»Du gibst mir die Schuld, Gauri?«

»Überhaupt nicht, Didi. Nur Gott weiß, was ihr das Herz gebrochen hat.« Sie blickte mir eindringlich in die Augen. »Jedenfalls solltest du es von mir erfahren, dass Bapa mir den Laden vermacht hat.« Im Endeffekt wollte sie mir damit mitteilen, dass es für mich keinen Ausweg aus meiner Ehe gab. Ich konnte nirgendwohin. Es dauerte eine Weile, bis ich das wirklich verstand. Als mir die Tragweite ihrer Worte endlich klar wurde, beschloss ich, meinen Kontakt mit ihr auf ein Minimum zu beschränken.

»Ruf mich einfach an, wenn du etwas brauchst«, verkündete Gauri laut auf dem Weg zur Tür. Anita rannte ihr nach. »Funny Masi muss jetzt nach Hause, aber wir spielen bald wieder zusammen.«

Anita brach in Tränen aus.

»Komm her, Schätzchen«, sagte ich.

»Nein, wegen dir gehen alle Leute weg!«, schrie sie mich an.

Gauri schloss die Tür hinter sich.

Ich war erschöpft und glaubte zu ertrinken. In Überforderung, Einsamkeit, Trauer und dem Gefühl, betrogen und verlassen worden zu sein. Doch ich war unfähig, etwas davon in Worte zu fassen. Ich schminkte mich, setzte ein gekünsteltes Lächeln auf und sorgte für das Wohl meines Sohnes und des nicht enden wollenden Besucherstroms. Ich tat, als sei ich die perfekte Mutter, Köchin und Gastgeberin und versteckte meine innere Zerrissenheit hinter einem Lachen. Meinen Mitmenschen machte ich weis, das Baby litte an leichten Blähungen, sei aber sonst kerngesund. Die Wahrheit lautete, dass ich nicht in der Lage war, mich um meinen Sohn zu kümmern.

Hari schrie immer lauter, als ahnte er, dass er in Gefahr schwebte, im Stich gelassen zu werden. Er schrie und schrie, und ich war absolut machtlos dagegen. Eines Tages, er war etwa vier Wochen alt, ließ ich ihn schreiend in seinem Bettchen liegen. Ich ging nach oben auf den Speicher, drückte mir ein Kissen aufs Gesicht und fing ebenfalls an, gellend zu schreien. Wenn ich gekonnt hätte, hätte ich mir das Kissen einfach weiter aufs Gesicht gepresst und mich selbst erstickt. Dann wäre endlich Schluss mit der Quälerei gewesen.

Anita folgte mir, stieg allein die Leiter hinauf, setzte sich neben mich und griff nach meiner Hand. Tränen liefen mir übers Gesicht.

»Gehst du weg, Mummy?«

Ich überlege es mir ernsthaft, denn das alles wird mir langsam zu viel, hätte ich ihr am liebsten geantwortet. Doch stattdessen sah ich sie an und beruhigte sie.

»Nein, mein Baby, ich gehe nirgendwohin.«

»Hast du die vielen Kartons gepackt, um wegzugehen?«

»Nein. Die stehen schon seit dem Umzug hier.«

»Sei nicht traurig, Mummy. Wir können zusammen spielen.« Sie stand auf und umarmte mich.

Ich wischte mir die Tränen ab. »Warte hier.« Ich ging nach unten, um nach Hari zu sehen. Er schlief in den Armen meiner Schwiegermutter. Also kehrte ich zurück auf den Speicher.

»Wollen wir schauen, was in diesen Kartons ist?«, fragte ich Anita.

Ich öffnete den Karton, in dem sich, wie ich wusste, meine Gedichtbände befanden.

»Sieh mal, Anita. Das sind meine Lieblingsbücher. Es stehen Gedichte drin.«

»Was sind denn Gedichte?«

»Moment, ich lese dir eines vor.«

Ich suchte nach »Sie wandelt in Schönheit«, weil ich das junge Mädchen wiederfinden wollte, das ich einmal gewesen war – und das Deep gesehen hatte. Ich wollte dieses Mädchen irgendwo tief in mir spüren und die Erinnerung daran wiederbeleben, wie ich bei Ba gesessen und ihr vorgelesen hatte, fest davon überzeugt, dass mir die ganze Welt offenstand. Als sie mir gesagt hatte, ich brauchte mich nicht vor der Dunkelheit zu fürchten, denn alles würde gut werden.

Ich wusste, dass Anita das Gedicht nicht verstehen würde, doch das war nicht wichtig. Also las ich es ihr langsam vor. Dabei stellte ich mir Deep vor, wie er mir im Süßwarenladen das Buch überreichte. Ich sah das Lächeln, das sich auf Bas Gesicht malte, als sie die Worte zum ersten Mal hörte. Ich erinnerte mich, wie ich es wieder und wieder las.

»Lies es mir noch einmal vor, Mama«, sagte Anita.

»›In Schönheit geht sie wie die Nacht, / die wolkenlos und sternbesät / des Dunkels Glanz, der Helle Pracht / in ihrem Blick und Antlitz steht / und so ein mildes Licht entfacht / das Himmel grellem Tag verwehrt.‹«

»Mama, da ist ein Muster, und es reimt sich.«

»Wie bitte, Schätzchen?«, fragte ich, als sie mich in die Wirklichkeit zurückholte. »Was bist du doch für ein kluges Mädchen. Da ist tatsächlich ein Muster, ein Reimschema: ABA BAB, und so geht es immer weiter. Soll ich dir noch eines vorlesen?«

Sie nickte.

»Ich mag die Muster, Mama, und ich finde deine Gedichte ganz toll«, antwortete sie und warf mir damit einen Rettungsring zu.

»Ich auch«, erwiderte ich.

Alles im Leben folgt einem Muster. Unser ganzes Dasein ist voll von ihnen. Muster vermitteln uns ein Gefühl der Sicherheit und Vertrautheit, selbst wenn sie für uns gerade nicht passen. Vielleicht wiederholen wir sogar die Muster, die wir eigentlich zu vermeiden suchen. Irgendwo im Universum gibt es eine Spur aus Erinnerungen an die Vergangenheit, die uns immer wieder zurückzieht und uns ihre Logik aufzwingen will. Wenn wir uns nur davon befreien und sie durchschauen könnten, anstatt sie ständig zu wiederholen. Es war Zeit, dass ich aus diesem Muster ausbrach, mich auf meine Kinder konzentrierte und sie einfach nur liebte. Vorsichtig stiegen wir nach unten, wo ich meinen schlafenden Sohn hochhob und ihn mit ins Bett nahm. »Komm, Anita.« So lagen wir da, hielten einander fest, und es war genug.

Ich holte alle Gedichtbände vom Speicher und stellte sie neben Anitas Bücher ins Regal. Es war mir wichtig, dass wir stets Zeit fanden, um zusammen zu lesen, und wir lasen uns die Gedichte auch laut vor, eine gemeinsame Beschäftigung, die das Band zwischen uns stärkte.

Als sie ein wenig älter war, zerlegte sie jede Zeile wie eine mathematische Gleichung. »Schau, Mummy, wenn du dir diese Zeile ansiehst, wirst du feststellen, dass man sie durch die Anzahl der Wörter teilen kann, die genauso groß ist wie im nächsten Satz.«

Und es stimmte. Jedes Wort war elegant und präzise gesetzt. So verfuhren wir von nun an bei jedem Gedicht. Wir lasen es nicht auf die Bedeutung hin, sondern wegen seiner Form und lauschten, wie jedes einzelne Wort sich mit anderen zu einer makellosen Gleichung verband. Anita war ein sehr kluges Mädchen.

Während mein Sohn herumkrabbelte und auf seine Trommel eindrosch, las Anita ihm die Wörter laut vor, damit er dazu den Takt schlagen konnte. Dann zeigte sie ihm, wie man rhythmisch trommelte. Er liebte sie und folgte ihr auf Schritt und Tritt, und sie war ihm eine wundervolle große Schwester. Allmählich und schleichend spielte sich eine Art Alltag ein, und ich erfüllte meinen Teil der Abmachung, indem ich alles Menschenmögliche tat, um meinen Kindern Geborgenheit zu vermitteln.

Selbst an Tagen, an denen mir nicht danach war, konnte ich so tun als ob. Ich buk Kuchen und süße Teilchen, auf die ich keinen Appetit hatte, und unterhielt die beiden mit Liedern, die ich eigentlich gar nicht singen wollte. Und dann, eines Tages, musste ich mich plötzlich nicht mehr verstellen. Ich lebte mitten im Augenblick. Wir hatten gerade die Enten gefüttert. Hari trug seine blauen Gummistiefel, die er am liebsten Tag und Nacht anbehalten hätte, und wir drei fingen an, in den Pfützen herumzuspringen.

»Spring höher, Mummy, spring höher!«, jubelte er. »So!«

Und wie eine Außenstehende beobachtete ich diese Frau, die gar nicht aufhören konnte zu lachen, während ihr Sohn und ihre Tochter über und über mit Schlamm bespritzt waren. Die Frau versuchte, höher zu springen. Die Kinder lachten über ihre Versuche, und dann schloss sie die beiden in die Arme, sodass sie selbst ganz schmutzig wurde, und ihr Herz war zufrieden.

Ich brauchte nicht mehr Theater zu spielen, denn ich war in meine Rolle als Mutter, Versorgerin und Hausfrau hineingewachsen. Ich war der Mittelpunkt ihres Universums und sie der Mittelpunkt von meinem, und ich gab es auf, nach irgendetwas da draußen zu suchen. Von nun an war das Parallelleben, das ich mir schuf, nur noch für meine Kinder bestimmt. Viele Stunden verbrachten wir zusammen und erfanden unsere eigene Welt.

»Erzähl uns noch mal, woher du die Narbe an deiner Hand hast, Mummy!«

»Nun, ich wurde von Narosa, dem wildesten Tiger im ganzen Wald, verfolgt. Er versetzte alle in Angst und Schrecken, und niemand wagte sich mehr vor die Tür.« Ich hielt den Kochlöffel hoch und spielte die Szene nach. »›Stopp!‹, habe ich gerufen. ›Ich hab keine Angst mehr vor dir!‹ Dann habe ich mich umgedreht und mich dem Tiger in den Weg gestellt. Er hat mich angeknurrt. Er hatte riesige Zähne.« Anita schnappte nach Luft, Hari kicherte. »Und dann, plötzlich, hat Narosa sich auf mich gestürzt. Seine Tatze hat mich seitlich an der Hand getroffen. Doch ich bin stehen geblieben und habe ihm den Stock, den ich in der Hand hatte, ins Maul geklemmt.«

Obwohl meine Tochter diese Geschichte in verschiedenen Versionen schon Hunderte von Malen gehört hatte, lauschte sie gebannt. Mein Sohn wälzte sich herum wie ein angreifender Tiger.

»Noch eine Geschichte, Mummy! Noch eine!«

Und so erzählte ich ihnen viele Geschichten, in denen ich Teile meiner Kindheit neu erfand, mit Eltern wie aus dem Märchen und einer Welt, in der alles möglich war.

Wenn Hiten zu Hause war, beteiligte er sich daran. »Das stimmt, Mummy hatte keine Angst und hat dem Tiger den Stock ins Maul geklemmt. Aber dann kam aus dem Nichts ein Nashorn angestürmt.« Er verwandelte sich in ein Nashorn, woraufhin mein Sohn sofort auf ihm reiten wollte. Zusammen verfolgten sie Anita und mich durch die Küche bis ins Wohnzimmer. Nachdem sie uns erwischt hatten, warfen sie uns aufs Sofa, und die Kinder kreischten vor Lachen. »Das Nashorn wollte Mummy nie etwas antun. Es wollte nur mit ihr spielen, weil es wusste, wie mutig sie ist.« Als er mir zuzwinkerte, küsste ich das Nashorn und seinen Sohn auf den Scheitel. Das Nashorn war im Grunde seines Herzens ein großes Kind, und ich glaubte seinen Beteuerungen, dass es mir nie hatte wehtun wollen.

Für jemanden, der bei uns zum Fenster hereinspähte, müssen wir ausgesehen haben wie die indische Version der Waltons. An den Wochenenden versammelten sich Freunde und Verwandte in Scharen bei uns. Das Haus war erfüllt von Festen, Gelächter, Musik und Geborgenheit in der indischen Gemeinde. Meine Schwiegermutter ließ uns in Ruhe. Es war eine glückliche Zeit.

Mit der Schule änderten sich die Dinge. Wir schickten Anita nicht in die örtliche Grundschule, sondern in eine Privatschule, um Hitens Ex-Geliebter und ihrer Tochter aus dem Weg zu gehen. Wegen ihrer Begabung erhielt Anita ein Stipendium. Allerdings hatte dieses Schulumfeld zur Folge, dass Anita begann, ihre Kultur abzulehnen. Anders als die öffentliche Grundschule wurde die Privatschule hauptsächlich von weißen Kindern besucht und lag in einem wohlhabenden Stadtviertel. Anita fing an, sich zu verändern. Als sie etwa zehn war, rasierte sie sich die dichten schwarzen Augenbrauen ab und malte sie mit gelbem Filzstift nach. Da ich nicht verstand, warum sie das getan hatte, schimpfte ich mit ihr.

»Ich will aussehen wie die anderen Mädchen«, schluchzte sie.

Ich versicherte ihr, wie schön sie sei.

»Nein, Mummy, bin ich nicht.«

Wir hätten sie einfach von dieser Schule nehmen sollen, doch wir dachten an die Chancen, die sich ihr dort eröffnen würden. Also versuchten wir, ihr die Bedeutung ihrer Kultur nahezubringen, gingen mit ihr zu Festen und Tanzvorführungen, erzählten ihr Geschichten und kochten mit ihr. Es hielt nicht lange vor. Nach einer Weile verweigerte sie indisches Essen, weil »es stinkt«. Sie aß nicht mehr mit den Händen und antwortete auf Englisch, wenn ich Gujarati mit ihr sprach. Außerdem wollte sie nicht mehr in den Laden meines Vaters. Die Navaratri-Feiern, zu denen sie mich als kleines Kind begleitet hatte, wurden »todeslangweilig«, und Saris fand sie altmodisch. Je mehr ich die Wichtigkeit von Kultur und Tradition betonte, desto stärker sträubte sie sich dagegen.

Ich fragte Pushpa um Rat. Sie war zwar keine Erziehungsexpertin, und ihre Kinder waren jünger als meine, doch immerhin spielte sie für mich oft die Rolle der Kulturvermittlerin und besaß die Fähigkeit, die Dinge ins richtige Licht zu rücken.

»Bleib locker, Bhanu, du nimmst das viel zu ernst. Das ist der Anfang der Pubertät. Sie haben feine Antennen für das, was in dir vorgeht. Und je mehr du drängelst, umso stärker rebellieren sie. Lass dich auf ihr Niveau ein, sprich mit ihnen über ihre Themen und starr sie nicht an, wenn du mit ihnen redest.«

Mir widerstrebte diese Herangehensweise. Ich wollte die Kontrolle behalten, und wenn Anita die Augen verdrehte oder mir eine freche Antwort gab, spürte ich, wie wegen dieser Undankbarkeit und Respektlosigkeit Wut in mir aufstieg. In diesen Momenten hätte ich sie am liebsten geohrfeigt. Doch stattdessen holte ich tief Luft oder ging hinaus. So wurde der Abstand zwischen uns mit jedem Jahr größer. Anita forderte knappere Reaktionen von mir. Sie hatte ein mathematisches Denken, in dem die Dinge entweder richtig oder falsch waren. Ein schlichtes »Ja« oder »Nein« genügte. Und bloß keine weitschweifigen Erläuterungen oder Verweise auf meine eigene Kindheit: »Ja, schon gut, damals, als du jünger warst ...«

Und so versuchte ich es mit Pushpas Methode.

»Ja, damals war alles sehr anders.« Ich warf ihr einen Seitenblick zu und faltete dabei weiter Wäsche zusammen. »A-ha ist eine tolle Band, oder?«

»Ist das dein Ernst, Mum?«

Vielleicht bemühte ich mich ja zu sehr, anstatt es einfach gut sein zu lassen. Schließlich verlangte niemand von mir, dass ich perfekt war. Und offen gestanden war ich alles andere als das.

Hari in die Schule zu locken war ein gutes Stück Arbeit. Er hatte keine Lust und wollte einfach nur spielen oder mir beim Kochen helfen. Außerdem war er in Sachen Kommunikation ziemlich entwicklungsverzögert, deutete lediglich mit dem Finger auf Dinge und gab dabei Grunzgeräusche von sich. Da wir ein Problem befürchteten, gingen wir mit ihm zu einer Logopädin, aber es war nichts weiter als Faulheit. Sobald wir nicht mehr auf seine Fingerzeige reagierten und Anita aufhörte, für ihn zu übersetzen, begann er zu sprechen. Wir hätten daraus etwas lernen sollen.

Hiten war viel auf Geschäftsreise, und wenn er zurückkam, brachte er den Kindern stets große, teure Geschenke mit. Da Hari sich schon seit früher Kindheit für Musik interessierte, kaufte mein Mann ihm auf einer seiner Reisen eine elektrische Gitarre. Hari war sechs. Er hatte zwar Talent, hielt jedoch nichts lange genug durch, um etwas daraus zu machen. Und anstatt Strenge zu zeigen, gaben wir nach. Als er zehn war, besaß er die verschiedensten Musikinstrumente und hatte außerdem verstanden, dass er alles bekam, was er wollte.

Der Umzug vom Mittelpunkt des Universums der eigenen Kinder auf den Pluto geschieht nicht über Nacht, auch wenn es sich eindeutig so anfühlt. Die Erkenntnis, dass die Eltern nur Menschen sind, die nicht allein wilde Tiger bekämpfen können und außerdem Fehler machen, ähnelt vermutlich dem Prozess, an dessen Ende die Gewissheit steht, dass es den Weihnachtsmann nicht gibt. Weil seine Existenz physikalisch einfach nicht einleuchtet: Ein dicker Mann zwängt sich durch einen schmalen – oder gar nicht vorhandenen – Kamin. Verteilt Geschenke an grob geschätzt eine Milliarde Kinder, und zwar in einer einzigen Nacht und in viel zu warmer, einengender Kleidung. Also kann da etwas nicht stimmen. Aber egal, schließlich gibt es Geschenke, die ausgepackt werden wollen, weshalb man diese kleine Unlogik verzeiht. Bis das Jahr kommt, in dem das Spiel plötzlich vorbei ist und man sich in einen herabgestuften Planeten verwandelt hat.

Ganz ähnlich verhält es sich mit der Erkenntnis, dass der eigene Ehemann ein Gewohnheitsehebrecher ist. Na klar: Ein leicht übergewichtiger, leutseliger Mann unternimmt viele Geschäftsreisen und kommt mit Geschenken für alle nach Hause. Vergessen wir mal den Geruch nach Alkohol und billigem Parfüm und seine übertriebene Ausgelassenheit, denn alles scheint ja zu klappen, und die Planeten befinden sich noch in ihrer Umlaufbahn. Auch wenn ich ihn – wie die meisten anderen auch – für einen wundervollen Mann hielt, bedeutete das nicht, dass ich sämtliche Warnsignale ignoriert hätte. Ich war nur noch nicht bereit, sie zur Kenntnis zu nehmen.

Drei oder vier Mal im Jahr und manchmal zu besonderen Anlässen erfüllte ich meine ehelichen Pflichten. Nicht, weil ich Lust dazu hatte, sondern weil es zu unserer unausgesprochenen Abmachung gehörte. Für mich war es eine Fortsetzung der Hausarbeit – so wie Fensterputzen von außen –, etwas, das erledigt werden musste, aber warten konnte, bis es absolut nötig war.

»Bhanu, ich liebe dich. Wollen wir es machen?«

Das war der Paarungsruf meines Mannes.

Um vollständig offen zu sein: Sex mit Hiten hat mir nie etwas gegeben. Unser »erstes Mal« fand unmittelbar nach der standesamtlichen Trauung in einem »antiken« Eisenbett eines hastig gebuchten Hotelzimmers gleich um die Ecke statt. Seitdem habe ich mich oft gefragt, ob wir so überstürzt geheiratet haben, weil er mit dem Sex nicht länger warten konnte. Sobald wir im Zimmer waren, öffnete Hiten mein Maxikleid, riss sich Anzug und Krawatte vom Leib und knöpfte rasch sein Hemd auf. Er packte mich am Haar und zog mich an sich. Ich hatte Angst und war aufgeregt und nervös. Er war ein unglaublich attraktiver Mann, und zwischen uns knisterte es. Im nächsten Moment lag er auf mir und hüpfte auf und nieder – und das war es dann auch schon. Sehr schnell vorbei. *Soll es das etwa gewesen sein?*, fragte ich mich. Und schob diesen Gedanken rigoros beiseite, während er sich laut keuchend von mir herunterwälzte.

»Das war fantastisch, oder, Bhanu?«

»War es«, schwindelte ich verständnislos.

Schon sooft hat Pushpa versucht, mir Einzelheiten aus unserem Liebesleben zu entlocken, vielleicht nur, um damit anzugeben, wie fantastisch ihr eigenes ist. Laut Pushpa ist Sex das Allergrößte, »so als sei man auf dem Mond gelandet und würde schweben«. Wenn ich mir ihren Mann anschaue, kann ich keine Anzeichen für Schwerelosigkeit feststellen. Zwischen den beiden knistert nichts, es fehlt das außerweltliche radioaktive Strahlen.

So ein Blödsinn!, würde ich ihr am liebsten widersprechen. Ich hatte nämlich schon leidenschaftlichen Sex mit einem Mann, der trotz aller Liebe ein bisschen verklemmt ablief. Gut, es fand nur zweimal statt. Beim ersten Mal war es gewöhnungsbedürftig, doch mit etwas mehr Übung hätten wir das sicherlich hingekriegt. Nur, dass ich nie Gelegenheit bekam, es herauszufinden. Aber *schweben*? Das halte ich für reichlich unwahrscheinlich. Was macht uns eigentlich so sicher, dass die Mondlandung tatsächlich stattgefunden hat? Sie könnte genauso gut in einem Filmstudio aufgenommen worden sein. *Ja, so ist es super, Neil. Spring beim nächsten Mal ein bisschen höher und steck die Fahne da drüben rein.*

Vermutlich werden wir irgendwann erkennen, dass der G-Punkt, so wie die meisten Dinge, die Erfindung eines Mannes in der Vertriebsabteilung sein muss. Und zwar mit dem Ziel und Zweck, Frauen das Gefühl einzuflößen, dass etwas mit ihnen nicht stimmt.

Alle Menschen spielen Theater, vertrauen Sie mir. Das tun

sie aus den unterschiedlichsten Gründen. Überlegen Sie mal. Oder soll ich etwa zugeben, ich hätte in dem Glauben geheiratet, ich würde im Schlafzimmer ein Feuerwerk erleben – und hätte dann vierzig Jahre lang nicht ein Mal eine Wunderkerze abgekriegt? Vielleicht wäre es mit Deep anders gewesen. Knallkörper und Raketen. Bis hinaus in die Stratosphäre. Wer weiß?

BAHN VIER

»Geh und finde zuerst dich selbst, damit du mich finden kannst.«

Rumi

Hinter die zweite »offizielle« Affäre meines Mannes kam ich beim Wäschesortieren. Nun, meines Wissens nach war es seine zweite. Es hätte genauso gut seine fünfzigste sein können. Wahrscheinlich hätte ich auch weiter die Augen davor verschlossen, wenn er eine indische Version von Hugh Hefner mit einer Partyvilla oben in den Hügeln gewesen wäre. Und bestimmt hatte ich schon Tausende von Waschmaschinenladungen sortiert, ohne die Lippenstiftspuren zu bemerken. Wie heißt es so schön in dem alten Sprichwort? *Der Meister erscheint, wenn der Schüler bereit ist.* In meinem Fall: Wenn die Hausfrau so weit ist, den Ehebrecher zu enttarnen, wird sie ihn an den Unterhosen mit Eingriff erkennen.

Meine Vorgehensweise unterschied sich nicht von meinen üblichen Vorbereitungen auf einen Vierzig-Grad-Baumwollwaschgang. Doch als ich die weißen Sachen von der Buntwäsche trennte, stellte ich plötzlich rote Lippenstiftspuren am Eingriff einer Unterhose fest. Ich hob die Unterhose zwischen Daumen und Zeigefinger an und musterte sie angewidert. Dann begutachtete ich die Spuren mit dem gründlichen Blick einer Forensikerin, um mir ein Bild von der Lippenform der Frau und der von ihr gewählten Lippenstiftmarke zu machen. Allerdings führte diese Musterung nicht zu weiteren Hinweisen.

Vor lauter Schreck und Realitätsverweigerung räumte ich weiter die Maschine ein. Während ich Waschmittel ins Einspülfach gab, führte ich eine Bestandsaufnahme der möglichen Folgen dieser Tatsache für unsere Familie durch: Konfrontation = Trennung, Drama und Konsequenzen für die Kinder. Zum Beispiel, dass eine arrangierte Hochzeit für Anita dann nicht mehr infrage kam, falls sie sich dafür entscheiden sollte. Weitere mögliche Probleme: Hari würde in seinen Prüfungen scheitern und deshalb noch mehr das Zutrauen in seine geistigen Fähigkeiten verlieren. Ganz zu schweigen von den Schuldzuweisungen und Verurteilungen und dem Ausschluss aus der indischen Gemeinde, die einer Geschiedenen meiner Generation blühten. Dazu mein alter Vater, der an Scham starb, was hieß, dass die Verantwortung für einen weiteren Todesfall in der Familie auf meinen Schultern lasten würde. Die Warnung vor meinem Marsdefekt würde sich endgültig bewahrheiten. Option Nummer zwei: Theater spielen und die Ehe fortsetzen = die Familie retten und meinen Teil der Abmachung einhalten, die daraus bestand, die Kinder zu schützen.

Ich drapierte die schmutzige Unterhose auf dem Besenstiel im Elternbad. Auch wenn sie möglicherweise den fälschlichen Eindruck einer weißen Fahne vermittelte, bat ich Hiten, als er am Abend nach Hause kam, aus dem Schlafzimmer auszuziehen, und zwar unter dem Vorwand, dass er zu laut schnarchte. Mir war nicht entgangen, dass die Unterhose hastig wieder im nun leeren Wäschekorb gelandet war. Er erhob keinen Einspruch.

Also hatten wir nun eine neue Abmachung ausgehandelt, ohne große Worte darüber zu verlieren. Ganz ohne Geschrei, emotionale Gesten und Drama.

Geh nur und mach, was du willst. Befreie mich davon, deine Bedürfnisse erfüllen zu müssen, und lass mich meine Arbeit erledigen. So können wir dafür sorgen, dass die Sache nach außen hin tipptopp rüberkommt.

Ich besiegelte den Pakt beim Frühstück mit den folgenden Worten: »Ich bestelle einen Fensterputzer, der die Fenster von außen sauber macht.«

»Kein Problem, Bhanu«, erwiderte er, ohne von seiner Zeitung aufzublicken.

»Ich bin morgen den ganzen Tag unterwegs und muss früh los. Da ich erst spät zurückkomme, müsstest du dich um das Abendessen für die Kinder kümmern.«

»Kein Problem.«

Aber am allerliebsten hätte ich gesagt: *Ich verlasse dich, Hiten. Das Leben ist so kurz, und es muss doch noch etwas anderes geben als diese Farce.*

Die Kinder bemerkten es nicht, als ich alle seine Sachen ins Gästezimmer umräumte. Sie waren Teenager. Und wenn das Haus von einem Erdbeben der Stärke acht auf der Richterskala getroffen worden und dem Erdboden gleichgemacht worden wäre, es wäre ihnen nicht aufgefallen.

Obwohl mein Sohn inzwischen dreizehn war, hatte er Mühe, in vollständigen Sätzen zu sprechen, und bevorzugte pseudowitzige Reime, während sich meine Tochter in ihrem Zimmer verbunkerte. Ich blieb hauptsächlich wegen der Kinder, aber auch, weil ich inzwischen zu viel in das so hart erarbeitete Bild der heilen Familie investiert hatte. Ich hing an dem Status, den wir in der indischen Gemeinde genossen, und, ja, auch an den materiellen Vorteilen wie dem frei stehenden Haus, das mir ein trügerisches Gefühl der Sicherheit vermittelte. Ich blieb, weil ich zu große Angst hatte zu gehen. Meine Reaktion auf seinen Seitensprung bestand darin, mich in den Garten zu flüchten und aus Leibeskräften loszuschreien. Verzweifelt sehnte ich mich nach einer Möglichkeit zu entkommen. Und während ich danach scheinbar ruhig die Blumen goss, nahm der Plan Gestalt an, mir ein Tagesticket nach York zu kaufen.

Im Laufe der Jahre hatte ich immer wieder an Deep gedacht, insbesondere, wenn es schwierig wurde, doch es waren stets nur flüchtige Gedanken gewesen. Ich hatte mich gefragt, wo er wohl sein mochte und ob er glücklich war. Wenn ich mich ganz fest konzentrierte und in mich hineinhorchte, raunte mir eine innere Stimme zu, dass er noch in London war und dass er ebenfalls oft an mich dachte. Sobald ich mich dabei ertappte, dass ich mich in vergangene Erinnerungen flüchtete, zwang ich mich, an etwas anderes zu denken. Schließlich war ich verheiratet, und Deep war es auch. Doch nach dem Unterhosenfund sagte ich mir, dass es jetzt keine Rolle mehr spielte: *Denk an ihn, so häufig du willst, und wenn du Deep und York in deine Wirklichkeit holen möchtest, kauf dir ein Ticket und fahr hin.*

Ich überlegte mir lange, was ich anziehen sollte, und entschied mich für ein hellgrünes Kleid und eine gelbe Strickjacke. Das Kleid hatte ich schon seit Jahren nicht mehr getragen, und ich beschloss, auf einen Gürtel zu verzichten, weil ich um den Bauch herum ein bisschen zugelegt hatte. Ich hatte einen Kurzhaarschnitt und fragte mich, was Deep wohl dazu sagen würde. In meiner Fantasie war ich keine Frau über vierzig, sondern noch immer Anfang zwanzig. Ich hatte auf ihn gewartet und Hiten nicht geheiratet. Er hatte mich in London aufgespürt, als ich im Laden meines Vaters arbeitete.

Die Ladenglocke schellte. Ich war in der Küche, als ich seine Stimme hörte, die meine Schwester fragte, ob wir Mandel-Barfis führten. Meine Schwester lachte verschwörerisch, denn in meiner Fantasie war sie ein guter Mensch. Ich ließ das Tablett fallen, das ich gerade in der Hand hatte, stürmte hinaus, um ihn zu begrüßen, und fiel ihm vor aller Augen um den Hals.

»Deep, du bist gekommen!«

Er hob mich hoch. »Hast du je auch nur für einen Moment daran gezweifelt?«

»Bapa, Mama, das ist Deep. Er ist mein ...«

»Mit Ihrer Erlaubnis, Sir, würde ich gerne Ihre Tochter heiraten.«

In dieser Version der Dinge heiratete ich Deep in dem roten Hochzeitssari, den Ba mir vermacht hatte, und zwar in einer religiösen Zeremonie, bei der meine ganze Familie anwesend war.

Nervös stieg ich in den Zug nach King's Cross und ging bis zu dem Wagen, wo Deep mich in meiner Fantasie erwartete. Ich entdeckte zwei freie Plätze, ließ mich auf einem davon nieder, schloss die Augen und tauchte in eine Welt ein, die ich schon seit so vielen Jahren wieder zum Leben erwecken wollte. »Tara, Tara«, hörte ich seine Stimme. Es war unverkennbar die von Deep.

»›Sobald ich meine erste Liebesgeschichte hörte / Machte ich mich auf die Suche nach dir, nicht ahnend / Wie blind das war. Liebende begegnen sich nicht irgendwann. Sie haben schon immer im anderen gewohnt‹«, flüsterte ich.

»Rumi«, erwiderte er.

Meine erste Liebesgeschichte hatte Ba mir erzählt. Sie handelte davon, wie ihr Schwager sie endlich gefunden hatte. Sie wohnte mit ihren beiden Kindern in einem Zimmer. Er gab ihr etwas Geld, das sie zuerst ablehnte. Doch er beharrte darauf, dass sie es für ihre Kinder annahm. Obwohl er weit weg von der Stadt wohnte, in die sie gezogen war, kam er jede Woche mit Geschenken und Essen für die Kinder vorbei. Ba tat alles, was ihr einfiel, um ihn davon abzubringen. Manchmal machte sie sogar die Tür nicht auf. Doch er hinterließ die Geschenke einfach auf der Türschwelle und kehrte in der folgenden Woche zurück. »Er hat mich gesehen, Tara, er hat mich wirklich gesehen. Und er sagte, es sei ihm egal, wie lange es dauern würde, bis ich ihm endlich glaubte. Er könne warten.« So hing Ba ihren Erinnerungen nach.

»Welches Zitat von Rumi hast du am liebsten, Tara?«, hörte ich Deep fragen.

»›Das, was du suchst, sucht dich ebenfalls.‹ Es fasst wunderbar zusammen, woran wir glauben – an die Anziehungskraft des Universums. Kriege ich auch zwei?«

»Zwei was?«, fragte er erstaunt.

»Zitate.«

»Hmmm, lass mich mal schauen. Heute gibt es offenbar in Sachen Rumi-Zitate keine Beschränkung.«

Sein pechschwarzes Haar war kürzer, seine Lippen waren noch immer voll, und seine unvergleichlichen Augen leuchteten so warm, eindringlich und zärtlich wie früher.

»Das andere lautet: ›Die Wunde ist der Ort, wo das Licht in dich eindringen kann.‹ Und jetzt will ich deines erraten.«

Plötzlich fühlte es sich an, als sei ein Gesteinsbrocken in den Sitz neben mir eingeschlagen. Ich riss die Augen auf.

»Tut mir leid, Sir, aber hier ist besetzt«, teilte ich dem Mann mit.

Er stöhnte entnervt auf. Sobald er weg war, stellte ich meine Handtasche auf den Sitz und schloss wieder die Augen.

Deep hatte sein Studium beendet und war nun Bauingenieur. Ich arbeitete als Lehrerin. Eines Tages kam er nach Hause und sagte: »Los, Tara, komm. Wenn wir es jetzt nicht tun, solange wir für niemanden verantwortlich sind, tun wir es nie.« Er legte die Tickets nach York auf den Küchentisch.

Als der Bordservice kam, bestellte ich zwei Becher Tee. Der dicke Mann, der sich auf Deeps Platz hatte setzen wollen, starrte mich an, als ich beide vor mich hinstellte. Dann schüttelte er den Kopf. Ich schloss wieder die Augen. Deep nickte mir aufmunternd zu und nahm meine Hand. So saßen wir schweigend da. Ich genoss seine Berührung. Sie war fest und doch sanft.

Am Bahnhof von York stiegen Deep und ich aus. Es war ein warmer Augusttag, als wir durch das Stadtzentrum schlenderten, einander an den Händen hielten und Eis aßen. Zuerst besichtigten wir die Kathedrale, wo er wie ein belesener Fremdenführer begeistert die Geschichte des Münsters von York schilderte. Vor einem gewaltigen Buntglasfenster blieben wir stehen.

»Das ist das Heart-of-Yorkshire-Fenster. Wie fühlst du dich, Tara?«

»Geborgen. Ich fühle mich geborgen und so, als ob mir die Welt offenstünde. Es ist so wunderschön, so majestätisch.«

»Weißt du, dass verliebte Paare, die sich unter diesem Herz küssen, der Legende nach ihr Leben lang zusammenbleiben werden?«

Obwohl mir klar war, dass sich all das nur in meiner Fantasie abspielte, zögerte ich, denn selbst dann hatte es etwas zu bedeuten. Ich schloss die Augen und gestattete dem imaginären Deep, mich zu küssen. Es war so zärtlich und so liebevoll, und ich wusste tief in meinem Innersten, dass wir einander wiederfinden würden, wenn der richtige Zeitpunkt gekommen war.

Wir spazierten weiter durch die kopfsteingepflasterten Straßen und bewunderten die Häuser, von denen eines vielleicht irgendwann unser Zuhause sein würde. »Komm, ich zeige dir Audens Geburtshaus. Es ist gleich um die Ecke.«

In diesem Moment musste ich innehalten, denn ich glaubte tatsächlich, dass er mich dort erwartete. In irgendeinem Paralleluniversum hatte er an diesem Tag ebenfalls beschlossen, nach York zu fahren, weshalb wir uns begegnen würden. Ich hatte Angst.

»Deep, ich hab mich so verändert. Ich weiß nicht, wie du heute für mich empfinden würdest. Ich glaube, du wärst nicht stolz auf mich. Ich zweifle an Dingen wie der Mondlandung.«

Ich hörte sein Lachen.

»Ich bin vom Leben hart geworden. Abgeschottet. Ich traue ihm nicht mehr über den Weg. Eigentlich mag ich mich so, wie ich geworden bin, nicht sehr.«

»Du könntest dich nie so verändern, dass ich dich nicht mehr lieben würde«, antwortete er.

»Deep, ich werde dich hier zurücklassen. Und wenn der richtige Zeitpunkt da ist, besuchen wir zusammen Audens Geburtshaus. Jetzt passt es noch nicht.«

»Tara«, hörte ich ihn flüstern. Ich ließ ihn vor einem wunderschönen georgianischen Haus mit roter Tür auf der Straße stehen.

Allein und völlig von meinen Gefühlen überfordert, saß ich in einem Café und dachte an mein Zuhause. Was bildete ich mir nur ein? Schließlich warteten jede Menge Pflichten auf mich. Wie sollte ich sie nur bewältigen? Hari brauchte Hilfe bei den Hausaufgaben. Er verhielt sich bockig und zeigte trotz einer nicht enden wollenden Karawane von Nachhilfelehrern keine Fortschritte. Anita würde bald ausziehen, um zu studieren, und damit würde eine Lebensphase zu Ende gehen. Keine Tochter mehr im Haus, und meine Beziehung zu ihr war nicht so, wie ich es mir gewünscht hatte. Ich musste mehr auf die Bedürfnisse der beiden eingehen. Anita wollte eine große Feier zu Hause, was ich bis jetzt abgelehnt hatte. Ich war dagegen gewesen, weil sie auf ein Partyzelt im Garten bestanden hatte. Außerdem auf Kellner, die das Essen servierten. Uns wollte sie in ein Hotel ausquartieren.

»Kein Problem«, lautete die Antwort meines Mannes.

Doch meiner Ansicht nach sollten unsere Kinder den Wert der Dinge schätzen lernen. Ich schlug vor, sie könne doch ihre Freunde einladen. Ich würde gern für sie kochen und die jungen Leute dann in Ruhe lassen.

»Ach, schon gut, Mum.«

Man sollte die Elternschaft mit einer Bedienungsanleitung versehen. Siehe Kapitel 14: »Was tun, wenn die Tochter eine teure Party fordert, man jedoch keine verwöhnte Göre großziehen will?« Diesen Gedanken kann man auch weiterspinnen: Wer rettet die Kinder, wenn wir längst tot sind und ihnen das Geld ausgeht, sodass sie in Verzweiflung und Armut enden? Angst. Der Großteil meiner Entscheidungen als Mutter basierte auf Angst. Die Angst, dass Hari, wenn er nicht fleißig büffelte, später einmal keinen Beruf und kein Zuhause haben und nicht in der Lage sein würde, eine Familie zu ernähren. Angst vor überhaupt allem, was für die beiden zu einem leidvollen und mittellosen Dasein hätte führen können.

Ich fragte mich, was meine Kulturbeauftragte Pushpa wohl tun würde. Ihr war es gelungen, sich mit ihren Kindern anzufreunden, weshalb sie vermutlich zu der Party eingeladen war. In ein hautenges Ensemble aus Spandex gezwängt, würde sie mit ihnen Champagner trinken. Ich hingegen war nie die Freundin meiner Kinder geworden. Ich überlegte, was sie wohl für Hari tun würde.

Auf dem Weg zum Bahnhof kam ich an einer Filiale des Plattenladens HMV vorbei, wo ich den Verkäufer um Beratung in Sachen Rap bat. Zwei Stunden lang lauschte ich einer Reihe von Stücken, bis ich auf zwei Rapper stieß, die mich sehr begeisterten. Auf der Heimfahrt fing ich an, die Songtexte von den Covern abzuschreiben, machte mir Notizen, zählte die Silben, unterstrich die jambischen Pentameter und verglich den Rap mit Sonetten von Shakespeare.

Ich betrat das Haus durch die Küchentür, so als hätte es meinen Fluchtversuch nie gegeben, zog die Jacke aus und stellte die Handtasche weg. Beim Anblick der leeren Kartons von den Pizzas, die mein Mann zum Abendessen bestellt hatte, widerstand ich dem Drang, Ordnung zu machen.

Stattdessen stürmte ich die Treppe hinauf, klopfte an die Tür meines Sohnes und gab ihm das Buch von Shakespeare.

»Er war einer der ersten Rapper«, rief ich überschwänglich aus. »Hör dir nur die Texte an, wie er die Wörter formt, und vergleich die dann mit LL Cool J.« Ich zog die CD aus dem Cover und fing an vorzulesen.

»Lass das«, stöhnte er.

»Da hast du aber lange dran getüftelt, Mum«, meinte Anita, die gerade vorbeiging.

»Ich hasse Shakespeare, und ich hasse Lesen«, fügte Hari hinzu.

»Was kann ich tun, um es dir schmackhaft zu machen?«

»Hör auf, dich dauernd zu bemühen«, entgegnete er und schlug mir die Tür vor der Nase zu.

Mein erster Impuls war, die Tür einzutreten und mit meinem Pantoffel auf ihn einzuprügeln. Stattdessen holte ich tief Luft.

»Zermartere dir nicht den Kopf darüber, Mum. Übrigens siehst du echt hübsch aus.«

»Ich war heute in York, Anita.«

»Wow, was gibt es denn in York?« Sie schien aufrichtig interessiert.

»Audens Geburtshaus. Komm, setz dich zu mir, dann erzähle ich dir davon.«

»Ich würde ja gern, aber ich muss das hier morgen abgeben.«

Ich versuchte, mir meine Enttäuschung nicht anmerken zu lassen. »Du kannst deine Party haben«, sagte ich.

»Danke, Mum, du bist die Allerbeste.«

Sie umarmte mich fest. Wie gerne hätte ich mich schluchzend an sie geklammert, aber ich wusste, dass ich auf keinen Fall bedürftig, einsam oder traurig wirken durfte.

»Dann erzähle ich dir eben ein andermal von York.«

In dem Zimmer, das ich früher mit meinem Mann geteilt hatte, warf ich mich aufs Bett und weinte. Der Tag war zu viel gewesen. Als ich aufblickte, stellte ich fest, dass mein Mann mir einen Fernseher mit eingebautem DVD-Spieler gekauft hatte. Daneben lag ein Stapel neuer Tierdokus. Am Fernseher selbst hing ein Plüschäffchen, das eine schwarze Baskenmütze trug. Den alten Fernseher hatte er mit ins Gästezimmer genommen. Die Ehe ist eine komplizierte Angelegenheit. Wir hatten unseren Vertrag neu verhandelt, ohne deshalb große Worte zu machen, und wir hatten einander noch immer sehr gern. War es Liebe? Vielleicht. Vielleicht waren es aber eher Vertrautheit und Verständnis. Und das alles aufzugeben erschien mir in diesem Moment ein zu drastischer Schritt zu sein. Außerdem musste ich an meinen Sohn denken. Das sagte ich mir wenigstens.

Der Tatort war gereinigt. Alle Unterhosen mit Lippenstiftspuren waren gewaschen, gebügelt und weggeräumt. Am Wochenende kochte ich ein gewaltiges Festmahl, und wir luden Freunde ein. Niemand hätte auch nur den Hauch eines Verdachts geschöpft. Die Show ging weiter. Hiten und ich witzelten, dass wir bereits die Sätze des anderen beenden konnten.

»Ihr beide seid wie Gedankenleser«, meinte Pushpas Mann irgendwann.

»Wie Derren Brown«, fügte Pushpa hinzu und zeigte auf Hiten.

Dieser lachte schallend und berührte meine Hand. »*Mere* Debbie McGee.«

Genau genommen ist Debra Ann McGee nur die *Assistentin* und Witwe des Zauberkünstlers Paul Daniels, aber ich sparte mir den Hinweis, weil ich damit alles verdorben hätte. Außerdem stimmte die Bemerkung mit Debbie McGee in gewisser Weise. Was er jedoch nicht ahnte, war, dass ich mich auch selbst verschwinden lassen konnte. Und ich würde es tun. Dazu musste ich nur noch abwarten, bis mein Sohn endlich ausgezogen war.

Nachdem meine Tochter an die Universität gegangen war, wurde Deep bald mehr als nur ein flüchtiger Besucher in meinen Gedanken. Ich vermisste Anita wirklich sehr. Mir fehlte ihre Anwesenheit, wie sie am Küchentisch saß und Hausaufgaben machte oder wie sie mir ungeschickt beim Gemüseschneiden half. Sogar ihr Schweigen fehlte mir. Das war die Zeit, in der Deep dauerhaft in meine Fantasie einzog. Hiten und Hari hielten sich abends meist nur vorübergehend zu Hause auf, sodass wir höchstens ein bis zwei Mal pro Woche gemeinsam aßen. Ich kochte stets für die beiden vor, damit sie sich die Mahlzeiten nur noch aufzuwärmen brauchten. Das schmutzige Geschirr ließen sie für mich bis zum nächsten Morgen in der Spüle stehen. Doch das störte mich nicht. Ich ging früh zu Bett und sprach mit Deep.

In meinem Parallelleben waren Deep und ich nach York gezogen, und zwar in das georgianische Haus mit der roten Tür in der kopfsteingepflasterten Straße ganz in der Nähe von Audens Geburtshaus. Unser gemeinsames Zuhause quoll nicht von Elektrogeräten, Schlagzeugeinzelteilen, Kassettenrekordern und Schallplatten über, sondern war erfüllt von Büchern. Auf dem Speicher gab es ein Oberlicht, durch das wir die Sterne beobachten konnten. Abends saßen wir zusammen und unterhielten uns. Deep und ich redeten hauptsächlich über Gedichte. Ich holte einen Band von Rumi oder einem der Romantiker hervor und las ihm vor. In meiner Fantasie war er da, saß neben mir auf dem Bett und lauschte. Manchmal erörterten wir die Bedeutung eines Gedichts. Dann wieder sahen wir uns ungestört Naturdokus an oder plauderten über gemeinsame Bekannte von früher und was wir unternehmen würden, wenn wir sie besuchten.

Anfangs hatte ich deshalb nicht die Spur eines schlechten Gewissens, denn ich stellte mir vor, wie Hiten sich anderswo vergnügte. Und obwohl ich vorhatte zu gehen, sobald Hari zum Studium wegzog, empfand ich noch immer etwas für ihn. Ob es Zuneigung war? Jedenfalls hatte er Sinn für Humor.

Als Hari etwa siebzehn war, verkündete er, er werde über das Wochenende zu einem Tennisturnier fahren. Wir fanden das urkomisch, weil er seit Jahren keinen Schläger mehr angefasst hatte. Vermutlich wollte er die Zeit mit seiner Freundin verbringen, von der wir damals noch nichts wussten.

»Denk an deine Bälle«, sagte ich zu Hari, als er, bewaffnet mit einer Reisetasche, in die Küche kam. Ich warf einen Blick auf meinen Mann, der mühsam ein Lachen unterdrückte.

»Was?« Hari verstand kein Wort.

»Im Schrank unter der Treppe, Hari.« Obwohl mein Mann mir den Rücken zukehrte, war mir klar, dass er kurz davor war, laut loszuprusten.

»Oh, ja, danke«, nuschelte Hari.

Erst als er aus der Tür war, bekam Hiten einen Lachanfall, bis er Tränen in den Augen hatte.

»Vorteil Bhanu.« Grinsend klatschte ich ihn ab.

»Nein«, stieß Hiten keuchend hervor. »Neuer Aufschlag.« Sein Gelächter war ansteckend.

»Nein, nein, nein, Liebling.«

In Momenten wie diesen nahm ich mir vor, nicht mehr so oft an Deep zu denken. Zwischen uns gab es eindeutig noch Liebe. Allerdings gab es da auch die verlegenen Blicke, wenn eine SMS eintraf, woraufhin der Geist meines verflossenen Geliebten rasch zurückkehrte.

Ein Jahr später brauste mein Sohn in seinem silberfarbenen Golf GTI davon, um sein Studium an der University of Southampton aufzunehmen. Damals ahnten wir noch nicht, dass er sich überhaupt nicht eingeschrieben hatte und dass wir ihm nur vier Jahre *Dolce Vita* finanzieren würden.

Fünfzehn Jahre danach warten wir noch immer auf seine Abschlussfeier. Jedes Jahr hatte er eine neue Ausrede auf Lager. »Mum, Mum, Mum … es hat gebrannt, und alle Unterlagen im Büro sind in Flammen aufgegangen. Jetzt brauchen sie Zeit, um alles zu rekonstruieren. Mum, Mum, Mum, ich hab vergessen, die Prüfungsgebühr zu bezahlen. Deshalb müssen wir bis nächstes Jahr warten.«

Bodenloser Schwachsinn, aber ich glaubte ihm. Außerdem sollte man den Zeitpunkt, wenn die Kinder das Nest verlassen, nutzen, um selbst zu gehen. Wer dieses Zeitfenster verpasst, kriegt es vermutlich nie auf die Reihe.

Nachdem mein Mann und ich, nebeneinander in der Auffahrt stehend, Hari nachgewinkt hatten, verkündete Hiten, er müsse jetzt zum Steuerberater. Also kehrte ich allein ins leere Haus zurück. Ich setzte mich aufs Sofa und betrachtete die Familienfotos. Anita, wie sie den kleinen Hari im Arm hielt. Ihren ersten Schultag. Hari, das Gesicht verschmiert vom Schokoladenkuchen, an seinem fünften Geburtstag. Hiten und ich auf der Party anlässlich unseres zwanzigsten Hochzeitstags, aufgenommen kurz nach meinem Unterhosenfund. Händchen haltend und lächelnd standen wir vor einer Torte. Mein Make-up wies nicht den kleinsten Riss auf. Nun waren die Kinder ausgezogen, und alle unausgesprochenen Abmachungen waren erfüllt. Die Käfigtür stand weit offen – aber ich konnte nicht gehen.

Warum bleibst du im Gefängnis, obwohl die Tür so weit offen steht?, fragt Rumi.

Das ist eine gute Frage.

Aus Gewohnheit vielleicht?

Oder aus Angst, dass mich da draußen nichts erwarten könnte?

Befreie dich von den Verstrickungen des Angstdenkens. Der Eingang zum Heiligtum liegt in dir selbst. So geht das Zitat weiter.

Vielleicht mag ich ja die Person nicht, die in mir steckt.

Ich erhob mich und stieg die Treppe hinauf, um das Zimmer meines Sohnes aufzuräumen. Als ich mich nach einer schmutzigen Tasse auf dem Boden bückte, verrenkte ich mir den Rücken. Es tat höllisch weh.

»Ich gebe auf!«, schrie ich. »Ich gebe auf. Ich bitte dich um Hilfe. Bitte.« Die Schmerzen waren so grauenhaft, dass ich heftig zu schluchzen begann. »Bitte zeig mir einen Ausweg.«

Nachdem ich meine Tränen getrocknet hatte, kam ich mir wegen meines Flehens um göttlichen Beistand lächerlich vor. Ich kroch ins Bad, wo ich ein paar Schmerztabletten schluckte. Eine halbe Stunde lang lag ich auf dem Badezimmerboden. Dann schleppte ich mich zum Telefon und schaffte es, einen

Termin bei meinem Hausarzt zu vereinbaren. Das war in der guten alten Zeit, als man nur anzurufen brauchte und keine drei Wochen auf einen Termin warten musste. Dann rief ich verzweifelt Pushpa an, die sich erbot, mich in die Praxis zu fahren. Allerdings könne sie nicht bleiben, weil sie ihren Sohn nach Oxford bringen müsse. Pushpas Sohn würde dort Medizin studieren.

»Eines Tages kann er dich operieren, Bhanu«, sagte Pushpa zu mir, als sie sich in der Praxis von mir verabschiedete. LOL war damals noch nicht erfunden.

Klar, und ich vermache ihm meinen Leichnam zur Förderung der Wissenschaft, hätte ich am liebsten erwidert.

»Ja, das wäre prima«, antwortete ich stattdessen.

Pushpas Tochter wollte Zahnärztin werden. Also war Pushpa in medizinischer Hinsicht von Kopf bis Fuß versorgt.

»Kann Anita sich noch immer nicht entscheiden, ob sie Mathematiklehrerin werden will?«, erkundigte Pushpa sich beiläufig.

Anita hatte ihr Mathematikstudium abgeschlossen und verbrachte nun ein Sabbatjahr als freiwillige Helferin in einem Wildreservat in Kerala. Mein Mann hatte ihr die siebentausend Pfund spendiert, die man für ein Jahr im Dienste von Rani, der Elefantin, springen lassen musste.

»Ja. Vielleicht.« Inzwischen hatte ich gelernt, mich kurzzufassen. Kurze Sätze laden nicht zum Heruminterpretieren ein. Pushpa sah auf die Uhr und verkündete, sie müsse jetzt gehen. Nachdem sie mich am Empfang abgeliefert hatte, brach sie auf. Die Sprechstundenhilfe hatte Mitleid mit mir, weil ich einfach so abgesetzt worden war, führte mich freundlich zu einem Stuhl und half mir beim Platznehmen.

Ich nickte den anderen Patienten zu und wollte die Sprechstundenhilfe schon fragen, ob sie so nett sein könne, mir *Woman & Home* zu reichen, als ich auf dem Stuhl neben mir ein Buch bemerkte. Offenbar gehörte es niemandem. Ich griff danach, blätterte bis zu dem eingeklebten Post-it-Zettel und las neugierig den hervorgehobenen Absatz.

Die Autorin beschrieb Menschen, die ihr Leben nicht wirklich lebten, sondern eher wie auf Autopilot darin herumschlafwandelten. Sie taten, als seien sie glücklich, ohne das Ausmaß ihres Elends, ihrer Langeweile oder sogar ihrer Abgestorbenheit zu ahnen. Und dann begegnet ihnen plötzlich etwas Unerwartetes. Es kann ein Buch, ein Lied, eine andere Person oder sonst etwas sein. Viele erkennen dieses Geschenk des Zufalls jedoch nicht und setzen ihren Weg mit halb geschlossenen Augen fort. Anderen hingegen rettet es das Leben.

Ich schaute mich in der Praxis um. Dieser Absatz schien für mich geschrieben zu sein. Noch einmal vergewisserte ich mich, dass niemand mich beobachtete, und ließ das Buch in meiner Handtasche verschwinden. Ich muss hinzufügen, dass ich noch nie im Leben gestohlen habe und das Buch zurückbrachte, nachdem ich mir selbst ein Exemplar besorgt hatte. Doch in diesem Moment erfüllte es mich mit Begeisterung, es einzustecken, und ich war so gespannt darauf zu lesen, was die Autorin sonst noch zu sagen hatte, dass ich meine Rückenschmerzen vergaß. Als ich aufgerufen wurde, tänzelte ich beinahe ins Sprechzimmer.

Der Arzt verabreichte mir eine Spritze, und ich nahm, nun schmerzfrei, ein Taxi nach Hause. Dort breitete ich Decken und Kissen auf dem Fußboden im Schlafzimmer aus, zog mich um und holte das Buch von Anaïs Nin aus der Tasche. Dann setzte ich mich und sprach ein Dankesgebet, bevor ich das Buch aufschlug. Den Kopf auf das Kissen gelegt, begann ich zu lesen. Obwohl die Autorin eine Frankoamerikanerin und ein Jahr vor meinem Eintreffen in Großbritannien – 1977 – gestorben war, hatte sie es nur für mich geschrieben.

Sie schrieb von den zwei Frauen, die in ihr wohnten, die eine ertrank, die andere war eine Schauspielerin, die ihre wahren Gefühle verbarg und das vortäuschte, was ihre Umwelt ihrer Ansicht nach von ihr erwartete.

Genau das traf auf mich zu. Sie schrieb über mich. Wenn am Wochenende wieder einer der endlosen geselligen Abende mit Freunden anstand, schminkte ich mein Gesicht und zog den buntesten Sari an, bereit für meinen großen Auftritt.

»Bhanu, erzähl uns noch eine Geschichte.«

Die Geschichten waren meine Währung, mit der ich mir Zuneigung und beifälliges Lachen erkaufte. Wenn nötig, sprang ich vom Sofa auf und spielte Szenen daraus vor. Passagen meines Lebens wurden zur allgemeinen Unterhaltung umgeschrieben, und manchmal bat ich Hiten um Unterstützung. Gemeinsam waren wir ein tolles Team. Niemand hätte vermutet, dass wir einander noch vor zehn Minuten trotzig angeschwiegen hatten. Inzwischen waren wir geschickt darin, unsere Schattenseiten und die unserer Ehe vor anderen zu verbergen. Und wenn die Party vorbei war, räumten wir auf, und dann zog sich jeder in sein Zimmer zurück, um sich in Ruhe von der Langeweile zu erholen. Allerdings fand Hiten eindeutig anderswo Abhilfe gegen diese Langeweile. Und ich ebenfalls.

Ich las weiter. Anaïs schrieb über Wege in die Freiheit. Einer bestand darin, der Wirklichkeit mithilfe der Fantasie zu entfliehen. Ich setzte mich auf.

Das habe ich doch schon versucht, Anaïs. Genau so mache ich es. In meiner Fantasie führe ich ein Leben mit Deep.

Ich wandte mich wieder dem Tagebuch von Anaïs Nin zu. Jede Seite sprach mit mir. Man kann zwar einwenden, dass jeder nur das sieht, was ihm im Moment wichtig ist, aber als ich so am Boden lag und ihre Worte las, hatte ich Tränen in den Augen. Ich weinte, weil ich spürte, dass es jemanden gab, der mich verstand und bei mir war. Ich weinte, weil ich mich an Ba erinnerte, die mich unter dem Sternenhimmel umarmt und mir gesagt hatte, dass ich etwas wert und dass das Universum auf meiner Seite sei. Ba und Deep hatten mir vermittelt, dass sich eine Sternenkonstellation nur meinetwegen umgruppieren würde. Dass ich nicht nur ein Stern unter vielen war, sondern ein besonderer Mensch, dem ein schönes Leben bevorstand. Vielleicht stimmte es ja, und ich hatte mich selbst in diese missliche Lage gebracht, indem ich mich an Sicherheit und Kontrolle klammerte. Indem ich nicht wirklich daran geglaubt hatte, dass ich diese Großzügigkeit des Universums tatsächlich verdiente.

Diesmal fühlte es sich an, als hätte das Universum mein Gebet erhört und sich mit mir verbündet, denn schließlich hatte ich dieses Buch gefunden. So unvorstellbar es mir auch erschien, hatte das Universum für eine Nanosekunde beschlossen, einen raschen Blick auf mein Leben zu werfen und mir zu helfen. Zum ersten Mal seit über fünfundzwanzig Jahren, seit der Geburt meiner Tochter, empfand ich überschäumende Freude. Es war ein Gefühl, als hätte sich für mich eine Tür geöffnet, sodass ich nur noch hindurchzugehen brauchte.

Ich unterstrich noch einen Absatz. Er handelte davon, dass ich Frieden finden und mich so lieben musste, wie ich war.

Diese Sätze sagte ich immer wieder vor mich hin, bis ich wieder festen Boden unter den Füßen hatte.

In den letzten zwanzig Jahren hatte ich mich an Rumi festgehalten und seine Worte wie ein Mantra wiederholt, wenn ich sie zu brauchen glaubte. Nicht, dass ich ihn nun aufgab. Nur, dass es noch andere Welten gab, die es zu erkunden galt. Nach einer knappen Woche waren die Rückenschmerzen verschwunden, und sobald ich konnte, verließ ich das Haus, um die Lyrikabteilung in der Bibliothek zu erforschen. Da sie nicht sehr groß war, fuhr ich in eine weiter entfernte Filiale.

Ein schwerhöriger Bibliothekar half mir, das Gesamtwerk von Anaïs Nin zu entdecken. Ich lieh mir die Bücher nicht aus, sondern arbeitete sie jeden Tag in der Bibliothek durch. Bei Anaïs klangen die langweiligsten Dinge magisch, und sie löste in mir den Wunsch aus, mein Leben in vollen Zügen auszukosten. Nach etwa drei Monaten machte mich der Bibliothekar – inzwischen wusste ich, dass er Martin hieß – mit den Werken von Sylvia Plath, einer Vertreterin der »Confessional Poetry«, bekannt, deren Leben auf so tragische Weise verschwendet worden war.

Du bist am Boden, Sylvia, du musst aufstehen!, hätte ich ihr am liebsten zugerufen, als ich von der Affäre ihres Mannes las. *Solche Dinge passieren. Steh auf, Sylvia, steh auf!*

Ich wünschte, es hätte ein Paralleluniversum gegeben, in dem wir mit Menschen aus der Vergangenheit sprechen und ihnen die Kraft geben konnten, durchzuhalten und etwas an ihrem Schicksal zu ändern. Aber manche Menschen sind dafür wahrscheinlich schon zu weit am Boden. Die Verletzung ist so groß, sodass der Gedanke, es könne Licht zu ihnen hereinströmen, unerträglich für sie ist. Sylvia steckte den Kopf in den Backofen und vergiftete sich mit Gas, während ihre beiden Kinder im Nebenzimmer schliefen. Wie meine Mutter und so viele Frauen vor ihr brachte sie sich um, weil ihr alles zu viel wurde. Wie wäre es gewesen, wenn wir das Gebrochensein anderer mit Worten, Nahrung oder Berührungen hätten heilen können? Und durch diesen Akt der Nächstenliebe hätten wir dann vielleicht auch die Chance, unser eigenes gebrochenes Herz zu heilen?

Ich gestattete diesem Gedanken, sich in mir einzunisten und sich auszubreiten, bis ich eines Tages zufällig hörte, dass in der Bibliothek die Stelle einer Hilfsbibliothekarin frei wurde. Obwohl ich kaum wagte, von so etwas auch nur zu träumen, deutete ich es als Wink des Schicksals. Ich musste mich bewerben.

Man darf nie jemanden um Erlaubnis fragen, wenn man seine Träume wahr werden lassen will. Denn die lieben Mitmenschen neigen dazu, jegliche Begeisterung noch vor dem ersten Schritt im Keim zu ersticken.

»Bhanu! Die Cousine der Nichte meines Onkels hat einmal in einer Bibliothek gearbeitet, und es war unbeschreiblich langweilig. Wer will schon den ganzen Tag mit muffigen alten Büchern verbringen?« Pushpa kennt alle Leute, die alles schon einmal gemacht haben. »Warum willst du überhaupt arbeiten? Versorgt Hiten dich nicht richtig? Hast du finanzielle Schwierigkeiten?«

Nein, ganz und gar nicht. Ich habe meine Berufung gefunden. Außerdem will ich dem Geist meines Geliebten entrinnen, der mich in diesem großen Haus auf Schritt und Tritt verfolgt. Inzwischen hat er sich auch im Erdgeschoss breitgemacht, und seit die Kinder fort sind, ist er allgegenwärtig. Hinzu kommt, dass ich nicht mehr Theater spielen will. Ich habe keine Lust mehr auf hohle, schwachsinnige Gespräche wie zum Beispiel das, das wir gerade führen.

Natürlich sagte ich das nicht. Obwohl Puspha und ich uns nun schon so lange kennen, ist unser Verhältnis ziemlich oberflächlich. Es erinnert mich an das Haus des kleinen Schweinchens, das lediglich aus Stöckchen besteht. Der große böse Wolf bräuchte nur kurz zu pusten, und schon wäre es darum geschehen.

Als ich Anita im Wildreservat anrief, wo sie gerade eine Pause beim Füttern von Rani, der Elefantin, machte, lachte sie nur.

»Aber, Mum, du hast keine Geduld mit Menschen. Außerdem ist dir bestimmt klar, dass man in einer Bibliothek nicht reden darf.«

Die Reaktion meines Sohnes fiel aufmunternder aus. »Mum, Mum, Mum, jeder Mensch findet seine eigene Antwort, wenn er in sich hineinschaut. Aber die meisten verstecken sich. Sie zögern, schieben es vor sich her und wollen keine Entscheidung fällen. Viele Leute reden zwar groß daher, tun aber nur so als ob. Also nur zu, Mum. Das wird bestimmt ein Spaß. Ich drücke die Daumen.« Er reckte den Daumen hoch.

Gütiger Himmel, dachte ich. Bis zu dem Wörtchen »Spaß« hatte es sogar ziemlich überzeugend geklungen. Ich war so froh, dass er an seinem Abschluss in Informatik arbeitete und offenbar Freude daran hatte (das war natürlich, bevor ich erfuhr, dass alles nur Show war). Vielleicht schlummerten ja ungeahnte Talente in ihm.

»Danke für deine Unterstützung, Hari. Das macht mich sehr glücklich.«

»Du musst doch nicht arbeiten, Bhanu. Wenn du mehr Geld brauchst, frag mich einfach«, versuchte mein Mann, mir das Vorhaben auszureden. »Was sollen denn die Leute sagen? Und was wird Mummy davon halten, wenn sie erfährt, dass du arbeitest?«

Mann, sechsundvierzig, mit Mutterproblemen sucht … sucht, dass alles so bleibt, wie es ist.

Und schon aus diesem Grund war ich fest entschlossen, die Stelle zu bekommen.

Die Voraussetzungen lauteten: Liebe zu Büchern – *Häkchen*, wie es so schön heißt. Ein wenig Büroerfahrung – *Häkchen*. Erfahrung in einer Bibliothek – kein Häkchen. Allerdings gab es da auch noch eine Diversitätsquote, auf deren Basis ich als Angehörige einer ethnischen Minderheit ein paar Zusatzpunkte verbuchen konnte.

Ich fragte Martin, ob er mir beim Ausfüllen des Bewerbungsformulars helfen könne. Zur Belohnung packte ich für ihn einen Henkelmann mit indischen Süßspeisen voll, wofür er mir sehr dankbar zu sein schien. Das ausgefüllte Formular brachte ich zu Mr David, dem Leiter der Bibliothek. Obwohl seine Sekretärin mir mitteilte, er sei nicht da und sie würde es gerne entgegennehmen, beschloss ich, auf ihn zu warten. Erst einige Stunden später tauchte er auf, doch sobald ich ihn sah, stürzte ich mich, bewaffnet mit meinem Formular, auf ihn.

»Mr David, Sir, ich glaube nicht, dass ich mir je etwas so sehr gewünscht habe wie diese Stelle. Ich weiß, dass Sie wahrscheinlich Hunderte von Bewerbungen bekommen und dass ich vielleicht nicht so erfahren und qualifiziert bin wie die meisten Bewerber. Aber ich werde es lernen. Ich werde alles dafür tun. Also bitte überlegen Sie es sich.«

»Danke«, erwiderte er leicht verdattert.

Eine Woche später ließ er mich zu einem Vorstellungsgespräch rufen.

Zuerst erkundigte er sich nach meinen Lieblingsbüchern, und ich merkte ihm an, dass er beeindruckt war, als ich Shakespeare zitierte, von meiner Liebe zu Gedichten erzählte und ihm anvertraute, ich habe vor Kurzem die gesammelten Werke von Anaïs Nin und Sylvia Plath gelesen.

Er fragte, ob ich schon einmal in einer Bibliothek gearbeitet hätte, woraufhin ich antwortete, meine Erfahrung beschränke sich auf die einer Leserin. Allerdings hätte ich Freude daran, Bücher zurück an ihren Platz zu stellen, auch wenn ich sie nicht herausgenommen hätte. Ich sei überhaupt sehr ordentlich und hätte zudem eine Hochachtung vor Bibliothekaren. »Philip Larkin hat sein Leben lang in einer Bibliothek gearbeitet, und schauen Sie sich sein Werk an«, fügte ich begeistert hinzu.

»Also sind Sie auch mit Larkins Werken vertraut?«

Ich nickte. In meiner Fantasie wurde ich auf eine Bühne gestellt, und man reichte mir ein Mikrofon, damit ich an einem Poetry-Slam teilnahm. Auf diesen Moment hatte ich gewartet, und ich musste ihn unbedingt nutzen. Also sah ich Mr David an und begann »Dies sei der Vers« zu rezitieren, eines von Larkins Gedichten, das mir sehr viel bedeutet. Es handelt von Kindern, die von ihren Eltern »abgefuckt« werden.

Gerne würde ich sagen, dass Mr David von meinem Vortrag gefesselt war, doch er wirkte eher konsterniert und schien seine nächste Frage vergessen zu haben. Er zögerte. »Kennen Sie sich denn mit der Dewey-Dezimalklassifikation aus, Bhanu?«

»Nein, aber dafür mit vielen anderen Klassifikationen: dem Kastensystem, dem Heiratssystem, dem Sonnensystem und so weiter. Also sehe ich keine Schwierigkeit darin, mir ein weiteres Klassifizierungssystem anzueignen.«

Ich merkte ihm an, dass er am liebsten losgelacht hätte. Jetzt war ich in meinem Element. Ich musste ihn nur noch zum Lachen bringen.

»Mit Humor rettet man jede Situation, auch ein sehr gutes System«, fuhr ich fort.

»Ganz recht. Also keine Erfahrung in der Organisation einer Bibliothek«, stellte er fest.

»Nein, aber ich lerne sehr schnell. Wenn man mir ein Mal etwas beibringt, braucht man es mir kein zweites Mal zu erklären. Außerdem habe ich ein Elefantengedächtnis. Ich vergesse nichts. 1979 – Tod von Lord Mountbatten. 1981 – Hochzeit von Lady Diana.«

Er unterbrach mich.

Ich hätte das bis zum heutigen Tag fortsetzen können, denn ich habe alle wichtigen Ereignisse im Leben der Queen mit meinem Lebenslauf synchronisiert.

1982 – Geburt von Prinz William, Anitas erster Geburtstag.

1984 – Geburt von Prinz Harry, Affäre von Ehemann, Haris Geburt.

1992 – Jahr des Grauens. Feuer in Windsor Castle, Einbruch bei uns, Schwiegermutter versucht, einen Monat auf zwei auszudehnen.

1995 – das Interview in *Panorama* (ohne näher darauf eingehen zu wollen, weiß ich noch, dass ich gebannt mit einer Röhre Pringles vor der Glotze saß).

Trotz des Altersunterschieds und ihrer Liebe zu Hunden war ich schon immer ein Fan der Queen. Ich kann mich mit ihr identifizieren, denn auch bei ihr dreht sich alles um die Pflicht und die Familie. Außerdem behält sie ihre Gefühle stets für sich. Ganz sicher gibt es auch bei ihr Tage, an denen sie sich gerne aus dem Staub machen würde.

»Okay. Danke, Bhanu. Haben Sie Erfahrung darin, eine betrunkene Person aus einem öffentlichen Raum zu entfernen oder eine aufgebrachte Person zu beruhigen?«

Ich dachte an meinen betrunkenen Vater und an all die anstrengenden Zeitgenossen, mit denen ich in meinem Leben zu tun gehabt hatte. »Nein, aber ich weiß, wie man mit schwierigen Menschen und sehr schwierigen Situationen umgeht.«

Er wollte zwar, dass ich das weiter ausführte, doch es hätte sich nicht gehört, meine Familienverhältnisse, meine Schwiegermutter oder gar meine Schwester zu erörtern. Also sah ich ihn an und nickte, ein Zeichen, dass wir dieses Thema nicht weiter behandeln sollten. Er starrte mir nur ins Gesicht.

»Nun, da kann ich Ihnen kein konkretes Beispiel nennen, aber allgemein betrachtet bewahre ich stets die Ruhe. Ich bin ein sehr ruhiger Mensch. Ruhig«, wiederholte ich und atmete tief durch, »und ausgesprochen umgänglich. Martin kenne ich bereits, und wir verstehen uns ausgezeichnet, obwohl er taub ist. Ich meine, hörbehindert.«

»Und warum wollen Sie diese Stelle?«

»Hören Sie, Mr David. Vielleicht bin ich nicht die qualifizierteste oder erfahrenste Bewerberin, aber ich will lernen. Ich liebe Wörter, wie man sie zusammenfügen kann und wie sie einen trösten. Wörter haben mir durch die schwersten Krisen meines Lebens geholfen, und wenn es mir gelingt, anderen Menschen Bücher zu empfehlen, in denen sie die Hilfe finden, die sie brauchen, hat das alles einen Sinn gehabt.«

»Vielen Dank für dieses Gespräch, Bhanu. Wir melden uns bei Ihnen.«

Für mich klang diese Floskel nach »vielen Dank, aber nein danke«. Man kann sich also meine Überraschung vorstellen, als er mich zwei Tage später anrief, um mir mitzuteilen, dass ich den Job hatte. Nachdem ich kurz überlegt hatte, mit wem ich diese wunderbare Nachricht teilen konnte, wählte ich die Nummer meines Sohnes in Southampton, aber er war nicht da. Mein Mann bat mich, seiner Mutter und unseren Freunden und Verwandten zu sagen, dass ich mich nur ehrenamtlich engagierte.

»Schauen wir mal, wie lange du durchhältst, Ma«, meinte Anita, die sich noch immer in ihrem Elefantenreservat aufhielt.

Deep hingegen wäre stolz auf mich gewesen.

Meine Chefin in der Abteilung Erwachsenenliteratur hieß Abigail. Martin war der andere Bibliothekar, den ich unterstützen sollte. Hillary, frisch von der Universität, war Herrscherin über die Regale und Empfangsdame. Doch meistens saß sie nur an der Rezeption und spielte auf dem Computer Solitär, wenn sie glaubte, dass niemand hinschaute. Abigail war gebildet und hatte, ebenso wie Philip Larkin, einen Abschluss in Englischer Literatur aus Oxford. Sie entsprach dem typischen Bild einer Bibliothekarin – ein graues Mäuschen mit Brille. Außerdem trug sie stets eine Strickjacke und einen Faltenrock, der ihr übers Knie reichte. Sie hatte eine Katze. Das war das Einzige, was ich in meinen sechzehn Jahren dort herausfand, da sie sämtlichen Fragen über ihr Privatleben auswich.

Eigentlich war ich noch nie daran gescheitert, zumindest einige persönliche Einzelheiten über einen Menschen in Erfahrung zu bringen, doch sie war wie eine uneinnehmbare Festung. Ich wusste nur, dass sie sich immer desolat aussehende, durchgeweichte Thunfischsandwiches mitbrachte. Freitags kaufte sie sich bei Marks & Spencer ein Nudelgericht für die Mikrowelle, wärmte es auf und las beim Essen ein Buch. Da Abigail sich besonders für Pflanzen und Kräuter zu interessieren schien, bot ich ihr einmal ein *methi parata* an und erklärte ihr die heilsame Wirkung von *methi*, aber sie lehnte höflich ab. Wahrscheinlich befürchtete sie, mir deshalb etwas schuldig zu sein. Mit Abigail gab es nämlich keine – weder emotionale noch anderweitige – Abmachungen.

»Die Dewey-Dezimalklassifikation ist ein Ordnungssystem, mit dem man Bücher nach ihren Themen einordnet. Jedes Buch erhält eine Regalnummer – hier, schauen Sie.« Abigail zeigte auf das Buch. »Sie folgt einer numerischen Ordnung und befindet sich auf dem Buchrücken.«

Ich brauchte nicht lange, um das zu verstehen. Schließlich denke ich sehr methodisch, und mein Verstand ordnet Ereignisse und Fakten schon seit Jahren in die richtigen Abteilungen ein. Es ist mir in Fleisch und Blut übergegangen, die Dinge nicht zu verarbeiten, sondern abzulegen: Vierte Affäre des Ehemannes = Aff/EHEM/4. Verrat durch Freunde & Familie = Verr/FF/18. Einmischung Schwiegermutter = EINM/SM/346. Tochter Augenverdrehen = TOCH/AUGV/478. Und so weiter und so fort.

Außerdem wurde ich im richtigen Umgang mit der Kundschaft unterwiesen. Man sprach sie niemals an, außer im Brandfall. Stattdessen wartete man, bis man von ihnen angesprochen wurde. Um Geräusche zum Verstummen zu bringen, gab es nonverbale Signale: Erstens, das Kopfdrehen in Richtung des lärmenden Störenfrieds. Zweitens, das Hochziehen der Augenbraue. Wenn das nichts fruchtete, folgte der an die Lippen gelegte Finger. Die Herausforderung genügte mir nicht. Schließlich war ich an nonverbale Kommunikation von EHEM & TOCH gewöhnt. SM hingegen konnte auf ziemlich dramatische Weise verbal sein, weshalb der nächste Schritt aus einem »Psssst« mit an die Lippen gelegtem Finger bestand. Der ultimative Schritt bestand im Hinauswurf des Übeltäters.

Abigail verhalf mir in dieser Hinsicht zu Erfahrungen aus erster Hand, denn von ihr bekam ich häufig ein »Pssst« zu hören. In den ersten Monaten fiel mir das Redeverbot derart schwer, dass ich schon mit einer Kündigung liebäugelte, weil ich meinen Gedanken nicht entrinnen konnte. Dann jedoch geschahen drei Dinge, die alles veränderten. Ich durfte bei der Umorganisation der Lyrikabteilung helfen. Martin brachte mir die Gebärdensprache bei, damit wir lautlos richtige Gespräche führen konnten. Und ich entdeckte, dass nonverbale Kommunikation auch ziemlich lustig sein konnte.

Martin und ich verbrachten jede Mittagspause zusammen. Ich packte Essen für uns beide ein, und dann zeigte er mir, wie die Gebärdensprache funktionierte. Das dauerte ziemlich lange, und ich brauchte etwa ein Jahr, bis ich sie fließend beherrschte, doch dann eröffnete sich mir eine neue Welt. Wie Rumi schon sagte: »Das Schweigen ist die Sprache Gottes. Alles andere ist eine schlechte Übersetzung.«

Nun konnten Martin und ich Bücher und Gedichte erörtern, ohne jemanden zu stören. Er machte mich mit der griechischen Mythologie vertraut, die seine Leidenschaft war. Eigentlich unterschieden sich die griechische und die indische Mythologie nicht sonderlich: In beiden Fällen gab es für alles einen eigenen Gott. Zeus und Indra schienen einander sehr zu ähneln (beide König der Götter, beide Götter des Regens, beide mit den gleichen Waffen ausgestattet). Auch der Trojanische Krieg hatte viel mit der Ramayana gemeinsam – beide wurden wegen einer Frau ausgefochten. Die Kulturen waren also ziemlich deckungsgleich.

Eines Tages wurde ich gebeten, Hillary am Empfang zu vertreten. Die Sätze, die eine Bibliothekarin vermutlich am häufigsten zu hören kriegt, lauten: »Ich suche ein Buch. Den Titel habe ich vergessen, aber der Einband ist blau. Wissen

Sie, welches ich meine?« An jenem Tag am Empfang wurde diese Frage mindestens hundertmal an mich gerichtet. Ich konnte verstehen, warum Hillary sich ins Solitär flüchtete. Nach dem fünfzigsten Mal nahm ich einen Karren und stapelte ihn mit blau eingebundenen Büchern voll. Als Hillary zurückkam, brach sie beim Anblick der Bücher in schallendes Gelächter aus. Man muss nur meinen Humor ein wenig verstehen, dann können wir die besten Freunde sein.

»Hillary, pass auf, fast hättest du dich an diesem Regal gestoßen.«

»Okay, danke, Bhanu.«

»Sonst hast du gleich ein Brett vor dem Kopf.«

Sie hielt inne, und dann fing sie zu lachen an, woraufhin Abigail uns einen tadelnden Blick zuwarf.

»Abigail kann manchmal ganz schön vernagelt sein«, meinte Hillary.

Immer wieder versuchten wir, einander zum Lachen zu bringen. Da Hillary von meiner Schwäche für Tierdokus wusste, kam sie einmal mit einer Affenmütze zur Arbeit. Man konnte hinter dem Empfangstisch nur noch das Affengesicht sehen. Abigail war gar nicht beeindruckt und forderte sie auf, die Mütze abzunehmen.

»Das hier ist ein Arbeitsplatz, und Sie beide benehmen sich wie im Kindergarten.«

Doch wir fanden Mittel und Wege, um sie zu übergehen. Martin, Hillary und ich führten »Buchrückengespräche«, indem wir Bücher nach Titeln geordnet übereinanderstapelten.

What's Inside? (mein Buchbeitrag)

Uranus (Hillary)

Black Hole (Martin)

Zurück an die Arbeit (Abigail)

It's Not Funny (wieder Abigail)

Falls es ein Zuhause für meine Seele gab, dann war das die Bibliothek. Zum ersten Mal seit langer, langer Zeit fühlte ich mich wie ich selbst. Ich begann, mich wieder zu mögen, und fühlte mich gebraucht, wenn ich anderen Menschen bei der Suche nach Worten half, die vielleicht etwas bei ihnen bewirkten. Worte können heilen. Wenn man den ganzen Tag mit ihnen zu tun hat, wird man zwangsläufig von ihnen getröstet. Vielleicht half ich mir selbst ja mehr als der Kundschaft. Aber das spielte keine Rolle. Wenn mich jemand fragte, mit welchen Gedichten er am besten anfangen sollte – und auch, wenn ich nicht gefragt wurde –, empfahl ich stets die Werke von Rumi. Die wichtigen Stellen merkte ich mit Post-it-Zetteln an. *Gegen Angst. Für Hoffnung. Bei gebrochenem Herzen. Bei Trauer ...* Da Abigail nichts zu den Zetteln sagte, machte ich weiter.

»Deep, erinnerst du dich an unser Gespräch? Ich bin endlich Wörterdoktorin geworden«, erzählte ich ihm, als ich auf meinem Bett saß.

»Daran habe ich keine Minute gezweifelt«, erwiderte er.

An den meisten Abenden saßen wir zusammen, und ich berichtete ihm von meinem Tag. Ich wusste, dass wir einander wieder begegnen würden. Um in Audens Worten zu sprechen, würde es »ein wichtiges Ereignis« sein. Doch bis dahin würde ich mich in die Ritze zwischen den beiden Welten flüchten und das Beste aus diesem wundervollen Arbeitsplatz machen, den das Leben mir geschenkt hatte.

Als mein Mann die Veränderung in mir und vielleicht sogar meine Freude spürte, begann er, sich mehr Mühe zu geben. Er kam früher von der Arbeit nach Hause, damit wir gemeinsam essen konnten, und brachte mir Blumen mit.

»Warum kauft er dir Blumen? Gab es in der Tankstelle ein Sonderangebot?«, erkundigte sich Pushpa. »Klappt es bei dir eigentlich unterrum noch? Keine Lecks? Vergiss die Beckenbodenübungen nicht. Sogar beim Ausrollen von *Chapatis* kannst du welche machen.«

Da Pushpa zu viel Zeit hatte, hatte sie von der Kulturvermittlerin zur Beraterin in Sachen Ehehygiene gewechselt. Gütiger Himmel, wahrscheinlich passiert so etwas öfter, wenn die Kinder ausziehen und man weiterhin zu Hause herumsitzt. Man fängt an, sich den Kopf über das Sexualleben und die Inkontinenzprobleme seiner Mitmenschen zu zerbrechen.

»Denk daran, dein Essen immer gleichmäßig auf beiden Seiten zu kauen. Ich glaube, du benutzt hauptsächlich die rechte Seite, weshalb die linke so stark hängt. Bald kommen die Wechseljahre«, fügte Pushpa hinzu. »Das wird kein Spaß, also hör auf meinen Rat. Am besten fängst du mit Vaseline an.«

Eines Tages war ich auf dem Heimweg von der Bibliothek, als eine SMS eintraf. Damals hatte so etwas noch Seltenheitswert.

Zieh ein Spitzenhöschen an.

Die Nachricht war von meinem Mann.

Die Erfindung des Mobiltelefons revolutionierte die Art und Weise, wie mein Mann seine Affären auslebte. Also schrieb ich zurück: *Ich glaube, du hast das an die falsche Adresse geschickt.*

Nein, Bhanu. Ich habe dich gemeint.

Hast du den Verstand verloren?, erwiderte ich rasch. Hätte ich die Bedeutung der Abkürzung schon gekannt, hätte ich einfach *LOL* geantwortet.

Ich will, dass wir es wieder versuchen.

Spitzenhöschen nützen da nichts.

Was dann, Bhanu?

Als er nach Hause kam, schlug er vor, er könne wieder ins Schlafzimmer umziehen oder mich vielleicht eines Abends dort besuchen.

»Bhanu, die Kinder sind ausgezogen. Jetzt ist unsere Zeit gekommen. Was meinst du?« Mit diesen Worten legte er langsam Sakko, Krawatte und weitere Kleidungsstücke ab und stimmte »Da Ya Think I'm Sexy?« von Rod Stewart an.

Er konnte mich noch immer zum Lachen bringen.

»Glaubst du, du könntest sexsüchtig sein?«, fragte ich und blickte vom Ausrollen der *parathas* auf.

Er hielt das offenbar für einen Scherz, denn er fuhr mit Gesang und Ausziehen fort.

Schließlich legte ich das Nudelholz zur Seite und schenkte ihm meine ganze Aufmerksamkeit. »Das ist mein Ernst. Wir haben nie darüber geredet. Das heißt, über deine Frauengeschichten. Aber wenn wir wollen, dass es klappt, müssen wir das tun.«

Er hörte auf zu tanzen und stand schweigend in seiner Unterhose mit Eingriff mitten in der Küche. Und in diesem Moment hatte ich ihm nichts mehr zu sagen.

»Es gab nie eine andere außer dir.« Er hatte Tränen in den Augen.

Wie in dem Lied »Song For Whoever« von The Beautiful South hätte ich am liebsten eine Liste von Frauennamen abgespult und hier und da ein paar indische eingefügt. Doch ich widerstand der Versuchung und ließ ihn weitersprechen.

»Damit ist Schluss. Ich gebe dir mein Wort.«

Er setzte sich an den Küchentisch und brach in Tränen aus. Ich nahm neben ihm Platz. Keine der anderen Frauen habe ihm etwas bedeutet. Es seien nur der Nervenkitzel und die Flucht vor Alltag und Verantwortung gewesen. Vielleicht hätte ich die Gelegenheit nützen sollen, ihm von Deep zu erzählen.

»Bitte verzeih mir, Bhanu.«

Als er die Hand ausstreckte, griff ich danach.

Ich könnte jetzt behaupten, dass ich es tat, weil wir schon so weit gekommen waren, weil mir etwas an der Meinung der indischen Gemeinde lag und weil sich in meiner Generation und meinem Kulturkreis nur wenige Frauen scheiden ließen. Vermutlich traf all das auch zu. Doch außerdem empfand ich noch etwas für den Mann, der da vor mir saß. Was, wenn ich mich ganz und gar auf mein Leben mit ihm einließ?

Ich teilte Hiten mit, ich würde das mit den getrennten Zimmern gerne beibehalten. Allerdings könne er mich besuchen, und wir könnten die Dinge langsam angehen. Falls er dazu bereit sei, würde es vielleicht klappen. Es mag seltsam klingen, aber sobald man nicht mehr um die Defizite seines Gegenübers kreist und seine Kraft und sein Augenmerk auf sich selbst konzentriert, ordnen sich die Dinge neu, und zwar auf eine bislang ungeahnte Art und Weise. Es wäre gelogen, wenn ich behaupten würde, dass der Sex von nun an stratosphärisch war und dass ich meinen G-Punkt entdeckte, doch zwischen uns herrschte aufrichtige Zuneigung. Es waren glückliche Jahre. Mein Job gab mir Sicherheit und ein Ziel im Leben. Die Beziehung mit meinem Mann entwickelte sich weiter. Und meine Kinder fanden ihren eigenen Weg in dieser Welt. Ich sehnte mich nach nichts. Nicht einmal nach Deep. Die ausführlichen Unterhaltungen mit ihm hörten auf, und ich dachte nur ab und zu flüchtig an ihn.

Wenige Monate vor meinem fünfzigsten Geburtstag starb mein Vater friedlich im Schlaf, und ich begann, eher aus Pflichtgefühl, meine Schwester Gauri in die Familie einzubinden. Zu meiner Geburtstagsfeier brachte sie mir eine verwelkte Topfpflanze mit.

»Alles Gute zum Geburtstag, Didi«, verkündete sie und hielt mir eine schlaffe, blau gefärbte Orchidee hin.

»Danke«, erwiderte ich. Eigentlich hätte die Orchidee sofort gegossen werden müssen, aber Hiten und die Kinder warteten ungeduldig darauf, dass ich endlich ihr Geschenk auspackte.

Es war ein Nummernschild – SHANU. Und dann geleiteten sie mich nach draußen, wo ein schwarzer Mercedes stand.

»Alles Gute zum Geburtstag, Bhanu.« Hiten küsste mich auf die Wange.

»Ja, du bist die beste Mum aller Zeiten. Du bist die Nummer eins«, fügte mein Sohn hinzu.

»Hoffentlich gefällt er dir, Mum.« Meine Tochter küsste mich auf beide Wangen. Sie hatte ihren MBA in Frankreich gemacht und arbeitete nun als Investmentbankerin in Londons Bankenviertel.

»Ich weiß gar nicht, was ich sagen soll.« Mir fehlten tatsächlich die Worte.

»Los, steig ein«, forderte mein Mann mich auf und reichte mir die Schlüssel.

Alle stiegen mit mir ein. Die Kinder zwängten sich mit Gauri auf die Rückbank, und dann unternahm ich mit ihnen eine Spazierfahrt. Ich spürte die Angst meiner Tochter, denn sie sitzt nur ungern im Auto, wenn ich fahre. Sie hält mich nämlich für eine miserable Autofahrerin, nur weil ich fünf Mal durch die Prüfung gefallen bin. Jedes Mal, wenn sie zu mir ins Auto steigt, berechnet sie die Unfallwahrscheinlichkeit und erkundigt sich, ob unser Versicherungsschutz auch auf dem neuesten Stand ist.

»Du musst die Versicherungssumme erhöhen«, wies sie mich an.

»Und los geht's«, antwortete ich lächelnd.

Trotz der Anspannung im Auto war es eine ereignislose Fahrt. Doch dann, wir fuhren gerade eine menschenleere Straße entlang, beschloss ich, ein Notbremsmanöver durchzuführen. Ich schaute in den Rückspiegel und trat kräftig auf die Bremse. Das tat ich, weil ich mich zum ersten Mal in meiner Ehe wirklich befreit fühlte. Sie alle saßen bei mir im Auto, und sie sollten einen Teil von mir erleben, den ich bislang vor ihnen verborgen hatte.

»Aber, Mum! Bist du wahnsinnig? Was, wenn du einen Unfall gebaut hättest?« Meine Tochter stöhnte entnervt.

Als ob ich wegen meines Freiheitsrauschs je den Sicherheitsaspekt aus den Augen verloren hätte!

Mein Mann bekam einen Lachanfall und konnte gar nicht mehr aufhören.

»Mum bremst, dass sich die Bremse biegt und alles hier die Flatter kriegt«, witzelte mein Sohn mit einer wedelnden Handbewegung. Inzwischen hatte er sein Studium abgeschlossen und sagte, er habe einen Aushilfsjob in Southampton gefunden. Ich wünschte, jemand hätte ihn endlich dauerhaft eingestellt. Das war meine einzige wahre Sorge im Leben, und ich war froh, dass ich keinen anderen Grund zum Grübeln hatte. Meine Schwester war nicht sicher, welche Bemerkung in dieser Situation angebracht war, und umklammerte nur fest ihren Blumentopf. Und ich war nicht sicher, warum sie ihn mit ins Auto genommen hatte. Allerdings waren mir sowieso die meisten ihrer Verhaltensweisen rätselhaft.

Sobald wir wieder im Haus waren, bat Anita meinen Mann um die Versicherungsunterlagen und studierte sie, während wir den Kuchen verteilten. Sie ist sehr gründlich. Bevor sie aufbrach, druckte sie noch einige Formulare für einen günstigeren Tarif aus und legte sie auf den Küchentisch.

»Sehen wir dich nächstes Wochenende, Anita?«

»Tut mir leid, Mum, ich hab sehr viel Arbeit.« Ihr neuer Job nahm sie voll in Anspruch. Offenbar war er sehr wichtig, denn sie hatte ständig irgendwelche Meetings.

»Soll ich nächsten Sonntag zu dir kommen?«, fragte ich. Sie hatte sich von ihrem Bonus und mithilfe einer Finanzspritze von uns eine Wohnung in Marylebone gekauft (gut, sie hatte die Anzahlung geleistet). Wenn sie viel zu tun hatte, brachte ich ihr das Essen für die ganze Woche vorbei.

»Ich bin versorgt, Mum. Hoffentlich hattest du einen schönen Tag.« Sie küsste mich auf beide Wangen.

»Ja, hatte ich, *beta*«, erwiderte ich. »Danke!«

»Ich bin dann auch mal weg, Mum.« Hari umarmte mich fest. Ich überreichte beiden ihre Essenspakete.

Auch Gauri erhob sich. Eigentlich wollte ich sie auffordern, noch zu bleiben, überlegte es mir aber anders.

»Glückwunsch zum Geburtstag, Didi.«

»Danke.« Ich gab ihr auch ein Essenspaket, umarmte sie, und dann begleitete ich alle hinaus.

Als ich anfing, den Tisch abzuräumen, kam Hiten herein.

»Setz dich, Bhanu. Du hast heute Geburtstag. Ich erledige das.«

Ich freute mich über diese Geste. Also setzte ich mich und warf einen Blick auf die Versicherungsformulare, die Anita auf den Küchentisch gelegt hatte. »Bitte melden Sie, ob Sie im letzten Jahr einen Unfall hatten«, las ich vor.

Hiten blieb, eine Hand voll mit schmutzigem Geschirr, mitten in der Küche stehen und hob die andere Hand.

»Was machst du da?«, fragte ich.

»Ich melde mich«, antwortete er.

Ich lachte.

»Wollen wir uns einen Film anschauen, wenn ich hier fertig bin?«, schlug er vor. »Eine Komödie vielleicht? Weißt du noch, so wie früher, Bhanu. Geh schon mal rauf. Ich bringe Tee mit.«

Und so saßen wir zusammen in meinem Zimmer und sahen fern. Als er nach meiner Hand griff, erwiderte ich die Geste. Es war ein netter Abschluss eines fünfzigsten Geburtstags.

Einige Jahre später zog Hari wieder bei uns ein. Und erneut änderte sich die Dynamik. Es gelang ihm einfach nicht, die Hauserwerbsleiter zu erklimmen, denn sobald er die erste Sprosse erreicht hatte, wurde ihm das Klettern zu langweilig, und er warf seinen Job hin. Er kündigte alle sechs Monate. Ich deutete an, seine Leiter könnte eventuell an der falschen Wand lehnen.

»Ja, natürlich tut sie das. Arbeit ist nichts als ein kapitalistisches Konstrukt und elitär. Nicht die Spur von Realismus. Die Menschen sind Sklaven des Systems. Ich will einfach nur Musik machen.«

»Daran haben wir dich nie gehindert, Hari.«

»Schon, aber leicht gemacht habt ihr es mir auch nicht, richtig?«

Meiner Ansicht nach hatten wir es ihm möglicherweise zu leicht gemacht.

Als Hari dreißig Jahre alt wurde und noch immer nichts auf einen baldigen Auszug hindeutete, wollte mein Mann ihm die Anzahlung für eine Wohnung geben, wie wir es bei Anita getan hatten. Doch ich legte Einspruch ein, denn ich hatte keine Lust darauf, die Raten abzahlen zu müssen, wenn er wieder einmal arbeitslos war.

»Dann vermiete ich die Wohnung einfach und wohne hier, Mum.«

Ich wollte, dass er den Wert der Dinge schätzen lernte. »Wenn du es schaffst, eine Stelle ein Jahr lang zu halten, überlegen wir es uns.«

Es gelang ihm nie.

Auch seine Unbehaustheit ist angeblich meine Schuld, denn inzwischen sind Immobilien für junge Menschen unerschwinglich geworden. Er ist zwar kein Jugendlicher mehr, aber trotzdem: Die Schuld an der derzeitigen Immobilienkrise ruht auf meinen Schultern. »Ja, natürlich kontrolliere ich die Weltwirtschaft. Ebenso wie alles andere auch. Die Erderwärmung zum Beispiel, die geht ebenfalls auf mein Konto. Wahrscheinlich habe ich zu viele *Chapatis* auf Gas ausgebacken. Wir haben dir eine gute Bildung ermöglicht. Geh und nutze sie.«

»Du kapierst es einfach nicht, Mum. Es geht um Kontrolle. Du kontrollierst, ob ich eine Wohnung kriege. Du kontrollierst, was ich tue.«

»Ich kontrolliere gar nichts. Wer fleißig ist, kann auch etwas erreichen.«

»Will es denn nicht in deinen Kopf? Ich kann nicht.«

»Du kannst nicht fleißig sein?«

»Ich kann nicht von zu Hause ausziehen.«

»Nun, das liegt doch wohl kaum an mir.«

Ich hörte ihm nicht richtig zu. Erst rückblickend betrachtet verstehe ich, was er gemeint hat. All unsere Abmachungen und das Herumschleichen auf Zehenspitzen, um ihn in Watte zu packen, haben ihn zu einem Menschen gemacht, der Angst vor der Unabhängigkeit hat. Er wollte mir sagen, dass er nicht losfliegen konnte, obwohl seine Käfigtür offen stand.

Außerdem bereiteten mir weitere Dinge Sorge: Ständig verschwanden Geld und Schmuckstücke. Irgendwann fehlte die Reiseuhr aus vierundzwanzigkarätigem Gold, ein Geschenk zum dreißigsten Hochzeitstag, ebenso wie ein Gemälde, das ich vom Team der Fernsehserie *Antiques Roadshow* hatte bewerten lassen wollen. Als ich versuchte, mit Hiten darüber zu sprechen, hörte er mir nur mit halbem Ohr zu. Vielleicht hatte er ja wieder mit den Seitensprüngen angefangen, aber ich wollte es nicht sehen. Ich sagte mir, dass wir nur Hari wieder auf Linie bringen mussten. Bis dahin konnten unsere Eheprobleme warten. Und dann, wie durch ein Wunder, trat Sarah in unser Leben. Wir aßen gemeinsam zu Abend, und irgendwann war sie wieder fort.

Ich hatte mich gerade hingesetzt, um mir eine heruntergeladene Folge von *Blue Planet* anzuschauen, als es an der Tür klingelte. Da die Imbissfahrer unsere Adresse immer mit der des Hauses am Ende der Straße verwechselten, ging ich, um den Irrtum zu berichten. Doch vor mir stand Sarah. Ich hatte sie seit Monaten, also seit dem Abendessen, nicht gesehen. Diesmal trug sie Yoga-Klamotten. Meine Aufmachung, ein

T-Shirt und eine Jogginghose mit Gummizug, war mir ein wenig peinlich. Wenn ich mich vorher durch einen Blick aus dem Fenster über den Besuch informiert hätte, hätte ich zu diesem Anlass noch rasch einen Sari angezogen.

»Ich weiß, dass Hari beim Fußball ist, Banoo. Ich wollte nur sein Ladegerät fürs Telefon vorbeibringen. Er hat es bei mir vergessen.« In diesen wenigen Sekunden gelang es mir, herauszufinden, dass sie sich mit drei anderen Mädchen eine Wohnung teilte und dass er manchmal bei ihr übernachtete. Obwohl ich keinen BH trug, wollte ich sie unbedingt hereinbitten. »Kommen Sie doch herein, Sarah.« Schließlich lässt man seine zukünftige Schwiegertochter nicht vor der Tür stehen, auch wenn man noch so unpassend angezogen ist.

»Ich möchte Sie nicht stören.«

»Sie stören überhaupt nicht. Ich wollte mir gerade *Blue Planet* anschauen.«

»Das ist meine absolute Lieblingssendung. Haben Sie die Folge mit den Eisbären gesehen?«, erkundigte sie sich.

»Das wollte ich gerade«, erwiderte ich.

Es war Schicksal. Ihr war es bestimmt, hier zu sein, und ich musste die Gelegenheit so gut wie möglich nutzen.

»Tee? Masalatee?« Ich bemühte mich, mir die Freude über ihren Besuch nicht anmerken zu lassen. Als meine Kinder noch Teenager waren, war es ihnen stets peinlich, wenn ich für ihre Freunde Masalatee kochte, aber inzwischen ist er sehr beliebt. »Oder Kurkuma mit Milch? Oder Fencheltee?« Ebenfalls früher ein Grund für Spott und Hohn, doch heute der letzte Schrei.

»Was am wenigsten Mühe macht, Banoo.«

Ich beschloss, sie zu beeindrucken, und kochte einen frischen Kardamom-Ingwer-Tee, serviert in der Teekanne von Royal Doulton, die ich nur zu besonderen Anlässen benutze. Dazu gab es selbst gemachte indische Süßigkeiten auf einem Silbertablett.

»Wow! Das sieht ja toll aus. Jetzt haben Sie sich doch Mühe gemacht.«

»Überhaupt nicht. Die Süßigkeiten sind Eigenproduktion. Alles bio.«

Ich war so überwältigt vor Begeisterung wegen dieser unerwarteten Besucherin, bei der es sich außerdem noch um Sarah handelte, dass mir der Gesprächsstoff ausging.

»Hiten ist beim Bridge.« Nun, das behauptete er wenigstens. Als er ging, hatte er ein Pokerface zur Schau gestellt.

»Das ist ja so lecker«, begeisterte Sarah sich und kostete die Kokosnuss-Barfis. »Ich würde ja so gerne lernen, wie man sie macht.«

Oh, Bhagwan! Endlich jemand in der Familie, der von mir die Herstellung von Süßigkeiten lernen wollte. Anita hatte sich stets geweigert, weil sie sie zu fettig fand. »Ich bringe es Ihnen bei«, antwortete ich rasch, bemerkte jedoch im nächsten Moment, dass ich zu voreilig gewesen war. Anita predigt mir immer wieder, dass ich die Leute nicht bedrängen darf. Also fügte ich hinzu: »Falls es Ihnen zeitlich irgendwann passt.«

»Wunderbar«, sagte sie.

Am liebsten hätte ich gleich den Terminkalender gezückt und ein genaues Datum festgelegt, aber ich beherrschte mich.

»Geben Sie mir einfach Bescheid.«

Ich erfuhr noch ein wenig über sie. Sie hatte ihre Mutter verloren, als sie noch klein gewesen war (Krebs), und ihr Vater hatte nie wieder geheiratet. Sie hatten einander sehr nahegestanden. Sarah hatte Hari bei einem Junggesellinnenabschied in einem Club kennengelernt (nicht optimal, aber immer noch besser als Tinder). Er war einfach auf die Freundinnen zumarschiert und hatte gesagt, er habe noch nie eine so schöne Frau wie sie gesehen und werde nicht lockerlassen, bis sie ihm einen Tanz schenkte. (Diesen Spruch kennen wir schon. Der Apfel fällt nicht weit vom Stamm, wie es so schön heißt.) Sie war zwar lieber bei ihren Freundinnen geblieben, aber er habe ihr einen Rap/ein Gedicht auf einen Zettel geschrieben (ich wagte nicht, nach dem Inhalt zu fragen). Außerdem stand seine Telefonnummer dabei. Ich rührte ein wenig für Hari die Werbetrommel, indem ich bestätigte, er sei sehr kreativ, fantasievoll und mutig (wenn er wollte).

Inzwischen gingen sie seit fast zwei Jahren miteinander. *Zwei Jahre?* Was mussten sie denn noch übereinander in Erfahrung bringen, was sie nicht längst wussten? Die Uhr tickte; er wurde nicht jünger.

Sarah war Erzieherin in einem Montessori-Kindergarten. Offenbar verfolgt die Montessori-Pädagogik das Ziel, Kinder von klein auf zur Selbstständigkeit zu erziehen. Vielleicht hätte mein Sohn sich ja anders entwickelt, wenn er in seinen prägenden Jahren diesem Einfluss ausgesetzt gewesen wäre. Aber wie dem auch sei, jetzt war Sarah ja da und konnte ihm den Kopf zurechtrücken. Außerdem machte sie gerade eine Ausbildung zur Yogalehrerin, und ihr Lehrer hatte ihr einen Kurs empfohlen, der ganz hier in der Nähe stattfand (deshalb ja der Besuch wegen des Ladegeräts nach dem Unterricht). Sie war tüchtig, und als ich ihr zuhörte, begann mein Herz beim Gedanken an meine zukünftigen Enkel zu tanzen. Selbstständige, yogaliebende, indische Süßigkeiten verzehrende, wissbegierige Kinder. Da ich mir ausmalte, wie sie wohl aussehen mochten, vergaß ich, dem Gespräch zu folgen.

»Ich würde ja gerne Yoga machen, aber ich hab Probleme mit dem Rücken«, meinte ich, in dem Glauben, dass wir noch bei diesem Thema waren.

»Banoo, es gibt einige tolle Übungen, um den Rücken zu dehnen. Moment, ich zeige sie Ihnen.« Ehe ich wusste, wie mir geschah, war sie aufgestanden und hatte sich ein freies Plätzchen auf der anderen Seite des Wohnzimmers gesucht. »Kommen Sie, Banoo.«

Allzu schmerzlich war ich mir ihres durchtrainierten Körpers und der Tatsache bewusst, dass meine schlaffen Brüste unter dem T-Shirt hin- und herbaumeln würden. Deshalb versuchte ich es mit einem Scherz: »Das Kreuz mit dem Kreuz.«

»Pardon?«

»Das Kreuz«, wiederholte ich. »Ich fürchte, ich könnte den Bogen überspannen.«

Als sie auflachte, war mein Glück komplett. Meine zukünftige Schwiegertochter war nicht nur ein Fan von *Blue Planet* und wollte lernen, wie man Süßigkeiten herstellte, sondern konnte sogar über meine Witze lachen.

»Sarah, darf ich offen zu Ihnen sein? Mein Busen wird anfangen zu schlackern. Ich trage keinen Büstenhalter.«

»Büstenhalter? Dieses Wort habe ich schon lange nicht mehr gehört.« Wieder lachte sie und kam mit ausgestreckter Hand auf mich zu.

Gemeinsam machten wir den Hund, die Katze, die Kuh und noch ein paar andere Tiere. Während der ganzen Zeit hatte ich überhaupt keine Schmerzen. Als wir fertig waren, beschloss ich, auf Förmlichkeiten zu verzichten. »Sarah, ich möchte dir etwas sagen. Bitte sei nicht gekränkt.«

Sie hörte auf zu lächeln, und ich befürchtete schon, ihr zu nahe getreten zu sein. Doch ich wollte ihr kein Theater vorspielen. »Mein Name ist Bhanu. *Barr-Nou*. Und jetzt sprich die beiden Silben schnell hintereinander aus.«

Sie wirkte überhaupt nicht gekränkt, sondern wiederholte einfach meinen Namen in der richtigen Aussprache.

Und so fügte ich einer spontanen Eingebung folgend hinzu: »Du kannst mich auch Tara nennen, wenn dir das besser gefällt.«

»Tara ist ein wunderschöner Name.« Sarah lächelte.

»Er bedeutet ›Stern‹.«

»Und das bist du auch«, erwiderte sie.

Sarah hatte mich als Stern bezeichnet. Sie war ein einfühlsamer Mensch, nahm die Reaktion ihres Gegenübers an und verwandelte sie in etwas Positives. So etwas war ich nicht gewöhnt. Vor lauter Begeisterung hätte ich am liebsten gleich eine ganze Runde Sonnengrüße vollführt. Und als ob das nicht schon genug gewesen wäre, bat sie mich auch noch um Hilfe.

»Du könntest mir beibringen, wie man die Yogahaltungen richtig ausspricht.«

Ich hätte vor Glück weinen können. Alles, was ich mir kaum zu erträumen gewagt hätte, schien nun zum Greifen nah. Ich dachte an die vielen schlaflosen Nächte, in denen ich mir wegen Haris Zukunft das Hirn zermartert hatte. Wer hätte gedacht, dass er ein Mädchen wie Sarah kennenlernen würde?

»Sie sind in Sanskrit, aber wir können sie zusammen googeln.«

Wir verabredeten, dass sie am nächsten Mittwoch nach ihrem Yogakurs vorbeikommen würde, um zu lernen, wie man indische Süßigkeiten machte, und gemeinsam die Begriffe zu recherchieren.

Nachdem sie gegangen war, hätte ich vor Freude platzen können. Ich fühlte mich, als hätte ich einen Sechser im Schwiegertöchter-Lotto gelandet. Am liebsten hätte ich alle Leute angerufen, die ich kannte, um es ihnen zu berichten.

Inzwischen verstehe ich, warum Leute eine ganze Zeitungsseite für Hochzeitsankündigungen buchen, doch damals dachte ich mir: *Bhanu, reiß dich zusammen und überstürze nichts. Du musst es jetzt noch nicht in die Welt hinausrufen. Behalte dein Glück für dich. Wenn der richtige Zeitpunkt da ist, kannst du noch immer die Lautsprecherboxen aufbauen.* Also lief ich stattdessen nach oben zu meinem Wäscheschrank-Tempel und dankte den Göttern dafür, dass sie mir Sarah geschickt hatten. Außerdem beschloss ich, sämtliche in den Genen indischer Schwiegermütter eingeprägten Verhaltensweisen zu überschreiben und immer nett zu ihr zu sein.

Obwohl ich Sarahs Besuche herunterspielte, war Hari nicht begeistert.

»Mum, warum nennt sie dich jetzt Tara?«

»So hat meine Großmutter mich immer genannt.«

»Und das ist eine logische Erklärung, weil …? Ich will nicht, dass du dich zu eng mit ihr anfreundest. Dadurch fühle ich mich unter Druck gesetzt. Kein Druck, Mum.«

»Ja, das sagtest du bereits. Ihr seid nur befreundet.«

Nachdem er sich einen Kaffee gemacht hatte, stellte er die Milch nicht zurück in den Kühlschrank. Vermutlich würde Sarah seine Zerstreutheit und mangelnde Ordnungsliebe nicht unbegrenzt hinnehmen, weshalb ich beschloss, über diesen Punkt später ein eingehendes Gespräch mit ihm zu führen. Allerdings galt es, unter allen Umständen zu verhindern, dass er eine Verbindung zwischen den beiden Themen herstellte. Hari hatte nämlich eine ganze Reihe von Angewohnheiten, die er dringend würde ablegen müssen. Zum Beispiel machte er sein Bett nicht, klappte nach dem Pinkeln den Klodeckel nicht zu, ließ seine Kaffeetassen einfach stehen und warf feuchte Handtücher im Bad auf den Boden. Auch bei verschiedenen anderen Dingen bestand eindeutig Handlungsbedarf, um die Beziehung scheidungssicher zu machen.

Außerdem war ich in Sorge, wie er ohne einen richtigen Beruf all die reizenden Enkelkinder ernähren sollte.

»Du könntest doch bei Dad in einem der Läden mitarbeiten. Die Schmuckbranche hat viele kreative Seiten. Du hättest mit Menschen zu tun. Schließlich bist du sehr kontaktfreudig.«

»Pass auf, Mum, ich bin im Projektmanagement tätig. Warum sollte ich Schmuck verkaufen wollen?«

»Weil du offenbar schon wieder in Teilzeit arbeitest und nachts meistens unterwegs bist.«

»Ich hab dir doch gesagt, dass ich Musik mache.«

Wie gerne hätte ich ihm erklärt, dass man Frauen wie Sarah nur selten begegnete, weshalb er sich ranhalten musste, wenn er die Sache nicht vermasseln wollte.

»Bitte stell in Zukunft die Milch in den Kühlschrank und spül deine Tasse«, forderte ich ihn höflich auf.

Er starrte mich an, als hätte ich ihn gebeten, unvorbereitet auf dem Glastonbury-Festival aufzutreten. Als ich mit meinem Mann darüber sprechen wollte, überraschte ich ihn offenbar bei irgendetwas, denn er zuckte zusammen und klappte hastig den Laptop zu.

»Wir dürfen Hari nicht mehr alles hinterhertragen. Und du musst aufhören, ihm Geld zu geben. Könntest du ihn nicht in einen der Läden mitnehmen, unter dem Vorwand, es gäbe große Schwierigkeiten mit der Geschäftsführung?«

Hiten wich meinem Blick aus. »Keine Sorge, ich rede mit ihm.«

Obwohl ich den Verdacht hegte, dass er inzwischen das Online-Dating entdeckt hatte, schob ich diesen Gedanken beiseite.

Fast jeden Mittwoch kam das Teeservice von Royal Doulton zum Einsatz, wenn Sarah mich nach dem Yogakurs besuchte. Ich erzählte ihr von Ba, beschrieb ihr die Rezepte, die ich von meinem Vater hatte, und dann bereiteten wir zusammen indische Süßigkeiten und leckere Häppchen vor. Dafür brachte Sarah mir bei, wie man veganen Shepherd's Pie machte. Sie konnte nicht fassen, dass ich seit vierzig Jahren nicht mehr in Tansania gewesen war. Wie sollte ich ihr erklären, dass ich das Land in meiner Erinnerung am Leben erhielt? Dass ich einen Großteil meines Lebens in meiner Fantasiewelt mit diesen Erinnerungen verbrachte? Und dass nichts mehr übrig bleiben würde, wenn ich tatsächlich zurückkehrte? Wie gerne hätte ich mit ihr über Deep gesprochen. Seit Kurzem hatte er sich wieder in meine Vorstellungswelt eingeschlichen und bewohnte erneut das Zimmer in der oberen Etage. Es war besser, Sarah aus meinem Paralleluniversum herauszuhalten. Also saß ich auf meinem Bett und berichtete Deep von meinen Unterhaltungen mit ihr.

»Deep, sie hat mir anvertraut, sie habe mit acht ihre Mutter verloren. Ich konnte die Tränen nicht unterdrücken, und so haben wir zusammen geweint. Deep, du hättest sie sicher sehr gern. Sie ist sanft und gütig. Sie hat im Kindergarten einen kleinen Jungen, der immer von seinem Dad angeschrien wird. Sarah würde ihn gern darauf ansprechen und hat mich gefragt, was ich an ihrer Stelle tun würde. ›Sag es ihm‹, habe ich ihr geraten. Sie hält große Stücke auf meine Meinung.«

Sarah lud mich in ihre Welt und auch in den Kindergarten ein, wo ich den Kindern das Kochen beibrachte. Mir war klar, dass sich unsere Leben immer weiter miteinander verflochten, doch das kümmerte mich nicht. Also schlug ich ihr vor, mich zum jährlichen Navaratri-Tanz zu begleiten. Anita, Hugh und Hari wollten nie mitkommen. Ich dachte, es würde eine interessante Erfahrung für sie sein.

»Du hast sie zum *garba* eingeladen? Das soll wohl ein Scherz sein, Mum. Was hast du dir dabei gedacht?«, empörte sich Hari.

»Es hat doch nichts zu bedeuten. Es ist nur ein kulturelles Erlebnis.«

»Du weißt, dass das nicht stimmt. Genau das habe ich gemeint: Ständig setzt du mich unter Druck, Mum.«

»Du musst ja nicht mitkommen.«

»Wenn du so weitermachst, heirate ich sie ganz bestimmt nicht.«

Im ersten Moment verschlug es mir die Sprache. Ich weiß nicht, was mich mehr erschreckte: Die Vorstellung, dass er ernsthaft mit dem Gedanken spielte, sie zu heiraten. Oder die Drohung, dass er es trotzdem nicht tun könnte. Also beschloss ich, mich nach dem *garba* ein wenig rarzumachen und mich vielleicht nur ein Mal im Monat oder vierzehntägig mit ihr zu treffen. Die Einladung konnte ich nicht mehr zurücknehmen, denn Sarah freute sich schon sehr auf das Fest.

In dem *gargari choli*, den ich ihr gekauft und angelegt hatte, sah Sarah hinreißend aus. Der Zweiteiler mit langem Rock war blau und betonte ihre Augen. Natürlich entging mir nicht, dass einige Mitglieder unserer Gemeinde tuschelten und mit dem Finger zeigten. Schließlich handelte es sich um ein großes jährliches Fest, bei dem Ehen angebahnt wurden. Dabei sammelten die Frauen der Gemeinde stets fleißig Biodaten und wischten konzentriert die Profile auf ihren Smartphones nach rechts oder nach links, um infrage kommende Kandidatinnen auszuwählen. Sarah war eine Abweichung von der Norm und passte nicht ins System.

Gemeindemitglied A kam auf uns zu. »Haris Freundin, was?«

»Ja, und auch meine Freundin. Sarah.«

Mitglied B folgte auf den Fersen. Sie musterte Sarah von Kopf bis Fuß. »Kein Hari?«, erkundigte sie sich.

Da er eindeutig durch Abwesenheit glänzte, beantwortete sie ihre eigene Frage: »Ganz bestimmt wieder ein Auftritt als DJ.« Das sprach sie so abfällig aus, als sei er der für ihr Wohnviertel zuständige Stadtrat, der sich weigerte, das Problem mit ihren überquellenden Mülltonnen zu lösen.

»Er muss arbeiten«, stellte ich fest. Wie bereits gesagt, empfiehlt es sich, die Sätze so kurz wie möglich zu halten, damit niemand etwas hineininterpretieren kann. Eine andere Möglichkeit wäre, Taubheit vorzuschützen. Nur, dass Sarah dabei war.

»Arbeit?«, wandte Mitglied A sich an Sarah.

»Ja, er ist bei der Arbeit«, bestätigte sie höflich.

»Nein«, hakte Mitglied A nach. »Arbeiten Sie?«

»Ja.« Sarah wirkte leicht perplex.

»Lehrerin«, fügte ich rasch hinzu.

»Mutter? Vater?«, bohrte Mitglied B weiter.

»Ja, auch alle Lehrer«, stieß ich hervor und wollte Sarah hastig weiterziehen.

Sarah lächelte mich an.

Die Flucht wäre schwieriger gewesen, wenn sich auch Mitglied C auf uns gestürzt hätte. Mitglied C wäre nämlich sofort auf den Punkt gekommen und hätte nachgefragt, an welchen Schulen sie unterrichtete und ob es sich um private oder um staatliche Schulen handelte. Im Anschluss daran hätte sie Sarahs Kinderwunsch ausgelotet und wissen wollen, wie viel Nachwuchs geplant sei. Und ob diese Kinder eine Privatschule besuchen würden.

Pushpa und ihre Schwiegertochter gesellten sich zu uns. Die beiden trugen ähnliche königsblaue Saris.

»Sarah, ich hab schon so viel von Ihnen gehört«, flötete Pushpa und küsste Sarah auf die Wangen. »Das ist Nisha. Nisha ist Personalberaterin bei KPMG. Plaudert doch ein wenig miteinander.«

Pushpa nahm mich beiseite. »Super Mädchen«, flüsterte sie. »Aber mach dir keine allzu großen Hoffnungen, Bhanu.«

Offenbar hatte Sarah keine Lust, sich mit Nisha zu unterhalten. »Komm, Bhanu, sie fangen an zu tanzen«, sagte sie und nahm mich am Arm. Meine Rückenschmerzen waren wie weggeblasen. Wir begannen zu tanzen. Manchmal stellte ich mir bei solchen Gelegenheiten vor, dass Deep mein Partner war, und ich erinnerte mich an unseren ersten Abend, als wir zusammen getanzt hatten. Doch an jenem Tag tat ich es nicht. Ich brauchte nicht einmal Schmerztabletten für meinen Rücken, so sehr freute ich mich über Sarahs Anwesenheit und ihre Begeisterungsfähigkeit. Obwohl wir in einem großen, konzentrischen Kreis tanzten, war es fast, als seien wir zwei ganz allein. Bald würde sie auch offiziell zu unserer Familie gehören.

Der erste Schlag in die Magengrube bestand darin, dass ich wegen Mittelkürzungen in der Bibliothek meine Stelle verlor. Diese Hiobsbotschaft wurde durch die Nachricht abgemildert, dass Anita schwanger war. Und wenige Tage später kam Sarah mit Hari vorbei, um ihren Verlobungsring vorzuzeigen. Dass er aus einem der Schmuckläden meines Mannes stammte, brauchte sie ja nicht zu wissen. Es war ein großer blauer Saphir, eingefasst von kleinen Diamanten. Ich war zwar davon ausgegangen, dass Hari ihr irgendwann einen Antrag machen würde, hatte aber nicht wirklich daran geglaubt. Beim Anblick des Rings an ihrem Finger wäre ich deshalb vor Freude fast in Ohnmacht gefallen.

»Willkommen in der Familie, Sarah«, sagten mein Mann und ich stolz. Da ich vor Rührung kaum ein Wort herausbrachte, umarmte ich die beiden. Als wir uns zum Mittagessen setzten, überlegte ich, ob ich eine mögliche Hochzeitsfeier im *The Grove* oder das Datum der Trauung ansprechen sollte. Doch mein Mann, der das ahnte, erkundigte sich bei Hari, wie genau der Heiratsantrag abgelaufen war. Da wir ihm dafür jede Menge Tipps gegeben hatten, kannte er die Antwort bereits.

Sie waren ins *Shard* gegangen, und zum Dessert hatte es Sarahs geliebte indische Süßigkeiten, arrangiert zu dem Schriftzug »HOCHZEIT?«, gegeben. Weil sie nun so gut wie verheiratet waren, würden sie sich eine Wohnung suchen. Hari würde sich um »richtige Arbeit« bemühen. Und wir konnten ihnen bei der Anzahlung helfen. Bis hierher war es zwar ein steiniger Weg gewesen, aber zu guter Letzt hatte er die Ziellinie doch überquert.

»Keine große Hochzeit, Mum. Das Standesamt genügt!« Er sah mich an, weidete sich an meiner Enttäuschung und fügte hinzu: »Nur ein Witz! Wir heiraten so, wie Sarah es sich wünscht.«

Meine Gedanken überschlugen sich. Am liebsten hätte ich

den Ordner mit den Informationen geholt, die ich gesammelt hatte, und gleich an Ort und Stelle mit der Planung angefangen. Aber mein Mann warf mir einen Blick zu.

»Ich bin immer für dich da, wenn du mich brauchst, Sarah«, sagte ich zu ihr.

»Natürlich werde ich dich brauchen«, erwiderte sie. »Ich finde es nämlich wichtig, dass wir auch nach hinduistischem Ritus heiraten.«

Vor Glück hätte ich heulen können. »Bist du sicher? Du weißt schon, dass du dann mindestens sieben Leben lang verheiratet sein wirst?«, scherzte ich.

Sie sah Hari an. »Ich bin sicher«, sagte sie.

Es ist mir egal, wie albern sich das anhören mag, doch erst wenn die eigenen Kinder endlich unter der Haube sind, findet man wahre Zufriedenheit.

Leider dauerte die Verlobungszeit nur vier Monate.

Gerade zeigte ich ihr, wie man *methi parathas* machte, als sie mich fragte, ob ich glaubte, dass Hari sich noch ändern könne.

Natürlich wird er sich ändern, Sarah. Er wird sich ändern, weil er dich liebt. Und jetzt zweifle nicht länger. Bitte nimm ihn. Das war es, was ich ihr mit jeder Faser meines Körpers antworten wollte. Ich konnte den Gedanken nicht ertragen, sie zu verlieren. Was, wenn sie nicht mehr jeden Mittwoch vorbeikam und die Küche mit ihrer Herzlichkeit erfüllte? Eine Zukunft ohne sie und meine niedlichen Enkelkinder, die sie zu den Besuchen mitbringen würde, war für mich unvorstellbar. Wir würden Süßigkeiten herstellen und gemeinsam lachen.

»›Es gibt eine Stimme, die keine Worte benutzt. Hör auf sie‹«, antwortete ich stattdessen, mit den Tränen kämpfend.

Sie sah mich an. »Das ist so schön. Ist es von Rumi?«

Ich nickte. »Allerdings schaffe ich es einfach nicht, mich an seinen Ratschlag zu halten. Vielleicht gelingt es dir ja.«

Sie schluckte und wandte sich ab. Als sie sich wieder zu mir umdrehte, strömten ihr Tränen die Wangen hinunter. Da wusste ich, dass ihre Entscheidung gefallen war.

»Danke, Tara. Du hast so viel für mich getan. Bei dir habe ich mich immer willkommen gefühlt.«

Und das war das Ende. Daran bestand nicht der geringste Zweifel.

Sarah umarmte mich. Ich klammerte mich an sie, biss mir auf die Lippe und wollte sie gar nicht mehr loslassen. Sie war wie ein Leuchtturm, der plötzlich aus dem Nichts aufgeragt war. Und mir war klar, dass sie auf Nimmerwiedersehen verschwinden würde, wenn ich sie nun freigab.

»Tara«, sagte sie und machte sich von mir los. »Hari braucht Hilfe. Eine Therapie vielleicht? Es steckt eine Menge Wut in ihm.«

»Ja, möglicherweise muss das der nächste Schritt sein. Es tut mir so leid, Sarah.«

»Dir muss es nicht leidtun. Du kannst nichts dafür.« Sie küsste mich auf die Wange und legte noch einmal ihre schlanken Arme um mich. Ich brach in Tränen aus.

Und damit war es gelaufen. Sarah verließ ihn. Sie hatte nicht einmal mehr den Prinzessin-Diana-Ring, um ihn auf den Tisch zu legen oder mitzunehmen, weil Hari ihn verkauft hatte. Ich setzte mich an den Küchentisch und betrachtete die vielen Gerätschaften und Utensilien. Wenn ich noch länger dort gesessen hätte, hätte ich gespürt, dass ich mich in einem Gefängnis befand. Ich hätte die Enttäuschung gespürt, die meine Ehe für mich bedeutete, die vergeudeten Jahre, den Zorn auf meinen Sohn und die Trauer, weil ich meinen Job und Sarah verloren hatte. Vielleicht wäre ich ja aufgestanden und aus dem Haus und dann einfach immer weiter gegangen. Doch die Blumen im Garten mussten gegossen werden, und ein Teil von mir konnte nicht anders, als diese Farce aufrechtzuerhalten, als Beweis dafür, dass es die Mühe wert gewesen war. Und so steckte dieser Teil von mir den Gartenschlauch an den Wasserhahn und stand da und goss die Pflanzen, während die Person, die in mir eingesperrt war, am liebsten die Schere genommen und jeder einzelnen Blume den Kopf abgeschnitten hätte.

Deshalb verstand ich auch auf Anhieb Margarets Gesichtsausdruck, als sie nach dem Tod ihrer Tochter die Blumen in ihrem Garten goss. Ich wollte sie an den Schultern packen und den Teil von ihr zu fassen kriegen, der ebenso verloren war wie ich. Wie konnte ich sie befreien? Genau diese Frage konnte ich beim besten Willen nicht beantworten.

Also tat ich, als hörte ich die Frau nicht, die in mir an ihrer Zellentür scharrte. Ich legte den Gartenschlauch weg und ging hinein, um das Abendessen zu kochen.

Nachdem Sarah Hari verlassen hatte, warf er endgültig seinen Job hin und fing an, nur noch als DJ zu arbeiten. Er war die ganze Nacht unterwegs und verschlief den Tag, und wenn er aufwachte, schaute er sich im Fernsehen Shows wie *Antique Roadshow* und Immobiliensendungen wie *Location, Location, Location* an. Als er anfing, *Homes Under the Hammer* zu glotzen, wo es um die Versteigerungen von Eigenheimen ging, versteckte ich die Grundbuchurkunde für das Haus und achtete darauf, dass sämtliche Wertgegenstände stets im Safe verwahrt wurden. Ich wusste, dass er spielte. Also versuchte ich, mit ihm zu reden. Er lag auf dem Sofa und surfte zwischen den Sendern hin und her. Ich nahm ihm die Fernbedienung ab.

»Du hättest ihr einfach sagen sollen, dass alles gut wird.« Er sprach mit mir, ohne den Blick vom Bildschirm abzuwenden.

»Das wird es aber nicht. Du hast ein Problem.«

»Das einzige Problem bist du, Mum. Warum hast du nicht den Mund gehalten?«

Es kostete mich große Mühe, nicht die Sandale auszuziehen und ihn damit windelweich zu prügeln. »Mein Fehler war es, dass ich dir alles zu leicht gemacht habe. Übernimm endlich Verantwortung.«

Er griff wieder nach der Fernbedienung.

Ich sagte es Hiten. Hiten erwiderte, er werde sich darum kümmern.

Erst nachdem ich meine Stelle verloren hatte, wurde mir das wahre Ausmaß seines Betrugs klar.

Die Kündigung kam als ein gewaltiger Schock. Ich hatte gehofft, in einer ehrenamtlichen Funktion bleiben zu können, aber die Zweigstelle wurde geschlossen. Hillary war bereits vor einer Weile gegangen, aber Abigail, Martin und ich arbeiteten nun schon seit sechzehn Jahren zusammen und waren inzwischen wie eine kleine dysfunktionale Familie.

Diese Erkenntnis fiel zeitlich mit Sarahs Abschied zusammen. Ich konnte eine Woche lang nicht aufhören zu weinen. Die Abende verbrachte ich meistens oben in meinem Zimmer, wo ich mit Deep sprach und ihn um Rat fragte. Er schlug mir vor, mehr Zeit mit Hari zu verbringen und dafür zu sorgen, dass er sein Leben wieder in den Griff bekam, bevor ich mich überhastet für ein freiwilliges Engagement in der Seniorenhilfe entschied. Als der Tag kam, an dem ich Lebewohl sagen musste, hoffte ich, Mr David würde aus seinem Büro treten und mir mitteilen, es sei alles nur ein Irrtum gewesen. Er erschien tatsächlich und dankte mir für meine jahrelangen treuen Dienste. Ich bedankte mich dafür, dass er mir eine Chance gegeben hatte, und widerstand der Versuchung, mich laut wehklagend auf den Boden zu werfen und ihn mitzureißen. Stattdessen kniff ich mich in den Daumen und nahm höflich sein Geschenk entgegen.

Als ich Abigail umarmen wollte, tätschelte sie mir nur verlegen den Rücken. Ich schenkte ihr einen Kräutergarten für die Fensterbank. Bestimmt wohnte sie im Parterre, damit ihre Katze durch eine Katzenklappe aus und ein gehen konnte. Doch einen eigenen Garten hatte sie sicher nicht.

»Und das ist für Ihre Miezekatze«, fügte ich hinzu und überreichte ihr einen Katzennapf aus Keramik, der die Aufschrift *Tiger* trug.

»Charlie. Er heißt Charlie. Das ist aber wirklich lieb von Ihnen, Bhanu.«

Also hatte sie wirklich eine Katze. Mehr hatte ich über Abigail in all unseren gemeinsamen Jahren nicht in Erfahrung gebracht. Allerdings wussten die anderen ja auch kaum etwas über mich, sondern sahen nur das, was ich ihnen vorspielte: *Glückliche indische Ehefrau mittleren Alters, humorvoll, lyrikaffin, sucht Erkenntnis und Wissensaustausch.*

»Bhanu«, sagte Abigail. »Ihre Idee mit den Notizzetteln war wirklich sehr einfühlsam. Sicher haben Sie damit vielen Menschen geholfen.«

Als ich zu weinen anfing, entstand eine für uns beide ziemlich peinliche Situation, weil Abigail mit diesem Ausbruch völlig überfordert war. Martin drückte mir ein Papiertaschentuch in die Hand.

»Das ist nicht das Ende«, teilte er mir in Gebärdensprache mit.

»Nein. Wir werden uns wiedersehen«, erwiderte ich.

»Natürlich, Bhanu. Aber ich hab gemeint, dass dich ein großes Abenteuer erwartet.«

Dieses Abenteuer würde es nicht geben. Mein Leben würde zu seiner alten Größe zusammenschrumpfen. Immer auf der Flucht vor der Wirklichkeit, würde ich mit Deep durch die Zimmer unseres Hauses streifen. Allerdings war meine Tochter schwanger, was vielleicht etwas änderte. Ich konnte mich auf das Baby freuen, einen Neuanfang. Möglicherweise würde sie meine Hilfe brauchen. Doch wie ich meine Tochter kannte, wahrscheinlich eher nicht.

Ich lächelte Martin an und überreichte ihm mein wegen seiner Form nicht sehr geschickt verpacktes Geschenk: einen bunten Henkelmann. Dann wickelte ich das Geschenk aus, das ich von den beiden bekommen hatte. Es war ein T-Shirt mit der Aufschrift *Dewey Kriegt Euch Alle*.

Ich fing zu lachen an.

Dieses T-Shirt bedeutet mir sehr viel. Ich trug es, als ich Leyla zum ersten Mal im Arm hatte. Als der Kredithai kam, um die Schulden meines Sohnes einzutreiben. Und auch, als ich endlich Deep wiedersah.

Pushpa studierte eingehend die Aufschrift auf dem T-Shirt und versuchte, sich einen Reim darauf zu machen.

»Wer ist denn dieser Dewey? Irgendeine Comicfigur?«

»Das ist ein Katalogisierungssystem für Bibliotheken. Frag deinen Sohn, der weiß es sicher. Schließlich weiß er ja sonst fast alles.«

»Bhanu, mir ist aufgefallen, dass du dich mir gegenüber ziemlich unfreundlich verhältst, seit du aus dieser Bibliothek weg bist. Hast du es mit den Hormonpflastern probiert, die ich dir empfohlen habe?«

»Nein, habe ich nicht. Ich versuche, es über die Ernährung zu regeln.«

»Ernährung reicht bei dir nicht. Ich kann diese hormonell verursachte Aggression spüren, Bhanu. Du bist sehr wütend. Ich weiß, dass dir Sarahs Abschied zu schaffen macht. Aber ich hab dich ja gewarnt. Ist mit Hiten alles in Butter?«

»Er ist ein Gewohnheitsehebrecher«, erwiderte ich in sachlichem Ton.

Als ich dieses Wort aussprach, rechnete ich beinahe damit, dass sie schockiert sein würde. Doch sie reagierte so gleichmütig, wie ich es eigentlich hätte erwarten müssen.

»Das weiß ich, aber ist sonst alles in Ordnung? Ihr habt doch nicht etwa finanzielle Schwierigkeiten, oder?«

»Nein«, antwortete ich.

»Es ist die Sache nicht wert, dass du dich darüber aufregst, Bhanu. Schließlich hast du ja gewusst, worauf du dich einlässt, als du ihn geheiratet hast. Außerdem kannst du sicher sein, dass er immer zu dir zurückkehren wird.«

Meiner Ansicht nach war ich zwar nicht sehenden Auges in eine Ehe mit einem Gewohnheitsehebrecher geschlittert, doch ansonsten musste ich ihr recht geben. Ich hatte Hiten aus reinem Sicherheitsbedürfnis geheiratet, allerdings ohne zu ahnen, dass ich dafür meine Freiheit opfern würde.

»Ich denke nicht, dass ich es noch einmal tun würde, wenn ich die Zeit zurückdrehen könnte.«

»Grüble nicht so viel, sondern genieße einfach die Zeit mit deinem Enkelkind.« Sie umarmte mich. »Verglichen mit den meisten Menschen hast du doch ein wunderbares Leben.«

Später am Abend rief Hugh an und meldete, dass bei Anita die Wehen eingesetzt hatten. Er war auf Geschäftsreise. Ich fuhr auf dem schnellsten Weg ins Portland Hospital.

»In welchem Zimmer liegt sie?«, erkundigte ich mich, den Henkelmann in der Hand, bei der Empfangsdame. Schließlich muss eine Frau gleich nach der Geburt bestimmte Speisen zu sich nehmen.

»Einen Moment, Madam. Ich sehe nach.«

Im nächsten Moment bemerkte ich Anita, die in der Station herumlief. Eigentlich war es weniger eine Station als eine Hotellobby. Sie war in Begleitung einer Freundin.

»Anita.« Ich eilte ihr entgegen.

»Bitte, Mum. Ich hatte dich doch gebeten, nicht zu kommen. Du bringst mich aus dem Rhythmus.«

Ihr Blick fiel auf den Henkelmann. »Ganz gleich, was da drin ist, ich will es nicht haben.«

Ihre Freundin sah mich verlegen an. »Hypnobirthing«, flüsterte sie.

»Bitte warte nicht hier, Mum. Ich muss ruhig sein. Ruhig, Mum. Ich rufe dich später an.«

Stundenlang versteckte ich mich außer Sichtweite. Pushpa hatte recht. Puspha hatte immer recht. Das Baby würde einen

Neuanfang einläuten. Als Anita mich anrief, stand ich wenige Minuten später auf der Matte.

Beim Anblick von Leyla in Anitas Armen brach ich in Tränen aus.

»Hier, Mum, du kannst sie halten.«

»Wirklich?«

Leyla fest an mich gedrückt, stellte ich mich ans Fenster. Über London ging die Sonne auf. Ich wünschte ihr, dass sie absolut frei sein würde. Für Leyla sollte der Dorn, der jede Generation von Frauen in unserer Familie – meine Mutter, mich und meine Tochter – geplagt hatte, endlich keine Rolle mehr spielen. Damit sie niemandem etwas beweisen musste und frei war.

»Sie ist wunderschön, Anita. Sie sieht aus wie du.«

»Ich glaube, von dir hat sie auch etwas, Mum.«

»Nein. Sie ist viel zu schön, um mir ähnlich zu sehen.«

»Sag so etwas nicht.«

»Ich könnte für eine Weile zu euch ziehen, falls du das möchtest. Vielleicht brauchst du ja Hilfe. Schließlich musst du auch mal essen und schlafen. Ein Baby zu haben ist ...«

»Das ist alles geregelt, Mum. Hugh ist bald zurück, und außerdem haben wir eine Nachtschwester angestellt.«

Also eine qualifizierte fremde Frau, die dem Baby nachts das Fläschchen gab, damit die Mutter schlafen konnte.

»Ich verstehe«, log ich. »Wenn du doch etwas brauchst, ruf mich bitte einfach an.«

Für Leylas erste Geburtstagsfeier hatte Hugh im Garten ein Partyzelt aufgebaut. Das Fest hatte ein Zirkusmotto, und Anita hatte Kostüme für uns gemietet. Hiten, Hari und ich verkleideten uns als Clowns, was passte: Unter den aufgemalten Grinsegesichtern und den Schlabberklamotten brodelte es nämlich heftig. Inzwischen arbeitete Hari stundenweise in einem der Schmuckläden meines Mannes. Wir hatten die Garage für ihn umgebaut, damit er Musik machen und sich beschäftigen konnte, indem er Plattenteller anstatt Rouletteräder drehte. Ich vermisste Sarah, und Hari ging es sicherlich genauso. Allerdings durfte ich ihren Namen in unserem Haus nicht aussprechen.

Hiten hatte sich inzwischen dem Online-Dating zugewandt. Es gelang mir, auf dem Laptopbildschirm einen Blick auf sein Profil zu erhaschen. Er sah mindestens zwanzig Jahre jünger aus. Ich hatte mich mit meinem Schicksal abgefunden. Ich würde ihn nicht verlassen. Das Vertraute, ganz gleich, wie unschön es auch sein mochte, erschien mir als die sicherste Option. Außerdem, so sagte ich mir, hatte ich einen Sohn, der Beständigkeit brauchte. Und eine Tochter und eine Enkelin, für die ich da sein musste. Wo hätte ich auch hingehen sollen? Was konnte ich tun? Wie Pushpa so schön gesagt hatte, führte ich, verglichen mit den meisten Menschen, ein sehr angenehmes Leben. Und wenn ich das Bedürfnis nach einer kleinen Flucht hatte, war da ja immer noch Deep.

Mein Dasein erinnerte mich an das Zirkuszelt – auf wackeligen Fundamenten errichtet. Wir alle waren aneinandergekettet und sorgten als eingeschworenes Team dafür, dass die Show weiterging und dass der äußere Eindruck stimmte. Niemand hätte je vermutet, wie viel jeder von uns zu verbergen hatte.

Ich hatte ein paar Leckereien für das Fest vorbereitet. Weil ich deshalb die Hände voll hatte, hielt Hiten mir die Autotür auf. Er trug eine grün und gelb karierte Hose und eine Lockenperücke.

»Der Hofnarr!«, witzelte ich.

»Ich bin ein Meisterjongleur«, erwiderte er und nahm mir eine der Taschen ab, damit ich einsteigen konnte.

Ein wahres Wort!

»Da muss ich ja in große Fußstapfen treten«, merkte Hari an, während er ins Auto kletterte.

Wir alle lachten. Mein Lachen war gekünstelt. Wie ich vermutete, galt das auch für das von Hiten.

Wir holten meine Schwiegermutter bei Hitens Bruder ab. Sie war nicht geschminkt und trug eine orangefarbene Perücke und einen weißen Sari. Hiten stieg aus. Bei seinem Anblick kicherte sie und wies dann mit dem Kopf auf mich, ihr Zeichen, dass sie vorn sitzen wollte. Also stieg ich ebenfalls aus und setzte mich zu Hari nach hinten. Während ich mich anschnallte, griff sie nach Haris Hand. Unterwegs verkündete meine Schwiegermutter, sie fühle sich im Haus ihres anderen Sohnes nicht wohl. Nach einer kleinen Pause fügte sie anklagend hinzu, sie werde von ihrer Schwiegertochter gefoltert. Die koche nämlich ständig Gerichte, die sie nicht möge.

»Ach Nanima, das brauchst du doch nicht auszuhalten. Zieh lieber zu uns«, schlug Hari vor.

Ich verpasste ihm mit meinem gewaltigen Clownsschuh einen Tritt.

»Ich koche gern etwas für dich und lasse es dir bringen«, sagte ich rasch.

Ohne auf mein Angebot zu achten, wandte sie sich an meinen Mann. »Ich weiß, dass du alles für mich tun würdest, mein Sohn«, stellte sie fest und umklammerte seine Hand. »Du hast schon immer gut für mich gesorgt.« Sie fing meinen Blick im Rückspiegel auf. »So wie für unsere ganze Familie.«

Margaret, Hughs Mutter, war als Trapezkünstlerin verkleidet. Mir fiel auf, dass sie tolle Beine hatte, die sie jedoch stets in Hosen versteckte. Als wir hereinkamen, fing sie laut zu lachen an.

»Oh, Banoo, du siehst umwerfend aus.«

»Du auch«, erwiderte ich. »Du hast tolle Beine.«

Malcolm, ihr Mann, betrachtete ihre Beine, als sähe er sie zum ersten Mal. Margaret war früher Tänzerin gewesen.

»Banoo, Hit-en.« Malcolm streckte den Arm aus. Er war als er selbst verkleidet, allerdings ohne Lätzchen.

Cynthia, ihre Tochter, war als Ballerina angezogen und hielt Leyla im Arm.

Bei unserem Anblick fing Leyla zu weinen an. Als ich die Pappnase abnahm, weinte sie noch lauter. »Ich glaube, das ist alles ein bisschen viel für sie. Wie geht es dir, Bhanu?«, erkundigte sich Cynthia.

Ich wünschte, ihr hätte mir mehr Zeit genommen, mit ihr zu reden, denn es sollte unsere letzte Begegnung sein.

Hugh war als Zirkusdirektor verkleidet. Er kam auf uns zu, um uns zu begrüßen. »Danke, dass ihr euch die Mühe gemacht habt. Habt ihr was zu trinken?« Er rief einen Kellner herbei. Anita, ebenfalls als Zirkusdirektorin kostümiert, war damit beschäftigt, die Runde zu machen und sich zu vergewissern, dass alle zufrieden waren. Ich schaute mich um. Es waren sicher mehr als hundert Gäste da. Wie sehr unterschied sich der heutige Tag von Anitas erstem Geburtstag, als wir ein paar Freunde und Verwandte eingeladen und ihr zum ersten Mal feste Nahrung – Reis, Ghee und Honig – gefüttert hatten. Leyla war eingeschlafen.

»Mum, du siehst spitze aus!« Anita kniff mich in die rote Nase.

»Ich hab die Süßigkeiten auf den Küchentisch gestellt, *beta*.«

»Zerbrich dir darüber nicht den Kopf.« Sie wies auf die vielen Tabletts mit Häppchen, die herumgereicht wurden. »Ich stell dir ein paar Freundinnen vor.«

Ich plauderte mit einigen Müttern aus ihrer Babygruppe, die gerade die unmodifizierte Entwöhnung nach Ferber als Schlaftraining erörterten, und riet ihnen dringend davon ab. Schließlich blieben die Kleinen ja nicht ewig Babys. Die Zeit verginge so schnell. Da sei es doch besser, sich an seinen Kindern zu erfreuen und ihnen zu vermitteln, dass ihre Eltern immer für sie da sein würden. Ansonsten würden sie, wenn ihre eigenen Kinder einmal erwachsen seien, als Mütter selbst stundenlang vor sich hin weinen und sich die Schuld an allen möglichen Dingen geben, für die sie eigentlich gar nichts konnten. Eine der Frauen lachte und fragte mich bei einigen anderen Themen nach meiner Meinung. Weil ich noch nie um Erziehungsratschläge gebeten worden war, unterhielt ich mich den Großteil des Nachmittags mit ihr.

Da meine Schwiegermutter müde wurde, mussten wir sie nach Hause fahren. Hari wollte noch nicht gehen. Als ich mich von meiner Schwiegermutter verabschiedete, hatte sie Tränen in den Augen, und als Hiten sie zur Tür begleitete, begann sie zu schluchzen, ihr Letzter Wille sei es, im Hause ihres Lieblingssohnes zu sterben.

»Keine Angst, Mummy, wir überlegen uns etwas«, versicherte er ihr.

»Bhanu, Mummy braucht unsere Hilfe. Ich möchte ihr anbieten, zu uns zu ziehen«, erklärte er, als er wieder einstieg.

»Ich halte das nicht für eine gute Idee«, protestierte ich.

»Bhanu, sie ist alt. Wir müssen für sie sorgen. Es ist unsere Pflicht.«

Wir fuhren nach Hause, wo ich in T-Shirt und Jogginghose schlüpfte und ins Bad ging, um mich abzuschminken. Aus dem Spiegel blickte mir ein fröhliches Clownsgesicht entgegen. Ich musste einen Weg finden, aus diesem Stück auszusteigen. Unter einem Dach mit meiner Schwiegermutter würde ich es keinen Tag lang aushalten. Und das musste ich Hiten klipp und klar mitteilen. Doch was würden die Leute sagen, wenn ich mich weigerte, eine alte Frau aufzunehmen? Als ich anfing, die Schminke abzuwischen, stand Deep plötzlich hinter mir.

»Was soll ich tun, Deep?«

»Du musst versuchen, ihr zu verzeihen«, hörte ich ihn antworten. »Dann wird die Entscheidung leicht sein.«

Es klingelte an der Tür, und da der Lärm einfach nicht aufhörte, musste ich das Gespräch abbrechen. Hiten schien spurlos verschwunden zu sein, weshalb ich nach unten ging.

Es war ein Geldeintreiber. Ein bedrohlicher Kleiderschrank von einem Mann mit kahlem Schädel. Es stand allen Ernstes ein leibhaftiger Kredithai vor meiner Tür und forderte das Geld zurück, das Hari ihm schuldete. Beim Anblick meines halben Clownsgesichts wich er verwirrt zurück. Dann las er den Text auf meinem T-Shirt: *Dewey Kriegt Euch Alle*. Er grinste hämisch, während ich mit gellender Stimme nach Hiten rief. Wir bezahlten den Mann rasch, damit er wieder verschwand, bevor die Nachbarn ihn sahen.

»Ich hab dir doch gesagt, dass er spielsüchtig ist!«, rief ich laut, nachdem der Geldeintreiber weg war. »Ich hab es dir gesagt, und du hast versprochen, etwas zu unternehmen.«

»Das ist nur eine Phase, Bhanu. Ich hab auch alle möglichen Phasen durchgemacht. Ich rede mit ihm.«

»Nein, Schluss mit den Ausflüchten. Wir müssen jetzt aktiv werden. Unser Sohn ist vierunddreißig!«, brüllte ich. »Wir haben tatenlos zugesehen.«

Wenig später kam Hari lässig zur Tür hereingeschlendert.

»Mum, Mum, Mum, es ist nicht so, wie du denkst. Ein Freund hat mir ein bisschen Geld geliehen, und ich hab vergessen, es zurückzuzahlen. Dass er mir diesen Typen geschickt hat, war nur ein Scherz.«

»Und die zwanzigtausend Pfund, die du uns gestohlen hast? Die gefälschten Unterschriften?«

Er schwieg.

»Pack deine Sachen!«, schrie ich.

Er sah meinen Mann an. »Dad?«

»Bhanu!«, zischte mein Mann.

»Du bist vierunddreißig. Geh und pack deine Sachen.«

»Ich weiß aber nicht, wo ich hinsoll.«

»Na klar, und daran bin wohl auch ich schuld.«

Er marschierte nach oben, um zu packen.

»Bhanu, überleg es dir doch noch mal. Was werden die Leute sagen? Was wird *Mummy* sagen?«, flehte mein Mann.

»Das ist mir egal. Jetzt ist endgültig Schluss. Schluss mit diesem Wahnsinn. Ich kann nicht mehr.«

Verlegen kam Hari die Treppe herunter. Ich wandte mich ab. Mein Mann steckte ihm etwas Geld zu. Wohin würde er wohl gehen? Der Junge war wie eine Brieftaube. Zuerst würde er Anita heimsuchen, und wenn sie nach einer Woche genug von ihm hatte, würde er wieder hier auf der Matte stehen.

Ein paar Wochen später fragte er tatsächlich, ob er zurück nach Hause kommen könne. Anita habe sich erboten, ihm eine Therapie zu bezahlen, und er wolle wirklich »sein Leben auf die Reihe kriegen«.

Sie hatte eine unausgesprochene Vereinbarung mit ihm geschlossen: *Bitte müll mir mein Haus nicht zu, nerv Hugh nicht mit deinen Kraftausdrücken und beschmutz mir nicht das maßgefertigte weiße Sofa. Wenn du verschwindest, gebe ich dir Geld und bezahle die Therapie.*

In der Vereinbarung zwischen Hari und mir hatte sich hingegen etwas geändert. Offenbar hatte er begriffen, dass ich nicht mehr bereit war, ihn wie ein rohes Ei zu behandeln und seine Mätzchen mitzumachen. Und dass außerdem der Zeitpunkt für ihn gekommen war, sich einen richtigen Arbeitsplatz zu suchen und ein verantwortungsbewusster Erwachsener zu werden. Allerdings kannte ich ihn gut genug, um zu wissen, dass er alles Menschenmögliche versuchen würde, um diese Veränderung aufzuhalten. Menschen entwickeln ungeahnte Kräfte, wenn es darum geht, sich weiterhin an etwas zu klammern, das sie kennen, ganz gleich, wie unangenehm es auch sein mag. Gerade mir hätte das klar sein müssen. Es war nämlich eine gewaltige Veränderung im Anzug – ich konnte sie förmlich riechen.

Über die Therapie wurde nicht mehr gesprochen. Hari hatte aufgehört, das Haushaltsinventar zu verkaufen. Außerdem schien er Bewerbungsformulare auszufüllen und Vorstellungsgespräche zu führen. Vermutlich spürte mein Mann die

Veränderung ebenfalls, denn er legte den Laptop weg und entschloss sich zu einem symbolischen Akt. Und zwar, heimlich – oder doch nicht so heimlich – Vorbereitungen für die Erneuerung unseres Eheversprechens am Hochzeitstag zu treffen. Zuvor überreichte er mir noch zwei Tickets.

»Ich hab eine Überraschung für dich, Bhanu.«

Das hatte ich vor vierzig Jahren schon einmal gehört.

Die Tickets waren für die Kreuzfahrt anlässlich unseres vierzigsten Hochzeitstags.

Während dieser Karibikkreuzfahrt brachte der Kapitän sogar eigens einen Trinkspruch auf uns aus – nur, dass Hiten unpässlich war und dem Abendessen deshalb nicht beiwohnen konnte. Doch Helga saß, gehüllt in den Sari aus Kerala, den ich für sie gebunden hatte, neben mir. Ich prostete allen mit einem Glas Orangensaft zu, als sie uns viele weitere gemeinsame Jahre wünschten.

Danach gingen Helga und ich in den Nachtclub an Bord. Es lief Tanzmusik aus den Achtzigern, und ich hatte ausnahmsweise keine Rückenschmerzen. Wir tanzten die ganze Nacht durch und schmetterten zum Abschluss im Duett »Freedom!« von George Michael.

BAHN FÜNF

»Reiß dir die Maske vom Gesicht, denn es ist wunderschön.«

Rumi

Den Großteil meines Lebens habe ich mich als der Mensch ausgegeben, der ich meiner Ansicht nach sein sollte. Ich befürchte nämlich, die Frau, die ich wirklich bin, könnte mir womöglich unsympathisch sein. Die Ereignisse, die dennoch dazu führten, dass ich endlich die Tür meines Gefängnisses aufriss, lassen sich wie folgt zusammenfassen:

Die Begegnung mit Helga auf der Kreuzfahrt
Die Sitzung bei der Therapeutin
Der Besuch bei Margaret
Der Brief meines Sohnes
Das Wiedersehen mit Deep nach fünfunddreißig Jahren

Am besten beginne ich mit dem Besuch bei Margaret. Niemand merkt uns die Aneinanderreihung von Niederlagen an, die unser Leben geformt haben. Wenn jemand uns überhaupt zur Kenntnis nimmt, sieht er vielleicht eine nicht mehr ganz junge Frau. Mehr nicht, nur eine Dame mittleren Alters, frisch heruntergebeamt aus dem Weltall. Sie hat keine Vorgeschichte und ist nicht weiter von Interesse. Ich jedoch erkannte die Schlachten, die Margaret ausgefochten hatte. Die letzte schien so gewaltig zu sein, dass sie sie nicht gewinnen konnte.

Komm zurück, Margaret. Verlier dich nicht zwischen den Rhododendronbüschen. Hol dich selbst wieder ins Leben. Es ist nicht zu spät. Spür deine Trauer. Das war es, was ich ihr am liebsten zugerufen hätte, aber ich tat es nicht. Allerdings konnte ich nicht aufhören, an sie zu denken. Ebenso wie an die Aneinanderreihung von Niederlagen, die großen wie die kleinen, von denen auch ich mich habe formen lassen. An die Geschichten, die ich mir selbst erzählt und die ich geglaubt habe. Wie wäre es gewesen, plötzlich frei von all diesen Geschichten zu sein?

Und dann überreichte mir mein Sohn den Brief und durchtrennte damit das wichtigste Band von allen. Das, von dem ich angenommen hatte, dass es mich in dieser Ehe hielt.

»Lies ihn, Mum.«

Ob die eigenen Kinder die Trauer ausdrücken, über die man selbst nicht sprechen kann?

Weinend saß ich auf dem weißen Sofa meiner Tochter. In diesem Moment war Helga die Türhüterin meiner Gedanken und gestattete mir nicht, mich zu Deep in meine Fantasiewelt zu flüchten. Ich betrachtete das Sofa, Symbol von Anitas Bedürfnis nach Ordnung und Sauberkeit. Es war ein weiterer Hinweis darauf, dass ich als Mutter gescheitert war und es im Leben an Mut hatte vermissen lassen. Leyla fing an zu weinen, und ich trocknete rasch meine Tränen. Als ich in ihr Zimmer kam, lächelte sie mich an. Ich hob sie aus dem Bettchen und nahm sie mit nach unten.

Wir saßen auf dem Boden und sangen Kinderlieder. »*One, two, buckle my shoe, three, four, knock on the door.*« Leyla lachte.

»Keksi, Keksi.« Sie lächelte mich an.

Ich griff in meine Handtasche und gab ihr einen Keks.

Als Leyla in Zeichensprache noch einen verlangte, tat ich es, obwohl ich wusste, dass es falsch war. Dann bat sie um *agua*. Rasch ging ich in die Küche, um den Krug zu holen, und als ich zurückkam, fiel mein Blick auf das Sofa. Sie hatte sich auf das weiße Sofa übergeben. Alles war voll von Erbrochenem. Rasch setzte ich Leyla in ihr Kinderstühlchen, holte Fairy-Putzmittel, ein Geschirrtuch und Wasser und fing an zu rubbeln. Mein Herz pochte wie wild, als ich an dem Fleck herumrieb, der sich immer mehr auszubreiten schien. Ich griff zum Haarföhn, um ihn zu trocknen, aber er wurde nur umso größer. Auch mit Sofakissen ließ sich der Fleck nicht tarnen.

Meine Tochter rief an, um sich zu erkundigen, ob alles in Ordnung sei. Sie meldete, das Kindermädchen habe ihr Rezept vom Arzt abgeholt und befände sich nun auf dem Heimweg.

»Ja, alles bestens«, erwiderte ich mit Blick auf den riesigen Fleck. Ich zögerte. »Es tut mir leid.«

»Was tut dir leid?«

»Dass du so zwanghaft geworden bist. Daran bin nur ich schuld. Außerdem entschuldige ich mich auch für alles andere, dessen ich mir gar nicht bewusst war. Zum Beispiel dafür, dass ich dir ohne eine richtige Erklärung verboten habe, mit deiner Freundin zu spielen.«

»Mum, ich weiß, dass es dir nicht gut geht, aber können wir nicht ein andermal darüber reden? Soll ich dir ein Uber schicken, damit du nach Hause fahren kannst?«

»Nein, ich muss noch etwas einkaufen. Ich nehme die U-Bahn.«

Das Kindermädchen kehrte zurück.

»*Dios mío!*«, rief sie entsetzt beim Anblick des Flecks.

»Keks«, erwiderte ich und spielte die Szene für sie nach.

»Oh! *La señora no va a estar contenta*«, verkündete sie und zeigte dabei auf ein Foto von meiner Tochter.

»Nein. *No contenta*«, stimmte ich ihr zu und ahmte dabei Anitas ärgerliches Gesicht nach. »Aber es ist kein Problem. Alles wird gut.« Ich berührte Concetta an der Schulter.

»*Pero, señora …*«

Ich küsste Leyla zum Abschied und sagte »*Adios*« zu Concetta. Doch die war bereits damit beschäftigt, den Fleck mit irgendjemandem auf WhatsApp zu erörtern.

Mit zwei Tüten voller Einkäufe, die ich unterwegs besorgt hatte, stieg ich in die District Line. Ich dachte an meinen Sohn und seinen Brief. Wenn ich einfach mit dieser U-Bahn weiterfuhr, würde mich meine Familie nicht wirklich vermissen. Ich konnte die Bahn bis zum Flughafen Heathrow nehmen, Helga den versprochenen Besuch abstatten und damit der »geheimen« Hochzeitszeremonie des Grauens zum vierzigsten Jahrestag entrinnen. Helga würde sich vor Freude auf die ausladenden Oberschenkel klatschen. Meistens trifft man solche Verabredungen nur pro forma, und keiner erwartet, dass man sie tatsächlich einhält. Aber Helga würde sich aufrichtig freuen. Und von dort aus konnte ich dann weiterreisen, wohin ich wollte.

Ich würde Leyla vermissen. Ja, wirklich vermissen. Nun, wenn meine Tochter erst einmal den Fleck gesehen hatte, würde sie mir den Umgang mit ihr vermutlich ohnehin verbieten. Wahrscheinlich würde ich sogar meinen Mann vermissen, denn irgendwie passten wir zusammen, solange wir uns Mühe gaben. Immerhin verstand er meine Witze. Sicher würde er einen oder zwei Tage lang zu Tode betrübt sein, aber sich bestimmt bald von dem Schreck erholen. Und dass ich für seine Mutter sorgte, kam überhaupt nicht infrage. Da meine Gedanken immer weiter in diese gefährliche Richtung wanderten, überlegte ich mir schnell, was ich Leckeres für meinen Sohn kochen sollte. Allerdings waren die Bedingungen unseres Vertrages aufgekündigt worden. Sollte ich überhaupt noch für ihn kochen? Wie sollte ich ein Gespräch mit ihm beginnen? Mein altes Ich hätte das ignoriert und einfach weitergemacht.

In Acton stieg ich aus und in die Piccadilly Line um. Da die Einkaufstüten immer schwerer wurden, blieb ich kurz stehen. Da hörte ich eine Stimme.

»Tara, Tara ...«

Er war es. Unverkennbar. In Gedanken hatte ich seine Stimme so oft gehört, dass ich mich nicht umdrehen wollte, nur um festzustellen, dass er es gar nicht war.

»Tara«, sagte er wieder und berührte mich an der Schulter.

Warum ausgerechnet jetzt, wenn ich nach Babykotze stank, kurkumagelbe Hände hatte und eine blaue Jogginghose mit Gummizug trug? So hatte ich es mir nicht ausgemalt. Ich hatte nicht einmal Zeit, mein zerzaustes Haar glatt zu streichen.

Sein Tonfall war zärtlich. Langsam wandte ich mich um. Er sollte nicht sehen, was aus mir geworden war. Als er mir die Einkaufstüten abnahm, brach ich in Tränen aus und konnte gar nicht mehr zu weinen aufhören. Er stellte die Tüten ab und umarmte mich, bis mein Schluchzen verstummte.

Deep schwieg und blickte mich einfach nur an, als wollte er all die Jahre, die wir getrennt gewesen waren, auf sich wirken lassen. Auch er war gealtert. Sein Haar war schneeweiß, und er hatte tiefe Falten im Gesicht. Er war nicht mehr der junge Deep aus meinen Fantasien, aber er war da. Seine Augen hatten sich nicht verändert.

»Gleich gegenüber ist ein Starbucks«, verkündete er, wohl wissend, dass ein U-Bahnhof kein würdiger Schauplatz für einen Augenblick wie diesen war.

Obwohl die Begegnung erst gestern stattfand, bin ich nicht mehr sicher, wie wir in dieses Starbucks gekommen sind. Ich kann mich auch nicht mehr erinnern, ob er für mich bestellte oder ob ich selbst den Kaffee mit aufgeschäumter Milch und das Mandelgebäck geordert hatte, das ich nie essen würde. Ich weiß nur, dass ich ungläubig staunend dasaß.

Rumi hatte die ganze Zeit recht!, hätte ich den anderen Gästen im Café am liebsten zugerufen. *Das, was du suchst, sucht dich ebenfalls.* Also stimmte es, was Deep vor all den Jahren gesagt hatte: Unsere leidenschaftlichen Gefühle würden dazu führen, dass wir einander für immer anzogen. Ich hatte mich daran festgehalten, hatte daran geglaubt, und er war wirklich zu mir zurückgekehrt. All die Jahre des Wartens, und nun war er da. Und zwar genau in dem Moment, als ich ihn losgelassen hatte. Er war hier. Deep setzte sich und griff nach meiner Hand. Seine Hand war warm. Ich legte meine andere darauf und hielt seine fest. Es war mir egal, ob uns jemand sah. Endlich, endlich war er da.

»›Die Berührung hat ein Gedächtnis‹«, sagte ich.

Ich glaube, er hörte mich nicht, denn ansonsten hätte er *Keats* erwidert, und wir hätten an unser Spiel angeknüpft. Ich wollte das Zitat schon wiederholen, als er fragte: »Wo fangen wir an, Tara?«

Anstatt mich in Höflichkeiten zu flüchten, und vielleicht auch deshalb, weil der Brief meines Sohnes zu schwer auf meinen Gedanken lastete, begann ich genau damit. Ich zog den Brief aus der Handtasche und las ihn Deep vor.

Als ich fertig war, schüttelte er den Kopf. Doch ich gab ihm keine Zeit, seine Meinung dazu zu äußern, sondern erzählte ihm von meinem Mann. Abgesehen von ein paar Andeutungen gegenüber Pushpa hatte ich noch nie jemandem von meinem Mann erzählt. Doch gestern kümmerte es mich nicht. Ich redete und redete wie ein Wasserfall. Es interessierte mich nicht, ob jemand beobachtete, wie ich Deeps Hand umklammerte. Ich fühlte mich frei. So wie Helga. Es war, als wäre eine gewaltige Last plötzlich von mir genommen worden. Einen Moment lang glaubte ich, dass Neil Armstrong tatsächlich auf dem Mond gelandet war und dass das Leben mir noch mehr zu bieten hatte.

Er berichtete mir vom Tod seiner Frau, die er bis zum Schluss gepflegt hatte. Ich malte mir aus, wie er ihr Gedichte vorgelesen hatte, bis sie für immer die Augen schloss, und war eifersüchtig. Dann bekam ich ein schlechtes Gewissen, weil ich eifersüchtig auf eine Tote war, weshalb ich meine Gefühle mit einem Zitat von Rumi tarnte.

»›Die Welt ist der Spielplatz, und der Tod ist die Nacht.‹«

Er sah mich verdattert an.

»Das ist von Rumi«, fügte ich hinzu.

Er antwortete nicht, sondern holte tief Luft. »Komm mit«, sagte er. »Ich hab so oft an dich gedacht. Insbesondere in letzter Zeit.«

Ich auch, hätte ich so gerne erwidert. Immer wenn ich mit den Ereignissen überfordert war, habe ich mich in meine Fantasiewelt geflüchtet, wo wir seit vierzig Jahren glücklich sind. Heute ist exakt Tag Nummer 13 870 unseres imaginären Lebens. Wir haben eine Tochter, die mich nicht wegen eines weißen Sofas mit Keksflecken von meiner Enkelin fernhalten wird, und einen Sohn, der nicht spielsüchtig ist.

»Wir sind keine Filmfiguren. Wir haben Pflichten«, entgegnete ich stattdessen. Keine Ahnung, warum ich das tat, vielleicht, um ihn auf die Probe zu stellen.

»Wir haben sie erfüllt«, antwortete er ruhig.

»Warst du in deiner Ehe glücklich?«, fragte ich.

»Ja.« Er nickte.

»Das freut mich«, log ich.

»Tara, es gibt keine Ausflüchte mehr.«

Und da bekam ich es mit der Angst zu tun. Endlich, endlich war die Käfigtür offen, und ich wagte es nicht, loszufliegen. So einfach konnte es doch nicht sein.

»Ich hab einen Termin im Kosmetiksalon. Ich muss mir die Nägel machen lassen.«

»Hör auf damit, Tara. Schluss mit dem Theater«, sagte er, ein wenig lauter.

»Welchen Sinn hatte das alles, wenn ich so eine beschissene Mutter war? Ich hab 13 870 Tage vergeudet.«

»Sie waren nicht vergeudet.«

»Doch, waren sie. Ich bin wegen der Kinder geblieben. War ich so eine miserable Mutter, dass er vor mir davonlaufen musste? Schließlich schreibt er, er sei nur deswegen spielsüchtig: ›Ich musste weg von dir‹.«

»Das hat er nicht so gemeint.«

»Vielleicht habe ich ihm nicht genug Raum gelassen, um

sich zu entwickeln. Ich wollte ihn beschützen und habe ihn kontrolliert.«

»Du hast dein Bestes getan.«

»Wirklich? Er schämt sich für mich. Meine Tochter schämt sich für mich. Ich schäme mich für mich selbst.«

Er wollte mich unterbrechen, doch es war die Wahrheit.

»Ich schäme mich für mich selbst.«

»Tara, hör mir zu. Heute ist ein neuer Tag. Wir können noch einmal von vorn anfangen. Komm mit mir.«

Ich griff nach meinen Einkaufstaschen. Hatte ich jetzt völlig den Verstand verloren?

»Morgen ist mein vierzigster Hochzeitstag. Sie wollen für mich eine Überraschungsparty veranstalten. Eine Bekräftigung des Eheversprechens. Nein, es ist eigentlich eine Hochzeit.« Mir war übel.

»Das ist mir egal. Geh und sag es deiner Familie. Organisiere alles, was organisiert werden muss. Und dann komme ich dich holen. Sieh mich an. Sieh mich an, Tara. Ich sehe dich. Ich sehe dich. Ich hab dich immer gesehen.«

Ich betrachtete ihn. Ja, er und Ba waren die einzigen Menschen, die mich wirklich erkannt hatten. Ich dachte an die Momente, die ich mit ihm verbracht hatte, ohne dass er wirklich dabei gewesen war. Dann lächelte ich ihn an und schilderte ihm, wie ich nach York gefahren und mir dabei vorgestellt hatte, dass er mich begleitete. Ich beschrieb das wunderschöne georgianische Haus mit der roten Tür in einer kopfsteingepflasterten Straße. Endlich konnten wir zusammen dorthin fahren und vielleicht sogar hinziehen.

»York?«, fragte er verwundert. »Warum ausgerechnet York? Ich wohne in Richmond. Meine Kinder wohnen in Richmond.«

Seine Worte senkten sich bleischwer auf mich herab. Doch ich beschloss, für den Moment nicht auf ihre Tragweite zu achten. »Es ist Audens Geburtsstadt«, antwortete ich zögernd.

»Ach, ja«, erwiderte er. »Na klar. Mein Gedächtnis ist auch nicht mehr das, was es einmal war. Nein, ich könnte nicht dorthin ziehen. Ich muss in der Nähe meiner Töchter und meiner Enkel bleiben. Ich hab vier – drei Mädchen und ein Junge. Noah ist ein richtiger Lausbub, ein bisschen wie …«

Er bemerkte nicht einmal, was für einen gewaltigen Auffahrunfall er verursacht hatte. Es war eine wahre Massenkarambolage. Vor Schreck war ich wie gelähmt. Ich teilte das Mandelgebäck, das er für mich bestellt hatte, in zwei Hälften. Nicht, weil ich es essen wollte, sondern damit meine Hände etwas zu tun hatten. Dann bot ich ihm ein Stück davon an.

»Nein, danke, ich bin auf Insulin.« Nachdem er den Kuchen abgelehnt hatte, listete er sämtliche Medikamente auf, die er nehmen musste, unter anderem das Antidiabetikum Metformin.

»Das kriegst du auch über die Ernährung in den Griff«, schlug ich vor, während ich versuchte, mich aus dem Autowrack zu befreien.

»Mit deiner Hilfe bestimmt«, antwortete er.

Auf der Suche nach meinem Deep blickte ich ihm in die Augen.

»Ich brauche ein wenig Zeit zum Nachdenken, Deep. Jetzt habe ich einen Termin, aber ich rufe dich an«, sagte ich ruhig.

Ich griff nach meinen Einkaufstüten.

»Aber Tara …«

»Deep, bitte. Gib mir etwas Zeit. Es ist eine wichtige Entscheidung. Es hängt viel davon ab.«

»Du hast deinen Kuchen ja gar nicht gegessen. Er hat drei Pfund gekostet.«

»Ich hab keinen richtigen Hunger.«

Er nahm den Mandelkuchen, wickelte ihn in eine Serviette und steckte ihn ein. »Mein Enkel wird sich darüber freuen.«

»Tut mir leid, aber ich muss jetzt wirklich los. Ich rufe dich an.« Ich bückte mich noch einmal nach meinen Tüten.

»Moment, ich helfe dir.« Er reichte sie mir.

»Danke.« Ich lächelte mein gekünsteltes Schlaganfallgrinsen.

»Wir reden später«, fügte er hinzu.

Ihm fiel überhaupt nicht auf, dass er mich mit seinen Worten überfahren und am Straßenrand liegen gelassen hatte. Mein Deep, zumindest der Deep in meiner Fantasie, hätte mir nie ein Stück Mandelgebäck gekauft. Er wusste nämlich, dass ich Süßigkeiten nicht mochte und keine mehr aß, seit ich vom Ertrinken meiner Mutter erfahren hatte. Außerdem wäre der Preis dieses Kuchens für meinen Deep niemals ein Thema gewesen.

Als ich mich zum Gehen anschickte, drehte ich mich noch einmal zu ihm um.

»Deep, ›Liebende begegnen sich nicht irgendwann, sie haben schon immer im anderen gewohnt‹.«

Er sah mich ratlos an.

»Das ist von Rumi.«

»Ach, ja. Ich hab schon so lange keine Gedichte mehr gelesen«, erwiderte er, ohne einen Hauch der Erinnerung an die Worte, an die ich mich in den letzten vierzig Jahren geklammert hatte. Ich lächelte noch einmal und ging weiter.

»Ich rufe dich an, Tara.«

Tränen strömten mir übers Gesicht, und in meiner Kehle bildete sich ein gewaltiger Kloß. »Du dämliches Frauenzimmer. Du verblödetes altes Weib.« Ich schluckte den Kloß hinunter und machte mich auf den Weg ins Nagelstudio. Denn die Erkenntnis, dass ich vierzig Jahre lang auf jemanden gewartet hatte, den es eigentlich gar nicht gab, überforderte mich in diesem Moment.

Die junge Chinesin, die mir die Nägel richtete, hörte mir nur mit halbem Ohr zu. »Morgen ist meine Hochzeit«, teilte ich ihr mit.

Ich rechnete mit einem erstaunten Gesichtsausdruck.

Sie nickte zwar, blickte aber nicht auf. Warum auch? Ich war unsichtbar.

Am liebsten wäre ich aufgestanden und hätte mich mitten im Salon aufgebaut und mir laut klagend auf die Brust geschlagen. Aber wie Margaret fand ich mich mit dieser erneuten Niederlage ab und versteckte mich zwischen den Rhododendronbüschen, wo mir nichts geschehen konnte. Ich redete mir ein, dass alles gut werden würde und dass so etwas in meinem Alter normal war: Eine Frau verschwand eben allmählich von der Bildfläche, war dankbar für das, was sie hatte, und verlangte nicht mehr vom Leben.

Als ich wieder zu Hause war und die Einkäufe auspackte, bemerkte ich den Zettel, den mein Sohn mit meinem kürzlich auf der Karibikkreuzfahrt gekauften Magneten an den Kühlschrank geheftet hatte.

Ich komme nicht.

Da hing es, damit alle es sehen konnten. Anstatt der Fingerfarbgemälde, die ich in seiner Kindheit nicht zur Schau gestellt hatte. Anders als früher versteckte ich den Zettel nicht, sondern ließ ihn, wo er war, und starrte ihn an.

Als meine Tochter anrief, ging ich nicht ran, weshalb sie anfing, mir SMS zu schicken.

Das darf doch nicht wahr sein, Mum. Kekse auf dem Sofa?
Dann:
WIE OFT SOLL ICH ES DIR NOCH SAGEN? KEINE KEKSE!!!
Gefolgt von:
Das geht nie wieder raus.
Und:
Maßgefertigtes Sofa – RUINIERT.
Ich schaltete das Telefon ab.

Dann nahm ich den Gedichtband von Auden aus der Nachttischschublade. *Tara, ich werde immer der Liebende sein*, lautete die Widmung. Ich warf es in den Papierkorb, holte es wieder heraus und fing bitterlich an zu weinen. Gewaltige Schluchzer, die nie ein Mensch hören würde, weil ich unsichtbar war. Ich existierte nicht. Ich war ein dummes, läppisches altes Weib, das vierzig Jahre lang mit einem Menschen, den es gar nicht gab, in einem Paralleluniversum gelebt hatte. Vielleicht hatte ich meine Unsichtbarkeit ja selbst verursacht, indem ich in meinem wahren Leben nicht mit Leib und Seele anwesend war.

Rumi fragt uns, warum wir in einem Gefängnis bleiben, obwohl die Tür weit offen steht.

Weil es zu spät ist. Es ist zu spät.

Am nächsten Morgen stand ich auf. Auf Autopilot, wie schon immer in meinem Leben, duschte ich und machte mir eine Tasse Tee. Dann setzte ich mich aufs Bett und schaltete mein Telefon ein. Ich hatte einige verpasste Anrufe und Nachrichten von Deep. Ich hörte nichts davon ab oder las es. Dann war da noch eine Nachricht von meiner Tochter, die sich für ihre Überreaktion entschuldigte. Nichts von meinem Sohn. Er war nicht nach Hause gekommen. Während ich meinen Tee austrank, fragte ich mich, ob es wohl möglich war, einfach abzuhauen. Was für eine lachhafte Idee: Alles war bezahlt. Bald würden Freunde, Verwandte und Gemeindemitglieder eintreffen. Mein Mann und ich waren befreundet. Wir hatten einen so weiten Weg zurückgelegt und würden auch den letzten Lebensabschnitt zusammen verbringen. Und damit basta.

Was mir jedoch wirklich Sorge bereitete, war, dass Agni, der Feuergott, alles beobachten würde. Also würde ich einfach die Augen zumachen. Ja, ich würde tief durchatmen und so tun, als wäre ich anderswo. Keine Ahnung, wo genau, da mein Parallelleben ja nicht mehr existierte. Aber mir würde schon etwas einfallen. Obwohl ich noch viele Stunden Zeit hatte, fing ich an, mich zurechtzumachen. *Wenn ich mich erst einmal in Schale geworfen habe, gibt es kein Zurück mehr.* So oder ähnlich lautete der Plan.

Mein Mann kam hereingerauscht und überreichte mir einen Blumenstrauß. Danach klappte er das Schmuckschächtelchen in seiner Hand auf und entnahm ihm eine glitzernde Diamantkette.

»Ist die wirklich für mich?« Ich täuschte Überraschung vor.

»Für wen sonst?«, erwiderte er, öffnete den Verschluss und streifte sanft meinen Hals. Er legte mir die Kette um, hakte geschickt den Verschluss ein, und dann standen wir vor dem Spiegel.

»Sie ist wunderschön. Vielen Dank«, sagte ich und berührte sanft seine Hand.

»So wie du«, antwortete er. »Vierzig Jahre! Weißt du noch, wie der Anfang war? Und nun schau uns an. Nicht schlecht, was, Bhanu?«, meinte er lachend. Wenn ich mich recht entsinne, fügte er hinzu, er werde jetzt seine Mutter abholen.

Ach ja, die sudokuheftschwingende Schwiegermutter, die sich bald auf Dauer bei uns einnisten würde.

»Keine Angst wegen Hari, der kommt bestimmt«, fuhr Hiten fort.

»Möchtest du darüber sprechen? Über den Brief?«, fragte ich.

»Ach, Bhanu, du darfst nicht alles so ernst nehmen. Er war sicher nur aufgebracht.«

Wahrscheinlich hatte Hiten das Problem mit einigen Tausend Pfund gelöst.

»Und was das Sofa angeht, habe ich Anita versprochen, dass wir ihr ein neues kaufen.«

Auch das wunderte mich nicht. Vermutlich hatte sie ihn nach der Entdeckung des Flecks prompt angerufen.

»Anita, *beta*, ich kann jetzt nicht reden. Ich bin beschäftigt.«

»Aber es ist *ruiniert!*«

»Mach dir nichts draus, *beta*, dann kriegst du eben noch zehn maßgefertigte Sofas.«

»Außerdem hat sie Leyla Kekse gegeben. Dabei predige ich ihr schon seit ...«

»*Beta*, ich hab jetzt keine Zeit«, hatte er bestimmt geantwortet.

Als ich mit meinen Vorbereitungen fertig war, hatte ich mich in die Frau verwandelt, die sich, um mit Anaïs Nin zu sprechen, anschickt, »in eine Situation hineinzuspringen wie auf eine Bühne«. Dann betrachtete ich mein Werk. Unzählige Schichten aus Make-up, abgerundet mit Rouge und Lippenstift. Die Frau sah aus wie ein Transvestit – ein müder Transvestit, der das Tingeltangel satthatte.

Doch ich achtete weder auf das Gefühl in meiner Magengrube noch auf Helgas anfeuernde Rufe, die mir zur Flucht rieten, und holte mir stattdessen zwei Aspirintabletten aus dem Badezimmerschränkchen. Dann kehrte ich ins Schlafzimmer zurück und übte vor dem Spiegel, ein überraschtes Gesicht zu machen – für den Moment, wenn ich die Bühne, den Priester, das Feuer und unsere versammelten Freunde und Verwandten sah.

Im nächsten Moment erhielt ich eine SMS. Sie war von Pushpa, ein Emoji, das ein laufendes Paar brauner Beine darstellte. Da ich mit einer weiteren Nachricht rechnete, zählte ich fünf Sekunden ab. Und tatsächlich traf auch eine ein, allerdings von Margaret.

Herzlichen Glückwunsch zum vierzigsten Hochzeitstag an ein reizendes Paar. Ich wünsche euch noch viele schöne gemeinsame Jahre.

Das erwartete *LOL* von Pushpa blieb aus.

Unsere Leben setzen sich aus einer Aneinanderreihung von Ereignissen zusammen, die in einem großen Ereignis münden. Es ist nicht der eine Tag, an dem man beschließt, sein ganzes Leben hinter sich zu lassen. Sicher kennt jeder die

Geschichte von dem Mann, der einen Laib Brot kaufen geht und für immer verschollen bleibt. Nur, dass dieser Akt eine Vorgeschichte hatte, die Unfähigkeit, dem anderen sein Unbehagen mitzuteilen. Wir sind unsichtbar, schon lange, bevor wir unsichtbar werden. Genauso wie uns das Herz bricht, lange bevor es gebrochen wird. Wir haben uns selbst verraten, lange bevor ein anderer Mensch uns verrät.

Vierzig Jahre lang war ich Mitwirkende in einer Geschichte, mit der ich eigentlich nichts zu tun haben wollte. Und ich habe diese Geschichte einzig und allein deshalb geschrieben, um mir Schmerz zu ersparen. Den Schmerz, von jemandem verlassen zu werden. Allerdings habe ich mit jedem Kapitel einen Teil meiner selbst aufgegeben, bis ich nicht mehr wusste, wer ich eigentlich war. Außerdem habe ich mir eine alternative Geschichte ausgedacht, um die, in der ich lebte, erträglicher zu machen. Nur, dass diese Geschichte nichts als Lug und Trug war. Nun habe ich keine Ahnung mehr, wer ich ohne diese Geschichte bin, und vielleicht habe ich Angst davor, es herauszufinden, denn schließlich könnte auf all die Enthüllungen das Ergebnis folgen, dass ich eine nicht liebenswerte, unsichtbare Frau ohne brauchbare Eigenschaften bin.

Aber vielleicht stimmt das ja nicht ...

Ich las Margarets Nachricht ein zweites Mal und dachte an die vielen weiteren gemeinsamen Jahre mit meinem Mann. Die Zeit, die noch vor mir lag, war kürzer als die, die ich schon hinter mir hatte. Wie bei dem Mann an der Ladentheke, der sein Brot kauft und dann einfach weitergeht, erschien vor mir eine offene Tür. Rasch legte ich den Sari ab, entfernte die Haarnadeln aus meinem Dutt und wischte mir die Makeup-Schichten weg. Dann betrachtete ich die Kette. Vierzig Jahre. Meine Prämie für vierzig Dienstjahre.

Ich nahm sie ab und verstaute sie wieder in ihrem Schächtelchen. Ich widerstand der Versuchung aufzuräumen und ließ den Sonnenaufgangssari auf dem Boden liegen. Hastig schlüpfte ich in Dewey-T-Shirt und Jogginghose, zog Turnschuhe an und stopfte schnell ein paar Sachen in einen kleinen Koffer. Kurz zögerte ich und überlegte, ob ich die Kette mitnehmen sollte, aber ich ließ sie liegen.

Los, weiter, Bhanu, sehr schön!, übertönte Helgas laute Stimme meine Zweifel und Ängste. Ich lief mit meinem Koffer hinunter in die Küche, wo der Zettel meines Sohnes noch am Kühlschrank hing. Ich nahm ihn und schrieb darauf: *Tut mir leid, Hari, tut mir leid, Anita.* Nachdem ich ihn wieder mit dem Karibik-Magneten befestigt hatte, ließ ich einen letzten Blick durch die Küche schweifen. Die Autohupe ertönte dreimal. Mein Mann und meine Schwiegermutter fuhren gerade vor. Mein Herz begann, noch heftiger zu klopfen, als ich die Hintertür schloss und in Richtung U-Bahn eilte. Dabei schaute ich mich ständig um, voller Furcht, sie könnten mich bemerken und mich überreden, zu ihnen ins Auto zu steigen.

Als die U-Bahn sich dem Flughafen Heathrow näherte, hatte mein Smartphone wieder Empfang. Ich hatte verpasste Anrufe von meinem Mann, meiner Tochter, meinem Sohn und Deep. Ich würde ihnen allen antworten und es ihnen erklären. Aber zuerst wollte ich an Margaret schreiben.

Liebe Margaret,
»Und es kam der Tag, an dem es gefährlicher wurde, sich weiter zu einer Knospe zusammenzuballen, als endlich aufzublühen.« Anaïs Nin.
Scheiß auf die guten Manieren, Margaret.
Komm hinter den Rhododendronbüschen raus. Es lohnt sich noch, die Karten neu zu mischen.
Alles Liebe,
BHANU

*Wenn Liebe nach Chili schmeckt und
Hoffnung nach Nelken duftet …*

PREETHI NAIR

Koriandergrün und Safranrot

Roman

Ingwer für die Seele, Mango für die Träume und Honig für inneren Frieden: Von ihrer Mutter hat die Inderin Nalini alles über die heilsamen Kräfte von Speisen und Gewürzen gelernt. Als ihr Mann Raul mit ihr und den Kindern ins ferne London zieht, muss Nalini nicht nur ihre geliebte Mutter und ihre Freunde zurücklassen, auch die Farben und Düfte Indiens fehlen ihr sehr. Trost findet sie beim Kochen, wenn sie Gerichte zaubert, die nicht nur ihr eigenes Leid zu lindern vermögen. Doch Raul ist nicht der, für den Nalini ihn gehalten hat. Als er ihre Familie zu zerstören droht, steht vor allem ihre Tochter Maya vor einer schweren Wahl. Kann die Kraft der Gewürze auch den Schmerz von Nalinis Familie heilen?

»*In Preethi Nairs Roman sind alle Zutaten enthalten, die das Buch zu einem Erlebnis machen. Wunderschön, sinnlich und erstaunlich lebensweise.*« Augsburger Allgemeine